Sean Stewart
Hexensturm

Zu diesem Buch

Die junge Toni Beauchamp weiß nicht, ob sie ihre Mutter Elena hassen oder lieben soll. Eins weiß sie aber: Sie fürchtet diese Frau und ihr zaubermächtiges Schränkchen, in dem sechs Geister hausen, die sich immer wieder ihres Körpers bemächtigen. Als Elena an Krebs stirbt, glaubt Toni, endlich von aller Hexerei befreit zu sein. Entsetzt stellt sie jedoch fest, daß ihr das Schränkchen vererbt wurde. Als bereite ihr die reale Welt nicht bereits genug Ärger: Sie ist nicht so hübsch wie ihre Schwester Candy, schon über dreißig, hat aber den Mann fürs Leben noch nicht gefunden. Und dann verliert sie ihren Job. – Gruselig und eindringlich, lebensklug und wunderbar komisch schildert Sean Stewart den schmalen Grat zwischen Zauberwelt und Alltag – und was es heißt, sich im schlimmsten Augenblick selbst zu entdecken …

Sean Stewart, 1965 in Texas geboren, gilt als eine der originellsten Stimmen des Magischen Realismus – als angloamerikanisches Pendant zu Gabriel García Márquez. Von seinen sieben Romanen erschienen auf deutsch bereits »Die Nachtwache«, »Der schwarze Dolch« und »Schwester des Sturms«. Seine Bücher wurden mehrfach mit begehrten Genre-Preisen ausgezeichnet, unter anderem mit dem Arthur Ellis Award, dem Sunburst Award und dem World Fantasy Award. Sean Stewart lebt mit seiner Frau und zwei Töchtern in Davis, Kalifornien.

Sean Stewart

HEXENSTURM

ROMAN

Aus dem Amerikanischen von
Hannes Riffel

Piper München Zürich

Deutsche Erstausgabe
April 2003

Titel der amerikanischen Originalausgabe:
»Mockingbird«, Ace Books, New York 1998

Umschlagkonzept: Büro Hamburg
Umschlaggestaltung: Nele Schütz Design, München
Umschlagabbildung: Sally Boon / photonica
Autorenfoto: BiKo
Satz: EDV-Fotosatz Huber / Verlagsservice Pfeifer, Germering
Druck und Bindung: Clausen & Bosse, Leck
Printed in Germany ISBN 3-492-26503-0

www.piper.de

EINS

Wenn du auf dem Boden der Flasche angelangt bist, wie meine Mutter zu sagen pflegte, dann erzählt diese Geschichte, wie ich Mutter geworden bin. Das möchte ich von Anfang an klarstellen. Nun, es ist richtig, daß meine Schwangerschaft nicht unbedingt typisch verlief. Magie spielte dabei durchaus eine Rolle und ein paar Millionen Dollar aus Ölfeldspekulationen, außerdem einige Leute, die gestorben sind, und andere, die einfach nicht tot bleiben wollten. Ich würde lügen, wenn ich behauptete, daß nicht auch eine Prophezeiung eine Rolle spielte, Exorzismus und ein Hurrikan – und ich verachte Lügner. Wenn allerdings jede Geschichte auch eine Reise ist, dann ist das der längste Ausflug, den ich jemals unternommen habe, von jener Zeit an, als ich eine Tochter war, bis zu jener, als ich eine bekam.

Seinen Anfang nahm alles an dem Tag, an dem wir Mama begraben haben.

Es ist peinlich, zugeben zu müssen, daß die eigene Mutter die Zukunft sehen kann, Gedanken lesen, Wunder vollbringen und die Toten wieder zum Leben erwecken. Lange Zeit habe ich ihr das übelgenommen. Ich habe die qualvollen Augenblicke gehaßt, wenn ein Kind aus meiner Baseballmannschaft oder eine Mitschülerin an der Highschool mich fragte, ob die Gerüchte wirklich wahr waren, und ich ja sagen mußte. Es wäre einfacher gewesen – und sicherer –, nein zu sagen; Mama sei nur etwas exzentrisch, verfüge aber über keine besonderen Fähigkeiten. Aber ich war immer ein eigensinniges, sehr ehrliches kleines Mädchen gewesen. Wenn mich jemand geradeheraus fragte, mußte ich zugeben, daß meine Mutter eine Hexe war und daß die kleinen Götter, die sie lenkten, tatsächlich existierten.

Wenn ich den Leuten erzählte, was Mama alles konnte, glaubten sie, ich würde flunkern – oder daß meine Schwester und ich unter Wahnvorstellungen litten, die vom Alkohol verursacht wurden, von Schlägen auf den Kopf oder den verdrängten Erinnerungen an Inzest oder Teufelsanbetung. Nun, es stimmt, daß meine Mutter eine Lügnerin war. Es stimmt, daß sie zu viel trank. Und sie hat mir tatsächlich mehr als einmal eine geknallt, während ich heranwuchs. Aber ich versichere Ihnen, daß sie nicht im Traum daran dachte, die Reiter anzubeten. Die Reiter waren die Steuereintreiber des Lebens. Wenn Mama sie zu sehr in Anspruch nahm, holten sich die Reiter, was ihnen gebührte. Schlagen Sie sich aus dem Kopf, daß Mama ihre Götter geliebt haben könnte – es sei denn, Sie beten das Finanzamt an.

Mamas Magie war echt. Wenn sie prophezeite, daß die IBM-Aktien steigen würden, stiegen sie, und das Geld, das ihre Kapitalanleger verdienten, war ebenfalls echt. Einmal habe ich sogar gesehen, wie Mama einen Toten zum Leben erweckte, obgleich das derart schlecht lief, daß wir uns alle einig waren – sogar Mama –, das nie wieder zu tun.

Eigentlich war es kein Mensch, den Mama zum Leben erweckte. Es war Geronimo, der Frosch.

Das sollte ich wohl besser erklären.

Das Auffälligste am Haus meiner Eltern in Houston, Texas, war der herrliche Garten dahinter. Die gesamte angrenzende Hausseite bestand aus Verandatüren, die Mama den ganzen Tag offen ließ, und so ließ sich nur schwer sagen, wo der Garten anfing und die Küche aufhörte. Meine kleine Schwester, Candy, und ich verbrachten viel Zeit in diesem Garten, versteckten uns vor Mama und fingen Frösche. Anfang der Siebziger waren in Texas alle Mädchen verrückt nach Puppen. Außer unzähligen Barbies besaß ich einen Haufen Kiddles, klitzekleine Puppen, deren Kleider einem größeren Frosch genau passten. Ich habe immer noch Polaroids von Geronimo in einem umwerfenden rosafarbenen Ballettröckchen. Anfangs mochte Geronimo es nicht, gefangen und herausgeputzt zu werden, aber er schien sich daran zu gewöhnen. Nachdem wir uns schon eine Weile kannten, hockte er sich von selbst auf unsere Hände und ließ sich schön anziehen, solange wir ihn mit Mehlwürmern und Ameisenlarven belohnten.

Direkt nach meinem elften Geburtstag entdeckte ich Geronimo. Er trieb tot in unserem kleinen Betonteich unter der Bananenstaude. Candy und ich waren untröstlich. Anfangs fühlte Mama mit uns mit, aber unser Gejammer und Geheule ging ihr bald auf die Nerven. Ich war ohnehin ein mürrisches Mädchen und machte mit meinen Launen allen das Leben zur Qual. Schließlich trug Mama den Frosch zu ihrem Schränkchen hinüber, in dem sie ihre Götter aufbewahrte, stopfte ihn in das Predigerfach, zündete eine Kerze an und schickte uns aus dem Zimmer. Dann tat sie etwas, das sie in New Orleans gesehen hatte, als sie noch jung war. Die Einzelheiten habe ich nie erfahren, aber am nächsten Morgen fanden wir Geronimo im Garten wieder, wo er sich schwerfällig durch das Gras kämpfte.

Aber er lebte eigentlich gar nicht. Er aß nie, er quakte nie. Er wankte nur hinter uns her, als würde er sich nach unserer Wärme sehnen. Er war schlimmer als tot: Er war ein Zombie-Frosch, ein grauenhaftes, kümmerliches Überbleibsel seiner selbst. Candy, die erst sieben war, fing jedesmal an zu schreien, wenn er in ihre Nähe kam. Schließlich quetschte ich Geronimo mit einer Schaufel aus dem Schuppen flach auf den Boden. Dann stellte ich mich auf das Schaufelblatt und hielt ihn so auf dem Steinplattenweg fest, während Candy loslief, um eine leere Milchtüte zu holen. Ich spürte, wie die Schaufel unter meinem Fuß ruckte und zuckte, während Geronimo zu entkommen versuchte. Candy kam zurück, und ich öffnete die Tüte und schubste Geronimo hinein. Dann hielt ich sie mit dem Fuß zu, während Candy den großen Tacker von Papas Schreibtisch holte. Gemeinsam hefteten wir die Öffnung der Milchtüte zu, schlichen dann aus dem Hof, rannten zum großen Abflußrohr am Ende des Blocks und stopften die Milchtüte in ihren finsteren Rachen, während der arme Geronimo immer noch darin herumhopste.

Das war eine schreckliche Geschichte. Ich erwähne sie als ein Beispiel dafür, daß Mamas Magie wirklich existierte, auch wenn sie nicht immer so schrecklich war. Ich muß zugeben, daß ich – im Unterschied zu Candy – weder weinte noch trauerte, als sie Mamas Sarg in ihr Grab hinunterließen. Ich lauschte auf das Geräusch, wie Mama gegen den Deckel hämmerte und versuchte hinauszukommen.

Ich heiße Antoinette Beauchamp, was Bietsch-am ausgesprochen wird, und bin nur hinsichtlich meiner DNA die Tochter meiner Mutter. Ich habe einen Abschluß in Mathematik von der Rice University und bin ein Mitglied der Gesellschaft der Aktuare. Ich hasse Lügner. Laßt die Gebete und die Dämonen und die Reiter im Kleiderschrank, und auch die Geschichten über Schätzchen und die Witwe und das Kleine Verlorene Mädchen – laßt all das mit Mama begraben sein, zusammen mit den Tränen und den Szenen und den Bloody Marys. Mit ihr begraben, dort, wo sie hingehören.

Sogar im Tod schmiedete meine Mutter noch Ränke. Irgendwie ist es ihr gelungen, sich in Glenwood beerdigen zu lassen, Houstons exklusivstem Friedhof. Ich hege keine Zweifel, daß es sie mit tiefer Genugtuung erfüllte, über ihre Verhältnisse begraben zu sein.

Sie hätten Mutter in Cherryhurst verscharren sollen oder unter einigen Handbreit Rasen auf dem alten Konföderiertenfriedhof am Memorial Drive. Oder einäschern, das hätte zu ihr gepaßt: die Asche vor Galveston ins Meer streuen oder in eine Tonskulptur einarbeiten und im Garten aufstellen; oder mit Limonensaft und Tequila auf einer Totenwache trinken, während schwarzäugige Zydeco-Zigeuner mit Katzenvertrauten auf schweißfleckigen Akkordeons mit gesprungenen Elfenbeintasten spielten. Sie hätte auch einfach im Dschungel von Costa Rica verschwinden können, ohne ihre Leiche zurückzulassen; oder von einem Krabbenkutter in den Golf von Mexiko fallen; oder von einem Tornado emporgezerrt werden, während auf dem Feld darunter ein spitz zulaufender Hexenstiefel, Größe 38, zurückblieb.

Jede dieser Todesarten wäre denkbar gewesen.

Aber daß sie an Krebs starb und in Glenwood begraben wurde: Das war eine Travestie. Glenwood ist der Friedhof der Oberschicht von Houston, gerammelt voll mit Hoffheinzes, Hollcombes, Cullens und Friedrichs – ein griechisches Dorf en miniature. In die Mahnmale aus weißem Marmor waren die gleichen Namen eingemeißelt, die auch in den Eingangshallen der Museen, Theater und Krankenhäuser zu finden waren. Howard Hughes liegt in Glenwood begraben. Kardinal Richelieu müßte eigentlich dort begraben liegen, zusammen mit Lorenzo de' Medici und Vasco da Gama. Aber meine Mutter hatte dort nichts zu suchen.

Während der ersten paar Tage ist das Totsein eine einzige Hetzerei. Normalerweise bin ich vorsichtig und gewissenhaft und aufmerksam. Aber in der Woche nach Mamas Tod konnte ich nicht klar denken. Beerdigungsvorbereitungen und Versicherungsformulare und Anrufe bei Verwandten flatterten überall um mich herum, nur undeutlich wahrgenommen, wie Vögel, die durch den

Garten fliegen. Ich war nicht traurig, keine Minute lang. Candy schon. Candy weinte und weinte. Ich dagegen empfand keine Trauer. Nur diesen Mangel an Konzentration und eine Anspannung in meiner Brust, fast wie Zorn.

Als der alte Herr Friesen anbot, sich um alles zu kümmern, beging ich den Fehler, sein Angebot anzunehmen. Ich hatte große Angst vor dem, was Candy für die Bestattung vorschlagen würde: Haarfetische, Voodoo, Sankt-Antonius-Kerzen beim Empfang, Mitternachtsmessen – Gott weiß was für Schauergeschichten. Damals schien es einfacher, Bill Friesen die Vorbereitungen zu überlassen.

Mein Fehler. Geh nie, nie, nie irgendwelche Verpflichtungen ein.

Bis ich begriffen hatte, daß Herr Friesen beabsichtigte, Mama in Houstons exklusivster Gegend zu beerdigen – teurer kann man nicht verscheiden als in Glenwood –, war es zu spät, um noch etwas anderes zu arrangieren. Also blieb es bei Glenwood, an einem herrlichen Novembernachmittag. Die Brise von der Golfküste wehte sachte durch die Eschen und die hochgewachsenen Ahornbäume mit ihrer weißen Rinde, die riesigen immergrünen Eichen und die gewaltigen, langarmigen Kiefern, deren Äste sich nach oben hin wie grüne Kugelblitze verzweigten. Das Grab bildete eine lange, schwarze Spalte aufgeworfener Erde inmitten des grünen Rasens. Die Blätter einer Eiche warfen ihre Schatten darauf. Diese Eiche war so alt, daß ihre Äste mit Moos und Farn überzogen waren, die in ihrer uralten Rinde wurzelten.

William Friesen stand vor uns am Grab und erging sich in Erinnerungen. Er hatte fast keine Haare mehr auf dem Kopf, und sein kahler Schädel mit seiner Vielzahl von Sommersprossen und Leberflecken hatte die Farbe von Kartoffelpüree mit einem Rest Schalen. Er hielt eine ausführliche Rede. Wie viele reiche Männer schien Bill Friesen nie die Möglichkeit zu beunruhigen, seine Geschichten könnten langweilig sein. »1958 fiel mir an der Theke des *House of Pies* ein hübsches Mädchen auf«, sagte er. »Damals habe ich an Frauen nur wenig Gedanken verschwendet, im Büro arbeitete ich bis in die Nacht hinein – aber plötzlich war sie da, und ich auch, mit meinem schicken Anzug und meinem artigen Lächeln. Ich rechnete mir durchaus eine Chance aus. Also bin ich zu ihrem Hocker hinübergegangen und habe sie gefragt, ob ich sie zu einem Stück Obstkuchen einladen dürfte.«

Wir alle hatten diese Geschichte schon mehrmals gehört. Candy schien durch sie nur noch trauriger zu werden, nach den neuen Tränen zu urteilen, die aus ihren hübschen Augen liefen. Ich dagegen hatte nur das dringende Bedürfnis, mich an der Wade zu kratzen, wo mich meine Strümpfe juckten.

Der große alte Herr der Anlageberatung Friesen mußte angesichts der Erinnerung lächeln. »Sie wandte sich zu mir um und sagte: ›Ich bin nicht die Frau, die Sie heiraten werden, machen Sie sich also keine Hoffnungen. Falls Sie mich allerdings immer noch zu einem Stück Kuchen einladen möchten, würde ich gerne von der Pekannußtorte probieren.‹« Bill lachte. »Nun, da hatte sie mich am Schlafittchen, was? Jetzt konnte ich keinen Rückzieher mehr machen. Ich bestellte den Kuchen und versuchte, keine allzu schlechte Figur zu machen. ›Woher wissen Sie so genau, daß wir nicht heiraten werden, junge Frau? Dies könnte der Anfang einer wunderbaren Freundschaft sein.‹

›O ja, wir werden Freunde werden‹, sagte das Mädchen. ›Aber Ihre Frau wird blond sein, eins sechzig groß, mit kleinen Händen und einem hübschen Gesicht.‹ Na ja, da ist mir die Kinnlade heruntergeklappt, und eine Woche später gleich noch mal, als ich der Frau begegnete, die sie beschrieben hatte.« Bill Friesen sah seine Frau Penny, die neben ihm am oberen Ende des Grabes stand, liebevoll an.

(Ich bin fünfzehn. Und ich habe mich gerade für einen Ferienjob als Aushilfe bei der Anlageberatung Friesen beworben, und Herr Friesen hat mir während des Vorstellungsgesprächs dieselbe Geschichte erzählt. Mama fährt mich nach Hause. »Scheinheiliger alter Scheißkerl«, lacht sie. »In Wirklichkeit habe ich gesagt: ›Ihre Frau wird kleine Hände haben, kalte Füße und kleine Brüste mit nach oben geschwungenen Brustwarzen. Und haufenweise Geld.‹ Himmel, ist er rot geworden. Aber es kann gut sein, daß er sich nicht mehr daran erinnert. Manche Dinge vergißt er gerne, der liebe Bill. Die arme Penny tut mir leid.«)

Allerdings war es die arme Penny, die schließlich neben dem Grab stand, während Mama darin lag.

»Nun«, fuhr Bill senior fort, »Elena Beauchamp behielt recht, was meine Frau betraf, und über die Jahre behielt sie hinsichtlich vieler Dinge recht. Sie verfügte über eine seltene Gabe, eine von Gott geschenkte Gabe. Ich habe gelernt, ihr genau zuzuhören. Meine Familie hat davon immer profitiert.« Das war sicherlich wahr. Die Friesens sind dank Mamas Ratschlägen reich geworden. Unglücklicherweise konnte Mama das Geld noch besser ausgeben als verdienen, und wir waren nie so erfolgreich wie Bill senior. Daraus ließe sich sicher irgend ein Gleichnis ableiten. Mama hätte das gekonnt. Sie hatte für alles eine Geschichte parat.

An der Stirnseite von Mamas Grabstelle, jenseits der frisch umgegrabenen Erde, stand ein Grabstein aus schwarzem Mamor mit eingemeißelten Buchstaben:

ELENA BEAUCHAMP

1933 – 1995

MANCHE GESCHENKE
KANN MAN NICHT
ZURÜCKWEISEN.

Zwei Wochen zuvor war sie zum Sterben aus dem Krankenhaus entlassen worden, mit einer Tagesschwester und einem Vorrat Morphium ausgestattet. Das Wetter war hoffnungslos schön gewesen. Wir trugen eine Chaiselongue aus dem ersten Stock in den Garten, und Mama lag den ganzen Tag zwischen den Piassavapalmen und dem Hibiskus. Sie sah den Eidechsen zu, die über die Steinplatten flitzten, und lauschte den Spottdrosseln.

Nach ungefähr einer Stunde bat sie mich um ein Glas Eistee mit einem Limonenschnitz und einem Schuß Wodka. Außerdem bat sie um ein Notizbuch und einen Stift, aber sie war zu schwach, um zu schreiben. Ich hielt ihr Glas und ließ sie den Tee in kleinen Schlucken trinken. Ihre Lippen zuckten, ihr Kopf zitterte. Auf Grund der Strahlenbehandlung waren ihr alle Haare ausgefallen. Dann ließ sie mich ihre Grabinschrift aufschreiben und ihr vorlesen, zweimal. Ich mußte ihr versprechen, daß ich den Steinmetz anrufen würde, damit der Grabstein rechtzeitig zu ihrer Beerdigung fertig wurde. Die Grabinschrift war eine Botschaft, die an mich gerichtet war, das wußte ich, auch wenn Mama das nicht offen aussprechen und ich nicht danach fragen wollte.

Sie starb an dem Nachmittag, an dem wir den Anruf erhielten, daß der Grabstein fertig sei. In Houston gibt es zahlreiche Raffinerien. Die Stadt ist von einem Dunst aus industriellen Kohlenwasserstoffen bedeckt, die den Himmel prachtvoll scheinen lassen, und an jenem Tag war der Sonnenuntergang großartig. Lange Wolkenkorridore und Wolkengalerien wurden langsam pfirsichfarben, dann strahlend gold. Schließlich lösten sie sich schwelend auf und ließen einen tiefblauen, leuchtenden Himmel zurück, meeresgleich.

Meine Mutter konnte die Zukunft sehen. Meine Mutter sagte: »Gebt mir Zucker«, wenn sie von uns geküßt werden wollte. Sie verlangte danach wie eine römische

Kaiserin, und wie Tribut erstatteten wir ihn ihr. Meine Mutter mixte sich Bloody Marys und trank sie nachmittags, während sie in Strümpfen auf unserem gekachelten Boden auf und ab schritt und die Hüften schwang. Im Leben meiner Mutter gab es eine Lücke, über die sie nie sprach. Sie erstreckte sich von der Zeit, als sie die Highschool verlassen hatte, bis zu dem Tag, an dem sie Bill Friesen kennengelernt hatte. Meine Mutter konnte auf hundert verschiedene Arten weinen. Einmal hat sie jeden Spiegel im ganzen Haus mit dem Absatz eines weißen Stöckelschuhs kaputtgeschlagen. Sie muß mir hundert Ohrfeigen verpaßt haben, und zweimal fügte sie mir mit dem diamantenen Hochzeitsring, den mein Vater ihr in New Orleans gekauft hatte, einen Schnitt auf der Wange zu. Ich kann mich immer noch an jeden Farbton ihres Nagellacks erinnern: perlmuttfarben, rosa, karmesinrot, scharlachrot – und auch gold und silber, wie es die jungen schwarzen Mädchen tragen. Meine Mutter benötigte eine Stunde, um ihr Make-up aufzulegen, und den Geruch ihres Haarsprays werde ich nie vergessen. Meine Mutter wollte nach Paris reisen, sie besaß kistenweise Ölfarben und Wasserfarben, und sie malte mir die allerschönsten Geburtstagskarten auf der ganzen Welt, große, blühende Hortensien oder sandfarbene Seesterne oder zierliche Wasserfarbenpferde – ein Brauner, ein Fuchs, ein Apfelschimmel, ein Palomino. Meine Mutter log und log. Sie log mich an, und sie log andere an.

Manche Geschenke kann man nicht zurückweisen.

Ich schon.

Nach der Beerdigung gingen Papa und Candy und ich nach Hause und warteten auf die Kondolenzbesuche. Ich hatte vor, den Kachelboden zu wischen und Essen zu bestellen – Muffins zumindest, und Kaffee –, aber statt dessen ging ich in der Küche umher, wo Blumentöpfe mit Thymian und Salbei und Basilikum auf dem Fenstersims standen, neben zwei buschigen Minzesträuchern, die Mama für ihren Eistee hatte. An der Decke hingen Drahtkörbe voller Zwiebeln und Knoblauch neben getrockneten Chili-Schoten: rote und gelbe Peperoni, grüne Anaheim-Chilis und die dunkleren, runderen, schärferen Poblano-Schoten, aus denen man die besten *chiles rellenos* machen kann; außerdem *jalapeño*, *serranos* und *habaneros*, die wie Knallerbsen aussahen und im Mund explodierten.

Ich trat aus der Küche und schlenderte an dem langen Bauerntisch und den Verandatüren vorbei, die in den Garten führten. Schließlich wandte ich mich um und stand vor dem Schränkchen, in dem Mama ihre Reiter aufbewahrte.

Meine Mutter hatte ihr ganzes Leben lang immer wieder Anfälle von Besessenheit erlitten. Manchmal vergingen Tage oder Wochen oder sogar Monate, während denen sie ganz sie selbst war. Aber früher oder später holte sie die verfluchte magische Goldkarte hervor und tätigte eine Anschaffung, die sie mit ihrer Begabung verrechnete. Jedesmal bat sie die Reiter um Hilfe, die sie ihr auch angedeihen ließen – gegen einen Preis. Im Tausch für ihre Dienste drangen sie in ihren Kopf ein, verbannten sie Gott weiß wohin, und ein oder zwei Stunden lang wandelten diese kleinen Götter auf Erden.

Nachdem ein Reiter Mama verlassen hatte und sie zurückkam, war sie stets ziemlich durcheinander. Sie stand unter Schock und zitterte vor Erschöpfung. Nie konnte sie sich daran erinnern, was der Reiter gesagt oder getan hatte, während er sich in ihrem Kopf befand. Es war schrecklich, als Kind mit ansehen zu müssen, wie die eigene Mutter von den kleinen Göttern, die sie ritten, zerrissen und weggeworfen wurde; und wie sie sich dann mühsam wieder aufrappelte. Wer gesehen hatte, wie sie ein ums andere Mal diese Tortur durchmachte, hegte keine Zweifel an ihrer Kraft. »Es braucht schon mehr als Vogelschrot, um mich zur Strecke zu bringen«, sagte sie oft, und sie hatte recht.

Es gab sechs Reiter sowie das Kleine Verlorene Mädchen. Alle wollten sie etwas anderes. Papa hatte das Schränckchen, das Mama eine Chiffonniere nannte, auf ihren Wunsch hin gebaut. Hinter seinen gewachsten Kirschholztüren befanden sich drei Reihen mit jeweils zwei Fächern. Mama hatte in jedes Fach eine Puppe gelegt, die einen Reiter darstellte, zusammen mit ein paar Geschenken und anderem Krimskrams – Opfergaben.

Das obere Fach links gehörte der Spottdrossel, die in Form einer Handpuppe dargestellt war, einem langen Lederhandschuh, auf den die Federkleider zweier Spottdrosseln aufgenäht waren. Mamas Zeigefinger bildete den Schnabel. Wenn sie ihre Hand öffnete und schloß, bewegten sich die Flügel.

Eine Spottdrossel ist kein besonders schöner Vogel. Sie ist größer als ein Zaunkönig und kleiner als eine Krähe, mit auffälligen, weiß gestreiften Flügeln. Unter allen Geschöpfen Gottes ist sie mit der allerlieblichsten Stimme gesegnet. Oft singt sie die Rufe anderer Vögel schöner, als diese selbst es können. Wenn sie davon genug hat, verwandelt sie das Knarren eines Fensterflügels oder das Schlagen einer Tür oder im Wind flatternde Wäsche in ein Lied.

Wenn die Spottdrossel Mama ritt, verwandelte sie sich in ganz unterschiedliche Menschen, stimmte alle paar Minuten ein anderes Lied an. Anfangs mochte sie Papa sein, der Geschichten von der Straße erzählte, die er auf seiner letzten Tour durch Louisiana oder Oklahoma als Handelsreisender für American Express aufgeschnappt hatte. Im nächsten Augenblick mochte sie der alte Herr Friesen sein, der über die Gegensprechanlage mit einem seiner Angestellten sprach. Dann war Mama plötzlich wieder da und lachte, mixte sich eine Bloody Mary und zündete sich eine Zigarette an. Als nächstes war ihre Freundin Mary Jo an der Reihe oder Greg, ein Junge, der auf der anderen Straßenseite wohnte, oder Herr MacReady, unser Nachbar von nebenan, der in seiner Garage einen Kramladen aufgemacht hatte. Wir hörten noch Dutzende von anderen Stimmen, von denen wir Mädchen viele nicht kannten.

Die Spottdrossel äffte alle nach, und Candy fing immer eine Unterhaltung mit ihr an, weil es ihr Spaß machte, ihr eigenes Spiegelbild zu sehen, wie in einem lebenden Spiegel. Sogar ich hatte das ein paarmal gemacht. Die Spottdrossel war nie gefährlich, und es war wirklich herrlich, meine Meinung aus Mamas Mund zu hören. Papa hielt dergleichen allerdings für respektlos, und so taten wir es nie, wenn er in der Nähe war.

Das rechte obere Fach gehörte dem Prediger. Seine Puppe bestand aus einem Kreuz aus zwei abgesägten Stücken eines Besenstiels, die zusammengebunden waren. Obenauf steckte ein weißer Hundeschädel, und über der Querstrebe hing das schwarze Jackett eines Sonntagsschülers wie die Jacke einer Vogelscheuche. Auf dem Schädel war ein alter Kollektenteller befestigt, wie sie in der Baptistenkirche herumgereicht werden. Er saß verkehrt herum darauf, wie ein Hut. Der Prediger war ein furchterregender Reiter, ausgesprochen streng. Er roch nach alten Büchern. Er verstand sich als Geißel der Eitelkeiten dieser Welt, ein grimmiger Mann, der nur bittere Wahrheiten äußerte. Candy gewöhnte sich an, ihre Make-up-Utensilien zu verstecken, nachdem der Prediger eines Tages, als sie zwölf war, in unser Schlafzimmer kam und ohne ein Wort alle ihre Kajalstifte entzweibrach, ihren Nagellack ins Waschbecken kippte, ihre Lippenstifte mit dem Absatz zertrat und die gesplitterten Röhrchen fortwarf.

In das Fach des Predigers legte Mama immer nur eine schwarze Lederbibel, nichts anderes.

(Als ich fünf war, wurde mir klar, daß Mama und die Reiter ganz verschiedene Lebewesen waren, die nichts miteinander gemein hatten. Wenn ein Reiter von Mamas Kopf Besitz ergriffen hatte, war sie ganz und gar verschwunden. Obwohl sich der Prediger dann im Körper einer Frau befand, war er immer noch der Prediger, ein Mann, kalt und hart.)

Unter der Spottdrossel, im mittleren Fach, saß Schätzchen. Schätzchen liebte es, wenn man ihr Komplimente machte, und sie flirtete immer mit dem liebenswürdigsten Menschen im Zimmer (Mann oder Frau, da war sie nicht wählerisch). Sie war mein Liebling, obwohl sie mich immer ignorierte, wenn die hübsche Candy anwesend war. Sie sah nicht unheimlich aus, und außerdem war sie, wenn Mama die Reitergeschichten erzählte, immer am nettesten zu dem Kleinen Verlorenen Mädchen. Schätzchens Fetisch glich einer richtigen Puppe, allerdings hatte sie spitze Katzenohren und Augen aus grünen Murmeln. Sie trug ein kurzes Kleid aus schwarzer Spitze und rote Lackschuhe, und sie roch nach Pfirsichen.

Jedesmal nachdem Schätzchen sie geritten hatte, ging Mama los und kaufte ein neues Kleidungsstück, das die Göttin anprobieren konnte, wenn sie das nächste Mal auftauchte. Ich dachte immer, Mama würde einfach nur die Gelegenheit nutzen, um sich seidene Unterwäsche zu kaufen, aber sie war stets sehr gewissenhaft, ließ die Finger von den Sachen in den Fächern und hielt uns ebenfalls dazu an. Schätzchens Fach war ein Durcheinander aus Lippenstiften und Parfümfläschchen, an die sich nicht einmal der Prediger herantraute, obwohl ihr Anblick ihn jedesmal wütend machte. Candy hat einmal versucht, ihre Make-up-Utensilien dort zu verstecken, um sie vor dem Prediger in Sicherheit zu bringen. Mama ertappte sie dabei und verpaßte ihr dafür ein blaues Auge. Danach ließen wir endgültig die Finger von der Chiffonniere.

Unter dem Prediger saß Pierrot. Er war die einzige Puppe, die aus einem Laden stammte. Mama war im Französischen Viertel von New Orleans auf ihn gestoßen. Er hatte weiße Clownsbacken mit roten Ringen, eine spitze Nase und ein spitz zulaufendes Kinn. Seine lange Zipfelmütze hing ihm tief über die Augen. Er war ausgesprochen witzig und sehr einsam. An manchen Tagen raubte er uns mit seinen Späßen den Atem, so sehr mußten wir lachen, aber er konnte auch grausam sein. Einmal hatte Candy nach ihrer Monatsblutung einen Blutfleck auf ihrer Hose, und er machte sich vor den Jungs im Einkaufszentrum darüber lustig. Er konnte jonglieren und Feuer spucken, und er roch nach Feuerzeugbenzin.

In der unteren Reihe, unter Schätzchen, hockte die Witwe, deren Körper aus einem langen, verstöpselten Reagenzglas voller vertrockneter Spinnen bestand. Ihr Kopf war ein Nadelkissen, ihre Augen glänzende schwarze Knöpfe, und ihr Haar bestand aus zahllosen Nadeln. Die Witwe roch nach versengtem Stoff und Silberpolitur – ein trockener, verbrannter, betäubender Geruch. Von allen Reitern sahen wir sie am seltensten, soweit ich mich erinnern kann nur drei- oder viermal, aber ich haßte sie am meisten. Sie mischte sich sofort und gründlich in unsere Familienangelegenheiten ein. Sie erteilte Befehle, und wir gehorchten, aber ich hatte kein einziges Mal das Gefühl, daß sie uns mochte. Wenn unsere Familie ein Bauernhof war, war sie die Bäuerin, und sie mähte, bepflanzte und schlachtete uns nach Belieben. Als Mensch war ich ihr gleichgültig, ebenso wie Candy oder sogar Mama. Sie war es, die aus Papa Geld herauswrang wie Wasser aus einem Lappen, um mich auf die Rice University zu schicken, dabei hätte ich für weit weniger auf die University of Texas in Austin gehen können und wäre außerdem noch von zu Hause fortgekommen.

Und schließlich, neben der Witwe, gab es Herrn Kupfer. Mama hatte ihn aus Nußbaum geschnitzt und so lange poliert, bis er glänzte. Sein Körper war schmal und enorm dünn, wie eine afrikanische Statuette. Um seine Schultern hing ein Mantel aus Schlangenhautvierecken, die Mama zusammengenäht hatte. In der Hand hielt er einen langen Knochenspeer, dessen Kopf aus der Rassel einer Klapperschlange bestand. Herr Kupfer roch nach Staub und Benzin, und er konnte gut mit Geld umgehen. Er rechnete gerne und wollte immer Bridge oder Domino spielen, wenn sich jemand fand, der es mit ihm aufnehmen konnte. Allerdings verlor er nie. Herr Kupfer war ein Machtmensch, der nur den Nutzwert der Dinge sah. Wie das alte Sprichwort sagt: Er kannte den Preis von allem und von nichts den Wert. Mama sorgte immer dafür, daß ein Kartenspiel in seinem Fach lag, ein Paar Knochenwürfel und ein Satz Dominosteine in einer Schlangenhautschatulle.

Für das Kleine Verlorene Mädchen gab es nie eine Puppe, und sie hatte auch kein eigenes Fach, obwohl Mama behauptete, daß man sie mitten in der Nacht durch unser Haus laufen hören konnte, wenn man aufmerksam lauschte.

Am Tag von Mamas Begräbnis stand ich lange vor den Reitern. Dann streckte ich ängstlich die Hand nach den hohen Chiffonnieretüren aus und schloß sie. In dem Augenblick, als mich Mamas Götter nicht mehr sehen konnten, legte sich eine wunderbare Leichtigkeit über mein Herz und Hirn, und ich wurde ganz ausgelassen. Wie ein Mädchen, das die Schule schwänzt, ließ ich meine Pflichten im Stich und schlich mich statt dessen in den Garten hinaus.

Als ich durch die Verandatüren trat, brandete der Gesang der Vögel über mich hinweg. So weit ich zurückdenken kann, war der Himmel über Houston jeden November voller Vögel, und es wurden jedes Jahr mehr. Viele ließen sich hier den Winter über nieder, weit mehr legten nur eine Zwischenstation ein. Alle ließen sie die Regionen hinter sich, wo all die anderen wohnen, die düsteren Gegenden, die kalten Orte, wo der Winter hereinbricht. Am Tag von Mamas Begräbnis schäumten die immergrünen Eichen entlang unserer Straße vor Vögeln nur so über: Blauhäher, Kardinalvögel und Spottdrosseln; und Stärlinge, Stärlinge und noch mehr Stärlinge – die Weibchen mit olivgrüner Brust und ganz gelassen, die Männchen schon heiser, jedes einzelne leuchtend blauschwarz wie polierte Kohle. Acht Stärlinge hockten auf dem Hals jeder Straßenlampe und warfen anzügliche Blicke herab wie angetrunkene Staatsdiener in schwarzen Mänteln.

Die meisten Häuser gehen auf einen Hof hinaus, doch Candy und ich wuchsen in einem Garten auf, mit einem griesgrämigen weißen Stuckhaus als kostenlose Zugabe. In den zwanziger Jahren hatte das Haus Clark Gables erster, reicher Frau gehört. Es war nach alter spanischer Art aufgeteilt, mit einem Zimmer auf jedem Stockwerk. Candy und ich saßen im Obergeschoß fest und wurden in der Sommerhitze gegrillt. Mama und Papa schliefen direkt unter uns. Die oberen Stockwerke verfügten beide über lange Balkone mit rostfleckigen schmiedeeisernen Geländern, die quietschten und schwankten, wenn ich und Candy auf ihnen herumschaukelten.

Der Garten hatte das Haus in die hinterste Ecke des Anwesens gedrängt und versuchte unablässig, das Erdgeschoß zu erobern. Mama ließ gerne alle Verandatüren offen, so daß Innen und Außen miteinander verschmolzen, gekachelter Boden und mit Steinplatten ausgelegte Veranda und Gartenpfad nahtlos ineinander übergingen. Entsprechend selbstverständlich war für die ganze Familie die ständige Präsenz von Ameisen, Baumschaben, Eidechsen und Stechmücken, aber Mama war der Meinung, daß es das wert war.

Am Nachmittag von Mamas Begräbnis zeigte das Thermometer am Dach der Veranda 25 Grad an. Am schmiedeeisernen Tisch unter der Bananenstaude wartete meine Schwester auf mich. »Wie geht es Papa?« fragte sie.

»Er ist in ihrem Zimmer und schaut Basketball. Wahrscheinlich nicht so toll.«

In ihrem einfachen schwarzen Kleid sah Candy aus wie eine junge mexikanische Witwe, mit ihren dunklen Augen, ihrer blassen Haut und dem Haar, das sie wie eine Señora hochgesteckt hatte. Sie wies auf zwei Gläser auf dem Verandatisch, beide mit drei Fingerbreit einer dunklen rotbraunen Flüssigkeit gefüllt, die fast schon schwarz war. Zwischen den Gläsern stand eine von Mamas wiederverwerteten Schnapsflaschen. Auf dem Papieretikett stand in ihrer geschwungenen Handschrift: *Spottdrossellikör*. Der Verschluß lag neben der Flasche. »Mama hat mir aufgetragen, sie aufzumachen, wenn sie sicher unter der Erde ist.« Candys Augen waren rot, und das Make-up auf ihren Wangen war von Tränen verwischt.

Ich nahm das Glas, das auf meiner Seite des Tisches stand, in die Hand. Das Getränk duftete ausgesprochen seltsam, halb blumig, halb industriell, wie Blumen und heißer Stahl. »Nein, danke.«

»Ich hab das nicht gemixt, ehrlich. Ich weiß nicht einmal, aus was es besteht.«

»Das ist ja eine prima Empfehlung.«

»Um Gottes willen, Toni.«

»Nein. Nichts da. Ich habe geduldig an Mamas Sterbebett gesessen: Sie hat kein Recht darauf, noch von jenseits des Grabes ihre Hand auszustrecken und mich noch einmal dorthin zu zwingen.«

»Warum mußt du sie so sehr hassen?«

»Ich hasse sie nicht.«

»Und ob du sie haßt! Seit sie tot ist, stapfst du wütend in der Gegend herum. Um Himmels willen, Toni! Sie ist tot, unsere Mutter ist tot, Gott hab sie selig.« Mit der Rückseite ihres Daumens wischte sich Candy eine weitere Träne von ihrer Wange. »Warum kannst du sie nicht in Ruhe lassen?«

»Jeder bekommt, wofür er bezahlt hat«, sagte ich.

»Großer Gott, was bist du doch für ein rachsüchtiges Miststück.«

»Du fluchst zuviel.«

»Leck mich am Arsch.« Candys phantastische Brüste hoben sich, als sie tief Luft holte. »Bitte, Toni. Ich darf mich nicht mit ihr anlegen. Dir kann sie nicht so gefährlich werden wie mir.«

Das traf durchaus zu. Schließlich hat Candy Mamas magische Fähigkeiten geerbt. Bei ihr ist die Gabe unmittelbarer, aber weniger flexibel. Keiner der Reiter war jemals auf ihr geritten. Manchmal konnte sie die Zukunft sehen, in Träumen oder Visionen, allerdings mit einer sonderbaren Einschränkung: Sie sah immer nur schöne Dinge.

Ich ließ mir ein paar Tropfen des Spottdrossellikörs auf die Zunge fließen. Er biß wie eine Mokassinschlange: Rum, Vanilleblüten; das Gefühl, das man bekommt, wenn man eine Batterie mit der Zungenspitze berührt. Der Geschmack von Pennys, die wir als Kinder in den Mund genommen haben. Ich schluckte, und Candy folgte meinem Beispiel. »Danke«, sagte sie.

»Wie lange hast du schon gewußt, daß sie sterben wird?«

»Ein Jahr vielleicht. Ich habe ... einfach aufgehört, von ihr zu träumen.«

»Wie viele schöne Träume hattest du überhaupt von ihr?« Ich ließ mir noch ein paar Tropfen des Likörs über die Zunge laufen und schluckte. »Das Zeug brennt wirklich. Candy, geht es dir gut? Wegen Mama, meine ich?«

»Nein – dir etwa?«

»Mir geht es gut.«

Mama war von Anfang an in Candy vernarrt gewesen. Schon als kleines Kind strahlte sie ununterbrochen und wollte dauernd in den Arm genommen werden. Alle waren erleichtert, denn ich hatte vom ersten Tag an Koliken und war ein Brummbär. »Als du auf die Welt kamst, warst du fest entschlossen, seitwärts herauszukommen«, erzählte mir Mama. »Der Arzt mußte ganz hinein und dich mit einer Zange herausholen, die so groß wie ein Salatbesteck war. War die kalt! Hätten mich fast umgebracht«, sagte sie und lachte. Ich war entsetzt.

Wenn sie gute Laune hatte, bezeichnete Mama mich als störrisch, aber leidensfähig. Das Wort gefiel ihr: leidensfähig. Etwas zu erleiden – sie schwelgte in dem Wort: er-lei-den. Wenn sie weinte, was oft vorkam, war ich ein »armes Kind«, weil ich schon so früh so robust sein mußte. Aber es war gut, daß ich robust war, denn in diesem Leben mußte man das sein. Wenn sie wütend war, war ich bösartig oder unausstehlich, manchmal sogar das unausstehlichste Kind, das je gelebt hat.

»Mir geht es gut«, sagte ich. »Ihr beide standet euch schon immer näher.«

Candy verschluckte sich und lachte. »Das Komische daran ist, daß du das wirklich glaubst.«

»Es stimmt!«

»Klar doch.«

Ich hob mein Glas. »Auf Mama. Auf daß ich nie sein werde wie sie.« Vögel hüpften und huschten zwischen den Ästen über uns hindurch. Der Likör lief bis zu meinem Mittelpunkt hinab und entfaltete sich dort wie eine Blume.

Candy streckte ihre Beine aus und legte die Füße übereinander. »Carlos, dieser Scheißkerl, hätte zur Beerdigung kommen sollen.«

Carlos war Candys derzeitiger Freund, ein Tex-Mex-Autowäscher, der an einem sonderbaren Schnittpunkt zwischen mexikanischer Volksmagie und der Mitgliedschaft in einer Low-Rider-Gang lebte. Carlos selbst war klein und dünn und hatte eine angenehme Stimme. Er war ein hervorragender Mechaniker und ein recht guter Zauberer, der vor Jahren bei einem Bandenstreit ein Stück eines Ohres verloren hatte. Trotz seines kantigen Gesichtes, der Tätowierungen und des kleinen schwarzen Spitzbartes hatte niemand jemals gehört, daß er seiner Mutter gegenüber ein böses Wort fallengelassen hätte. Einmal habe ich erlebt, wie er ein Glas Motorenöl getrunken hat, um eine Wette zu gewinnen.

Candy ist schon mit einer Menge seltsamer Typen zusammengewesen.

Ehrlich gesagt fand ich, daß sie gut zueinander paßten: Carlos war ein ziemlich ernsthafter Mensch, und das hatte sie nötig, und sie wurde spielend damit fertig, daß er den Geistern der Toten gelegentlich einen Besuch abstattete. Am bemerkenswertesten an Carlos war sein Auto, ein generalüberholter Leichenwagen, den er in einen fahrenden Schrein verwandelt hatte. »Kannst du dir vorstellen, wie Carlos mit dem Muertomobil in Glenwood einfährt? Die Wachleute hätten ihn auf der Zufahrtsstraße abgeknallt. Sei vernünftig. Bestimmt kommt er heute nachmittag hier vorbei.«

»Wahrscheinlich wollte La Hag Gonzales nicht, daß er mit mir in aller Öffentlichkeit gesehen wird.«

»Wenn ich einen Sohn hätte, würde ich ihm auch nicht erlauben, mit dir auszugehen.« Nachdem ich mich erst einmal an den Likör gewöhnt hatte, nahm ich immer größere Schlucke. Ich leerte mein Glas. »Hör mal, das ist das beste Gebräu, das Mama je zubereitet hat.«

Candy ließ noch einen Schluck in mein Glas schwappen. »Glaubst du, daß Papa mit ihr glücklich war?«

»Spielt das eine Rolle?« Langsam stieg mir der Likör zu Kopf. Meine Gedanken wurden wie Wolken, die sich in der Golfbrise langsam auseinanderzogen. Das war kein unangenehmes Gefühl; ich trieb so dahin, ohne mich schläfrig zu fühlen. Sanfter Herbstsonnenschein besprenkelte den Garten. Nicht der zerstörerische Blick des Sommers, sondern ein schwächeres Licht, diffus goldfarben und unbeständig, von Ästen zerzaust, die im warmen Südwind knarrten. Blätter bewegten sich, Vögel kreisten; all das im angenehmen, trügerischen Licht am Ende eines Tages, einer Jahreszeit.

Ich blinzelte, und mir wurde bewußt, daß meine Gedanken wieder auseinandergetrieben waren. Zwischen ihnen herrschte gähnende Leere. Irgendetwas an dieser Leere jagte mir Angst ein. »Mama gehörte nicht zu den Menschen, die andere *glücklich* machen«, sagte ich. »Papa hat sich nicht gelangweilt, das garantiere ich dir. Und er hat sie nicht umgebracht.« Zwischen meinen Gedanken öffnete sich noch ein leerer Raum, doch ich kämpfte dagegen an. »Er hat bekommen, wofür er bezahlt hat.«

Candy nippte an ihrem Glas. »Nun, ich habe langsam genug von Carlos und La Hag Gonzales. Eine weitere Kerbe im Gewehrlauf. Für diese *chica* ist die Zeit gekommen, sich anderen Dingen zuzuwenden.«

Ein betonfarbener Ford Explorer rollte langsam die Straße hinunter. In seinem Fahrtwind wirbelten Vögel wie Blätter empor, Vögel, die von ihren Schatten verdoppelt wurden, herabstießen und wieder emporsegelten, Vögel, die vor der Kälte flohen, in irgendein warmes, namenloses, glückliches Land im Süden unterwegs waren, wo es nie Winter wird.

Mit panischem Schrecken wurde mir bewußt, daß ich in einem der leeren Räume zwischen meinen Gedanken festsaß. In meinem Kopf war alles weiß geworden, und ich konnte nicht mehr klar denken. Wenn man in die Sonne schaut, wird man hinterher von einem hellen Kreis geblendet, wohin man auch blickt – genauso ging es mir. Mit dem Unterschied, daß sich dieses Weiß hinter meinen Augen befand, weit hinten in meinem Kopf. Und es war kalt.

»Can-Cand...?«

Ich spürte, wie sie meine Hand nahm. »Toni? Geht es dir gut?«

Candys Stimme klang winzig und wie von weit her, als käme sie aus einem Telefonhörer im Zimmer nebenan. Eine Wolke mußte sich vor die Sonne geschoben haben, denn das Licht im Garten wurde plötzlich dunkler. Stille legte sich über die Welt. Ich konnte Vögel sehen, deren Schnäbel sich bewegten, aber ich hörte sie nicht singen. Eicheln fielen geräuschlos in den Teich.

»Ahh!« Ich stand schwerfällig auf und stieß dabei meinen Stuhl um. Wo blieb das Geräusch des Metallstuhls, der auf die Steinplatten polterte?

Dann roch ich die Gerüche der Witwe, nach Silberpolitur und versengtem Stoff, und ich wußte, was geschehen würde.

Ich trat einen Schritt nach hinten, um mein Gleichgewicht zu behalten. Mein rechter Fuß trat auf und erstarrte. Kaltes Weiß stieg bis über mein Knie hinauf. Ich stieß einen Schrei aus und hob das Bein – das Weiß ging wieder etwas zurück.

»Toni! Toni, was ist los?« Ich stolperte. Kaum berührte mein rechter Fuß die Steinplatte, erstarrte er wieder, und ich klebte am Gartenweg fest. Das Weiß schoß mein Bein empor und breitete sich in mir aus wie Feuer, das sich durch ein Stück Papier frißt. Ich versuchte zu schreien, doch ich brachte kein Geräusch hervor. Ich wurde verrückt vor Angst und rannte besinnungslos in meinem Kopf herum, aber das Weiß war allgegenwärtig. Aus großer Entfernung hörte ich Candy flüstern: »O mein Gott, Toni, ich kann sie riechen.«

Dann explodierte das Weiß in meinem Kopf, und die Witwe kam.

ZWEI

Dies ist die erste Geschichte, die mir meine Mutter über die Witwe erzählt hat, zumindest soweit ich mich erinnern kann. Stellen Sie sich vor, wie ich in meinem Nachthemd daliege, es ist zu heiß, um unter die Laken zu schlüpfen, die Balkontüren stehen offen, und die schwüle osttexanische Nacht schleicht sich in das Zimmer hinein. Es ist Schlafenszeit. Candy schlummert in ihrem Kinderbett am Fuß des Bettes. Ich kann ihr leises Babyschnarchen hören, das durch das Moskitonetz dringt. Mama sitzt neben mir, ihr Gesicht zeichnet sich in der Düsterkeit nur schwach und undeutlich ab. Sie hat wirklich eine großartige Stimme, rauchig und ruhig.

Ich weiß nicht, ob ihre Geschichten wahr sind, ob die Reiter sie ihr erzählen oder ob sie sie einfach erfindet.

Stellen Sie sich vor, wie sie sich über mich beugt, ihren eigentümlichen Geruch nach Zigaretten, Bourbon und Haarspray, ich mit geschlossenen Augen, das Baby schnarcht, und das Kleine Verlorene Mädchen betritt auf der Stimme meiner Mutter das Zimmer ...

Nun, dieses Kleine Verlorene Mädchen war schon sehr lange auf den Beinen. Sie ist den Bayou entlanggelaufen und vom sumpfigen Flußarm den Hügel hinaufgestiegen, auf dem die Reichen wohnen. Sie hat Chinatown durchquert, wo das Essen merkwürdig riecht, und sie ist zu später Stunde weitergegangen, an den Ecken vorbei, wo die farbigen Mädchen in ihren goldfarbenen Shorts darauf warten, in das Auto von Herrn Kupfer zu klettern und davongetragen zu werden. Sie ist schon sehr lange auf den Beinen, immer auf der Suche nach ihrem eigenen kleinen Haus mit den gelben Zierleisten um die Tür und dem weißen Zaun um den Vorgarten und der Schaukel, die am Ast der immergrünen Eiche vor dem Haus hängt, aber sie hat das Haus nie gefunden. Bis jetzt.

Heute läuft sie durch ein nettes, heimeliges Viertel, und urplötzlich steht es vor ihr. Sie irrt schon so lange herum, daß sie sich nicht sicher ist, ob es auch das richtige Haus ist, aber der Palisadenzaun ist weiß, die Tür wird von gelben Zierleisten eingefaßt, eine Schaukel hängt an zwei langen Ketten, die am Ast einer großen Eiche befestigt sind.

Vor dem Haus arbeitet eine Frau im Blumenbeet und schaufelt Erde von einem großen Haufen unter den Rosensträuchern in ein Loch von der Größe eines Waschkorbs. Fast sieht es aus, als würde sie ein Grab zuschaufeln.

»Mama!« sagt das Kleine Verlorene Mädchen. »Bist du das?«

Die Frau hält inne, doch als sie sich umdreht, noch immer etwas Erde auf dem Spaten, sieht das Kleine Verlorene Mädchen, daß nicht ihre Mutter dort steht, sondern die Witwe. Das Mädchen fürchtet sich vor ihren grausamen alten Augen. »Oh. Entschuldigt. Ich irre schon lange herum, und ich dachte, das wäre mein Haus«, sagt es. »Sagt, was vergrabt Ihr da unter dem Rosenstrauch?«

Die Witwe schaut sie eine Weile an. »Warum hast du dich verirrt?« fragt sie. Ihre Stimme klingt wie das Zischen eines Dampfbügeleisens auf einem Hemd.

»Meine Mama hat gesagt, daß ich krank bin, und hat mich zum Arzt mitgenommen. Der Arzt hat gesagt, daß ich gesund bin, aber als ich zurück ins Wartezimmer gekommen bin, war meine Mama fort. Ich habe auf sie gewartet, bis die Praxis schloß, aber sie ist nicht wiedergekommen, also habe ich versucht, alleine nach Hause zu laufen.«

Die Witwe wendet den Blick nicht von ihr. »Das ist ein weiter Weg«, sagt sie. Dann dreht sie sich um und hievt ihre Schaufelladung Erde unter den Rosenstrauch.

»Seid Ihr sicher, daß dies nicht mein Haus ist?« fragt das Kleine Verlorene Mädchen. »Es sieht wirklich so aus.«

Die Witwe wendet ihr den Rücken zu. »Wenn es das jemals war, ist es das nicht mehr.«

»Oh«, sagt das Kleine Verlorene Mädchen. Dann weint es. Weint und weint vor lauter Einsamkeit. Es ist so weit gelaufen!

Als es sich ausgeweint hat, fragt es: »Was habt Ihr dort in dem Loch?«

»Wie heißt du?« sagt die Witwe, ganz schnell.

Das Kleine Verlorene Mädchen antwortet ihr nicht.

»Hast du deine Zunge verschluckt?« fragt die Witwe. »Ich habe dich nach deinem Namen gefragt, Mädchen. Laß uns einen Tausch machen. Du sagst mir deinen Namen, und ich sage dir, was in meinem Loch liegt.« Der Erdhaufen ist fast flach. Als das kleine Mädchen nicht antwortet, nimmt die Witwe ihre Schaufel und klopft ihn fest.

»Meine Mama hat gesagt, ich soll Fremden meinen Namen nicht verraten.«

Die Witwe legt ihre Schaufel beiseite, tritt auf die frische Erde und trampelt sie noch fester, bis sie so flach wie das ganze Blumenbeet ist. Man kann kaum noch sehen, daß sich unter den Rosensträuchern einmal ein Loch befunden hat. »Hier wohnt kein kleines Mädchen mehr«, sagt sie.

Dann schlägt sie dem Kleinen Verlorenen Mädchen das Gartentor vor der Nase zu und verriegelt es, geht zu ihrer Veranda hinauf und in das Haus hinein. Das Kleine Verlorene Mädchen bleibt allein draußen zurück. Als die

Dunkelheit hereinbricht, dringt ein gelber Lichtschein aus dem Wohnzimmer, aber die Haustür bleibt verschlossen. Schließlich geht das Kleine Verlorene Mädchen weiter und sucht nach ihrem eigenen Zuhause, mit gelben Zierleisten um die Tür und einem weißen Palisadenzaun und einer Schaukel, die an einer immergrünen Eiche hängt. Und wenn sie es noch nicht gefunden hat, dann sucht sie heute noch.

»Toni?«

Ich lag mit dem Rücken auf dem gekachelten Boden, und jemand hielt meinen schmerzenden Kopf.

»Toni?«

Ah, Papas Stimme. Jetzt erkannte ich sie. Dann war das seine Hand unter meinem Hinterkopf. Meine Augenlider öffneten sich zaghaft und fielen wieder zu, wie Schmetterlingsflügel, die noch zu neu und naß waren, um entfaltet zu bleiben. *Au!* wollte ich sagen, brachte aber nur ein schwaches Ächzen zustande.

»Was? Was war das?«

»Au. Au.«

»Das glaube ich dir. Mach erst mal langsam, Mädchen. So schnell stehst du mir jetzt nicht auf.«

Candys Stimme erklang von der Seite. »Das war die Witwe, Toni. Sie ist auf dir geritten.« Erneut öffnete ich die Augen, doch Candy befand sich nicht in meinem Blickfeld, und den Kopf wollte ich auf keinen Fall drehen. Ich beließ es dabei, zum Deckenventilator emporzustarren und der langsamen Drehung seiner langen hölzernen Flügel zu folgen. Selbst wenn es nicht heiß ist, lassen wir den Ventilator langsam laufen, einfach um die Luft in Bewegung zu halten. Mama hat immer gedacht, das sei gesund.

»Au«, sagte ich etwas energischer. Ich hatte furchtbare, pulsierende Kopfschmerzen, mir war übel, und mein ganzer Körper fühlte sich an wie ein Spiegelei, das falsch herum in eine heiße Bratpfanne geklatscht worden war.

Ich mußte wieder an den Geruch der Witwe denken und betete, daß Mamas Dämonen mich nicht holen würden.

Candy sagte: »Ich hoffe, das ist nicht deine Vorstellung von einem Streich.«

»Oh, wahnsinnig komisch«, erwiderte ich. »Verpiß dich.«

»Deine kleine Schwester ist nur ein wenig nervös«, sagte Papa. »Die Witwe hat ihr gehörige Angst eingejagt.«

»Machst du dich über mich lustig? Das ist nicht komisch! Toni, die Witwe hat gesagt, daß ich Carlos heiraten muß! Ihn *heiraten!* Und dann soll ich ein paar kleine Bambinos raushauen!«

»Gratuliere. Ich freue mich jetzt schon auf deine Schwangerschaft. Das wird nett, wenn du endlich mal fetter bist als ich.«

Candy versetzte mir einen nicht eben sanften Tritt in die Seite.

Ich streckte meine zitternden Beine aus. »Die meisten Leute müssen sich eine Flasche billigen Tequila kaufen, um sich so zu fühlen. Wahrscheinlich sollte ich mich glücklich schätzen. In Ordnung, Papa. Du kannst meinen Kopf loslassen. Ich ruhe mich hier nur noch ein oder zwei Sekunden aus.« Papa blieb in der Hocke und hielt meinen Kopf weiterhin in seinen Händen. Dafür liebte ich ihn. »Candy, jedenfalls mußt du nicht tun, was die Witwe sagt.«

»Ja, klar doch.« Candy fing wieder an, im Zimmer hin und her zu laufen.

Erneutes schmerzhaftes Pochen brachte mein Sehvermögen ins Wanken. »Himmel, Schwesterchen, die Witwe hätte *dich* reiten sollen. Dir *gefällt* dieser Kram. Ach Candy, ich möchte nicht mit den Reitern kämpfen.

Am Spottdrossellikör kann es nicht liegen, den haben wir beide getrunken.«

»Äh ... nun ja ... Wenn ich ehrlich bin, Toni, hast nur du das Zeug getrunken! In meinem Glas war Pflaumensaft.«

»Was!«

»Mama wollte es so! Sie hat gesagt, der Likör sei nur für dich.« Etwas leiser fügte Candy hinzu: »Ihr letztes Geschenk war nur für dich.«

»Ach, großartig.« Erneut spürte ich Übelkeit in mir aufsteigen und schloß keuchend die Augen. Die Schmerzen in meinem Kopf nahmen kein Ende. »Du bist eifersüchtig?«

Candys Schritte hielten inne. »Und wie.«

Anscheinend war ich ungefähr dreißig Minuten lang besessen gewesen. Die Witwe hatte das Haus inspiziert, in Mamas Photographien gekramt und Candy erklärt, sie müsse Carlos heiraten. Schließlich war sie zu der Chiffonniere im Erdgeschoss zurückgekehrt und hatte die Türen geöffnet, damit die Puppen hinausschauen konnten. Zu diesem Zeitpunkt schien sie ihre Arbeit für beendet gehalten zu haben. Sie verließ meinen Kopf so schnell, daß Papa Mühe hatte, mich aufzufangen, als ich zusammenbrach.

Als ich wieder in der Lage war, aufrecht am Tisch zu sitzen, mein Gesicht in den Händen, war fast eine Stunde verstrichen, und wir rechneten jeden Augenblick mit den Kondolenzbesuchen. Candy lief los und besorgte Kaffee und Kuchen. Auf meine Bitte hin holte Papa eine von Mamas Flaschen *Evan Williams,* einen sieben Jahre alten Sour-Mash-Bourbon, hervor und schenkte mir in aller Ruhe einen Schluck ein. »Willst du das wirklich, Toni? Du trinkst sonst kaum etwas.«

»Ich überlege gerade, ob ich es mir angewöhnen sollte«, erwiderte ich. Er reichte mir das Glas.

Ich glaube nicht, daß ich Papa jemals in Eile gesehen habe. Aufgrund seiner traurigen Augen, seiner Geduld und seiner ruhigen, bedächtigen Sprechweise hatte ich immer gedacht, Gott hätte gewollt, er wäre Manager einer drittklassigen Baseballmannschaft geworden, ein geduldiger Mentor von eifrigen jungen Kerlen, die auf dem Weg nach oben waren. Statt dessen hatte der Herr ungerechtfertigterweise beschlossen, einen Handelsreisenden für American Express aus ihm zu machen. Er war viel unterwegs und überzeugte Ladenbesitzer davon, Reiseschecks vorrätig zu halten. Körperlich war er kleiner als Mama, von zierlichem Körperbau, mit einem kleinen Kopf, leichten Hängebacken und runden Schultern. Sie sprang immer um ihn herum, wie der Wind um einen Stein wirbelt. Candy und ich versteckten uns mit Vorliebe in seinem Windschatten.

Das Zittern in meinen Armen und Beinen legte sich allmählich. Der Bourbon schmeckte abscheulich, und ich mußte husten, bis mir die Tränen in die Augen traten. »Wenn das Mamas Vorstellung von einem Geschenk ist, wenn ich jetzt, nach dreißig Jahren, ihre zweifelhaften Außenstände übernehmen soll ...« Als der Bourbon in meinem Magen ankam, breitete er sich warm in meinen Adern aus. »Ich verstehe nicht, warum immer alle nach ihrer Pfeife tanzen müssen. Ich meine, Herrgott, Papa, warum hast du zugelassen, daß sie so mit uns umspringt?« Mein Vater sah mich an. Ich war entsetzt, daß ich so etwas gesagt hatte, ausgerechnet heute. Ich brach in Tränen aus. »Du darfst nicht zulassen, daß sie mir das antut!«

Papa schob seinen Stuhl zurück und ging in die Küche. Einen Augenblick später kam er mit einer Flasche Dos Equis aus dem Kühlschrank und einem Flaschenöffner zurück. Er mochte mexikanisches Bier. Die warme, schwüle Luft hatte sich bereits in Tautropfen auf der kalten Flasche niedergeschlagen. Papa sagte: »Stell dir mal einen Mann vor, der eine Sache erledigt haben möchte. Ich erkläre ihm, daß ich das für einhundert Dollar übernehmen könnte. Als ich fertig bin, suche ich den Kerl auf, um meinen Lohn zu kassieren. Aber der Kerl sagt: ›Danke, aber ich zahle Ihnen nur fünfundsiebzig.‹ Ich erwidere: ›Wir hatten eine Abmachung. Wie kommen Sie darauf, daß Sie mich um fünfundzwanzig Dollar betrügen könnten?‹ Da holt er einen geladenen Revolver unter seinem Schreibtisch hervor, hält ihn sich an die Schläfe, spannt den Hahn und sagt: ›Wenn Sie es nicht für fünfundsiebzig machen, erschieße ich mich.‹ Und ich weiß, daß er es ernst meint.«

Genauso lief es auch bei Mama immer. Trotz all der Lügen, die sie uns erzählte, mußte sie nie ein Wort darüber verlieren, wie unglücklich sie war. Keiner von uns zweifelte je daran, daß sie abdrücken wollte. Das stand fest.

»Warum ich?« fragte ich. »Warum holen sich die Reiter nicht Candy? Sie würde sie mögen. Sie würde sie hereinbitten. O Gott, Papa!« Die Tränen liefen jetzt immer schneller, ich konnte sie einfach nicht mehr zurückhalten. »Es war schrecklich. Als wäre ich tot. Die Witwe ist in meinen Kopf eingedrungen und hat mich umgebracht, damit sie in meinem Körper herumreiten konnte. Ich hatte solche Angst.«

Papa nahm einen Schluck von seinem Bier. »Deine Mama hat immer gesagt, daß es sich anfühlte, als wäre sie überfahren und tot liegen gelassen worden ... Ich könnte mir vorstellen, daß es die Reiter deswegen auf dich abgesehen haben.«

»Warum genau?«

Er sah mich an. »Deine Schwester sieht immer nur die schönen Dinge.«

»Ha.«

»Das stimmt.«

Ich blickte finster in mein Schnapsglas. »Wenn Mama glaubt, daß ich jetzt mit dem ganzen Spukkram und

Scheißdreck anfange ... nein danke, Ma'am. Es läuft nicht immer alles nach deinen Vorstellungen. Nicht jetzt, nach deinem Tod. Das gehört zu den Spielregeln. Wenn sie ihr scheußliches kleines Geschenk weitergeben wollte, hätte sie das tun sollen, als sie noch am Leben war. Ich bin keine Spottdrossel. Ich möchte nur ein Lied singen, und das ist mein Lied, Antoinettes Lied.«

»Manche Geschenke kann man nicht zurückweisen, Toni.«

Ich trank meinen Bourbon aus. »Bockmist. Ich weigere mich. Ich weigere mich!«

Mein Vater stellte sein Bier auf den Tisch, ganz genau auf den Ring, den die Flasche zurückgelassen hatte. »Ich werde dir einen Rat geben. Ich liebe dich von ganzem Herzen, Mädchen, aber versuch nicht, Mama auf ihrem eigenen Gebiet zu schlagen. Sie putzt dich von der Platte. Als Verrückte bist du bestenfalls zweitklassig, Toni, aber neben deiner Mama sehen selbst die Spitzenprofis alt aus.«

Die Friesens waren an jenem Nachmittag die ersten, die uns einen Kondolenzbesuch abstatteten. Bill senior mit einer kompakten, achtkantigen Flasche Blanton's Single Barrel, Penny mit einer ausgezeichneten Lasagne aus dem *Olivengarten.*

(Ich bin neun und beleidigt. Meine Mutter kocht etwas für Herrn Hierholzer am Ende unseres Blocks. Seine Frau ist gerade gestorben. Sie klatscht einen ordentlichen Eßlöffel Butter in eine Schüssel mit gelbem Kürbis in Sahnesoße. Auf der anderen Straßenseite spielen Candy, mein Freund Greg und Gregs Cousin aus San Antonio Batman, und ich mußte den ganzen Nachmittag im Haus bleiben und Mama beim Kochen helfen. Den Anfang machte ein gedeckter Apfelkuchen, und ich hätte fast losgeheult, weil die Luft so feucht war, daß der Rand abbröckelte. Dann sind *chiles rellenos* an der

Reihe. Meine Finger brennen noch immer von den Poblano-Schoten. Im Augenblick bereiten wir Kürbis in Sahnesoße zu. Ich höre Candy auf der anderen Straßenseite lachen, sie ist fünf und muß nie im Haushalt helfen, und ich frage Mama, warum wir Herrn Hierholzer nicht einfach eine Eistorte im *Dairy Queen* kaufen können.

»Wenn ich sterbe, werden wir sehen, wer etwas Gekauftes und wer etwas Selbstgemachtes bringt«, sagte Mama. »Dann wirst du wissen, wer meine echten Freunde waren.«)

»Es tat uns so leid, als wir es erfahren haben.« Penny Friesen reichte mir ihre Lasagne. Früher dachte ich, Penny Friesen würde auf uns hinabschauen – Mama hat das oft genug gesagt –, aber als ich älter wurde, kam ich zu der Feststellung, daß sie einfach nur schüchtern und unbeholfen war, ganz besonders im Schatten ihres freundlichen, großen Gatten. Penny trug immer die Uniform der Oberschicht, weiße Leinenblazer, rosa Lippenstift und große goldene Ohrringe. Ihre weißen Haare waren zu einem runden Ball aufgedreht, wie eine Wolke ausgebleichter Zuckerwatte. Aber irgendwie fehlte ihr die Überzeugungskraft, wie bei einer Hochstaplerin.

Ich verzieh ihr die gekaufte Lasagne. »Papa ist auf der Veranda.«

Bill senior nickte und schwenkte die Flasche Blanton's. »Ich bringe gleich ein paar Gläser hinaus«, sagte ich. Papa würde sich an seine Dos Equis halten, aber Bill wollte von dem teuren Whiskey kosten, den er mitgebracht hatte. Ich begleitete sie zu den Verandatüren und ließ sie in den Garten hinaus.

Der jüngere Friesen kam als nächstes. Bill junior war ein ausgesprochen häßlicher Mann: Ein großer Kopf mit braunem Kraushaar saß auf einem Körper wie ein Brotlaib, der nie richtig in seine teuren Anzüge hineinpaßte. Er hatte die helle Gesichtsfarbe seiner Mutter geerbt, aber bei ihm wirkte sie teigig. Er hatte Sommersprossen und wäßrige hellbraune Augen. Für sein Gesicht war sein Mund unverhältnismäßig breit und seine Lippen zu dick. Eigentlich stellte er ein ausgesprochen überzeugendes Argument für Männer-Make-up dar. Etwas Grundierungscreme und dezent geschminkte Lippen hätten bei ihm Wunder gewirkt. Ich kannte Bill junior, seit er Windeln trug, und als wir sechs waren, hatte ich ihn dazu gebracht, mir seinen Pimmel zu zeigen. Damals sah er für mich wie etwas aus, das man auf einen Angelhaken spießte, um Welse zu fangen.

Inzwischen hatte Bill junior einen Abschluß von der Fuqua School of Business in der Tasche und war in das Geschäft seines Vaters eingetreten. Er leitete die Anlageabteilung, in der ich arbeitete. Er war kein schlechter Chef. Seit er zur Unternehmensleitung gehörte, nannte er mich nur noch Fräulein Beauchamp. Er schloß nie seine Bürotür, wenn er mit einer weiblichen Angestellten sprach, was wohlwollend zur Kenntnis genommen wurde, und er erhob nie die Stimme. Als Junge hatte er davon geträumt, Admiral bei der Kriegsmarine zu werden. Er verstand sich mehr als Befehlshaber denn als Kämpfer, auch wenn er ein ausgeprägtes Ehrgefühl im Herzen trug. Seine Vorstellung von einem ruhmreichen Tod bestand darin, mit seinem Schiff unterzugehen. Außerdem war er habgierig und ein kleiner Angeber, solange ihn niemand dabei ertappte – er selbst eingeschlossen. »Es tut mir so leid«, sagte er. »Machen Sie, äh, machen Sie sich keine Gedanken um den Ölprospekt, über den wir gesprochen hatten. Kümmern Sie sich jetzt erst mal in aller Ruhe um Ihre Familie.«

»Danke. Wie Mama sagen würde: Ich gehe ganz schön auf dem Zahnfleisch, mit Papa und allem.« Ganz zu schweigen von der Witwe, die wie eine Spinne in meinen Kopf hineingekrochen ist.

Ich begleitete Bill junior in den Garten und richtete dann eine Käse- und Kräckerplatte her. Den Cheddar schnitt ich in ganz dünne Scheiben, damit er nach mehr aussah, als ich hörte, wie das Muertomobil vor dem Haus hielt. Dieses Geräusch konnte man nicht verwechseln. Der Motor grollte wie eine Orgel im Empfangszimmer Satans.

Houston ist eine komische Stadt. Aberglauben und Schwerindustrie haben sich zwischen den Ölraffinerien und Schiffswerften auf seltsame und schweißtreibende Art und Weise gepaart und merkwürdigen Nachwuchs gezeugt. Geisterwagen gibt es hier schon seit fünfundzwanzig Jahren, jedes für sich eine merkwürdige Kreation, anders als die üblichen Low Rider, aber das Muertomobil stellte sie alle in den Schatten. Carlos hatte einen 62er Leichenwagen von General Motors geborgt und die Karosserie so tief gelegt, wie es bei einem Low Rider erlaubt war. Dann hat er sich geduldig darangemacht, sie mit Artefakten der Macht zu bedecken. Sieben sternenförmige Gebilde, jedes aus dreizehn Silberdollars, begrenzten die Zonen der Macht des Muertomobils. Seine hellen, weit aufgerissenen Augen waren mit polierten Muscheln eingefaßt, und ein gebleichter Kalbsschädel zierte die Motorhaube. Die Karosserie des Wagens war mit Photographien von Carlos' Vorfahren bedeckt – hunderte Photographien, alle in Rahmen aus Holz, Bronze, Plastik, Porzellan, Zinn oder Silber, die meisten flach aufgeklebt, ein paar senkrecht aufgestellt, wie zum Beispiel das große Porträt seiner Großeltern mütterlicherseits im Goldrahmen, das stolz auf dem Dach des Leichenwagens stand, direkt über der Fahrerseite der Windschutzscheibe.

Im Wagen war jede Oberfläche in zerknitterten roten Samt gehüllt – stellen Sie sich einfach den Stoff vor, mit dem Draculas Sarg ausgekleidet ist. Die rote Luft war voller tanzender Männlein; Skelette und Kruzifixe aller Art hingen von der Decke herab, zitterten und tanzten an einem Spinnenwald dünner schwarzer Fäden. Es war keineswegs angenehm, wenn Carlos nachts hinter dir herfuhr. Seine aufgemotzten Halogenscheinwerfer starrten weiß und gierig in deinen Rückspiegel. Er selbst war nur als schwarzer Schattenriß zu sehen, von einem roten Licht eingefaßt, das wie das Nachglühen der Hölle durch die Windschutzscheibe fiel.

»Candy! Carlos ist ...«

»Ich weiß, ich weiß.« Sie stapfte aus dem Garten herein. »Das verdammte Auto hat alle Stärlinge in den Bäumen aufgeschreckt. Hoffentlich scheißen sie es voll.« Sie schürzte die Lippen, strich ihr Haar zurück und schaute sicherheitshalber nach, ob sich ihr Slip auch nicht abzeichnete. »Wie sehe ich aus?«

Wie ein Pin-up-Girl der Zeitschrift ›Heiße Mädchen in texanischen Leichenhallen‹, aber ich sprach es nicht aus. Draußen fielen die Tresortüren des Muertomobils ins Schloß. »Nicht schlecht. Ein wenig zu hübsch, glaube ich. La Gonzales würde es lieber sehen, wenn die Trauer dich in den Wahnsinn treiben würde.«

»Die alte Hexe kann mich mal, mir ist egal – Scheiße, da sind sie!« Candy rückte den Kaffee und die Gebäckschachteln auf dem Tisch zurecht, strich ihr Kleid glatt und öffnete die Tür.

»*Buenas dias*, Señora Gonzales«, sagte sie und nickte besorgt. »Carlos.«

»Was bitte ist gut daran?« wollte La Gonzales wissen und trat vor ihrem Sohn schweren Schrittes durch die Tür. Sie hatte eine Figur wie Königin Victoria in ihren letzten Jahren. Ihre Unterarme hatten die Größe von Brotlaiben, und ihren Knien konnte man ansehen, daß sie in ihrem ganzen Leben noch keine Frühmesse verpaßt hatte. La Gonzales hatte neun Kinder großgezogen und zwei Ehemänner zu Grabe getragen. Ihre Haare waren immer noch so dunkel wie der Schleier einer Witwe und ihre Krähenaugen schwarz, strahlend und scharf. »Carlos, stell die Schüsseln auf den Tisch.«

»*Sí, Mamá.*« Carlos hatte sich ordentlich herausgeputzt. Seine Mutter hatte ihn dazu gebracht, Unterhemd und Jeans zu Hause zu lassen und statt dessen einen zweireihigen Anzug von seinem Vater anzuziehen. Sein Bart war gestutzt und die vielen Ohrringe in seinem linken Ohr waren verschwunden. Als einziges Schmuckstück trug er eine Halskette mit der Zündkerze seines ersten Autos, das er mit siebzehn in einen Bayou gefahren hatte. Wunderbarerweise war er fast unverletzt davongekommen, und seit damals trug er die Zündkerze als Glücksbringer bei sich.

Die Platte, die er auf dem Tisch abstellte, war mit vier tiefen Kasserollen und einem roten Schmortopf aus Ton beladen. Erstaunliche Gerüche drangen unter den Deckeln hervor, und mir lief das Wasser im Mund zusammen. La Gonzales, die sowohl die Tugenden als auch die Laster traditioneller mexikanischer Mütter in sich vereinigte, war eine unvergleichliche Köchin. »Wir haben euch nur eine Kleinigkeit mitgebracht, *chicas*«, sagte sie und kam zu mir herüber. Die Hände, die sich um die meinen schlossen, waren fest und weich und warm wie Frühstücksbrötchen. »Du armes Ding – jetzt, da deine Mutter gestorben ist, mußt du dich um alles kümmern, *sí*? Wir haben nur ein paar *chiles rellenos* mitgebracht und einen Teller *tamalas* und ein Hühnchen-Chili mit etwas Reis, und da drin ist ein kleines Schweinchen«, sagte sie und wies auf den Schmortopf.

Ihre Augen ruhten noch einen Augenblick auf dem Tisch, und ein Stirnrunzeln breitete sich auf ihrem Gesicht aus. Sie ließ meine Hand los. Die Falten auf ihrer Stirn wurden tiefer. Sie streckte die Hand nach den feinen Süßigkeiten und Kuchen aus, die Candy besorgt hatte, und steckte einen Finger, der so fett und fleckig wie ein Frühstückswürstchen war, in eine der drei Schachteln. »Gekauft?« fragte sie und sah Candy an. »Deine selige Mutter ist tot, deine Schwester kümmert sich um alles und tröstet deinen Vater, *und du stellst nur gekauftes Essen auf den Tisch?*«

»*Mamá!*« rief Carlos.

»*La madre fallece, ¡y compran panecillos!*«

»*Entre ellos, no es igual, Mamá.*«

»*Y cuando paso a la más allá, ¿que vas atraer a la mesa? ¿Una caja de Kentucky Fried Chicken y un Milky Way?*«

Candy warf Carlos einen blutrünstigen Blick zu, als wäre alles irgendwie seine Schuld. »Wenn Sie sterben, Señora Gonzales«, sagte sie, »werde ich ein Festmahl zubereiten, das verspreche ich Ihnen.«

Allmählich füllte sich der Garten. Immer mehr Besucher traten durch unsere Tür, mehr, als ich mir je vorgestellt hatte: Frauen, die Mama um Rat beim Lotteriespiel gebeten hatten oder um einen Fluch auf ihre untreuen Ehemänner; ein Ehepaar, dem sie geholfen hatte, auszureißen und zu heiraten; eine Frau, die sie einen Monat lang in unserem Haus vor ihrem gewalttätigen Freund versteckt hatte; die Inhaberin des Schönheitssalons, den sie regelmäßig aufgesucht hatte; Freunde von Papa, Kollegen von der Anlageberatung Friesen; und viele andere, die ich nicht einordnen konnte. Alle brachten sie Blumen oder, häufiger, etwas zu essen, und bald war unser langer Bauerntisch beladen mit Kartoffelsalat, mit Curry-Eiern, Krautsalat, gegrillter Putenbrust, Hühnchen mit Knödeln, mexikanischer Hühnersuppe, Fleischkäse, Pecannußkuchen, Zitronenkuchen, frisch fritierten und mit Puderzucker bestäubten Hefestücken, grünen Bohnen mit gerösteten Mandelsplittern, Kartoffelpüree mit Sahne und brauner Bratensoße, geschmorten Garnelen mit roten Bohnen und Reis, einer rostroten Jambalaya mit viel Okra und Zwiebeln und mit einem wachsenden Angebot an Brotaufstrichen, Marmeladen und Konfitüren in Einmachgläsern, vor allem von den älteren

Frauen aus Mamas Bekanntenkreis: eingemachte Pflaumen und Apfelkonfitüre, eingelegte Zwiebeln und Chili-Bananen und von Mamas ältester Freundin, Mary Jo, ein zusätzliches Glas jener Köstlichkeiten, die sie uns jedes Jahr zu Weihnachten schenkte: *jalapeño*-Aufstrich für Papa, die besonderen *chayoten*, die ich so gerne auf Hamburgern und Hot Dogs aß, und Mustangtraubenkonfitüre für Candy; zu guter Letzt ein Topf mexikanische Minzsoße, die Mama immer dick auf Schweinskoteletts und Lammfleisch strich. »Für deine Mutter, wo immer sie jetzt auch sein mag«, sagte Mary Jo zu mir, und ich nahm alles feierlich entgegen.

Mary Jo kannte Mama schon seit einer Ewigkeit. Ihre Geheimnisse waren die einzigen, die Mama jemals für sich behielt, und ich vermute, daß das umgekehrt auch zutraf. Mary Jos Mann hatte sie und ihren acht Jahre alten Sohn verlassen und war mit seiner Sekretärin durchgebrannt, als ich elf war. Falls Mary Jo später noch einmal etwas von ihm gehört hat, haben wir Mädchen das nie erfahren.

Mary Jo hatte eine Zeitlang bei Sears gearbeitet. Inzwischen blieb sie jedoch zu Hause und machte Umschläge versandfertig. Als wir das letzte Mal mit ihr zum Abendessen ausgingen, bevor Mama zu schwach wurde, um das Haus zu verlassen, hatte Mary Jo behauptet, sie könne das Sternzeichen der anderen Restaurantbesucher am Durchmesser ihrer Fußknöchel erkennen. Später erklärte sie mit lauter Stimme, daß ein Herr zwei Tische weiter geistig zurückgeblieben sei – das könne sie an der Form seines Halses und seiner Ohren ablesen.

Wir liebten Mary Jo von ganzem Herzen, aber meist hielten wir sie von fremden Leuten fern.

Sie half mir, weitere Teller zu stapeln und Silberbesteck für die Gäste bereitzulegen. Dann begleitete ich sie nach draußen, während sie immer noch weiterredete, um das Haus herum in eine Ecke des Gartens, wo sich die Menschen nicht so drängten. Mary Jo redete die ganze Zeit nur über das Testament. »Hast du vielleicht mitbekommen, ob sie es geändert hat, Toni?«

»Nicht daß ich wüßte.«

»Hat sie dir während der letzten ein, zwei Monate nie aufgetragen, für sie einen Notar anzurufen?«

»Nein.«

»Teufel auch«, sagte Mary Jo niedergeschlagen. Wir standen im Schatten des nach Westen gelegenen Zauns beieinander und blickten zu den Zweigen der kleinen Palme empor, unter der sich das Küchenfenster befand. Unsere Palmen gleichen in nichts den graziösen, magersüchtigen Dingern, die man in Fernsehaufnahmen von Los Angeles sieht. In Texas ziehen wir sie klein, stämmig und hübsch, wie die Kellnerinnen in einem guten Tex-Mex-Schuppen.

»Ich habe ihr gesagt, daß ich etwas Kleingeld gebrauchen könnte, um mein Dach reparieren zu lassen«, sagte Mary Jo. »Das verdammte Ding tropft unablässig. Jedesmal wenn es regnet, läuft mir das Wasser die Wände hinunter.«

Der Ritt der Witwe hatte seinen Tribut gefordert. Noch Stunden später fühlte ich mich müde und ausgelaugt. »Wir werden uns wohl gedulden müssen, um herauszufinden, was im Testament steht, Mary Jo.«

»Ich weiß, was im Testament steht«, erwiderte Mary Jo bissig. »Wenn sie es nicht geändert hat jedenfalls. Von uns wird das allerdings niemand erfahren. Sie hat ihren Anwalt angewiesen, es in besondere amtliche Verwahrung zu geben. Sie hat mir erklärt, daß niemand es zu Gesicht bekommen soll, nicht einmal wir.«

»Du machst Witze! Nein, machst du nicht. Das würde ihr ähnlich sehen. Der Himmel weiß, was für Geheimnisse sie glaubt, der Nachwelt vorenthalten zu müssen«, sagte ich. »Na ja, soll sie ihre Freude an ihnen haben. Und an dem Geld von mir aus auch. Allerdings würde ich mir keine großen Hoffnungen machen, Mary Jo. Mama war nicht gerade sparsam.«

»Tja, da hast du Recht und auch wieder nicht, Toni.« Sie sah mich an. »Von euch Kindern wird keines sie so sehr vermissen wie ich«, sagte sie. Ich wollte etwas erwidern, aber sie hob die Hand. »Damit will ich nicht sagen, ihr hättet eure Mutter nicht geliebt – besonders du, Antoinette. Aber du wirst sie nicht so sehr vermissen wie ich. Du hast deine Schwester und deinen Papa. Ich habe niemanden. Keine Menschenseele.«

»Mary Jo. Ich ...« Erneut hob sie die Hand, und ich schwieg, denn sie hatte recht. Ihr Mann war verschwunden, ihr Sohn schrieb ihr nie, und ich konnte nicht so tun, als ob ich einsamer wäre als sie.

»Was hatte die Witwe denn zu sagen, Schätzchen?«

Ich starrte sie bestürzt an. »Woher weißt du das?«

»Ich hab sie an dir gerochen. Glaubst du, ich kenn den Geruch nicht, so oft wie ich deine Mama aufgelesen hab, nachdem die Reiter sie auf ihren Hintern haben fallen lassen?«

»Oh.« Daran hatte ich nicht gedacht. »Ich weiß nicht, was die Witwe gesagt hat. Ich war nicht dabei. Frag Candy.«

Aber Mary Jo zuckte nur mit den Achseln und verlor das Interesse an diesem Thema. »Ich bezweifle, daß das alte Schreckgespenst weiß, wie man ein Dach repariert«, sagte sie.

Greg, unser Sandkastenfreund von gegenüber, tauchte kurz nach Einbruch der Dunkelheit auf. »Tut mir leid, daß ich so spät dran bin«, sagte er. Typisch Greg: eine Entschuldigung ohne jegliche Erklärung. Er warf sein Leinenjackett über den Garderobenständer und schob die Tür hinter sich mit dem Fuß ins Schloß. Als er Anfang Zwanzig war, hatte Greg sehr viel Energie darauf verwendet, Jonglieren und Bühnenzauberei zu lernen, und obwohl er damit nie seinen Lebensunterhalt verdienen konnte, fand ich schon immer, daß es gut zu ihm paßte. Er bewegte sich erstaunlich anmutig und tat oft mehrere Dinge gleichzeitig. Er beugte sich zum Beispiel vor und küßte mich auf die Wange, während er eine Flasche Rotwein hinter seinem Rücken hervorholte. »In welchem Stadium befindest du dich? Angst, Verdrängung, Depression? Irgendwo dazwischen?«

»Ich dachte immer, Schicksalsergebenheit würde auch dazugehören.«

»Ach was. Zu früh. Mach dir nichts vor.« Er faßte mich an den Schultern und sah mir forschend in die Augen. »Du siehst schrecklich aus.«

»Mensch, danke!«

»Nein, ich meine das ernst. Du siehst aus, als wärst du einen Marathon gelaufen. Schläfst du nicht?«

»Mir geht es gut.« Sofern das damit zu vereinbaren war, daß die Götter meiner toten Mutter in meinem Kopf herumkrochen.

Greg ging zur Chiffonniere hinüber, blieb eine ganze Weile davor stehen und betrachtete Mamas Puppen. »Sie hat mir immer eine Heidenangst eingejagt.«

»Mama?«

»O Mann, für sie war ich ein offenes Buch.« Er streckte die Hand aus und kraulte Schätzchen hinter ihren spitzen Katzenohren.

»Finger weg! Das ist kein Spielzeug.« Greg zuckte von der Chiffonniere zurück. »Äh. Tschuldigung«, sagte ich.

»Nein, nein. Mein Fehler.« Er schüttelte den Kopf. »Ich weiß noch, wie ich ihr einmal in der Drogerie auf der Yoakum begegnet bin. Habe ich dir das jemals erzählt?« Ich schüttelte den Kopf und er grinste. »Damals bin ich mit einem Mädchen ausgegangen, Cindy Sanford. Himmel, hatte sie ein Figur! Cindy und ich hängen also in der Drogerie herum und versuchen den Mut aufzubringen, eine Packung Kondome zu kaufen. Gerade will ich nach den Ritex greifen – nicht die gerippten oder so was, das trauten wir uns noch nicht –, da kommt deine Mutter wie ein Bussard aus heiterem Himmel auf mich zugeschossen, mit dem breitesten Lächeln, das du je gesehen hast. Cindy tut klugerweise so, als würde sie mich nicht kennen. Wenn sich im Boden ein Abflußrohr befunden hätte, wäre ich darin versunken.

Das alles ist schon schlimm genug, aber es kommt noch schlimmer. Statt sich mit mir zu unterhalten und dann weiterzugehen oder mir zuzuzwinkern, was deiner Mutter durchaus zuzutrauen gewesen wäre, legt sie mir eine Kralle auf die Schulter und zieht mich beiseite. Dann flüstert sie mir etwas zu, allerdings so laut, daß Cindy es bestimmt hören kann. Sie sagt: ›Ach Greg, ist die *hübsch!* Hör mal zu, Schätzchen, eine ordentliche, sichere Abtreibung kostet ungefähr zweitausend Dollar. Ruf mich an, wenn es soweit ist, okay? Du weißt schon, später. Ich kenne die richtigen Leute. Das braucht dir nicht peinlich zu sein. Versprochen?‹«

»O mein Gott!«

Greg lachte. »Dann rauscht sie den Gang hinunter und verliert nie wieder ein Wort darüber.«

»Hast du jemals mit dem Mädchen geschlafen?«

Er grinste. »Ich habe nicht einmal mehr ihre Hand gehalten. Ich bin Jungfrau geblieben, bis ich zwanzig war, Gott sei mein Zeuge.«

»Um Himmels willen, Greg. Du? Das hätte ich schon mit siebzehn korrigieren können.«

»Ja, ich weiß. Ich meine ...«

Ja, ich weiß. Und ich hatte mir solche Mühe gegeben, daß er nicht mitbekam, wie sehr ich in ihn verknallt war. Ich habe die Seiten aus meinem Tagebuch gerissen und die Toilette hinuntergespült, damit Candy sie nicht fand und mich verpetzte. Anscheinend wußte er jedoch schon die ganze Zeit Bescheid. Und er hatte nicht einmal versucht, das auszunutzen. Das war gut so, aber einen

Moment lang haßte ich ihn dafür. Mir war das alles plötzlich wahnsinnig peinlich, und Greg konnte nichts daran ändern. »Äh, was ich sagen wollte – ich glaube, daß deine Mutter mir damit andeuten wollte, ich sollte auch die Finger von dir und Cindy lassen.«

Hätte ich jetzt ein Stück Papier an mein Gesicht gehalten, wäre es in Flammen aufgegangen. »Gute, alte Mama«, sagte ich.

Ich begleitete Greg in den Garten und schlich mich dann nach oben, um meine Fassung wiederzugewinnen. Die Party schien gut ohne mich auszukommen. Ich öffnete die Balkontüren und legte mich auf mein altes Bett. Der Geruch von Parfüm und Zigaretten wehte von unten herauf und mischte sich mit dem Geräusch von Eiswürfeln, die in Gläsern klirrten, und dem Lachen und den Lügen, die erzählt wurden, während die Vögel sangen und finster durch die Nacht flatterten. Ich hörte, wie Eicheln so gleichmäßig wie Regentropfen auf das Dach und auf die geparkten Autos vor unserem Zaun und in unseren Zierteich fielen.

Wenn bei uns in größerem Stil gegessen, getrunken und gefeiert wurde, fand das immer im Freien statt, zwischen den Piassavapalmen und dem Oleander. Wie vertraut mir das alles war, der nächtliche Geruch von Zigaretten, Hibiskus und Holzkohlebriketts; Rauchringe wanden sich um den Indischen Flieder; die Flammen der Kerzen zitterten, und ihr Spiegelbild leuchtete wie kleine Sterne in unserem kleinen Teich. An anderen Abenden hatte lautes Gelächter die buschigen Spitzen der Palmen erzittern lassen, während Kinder versuchten, nach ihren Zweigen zu schnappen, und »Erster!« schrien. Oft klimperte Mary Jo ein paar Takte auf ihrer ramponierten Gitarre, und Mama sang alte mexikanische Lieder, in denen die Menschen aus Liebe starben. Über all dem breitete die immergrüne Eiche auf der anderen Seite der Mauer ihre schwarzen, mächtigen Äste aus.

Wenn wir uns nicht mehr wachhalten konnten und die Gäste mit Kindern gegangen waren, brachte Papa uns hinauf, putzte uns die Zähne, und nachdem ich Candy ihren Schlafanzug angezogen hatte, kam Mama herauf, summte ein Lied, lächelte, deckte das Baby zu, berührte meine Wange mit der Hand und sang das immer gleiche Wiegenlied.

Schlaf, Kindlein, schlaf!
Am Himmel ziehn die Schaf;
Die Drossel stimmt ihr Spottlied an,
Der Mond vor Schreck nicht schlafen kann,
Schlaf, Kindlein, schlaf!
Schlaf, Kindlein, schlaf!

Der Schock wegen Mamas Tod und des Ritts der Witwe mußte größer gewesen sein, als mir bewußt war, denn bald merkte ich, daß ich eingeschlafen war. Ein Blick auf die Uhr sagte mir, daß eineinhalb Stunden verstrichen waren, seit ich nach oben gegangen war. Aus dem Garten war noch immer gedämpftes Stimmengemurmel zu hören, auch wenn inwischen weniger Besucher da waren und leiser gesprochen wurde. Mühsam setzte ich mich auf, schaltete das Licht an und fuhr mir mit den Fingern durch die Haare. So saß ich scheinbar eine Ewigkeit da und betrachtete mein Gesicht im Handspiegel auf dem Nachttisch. Papa hat uns nie erlaubt, einen großen Spiegel zu kaufen, nachdem Mama alle kaputtgeschlagen hatte.

Mama hat immer gesagt, ich hätte ihre Augen, aber ich glaubte ihr nicht, bis ich sie in ihrem Sarg sah, von Nelken und Zimmercallen umgeben. Tatsächlich, da waren sie: meine Augen, nur von Falten eingerahmt.

Lange betrachtete ich mein Gesicht. Suchte sie darin.

Als ich wieder hinunterschlich, stand Penny Friesen am Bauerntisch und knabberte an einem Stück Maisbrot. Mit zwanzig war sie wohl hübscher gewesen als Mama, auf eine farblose Art und Weise, aber ihr gutes Aussehen war nicht von Dauer gewesen – im Unterschied zu Mama war sie niemals aufgeblüht. Mit vierzig und fünfzig und sogar sechzig steckte Mama so voller Leben, daß das Zimmer heller und gefährlicher wurde, wenn sie hereinkam. Penny dagegen war in Bill Friesens großem Schatten aus Mangel an Sonnenlicht verblaßt.

In der Hand hielt sie ein Glas von Gregs Rotwein. »Hast du dich etwas ausgeruht?«

»Die letzten Tage waren lang.«

»Mhm.« Sie nahm einen Schluck und warf mir einen seltsamen Blick zu. »Weißt du«, sagte sie, »ich finde es ausgesprochen schwierig, jemandem zu verzeihen, daß er gestorben ist.«

»Wie bitte?«

»Man kann sie lieben oder hassen, aber wenn sie sterben, haben sie das letzte Wort, und daran kann man nichts mehr ändern.« Penny trank noch etwas Wein. »Das ist nur schwer verzeihlich, oder?«

»Ja, das ist es«, sagte ich.

Nachdem die letzten Besucher gegangen waren und das Geschirr hereingebracht und abgewaschen war, nachdem Candy nach Hause in ihre Wohnung und Papa nach oben ins Bett gegangen war, stieg ich hinauf zu meinem kleinen Bett im obersten Stockwerk und legte mich hinein. Der ganze wirre Tag drehte und wendete sich in meinen Gedanken, fiel Stück für Stück von mir ab, bis kurz vor dem Einschlafen nur noch die grimmige, hagere Gestalt der Witwe auf mich herabstarrte. »Wie heißt du, Kleines Verlorenes Mädchen?« fragte sie mit ihrer Dampfbügeleisenstimme. Von dem Geruch nach versengtem Stoff und Silberpolitur wurde mir ganz schummrig, während sie sich bedrohlich über mich beugte.

»Wie heißt du?«

DREI

Aus irgendeinem Grund – vielleicht ist es die Magie in ihr, etwas, das die Reiter zurückgelassen haben – verströmte meine Schwester einen ganz eigenen Geruch, einen schwachen, angenehmen Duft nach verbranntem Zimt. Ihr Geruch ist in all meinen frühen Erinnerungen gegenwärtig. Vermutlich gab es einmal eine Zeit, in der ich keine Schwester hatte, aber ich kann mich nicht daran erinnern. Meine Erinnerungen beginnen mit dem neugeborenen Kind in der Wiege am Fuß meines Bettes, als hätte ich eigentlich kein Leben, keine Geschichte gehabt, die sich zu erzählen lohnte, bevor es jemand anderen gab, dem ich sie erzählen konnte.

Sogar meine früheste deutliche Erinnerung an die Reiter dreht sich um Candy. Es ist spät an einem Sommernachmittag. Unten ritt der Prediger Mama, also habe ich das Baby zum Spielen hoch ins Zimmer mitgenommen, damit wir ihm nicht ins Gehege kommen. Candy hat kurze dicke Beine, und sie stapft fröhlich im Zimmer herum und zieht Schubladen heraus. Ich muß knapp sechs Jahre alt sein. Es ist viel zu heiß, um die Balkontüren geschlossen zu halten, allerdings hat Candy das als Einladung zu einem wunderbaren neuen Spiel aufgefaßt: Sie holt Kleider aus unserer Kommode und wirft sie vom Balkon in den Garten. Zwei ihrer winzigen Kleider gehen über Bord, bevor ich bemerke, was sie treibt. Jetzt muß ich mich hinausschleichen, um sie zu holen, bevor Mama sie entdeckt, sonst verpaßt sie dem Kind eine Ohrfeige, Candy heult los und ich muß sie wieder beruhigen. Oder Mama schreit mich an, und dann muß ich mich beruhigen, oder ich bekomme eine geknallt.

Also behalte ich das Baby im Auge, und jedesmal, wenn sie Kurs auf den Balkon nimmt, muß ich sie abfangen und sie unbeholfen zurück ins Zimmer schleppen, die Arme um ihre Brust, so daß sie von ihren Achselhöhlen baumelt. Sie findet das irrsinnig komisch und rennt Richtung Balkon, kaum daß ich sie losgelassen habe, denn sie weiß, daß ich ihr wieder nachjagen werde.

Ich habe das kichernde fette Kind gerade zum vierten Mal hochgehoben, als ich aus dem Zimmer meiner Eltern ein lautes Klirren höre, das scheußliche Geräusch splitternden Glases. Ich habe solche Angst, daß ich das Baby fallen lasse. Es landet *bums* auf dem Hintern, gefolgt von einer langen, qualvollen Stille. Dann kracht es unten wieder, und es stinkt nach Jasmin und Rosen. Der Prediger zerschlägt Mamas Parfümfläschchen.

Ich weiß noch, daß ich dachte: Herr MacReady und seine Kunden in seinem Garagenladen hören das sicher.

Ich starre Candace Jane an und versuche, sie durch reine Willensanstrengung dazu zu bringen, daß sie nicht schreit und die Aufmerksamkeit des Predigers auf sich zieht. Das Baby schaut mich mit großen Augen an, und dann – lacht es! Lacht über das Plumps-da-fall-ich-Spiel, reckt mir die Arme entgegen, damit ich sie hochhebe und wir das noch einmal spielen. Das Baby grinst breit und zeigt seine winzigen Zähne. Ich liebe sie so sehr, unsterblich. Sie repräsentiert alles, was an diesem Leben schön ist, und ich wünsche mir stumm und hoffnungslos, daß ich sein könnte wie sie. Die Liebe, die ich empfinde, ist so heftig und schmerzhaft und gewaltig, daß ich keine Worte dafür finde. Die meiste Zeit verstellt sie mir den Blick, und ich habe sie vergessen, aber sie ist immer gegenwärtig. Und manchmal rieche ich ihren schwachen Zimtgeruch, und dann erinnere ich mich wieder.

Ich bin schwanger geworden.

Den Entschluß habe ich einen Tag nach Mamas Beerdigung gefaßt. Für Montag ließ ich mir einen Termin bei einem Spezialisten geben und quälte mich durch sein Informationsmaterial zum Thema künstliche Befruchtung. Interessanterweise kostet die eigentliche Befruchtung nur ungefähr einhundertundfünfzig Dollar, plus einen Aufschlag, wenn du ihren Samen verwendest – so wie ich das getan habe –, statt einen eigenen Vorrat von zu Hause mitzubringen. Die eigentlichen Kosten entstehen durch die Ultraschalluntersuchungen, die innerlich vorgenommen werden und nicht äußerlich. Sie sind nicht unbedingt ein Vergnügen. Die Sonde selbst ist – offen gesprochen – penisförmig. Wahrscheinlich ist es sinnlos, das Rad neu zu erfinden, aber ich muß doch sagen, daß mir hinsichtlich der ganzen Prozedur große Bedenken kamen, als die MTA das Ding mit Gleitcreme beschmierte und sich mir näherte. Außerdem rammte sie einen meiner Eierstöcke, während sie in mir herumfuhrwerkte. Alle Männer, die das lesen, sollten versuchen, einmal mit dem Hammer auf ihre Hoden zu klopfen, um sich den Schmerz vorstellen zu können.

Zweck der Ultraschalluntersuchungen ist es, den genauen Zeitpunkt des Eisprungs festzustellen. Je näher er heranrückt, desto häufiger wirst du untersucht. Das ist so ähnlich wie Schiffeversenken. Da sich jede Untersuchung auf ungefähr hundertachtzig Mäuse beläuft, kommt ganz schön was zusammen. Mein Ei entpuppte sich als schwer faßbar, so daß der ganze Spaß fast dreizehnhundert Dollar kostete. Allerdings behauptete der Arzt, daß tausend Dollar pro Monat durchaus normal seien. Doch ich hatte Glück. Entweder schäumten meine Eier bereits vor lang versagter Begierde, oder die Witwe billigte die Erweiterung ihres Stammbaums. Aus welchem Grund auch immer, ich wurde beim ersten Versuch schwanger.

Warum? Warum bin ich losgestürzt und schwanger geworden? Hm, es freut mich, daß Sie mich das fragen. Hm ...

Mache ich es mir zu einfach, wenn ich sage, daß das Leben an mir vorüberging? Von dem Augenblick an, als Mama starb, hatte ich das Gefühl, die Zeit würde an mir vorbeiwehen wie die Golfbrise. Ich hatte so viele Dinge aufgeschoben, während ich auf den richtigen Zeitpunkt wartete. Hochzeit, Kinder, Familie.

Oder vielleicht – ergibt das einen Sinn? – hatte ich einfach Angst, mein eigenes Leben zu leben, solange Mama noch lebte.

Darüber dachte ich nur sehr ungern nach.

Da war ich nun, mit einem Baby im Bauch und so ängstlich wie ein Sünder während einer Erweckungsversammlung. Der Arzt hatte mir versichert, daß die Samenspender auf genetische Probleme hin untersucht wurden, aber was war mit unauffälligeren Dingen – Alkoholismus, ein Fluch auf der Familie, Legasthenie? Was war schon von einem Mann zu erwarten, der sich für Geld einen runterholte? Wenn er beispielsweise zu den Kerlen gehörte, die ...

Nein. Nein. Ich zwang mich, nicht darüber nachzudenken. Es war *mein* Kind. Es gehörte mir. Nur mir.

Wahrscheinlich war es Unsinn, das alles geheimhalten zu wollen, aber ich tat es. Ich nahm Urlaub wegen des Trauerfalls, und als die Ultraschalluntersuchungen häufiger wurden, meldete ich mich krank. Weder zu Papa noch zu Candy sagte ich ein Wort. Leider ist es ziemlich schwierig, vor einer Schwester, die in die Zukunft blicken kann, etwas geheimzuhalten. Zwei Monate nach Mamas Beerdigung bat ich Candy, mir beim Einkaufen behilflich zu sein. Als wir uns im Einkaufszentrum trafen, wußte ich sofort, daß ich in Schwierigkeiten war.

Ich hatte sie gebeten, an der Eisbahn in der Galleria zu warten, in Houstons teuerstem Einkaufsviertel. Horden japanischer Touristen und arabischer Ölbarone und reicher blonder Schlampen, die sich von diversen südamerikanischen Despoten aushalten ließen, strömten regelmäßig durch die Galleria. Sie waren aus denselben Gründen auf der Suche nach unerhört teuren Objekten der Begierde, die erfolgreiche westdeutsche Geschäftsleute dazu bringen, in Afrika auf Safari zu gehen und Elefantenbullen mit Automatikwaffen abzuknallen.

Candy saß auf einer Bank neben drei Teenagern, die ihre Schlittschuhe schnürten. Sie war wütend. »Du bist schwanger!« sagte sie und rammte mir vorwurfsvoll einen Finger in die Brust. Sie hatte ihre schwarzen Haare streng zurückgebunden, und ein paar Ringellöckchen umrahmten ihr Gesicht. »Glaubst du, das kann ich jetzt gebrauchen? Ich muß eine Hochzeit planen, Toni. Wie soll ich da noch deine Schwangerschaft unterbringen?«

»Hast du ihm endlich einen Antrag gemacht?«

»Nun ja, noch nicht«, gab sie zu. »Ich hoffe immer noch, daß Carlos von selbst darauf kommt.«

»Candy!«

»Na gut, na gut, ich tu es. Jedenfalls habe ich mir schon einen Tag ausgesucht, den 21. September. Die Herbst-Tagundnachtgleiche. Eine Freundin hat mir ein Horoskop erstellt, und die Zeichen stehen gut.« Sie hielt inne. »Geht's dir gut? Du sahst gerade aus, als würdest du ersticken.«

»Alles in Ordnung.«

»Toni. Toni, lüg mich nicht an. Was ...« Sie ließ die Luft zwischen den Zähnen entweichen. »Da hast du deinen Termin, stimmt's?« Sie stemmte ihre Hände in die Hüften. »Großartig! Und in der Kirche setzen deine Wehen ein. Natürlich müssen wir kirchlich heiraten. La Hag erhängt sich, wenn wir nicht in der Kirche heiraten. Also, wann ist es soweit, Toni?«

»Am zwanzigsten«, sagte ich schwach. »Aber erste Kinder kommen gewöhnlich eine Woche zu spät. Manchmal sogar zehn Tage.«

Candy sah mich kalt an. Aus Respekt gegenüber dem Blauen Nordwind, der die Temperaturen an diesem Januarwochenende unter den Gefrierpunkt getrieben hatte, trug sie das, was sie unter Winterkleidung verstand: weiche, rote Lederstiefeletten mit drei Zentimeter hohen Absätzen, Jeans, ein schwarzes Tanktop und darüber eine unförmige schwarze Bomberlederjacke mit einem auf die linke Brustseite gestickten Herz Jesu. Auf der Rückseite der Jacke prangte der Heilige Judas, Schutzpatron aller aussichtslosen Sachen, von dem Pfeile und Engelsglanz in alle Richtungen abstrahlten. Auf die Schultern hatte sie mit rotem Faden ***Carlos*** gestickt. »Wie willst du mir da helfen, die Kirche zu dekorieren, Toni?«

Ich trat rückwärts aus der Nische der Eisbahn und tat so, als hätte ich in dem schrecklichen *Flitter & Glitter* auf der anderen Seite des Atriums etwas Interessantes entdeckt. Candy stolzierte hinter mir her. »Du hast mir nicht einmal erzählt, daß du einen Freund hast!«

»Schlimm genug, daß ich ein Liebesleben haben könnte. Aber daß ich dir nichts davon erzählt habe! Mannomann! Welch eine Frechheit!«

»Allerdings. Zwischen zwei Freunden vergeht bei dir immer so viel Zeit, daß ich fast die Hoffnung aufgegeben habe. Du könntest mir zumindest einen Hinweis geben.«

Eine schwangere Frau watschelte an uns vorbei, und ich starrte wie gebannt ihren Bauch an. »Sogar normale Frauen bekommen O-Beine«, sagte ich. »Wie soll das erst bei mir werden? Wußtest du, daß die Knorpel sich lockern, wenn du schwanger bist? Die Bänder und dergleichen dehnen sich, damit das Baby zwischen deinen Beckenknochen durchkommt, ohne sie zu brechen.«

»Toni, sei nicht ordinär.«

»Gib nicht mir die Schuld. Ich hab das alles nicht erfunden. Und hast du die roten Wangen der Frau gesehen? Das ist dieses Glühen, von dem die Leute immer reden. Das heißt, daß ihr Blutvolumen um vierzig Prozent zugenommen hat. Wenn ihr jetzt schon heiß ist, wie wird es mir dann erst im August ergehen?«

Candy schnitt eine Grimasse. »Woher weißt du das alles?«

»Aus Babybüchern.«

»Natürlich.« Sie sah mich an. »Du hast sie nicht einmal gekauft, oder? Du hast sie dir aus der Bibliothek ausgeliehen.«

»Warum soll ich Geld für Bücher ausgeben, die ich kostenlos ausleihen kann? Warum? Sag es mir! Hör zu, ich weigere mich, mich wegen einer solchen Lappalie zu schämen.«

Candy lachte. »Dann weigere dich, rot zu werden.«

Ein Sportwagen rollte vorbei. »Ist hier irgendwo eine Kleinkinderversammlung oder so etwas?« murmelte ich. Ich ertappte Candy dabei, wie sie mich angrinste. »Und was ist mit dir los?«

»Gratuliere.« Candy umarmte mich und küßte mich auf beide Wangen. Ich drückte sie an mich. Wie sich das wohl anfühlen mochte, wenn mein Bauch die Größe einer Wassermelone angenommen hatte?

»In der wievielten Woche bist du?«

»Heute in der fünften.«

»Wow, Toni. Wie fühlst du dich? Freust du dich darüber?«

»Ich weiß es nicht.« Jetzt ging die samstagnachmittägliche Drängelei so richtig los. Geldbörsen klimperten, Einkaufstaschen raschelten, Wechselgeld klapperte auf den Theken, Kinder schrien, und Eltern fauchten sie an, Kunden beschwerten sich, und Verkäufer schmeichelten ihnen. »Hast du jemals ein Buch übers Kinderkriegen gelesen?« fragte ich. »Weißt du, wie oft da das Wort ›aufgedunsen‹ vorkommt? Aufgedunsen, aufgedunsen, aufgedunsen. ›Im achten Monat werden Sie noch einmal deutlich an Körperumfang zulegen, begleitet von Hitzewallungen, erhöhtem Harndrang, Haarausfall und Atemnot.‹«

»Haarausfall? Ogottogott.«

»Bei allem, was mir heilig ist, Candy, du verwandelst dich in eine Überlebende von Hiroshima.«

(In meinen Gedanken tauchte ganz kurz Mama auf, kahl von der Bestrahlung, mit zitternden Halsfalten. Vergiß es. Vergiß es.)

Eine weitere junge Mutter schob ihren Kinderwagen an uns vorbei. Das unselige Baby darin sah aus, als würde es aus Plastik und zerknittertem Velour bestehen. Es hatte erstaunlich schwarze Augen, die unter einer lächerlichen Flauschkappe hervorspähten. Ich spürte, wie meine Augen feucht wurden und sich mir der Hals zusammenzog. Rasch wandte ich mich ab. »Jedenfalls möchte ich ein paar Kleider kaufen. Deswegen bist du hier.«

Candy schnaubte verächtlich. »Brauchst du mich, um ein paar Kittel zu kaufen? Kauf nichts, was um den Bauch herum spannt. Ansonsten hast du die freie Auswahl: übergroße Kleider im Müslilook mit Blumenmuster oder marineblaue Overalls in extraweit.«

»Ich meine keine Umstandskleider. Ich möchte schöne Kleider. Sexy Kleider.«

»Du? Warum?«

Ich schloß die Augen. »Eines Tages, Candy, werde ich dich vor einen Bus stoßen, und du wirst nicht einmal wissen, was du Falsches gesagt hast.«

»Was habe ich gesagt?«

»Ganz zufällig möchte ich einmal gut aussehen. Nimm es als Wunder Gottes und halt die Klappe, okay? Streng deine grauen Zellen etwas an. Ich möchte auch nicht zu ... geschäftsmäßig wirken. Ich will attraktiv aussehen. In allen Büchern steht, daß ein Paar es einfacher hat als eine alleinerziehende Mutter. Falls es mir also gelingt, mir für das Kind einen Vater zu angeln, um so besser.«

Sie sah mich bestürzt an. »Aber das Kind hat doch einen Vater. Bill junior, oder?«

»Was!«

»Aber Toni – Toni, ich habe davon geträumt, daß er mit dem Baby spielt! Deshalb wußte ich auch, daß du schwanger bist. Du und er, und du warst immer noch ziemlich rundlich, weißt du, von der Schwangerschaft, und er war mit dir im Garten draußen. Und hat mit dem Baby gespielt.«

»Bill junior? Bist du sicher? Omeingott.«

»Willst du damit sagen, daß das Kind nicht von ihm ist?«

Ich schüttelte den Kopf. »Ich habe mich künstlich befruchten lassen.«

»Was!«

Ein weiteres Baby kam vorbei: Diesmal war es ein Kind in einer Rückentrage, das aussah wie ein gehäutetes Kaninchen. Auf dem Kopf trug es eine unglaublich niedliche gescheckte Baskenmütze. Die Mutter wandte mir im Vorbeilaufen den Rücken zu, und so konnte ich das kleine kulleräugige Alien, das auf ihrer Schulter schwankte, nach Herzenslust anstarren. Ich muß gelächelt haben, denn das Baby lächelte zurück und stieß dann einen Teelöffel weißen Schleims auf, extra für mich.

Ich zwang mich, meinen Blick abzuwenden. »Ich weiß, was ich tue. Ich will ein Kind. Aber wenn ich erst auf einen guten Vater warte, rennt mir vielleicht die Zeit davon, bevor der Märchenprinz auftaucht. Wenn ich das Kind zuerst bekomme, habe ich immerhin eine Familie, selbst wenn ich nie einen passenden Kerl auftreibe.« Ich verstummte, als ich sah, daß Candy mich ganz entsetzt anstarrte. »Ein halber Brotlaib ist besser als gar keiner, oder was meinst du?«

»Du hast den Verstand verloren«, sagte Candy. »Der Schock wegen Mamas Tod hat bei dir Torschlußpanik ausgelöst.«

»Ich bin nicht verrückt, ich bin Aktuarin. Das ist etwas anderes. Ich verhalte mich vollkommen normal.«

Candy mußte lächeln. »Weißt du, was daran wirklich cool ist? Du denkst, daß du vernünftig bist. Dabei benimmst du dich genauso schräg wie eine Rodelbahn.«

»Candy, ich bin dreißig. Vielleicht findest du in New York einen Mann, wenn du dreißig bist. Aber hier bin ich eine alte Jungfer. Und nicht einmal eine besonders hübsche. Es ist höchste Zeit, daß ich meine Chancen nutze.« Ich steuerte den Wegweiser der Galleria an. »Bill junior? Bist du dir sicher? Vielleicht war es nur ein ganz normaler Traum, ohne weitere Bedeutung.«

»Schön wär's! Denk daran«, fügte Candy hinzu, »ich habe ja auch nicht gesehen, daß ihr verheiratet seid. Ich kann mich an keinen Ring oder dergleichen erinnern. Ich habe dich gesehen, ihn und das Baby und dachte mir ...«

»Vielleicht war es nur ein geschäftlicher Besuch.«

Candy zuckte mit den Achseln. »Ihr saht schon ziemlich vertraut aus. Ziemlich glücklich.« Was keine große Überraschung war. Sicher erinnern Sie sich, daß Candy immer nur schöne Dinge voraussieht. Anscheinend kommt nächsten Herbst eine Zeit, in der ich mich wie eine Schneekönigin freuen werde, im Garten zu sitzen und Bill junior mit dem Baby spielen zu lassen. Im Augenblick konnte ich allerdings nur an seinen häßlichen Mund und seinen feuchten Händedruck denken.

»*Quién sabe?* Nun, es ist ein gutes Omen. Jemandem wie dir könnte Schlimmeres passieren.« Ich blieb wie angewurzelt stehen, und Candy lief in mich hinein. »Au. Was habe ich jetzt schon wieder gesagt?«

Wir hatten den Wegweiser erreicht. Ich betrachtete mein

pummeliges Spiegelbild, das sich aus dem dunklen Glas zu mir vorbeugte. Ein runder Kopf, ein rundes Gesicht, stämmige Arme und Beine. Über mein Gesicht kann man bestenfalls sagen, daß es ›liebenswürdig‹ ist – und das auch nur, wenn ich ausnahmsweise guter Laune bin. Wenn mich die Turnlehrer an der Highschool loben wollten, haben sie Wörter wie »hartnäckig« verwendet. Beim Softball war ich immer Fängerin. Beim Wettrennen – nein, reden wir nicht über Wettrennen. Ich lief immer mit gesenktem Kopf, den Blick auf den Boden gerichtet, woran ich gut tat, denn ich neigte dazu, über Dinge zu stolpern. Gemeine Klassenkameraden haben mir erklärt, ich hätte O-Beine. Meine Lehrerin in der 5. Klasse, Frau Harris, hat sich den Mund fußlig geredet, ich würde »herumstapfen«, »herumlatschen« oder gar »herumtrampeln«. Ich war die einzige Frau, die im Fachbereich Mathematik der Rice University Doc Martens trug, und zwar Jahre nachdem Doc Martens längst nicht mehr cool waren.

Ich überlegte, ob ich nicht aus Versehen auf Candys Zehen latschen sollte. Oder auf sie drauftrampeln. Oder springen. Leider brauchte ich sie. »Also los, meine gute Fee. Mach eine Schönheit aus mir.« Ich suchte den Wegweiser nach Läden ab. »Oder zumindest etwas, was dem nahekommt.«

»Na gut, Aschenputtel.« Candy steuerte die Rolltreppe an. »Versteh das nicht falsch, Toni, aber ich kann dir wirklich keinen Märchenprinz versprechen, ja?«

»Ein Knappe würde auch schon reichen.«

»Kapiert.«

Sie führte mich in die fremdartigen Regionen im dritten Obergeschoß der Galleria. Ich muß zugeben, daß ich mir dort ziemlich fehl am Platz vorkam. Einmal weil ich die Art von Frauen, die ihre ganze Zeit damit verbringt, in der Galleria rumzuhängen und schicke Kleider anzuprobieren, immer verachtet habe. Außerdem hatte ich Angst, daß die schicken Kleider mir nicht stünden.

»Hilfe! Wir sind auf dem Planet der Babys abgestürzt«, murmelte ich, als wir von der Rolltreppe traten. Es gab Babys in Sportwagen, Babys in Rucksäcken, Babys in Tragen auf der Brust ihrer Väter, Babys im Bauch ihrer Mama, die nur darauf warteten herauszukommen. Ein rotznasiges Kleinkind wirbelte vorbei und schleppte eine heulende Schwester wie einen Teddybär hinter sich her. Wenn die Kinder nicht heulten oder pinkelten oder sabberten oder sogar spuckten, dann lief zumindest ihre Nase, oder eine dünnflüssige Substanz, Hüttenkäse nicht unähnlich, kam aus ihrem Mund gerülpst. »Mir ist nie aufgefallen, wie feucht Kinder sind.«

»Kauf dir bügelfreie Klamotten«, erwiderte Candy.

»He! Versace«, sagte ich und blieb vor einem Schaufenster stehen. »Von dem hab ich doch schon mal gehört, oder?« Die Schaufensterpuppen waren alle unglaublich schlank und strahlten diese italienische Arroganz aus. Sie trugen Kleider, die Jackie O. getragen hätte, wenn sie auf den Strich gegangen wäre: Steghosen mit Bügelfalte oder ärmellose zitronengelbe Kleidchen, die ihnen bis knapp zu einem Drittel über die Oberschenkel reichten, oder hohe Lederstiefel mit schwarzweißen Karos.

Candy zuckte zusammen. »So etwas könntest du nie anziehen.«

»Warum nicht?«

»Toni!« Sie wies auf die Mannequins. »Du, du hast, ach ... zuviel Knie oder so was. Vertrau mir da.«

»Zuviel *Knie?*«

»Hier. Das ist eindeutig eher deine Liga«, sagte sie und blieb vor dem *Gap* stehen.

»Candy. Du machst dich doch bloß über mich lustig. Nein. Nein! Ich habe es dir gesagt. Ich möchte endlich etwas Neues. Etwas anderes. Etwas Stilvolleres, nicht einfach nur ...«

Candy versuchte zu lächeln. Candy mit ihren wundervollen Titten und der schmalen Taille und einem Arsch – Männer würden dafür bezahlen, ihr einen Klaps mit einem Tischtennisschläger zu versetzen. »Toni ... laß uns die Stützräder noch eine Weile dranbehalten, okay?«

Im Unterschied zu Candy, deren Figur auch von vorne etwas hermachte, verfügte ich nur von der Seite betrachtet über Konturen: oben eine leichte Ausbuchtung und unten einen kleinen Vorsprung. Was ich in der Mitte hatte, würde nur ein Wörterbuch als Taille bezeichnen. »Bei mir funktioniert doch alles«, sagte ich. »Was soll denn überhaupt diese Faszination für die Topologie? Wenn ich ein Paar tolle Brüste an meinen Ellbogen hätte, würde das irgend jemanden anmachen?«

»Was?«

Wenn ich Mama erklärte, daß mir Make-up und Frisuren gleichgültig seien, sagte sie immer: »Schätzchen, ich bin schön, und ich bin häßlich gewesen, und häßlich ist schlimmer.« Ein weiterer Spruch lautete: »Schönheit geht nur unter die Haut, aber Häßlichkeit geht direkt bis auf die Knochen.«

Durch das Schaufenster von *Gap* starrte ich auf Ständer neben Ständer praktischer Baumwollhosen und bequemer Pullover und kesser Westen von der Sorte, die das Mädchen von nebenan trägt, wenn sie eine Bluse aufpeppen möchte, die sie eigentlich nicht mehr sehen kann. »Ach, Candy. Das sieht alles so ... nach mir aus.«

Meine Schwester sah mich an. »Du bist ganz schön verkorkst, weißt du das?«

»Ich weiß«, erwiderte ich kleinlaut. »Wann ist aus mir eine alte Jungfer geworden? Weißt du, in letzter Zeit stelle ich mir immer vor, ich wäre auf einer Party, auf einer Weihnachtsparty im Büro zum Beispiel. Urplötzlich entdecke ich auf der anderen Seite des Zimmers einen Mann.«

»Na klar! Er bemerkt dich. Eure Augen finden sich.«

»Und in diesem Augenblick weiß ich, daß er ... daß er Herr Irgendwer ist!«

Candy seufzte. »Ich freue mich immer mehr darauf, dreißig zu werden. Also gut. Bist du dir wirklich sicher, daß es modisch sein muß? In der Galleria ist Mode teuer.«

»Und wenn. Ich *will* Geld ausgeben. Weißt du, welcher Beruf im ›Time Magazine‹ am höchsten bewertet wurde? Aktuar. Das meiste Geld beim geringsten Risiko. Und bei Gott, ich habe sieben Jahre ohne Privatleben verbracht, ein verdammtes Examen nach dem anderen, und jetzt verdiene ich ordentlich und kann endlich einmal Geld ausgeben.«

Candy grinste. »Du klingst wie Mama.«

»Sag das nie wieder.«

»Wenn es aber doch stimmt«, sagte sie und schnitt eine Grimasse. »Ätsch. Also gut: keine Landhausmode. Weiter geht's.«

Im nächsten Geschäft gab es nur Damenunterwäsche. Hinreißende Mannequins mit Honigmelonenbrüsten in schwarzen Bügel-BHs strahlten uns von lebensgroßen Postern herab glutvoll an. »Victorias heimliche Unterstützung«, las ich in der Auslage. »Um Himmels willen – was soll das sein?«

»Hüfthalter«, sagte Candy kurz. »Komm her.«

Ich trat zu ihr in den Eingang des nächsten Geschäfts. *»Bebe?«*

»Sie kommen aus San Francisco. Ich verspreche, daß du hier Geld ausgeben kannst.«

Sie hatte recht. Ich verließ das Geschäft vierzig Minuten später und um sechshundert Dollar ärmer. Dafür gehörte mir die schönste Jacke auf der ganzen Welt. Sie war im neuesten China-Look geschnitten, mit schmalen, eckigen Schultern, in der Taille eng geschnitten und aus einem wirklich unglaublichen Material namens Schantungseide, das schimmerte und je nach Beleuchtung die

Farbe veränderte, denn alle Kettfäden waren leuchtend goldgrün, im Unterschied zu den Einschlagfäden, die saphirblau waren. Jedenfalls erklärte uns die Verkäuferin das, und sie sagte, Schantungseide sei gerade völlig in, und man könne sie in dieser Saison über einer legeren Bluse zum Mittagessen oder zur Arbeit tragen, um sie später über die exklusivste Abendkleidung zu werfen. Das Material war wundervoll, weich anzufassen und mit kleinen Knoten und Büscheln aus diesem an die Meeresgischt erinnernden Zwirn durchwirkt. Wirklich wundervoll! Außerdem kaufte ich mir noch passende Hosen, und dann rauschten wir zu einem Schuhgeschäft weiter, wo ich Pumps in *peau de soie* erwarb – die Verkäuferin mußte es mir buchstabieren –, das ist französisch und heißt ›Seidenschuhe‹, und alles, was ich kaufte, war wirklich wunderbar, denn bisher hatte ich es mir nie gegönnt, mich über Kleidung zu freuen.

Mama war tot. Ich mußte nicht mehr unansehnlich sein.

»In letzter Zeit fühle ich mich unglaublich energiegeladen«, erklärte ich Candy, während sie mich zum *Starbucks-Café* am anderen Ende des Stockwerks führte. »So frei. Als ob ich mein ganzes Leben lang meine natürliche Stärke zurückgehalten hätte, und jetzt endlich bricht sie hervor wie ... wie bei einem geknickten Schlauch, den man geradebiegt.«

Sie lachte mich an. »Platsch!«

»Genau! Früher habe ich mich nach achteinhalb Stunden Schlaf aus dem Bett geschleppt. Inzwischen bleibe ich jeden Abend bis ein Uhr auf.« Während der letzten sechs Monate von Mamas Krankheit war ich zurück in das Haus meiner Eltern gezogen und schlief wieder in jenem Schlafzimmer, das Candy und ich uns als Kinder geteilt hatten. Ich hatte an allen Fenstern die Jalousien hochgezogen, weil ich es nicht ertragen konnte, auch nur eine Minute Tageslicht zu verpassen, und jeden Morgen saß ich um halb sieben auf dem Balkon und sah zu, wie der Garten aus der Finsternis auftauchte. Wie auf einem Sofortbild entwickelten sich aus einer Vielzahl gewölbter Schatten Bäume und Piassavapalmen und Palmwedel und Farne und hin und wieder der kobaltblaue Blitz eines Blauhähers.

Ich schlief weniger und aß weniger. Nachdem ich in der Gegenwart anderer jahrelang Käsekuchen abgelehnt hatte und für ein heimliches Eclair ins *Empire Café* geschlichen war, wollte ich nicht einmal mehr einen Nachtisch. »Die Hälfte der Zeit habe ich nur gegessen, um die Zeit totzuschlagen und meinen Geist abzustumpfen.«

»Bist du sicher, daß du nicht verliebt bist?« fragte Candy.

Ich umarmte meine Jacke in ihrer zerknitterten Papiereinkaufstüte. »Noch nicht, aber es besteht Hoffnung.«

Im *Starbucks* sah sich Candy die Etiketten an, drehte die Schuhe in ihren Händen hin und her und heckte Pläne für ein passendes Make-up aus, während ich eine Tasse Jamaica Blue Mountain schlürfte, die Kaffeespezialität des Tages. Mit einem leichten Schwindelgefühl beobachtete ich die Schlittschuhläufer, die drei Stockwerke tiefer ihre Bahnen zogen. Eine Eisbahn mitten in ein Einkaufszentrum im vor Hitze schmachtenden Houston zu plazieren war ein Geniestreich, dachte ich – deutlicher konnte man nicht sagen: In der Galleria gibt es alles.

Die meisten Schlittschuhläufer waren eher unbeholfen, acht Jahre alte Jungs, die eine Mutprobe bestehen wollten, oder abenteuerlustige Touristen aus Panama auf geliehenen Schlittschuhen. Ein älteres Paar, das mir aus Kanada zu stammen schien, machte seine Sache etwas besser. Aber die Beste auf der Eisbahn war eine junge Frau, die ohne Zweifel als Eisläuferin trainiert hatte. Während alle anderen ihre Kreise zogen, ausrutschten und umhertaumelten, sich an den Banden festhielten oder zaghaft vorwärtsschlichen, glitt sie rückwärts über die Eisbahn, den Blick über eine Schulter gerichtet, damit sie sehen konnte, wohin sie lief, absolut sicher und wunderschön. Ihre Haare trug sie in einem kurzen Pagenschnitt in dem gleichen herrlichen Rotbraun, das Mama immer aus einer Polycolor-Packung zauberte. Sie lief unheimlich schnell, aber ihre Schritte waren lang und gleichmäßig, so daß es aussah, als würde sie rasch und mühelos zwischen den anderen Schlittschuhläufern hindurchschweben, wie eine Möwe unter Tauben.

(»Du wirst nie so hübsch sein wie deine Schwester.« Wir befinden uns auf Candys Abschlußfeier von der Junior Highschool. Mama hat sich zu mir herübergebeugt und flüstert so leise, daß Papa, der auf der anderen Seite neben ihr sitzt, es nicht hören kann. »Das liegt nicht nur an einem Kleid oder einem Lächeln«, flüstert sie. »Sie ist eben hübsch, und du bist unansehnlich.« Ich sitze reglos auf meinem Stuhl. »Ach, Schätzchen«, flüstert sie. Ich spüre ihren warmen Atem in meinem Nacken. Ich kann ihr Haarspray riechen. »Ach, Schätzchen, es tut mir so leid.« Etwas Nasses und Heißes läuft mir in den Kragen. Eine ihrer Tränen. Ich weiß, wie sie sich anfühlen, o ja.)

»Candy.«

»Was?«

»Ich habe mich einen Augenblick lang verlaufen«, sagte ich vorsichtig. »In meinem Kopf.« Das Weiß war wieder da, das Weiß, das meine Gedanken verschlungen hatte, bevor die Witwe mich geritten hatte, am Tag von Mamas Beerdigung. »Candy. Candy, hilf mir.«

»O verdammt, Toni, was soll ich machen?«

Ein kaltes Weiß, wie das Eis dort unten.

Im Atrium der Galleria wurde es dunkel, wie in einem Kino, wenn die Vorführung beginnt. Stille senkte sich auf die beiden mexikanischen Frauen herab, die am Tisch neben uns herumgeflachst hatten. Unter uns gerieten die Schlittschuhläufer ins Stocken und blickten auf, mit Ausnahme der jungen Frau mit den rotbraunen Haaren. Das Licht ging aus, und es wurde finster, doch sie schoß weiter im Kreis herum, wurde immer schneller, schlängelte sich zwischen den Jungs durch, die sich auf dem Eis drängten, zwischen ihren Eltern und den jungen Mädchen und dem älteren Paar, die alle reglos dastanden und zum sich verdunkelnden Himmel aufblickten, als hätten sie plötzlich Angst. Stille breitete sich aus, von ihren Kufen in das Eis geschnitten. Sie nahm Anlauf, und dann sprang sie, hoch, hoch in die Luft, mit wirbelnden Armen und Beinen, wehendem rotbraunem Haar.

Ich sah nicht mehr, wie sie landete. Dunkelheit schlug über mir zusammen, und es roch nach Pfirsichen.

»Schätzchen!« Ich wollte meinen Stuhl nach hinten schieben, aufstehen und loslaufen, den Blick vom Eis und den Schlittschuhläufern abwenden, die weiter ihre Bahnen zogen. Mein rechter Fuß fror am Teppichboden fest, Eis schoß von der Eisbahn empor und schloß ihn ein. Ich riß ihn hoch, zerrte mit beiden Händen daran. Die Leute glotzten, aber das war mir gleichgültig. Ich wollte einfach nur leben, leben und nicht zulassen, daß die Götter sich auf mich stürzten und mich auslöschten.

Unvermittelt wurde der Pfirsichgeruch doppelt so stark, und mir wurde schwindelig. Hitze, Fliegen, Obst und Likör. Geheimnisse. Sex.

»Nein«, flüsterte ich.

Es rettete mich nicht.

»Toni? Toni – komm, setz dich einen Augenblick zu mir heraus. Ich werde dir eine Geschichte erzählen.« Ich bin achtzehn. Es ist spät am Abend nach Candys Abschlußfeier. Ich bin immer noch wütend, wahnsinnig wütend über das, was Mama mir zugeflüstert hat, daß Candy hübsch sei und ich unansehnlich.

Mama sitzt mit dem Rücken zu den Verandatüren im Garten, aber irgendwie hat sie gespürt, daß ich barfuß und auf Zehenspitzen über die Küchenfliesen geschlichen bin. Ich könnte so tun, als würde ich sie nicht hören, entscheide mich jedoch dagegen. Ich habe gelernt, Mamas Geschichten zu fürchten, aber in dieser Familie aufzuwachsen hatte mich Ehrlichkeit gelehrt. Verbitterte, zornige Ehrlichkeit. Ich verachte Lügner.

Mama hat eine ausgesprochen wohlklingende Stimme. Manchmal behauptet sie, in jungen Jahren Schauspielerin gewesen zu sein. Ich kann das nicht beweisen, aber niemand, der sie sprechen hört, wird bestreiten, daß ihre Stimme kraftvoll ist. Sie ist nicht deutlich, sondern weich von den Zigaretten, dem Bourbon und den Tränen – und auch vom Lachen. Ich glaube nicht, daß ich Ihnen erzählt habe, wie oft meine Mutter lachte oder wie sehr ihr Lachen wie Weinen klang.

Als ich ein kleines Mädchen war, freute ich mich immer, wenn sie mir ihre Geschichten erzählte. Wenn sie in ihrem pinkfarbenen Nachthemd aus Chantillyspitze in ihrem Bett saß, kuschelte ich mich an sie und legte meinen Kopf in ihren Schoß, während sie mir übers Haar strich. Im Sommer setzte ich mich abends neben sie und lauschte ihr mit geschlossenen Augen. Volkstümliche Sagen aus Texas behaupten, daß Penaten-Babyöl auch Moskitos vertreibt, also schmierten wir uns den ganzen Sommer über damit ein. Ich atmete den Geruch der Creme, der Zigaretten und des Haarsprays ein, das in der nach Flieder duftenden Nacht von Mama herüberwehte. Als ich älter wurde, kam mir der Verdacht, daß ihre Geschichten eine Moral haben könnten. Vielleicht hatten sie schon immer eine gehabt, und mir war es nur nicht aufgefallen.

»Komm, setz dich hierher.« Mama tätschelt die Lehne des schmiedeeisernen Stuhles neben sich. Ihre Stimme klingt träge, ruhig wie ein langsam dahinfließender Bach während der trockenen Jahreszeit. »Hör mal – hol uns ein paar von diesen kleinen Colaflaschen aus dem Kühlschrank, Herzchen, ja? Das ist die richtige Nacht für ein solches Getränk.«

»Jawohl, Ma'am.«

Sie hat recht, die Cola ist kalt und schmeckt ziemlich gut. Sie kauft immer die kleinen, klassischen Flaschen mit 0,33 Liter, die sich noch kalt anfühlen, lange nachdem sie den Kühlschrank verlassen haben. Es hat schon eine ganze Zeit lang nicht mehr geregnet, und die Moskitos stechen dank unseres Penaten-Babyöls nicht ganz so schlimm. Eine Weile reden wir über dieses und jenes. Sie erwähnt Candys Namen nicht. Ich antworte ihr kurz und mürrisch. Schließlich wird ihr die Anstrengung zu groß, einfach nur zu plaudern, und sie sagt: »Habe ich dir je die Geschichte erzählt, wie das Kleine Verlorene Mädchen einmal Schätzchen für ihre Mutter hielt?« Natürlich lügt sie – sie hat das eben erst erfunden.

»Nein, Ma'am«, erwidere ich. Ich will sie nicht noch anspornen; aber ich will auch nicht weggehen und die Geschichte verpassen.

»Möchtest du sie hören?«

»Ich gehe davon aus, daß du sie mir erzählen wirst.«

Sie trinkt noch einen Schluck Cola. »Das werde ich wohl«, sagt sie.

Nun, es ist schon so lange unterwegs, das Kleine Verlorene Mädchen, auf der Suche nach dem Haus seiner Mama, doch je länger es unterwegs ist, desto mehr verirrt es sich, und nie findet es das Haus, in dem es geboren wurde, mit der weißen Farbe auf dem Zaun und den gelben Zierleisten um die Tür und der großen immergrünen Eiche, an der die Schaukel hängt.

Eines Tages stößt es schließlich auf Schätzchen, die auf einer Treppe sitzt. »Guten Morgen, Ma'am«, sagt es. Ausgesprochen höflich, wie es das gelernt hat.

»Hallo, Engelchen«, sagt Schätzchen mit müdem Lächeln. »Wie geht es dir an diesem schönen Tag?«

»Nicht so gut«, erwidert das Kleine Verlorene Mädchen. »Ich laufe schon so lange herum und finde mein Zuhause nicht. Ich fürchte, ich werde den Rest meines Lebens herumlaufen und es nicht finden. Meine Mutter hat mich verlassen, und jetzt habe ich mich endgültig verirrt.«

Das Kleine Verlorene Mädchen setzt sich neben Schätzchen und fängt an zu weinen. »Kann ich nicht einfach hierbleiben? Ihr seid als einzige nett zu mir, und ich mag einfach nicht mehr alleine herumlaufen.«

»O Engelchen«, sagt Schätzchen, »ich glaube, das ist kein guter Einfall.«

Nun, das Kleine Verlorene Mädchen heult kläglich wie ein Vogelküken und klammert sich an Schätzchens Arm, deren Herz so weich ist wie Teer im Sommer, also erklärt sie sich einverstanden, daß das Mädchen bei ihr bleibt. »Also gut«, sagt sie, »aber es gibt eine Regel, an die du dich halten mußt, wenn du mit mir kommen willst: Du darfst nicht weinen. Ich kann nämlich niemals weinen, und wenn du bei mir bleibst, darfst du das auch nicht.«

»Warum könnt Ihr nicht weinen?« fragt das Kleine Verlorene Mädchen.

»Engelchen, niemand will Schätzchen weinen sehen. Einverstanden?« Das kleine Mädchen nickt. »Ich muß dich allerdings warnen, wir haben noch ein Stück Weges vor uns. Ich habe seit ein oder vielleicht zwei Tagen nichts mehr gegessen. Wir werden uns einen Freund suchen müssen.«

(An dieser Stelle hält Mama inne und sieht mich an, um sicherzugehen, daß ich ihr aufmerksam zuhöre. Ich höre ihr zu.)

Und so wischt Schätzchen dem Kleinen Verlorenen Mädchen die Tränen aus dem Gesicht, bürstet sein Haar und reibt die Flecken aus seinem Kleid. Dann legt sie Lippenstift auf, zieht ihre Ohrringe an, streicht ihr kurzes rotes Kleid glatt, beißt sich ein paarmal auf die Lippen, damit sie Farbe bekommen, und sie machen sich gemeinsam auf den Weg, um nach einem Freund zu suchen, der ihnen etwas zu essen gibt. Zunächst begegnen sie Pierrot, der an einer Straßenecke steht und mit Äpfeln jongliert. Schätzchen schenkt ihm ihr schönstes Lachen. »Mein Gott, du mußt der begabteste Kerl auf der ganzen Welt sein.«

»Hallo, Süße! Möchtest du – oh. Schade, du hast ein Kind dabei«, sagt er mit einem Zwinkern. »Wir hätten etwas Spaß miteinander haben können, du und ich.«

»Vielleicht kann ich später wiederkommen?« fragt Schätzchen verzweifelt.

»Na gut. Klar. Versuch's so um die Mittagszeit«, erwidert Pierrot und schlendert weiter. Doch als es Mittagszeit ist und sie zu der Straßenecke zurückkehren, ist Pierrot nicht mehr da. Ein Ladenbesitzer erzählt ihnen, daß er vor einer Weile mit einem wirklich süßen Mädchen weggegangen und seither nicht wiedergekommen ist.

»Danke«, sagt Schätzchen zu ihm und schenkt ihm ihr hübsches Lächeln. Sie bleibt einen Moment vor dem Laden stehen und betrachtet mißmutig ihr Spiegelbild im Schaufenster. Sie hat jetzt schon ziemlich lange nichts mehr gegessen, und es ist schwer, in ihre Lippen und ihr Gesicht etwas Farbe zu bekommen.

»Tut mir leid«, sagt das Kleine Verlorene Mädchen.

»Mach dir keine Sorgen, Engelchen«, erwidert Schätzchen. »Wir werden hier schon bald einen Bissen abbekommen.«

Aber das gelingt ihnen nicht. Sie laufen den ganzen Nachmittag herum, und bei Ladenschluß haben sie Pierrot immer noch nicht gefunden, und Schätzchen wirkt langsam etwas unsicher auf den Beinen.

Sie schlendern gerade die Hauptstraße entlang, als das

Kleine Verlorene Mädchen den Geruch von heißem Staub und Benzin riecht. Herr Kupfer hält mit seinem Auto neben ihnen. »Schätzchen«, sagt eine Stimme. Im Auto ist es so dunkel, daß das Kleine Verlorene Mädchen Herrn Kupfer nicht sehen kann, aber seine rauhe, einschmeichelnde Stimme kann sie hören. »Schätzchen«, wiederholt die Stimme.

Schätzchen tut so, als würde sie nichts hören.

»Du siehst aus, als hättest du ein bißchen Hunger«, sagt die rauhe, einschmeichelnde Stimme. Schätzchen dreht sich noch immer nicht um. »Ich habe etwas zu essen für dich.« Das Auto rollt neben ihnen her. »Auch für das kleine Mädchen habe ich etwas zu essen.«

Ohne sich umzudrehen, fragt Schätzchen: »Was willst du dafür?«

»Komm her, und ich sage es dir.« Das Auto hält an. Schätzchen blickt auf das kleine Mädchen hinab, geht dann langsam zum Straßenrand hinüber und beugt sich in das offene Fenster.

Eine Minute später richtet sie sich auf, und Herr Kupfers Auto verschwindet in der Nacht. »Nichts zu essen?« fragt das Kleine Verlorene Mädchen.

»Nicht von ihm. Noch nicht«, erwidert Schätzchen.

»Was wollte er von Euch?«

»Ich glaube, das geht dich nichts an«, sagt Schätzchen. Das Kleine Verlorene Mädchen wiederholt die Frage nicht.

Nun, sie laufen weiter und kommen in eine ziemlich traurige Gegend, bis sie sich bei Sonnenuntergang in der Missionsstation des Predigers wiederfinden, einer kleinen weißen Kirche mit einem Kreuz auf dem Turm, die sich unter den Hütten und Mietshäusern wie ein ausgebleichter Schädel ausnimmt. In der Kirche brennen einhundert Kerzen, und zahlreiche wartende Frauen drängen sich darin. An der Stirnseite steht ein Tisch, der mit allen nur erdenklichen Köstlichkeiten bedeckt ist – Putenbrust und Würstchen, gegrilltes Hühnchen und Kartoffelpüree, junge grüne Bohnen und gelber Kürbis und vieles mehr. Vor der Kanzel steht der Prediger mit einem langen schwarzen Mantel über seinen langen weißen Gliedern, und seine Augen lodern in seinem Gesicht wie die Scheinwerfer eines Zuges tief in einem Tunnel. Die Frauen treten einzeln vor, und er fragt sie: »Meine Tochter, bist du zu Herrn Kupfer ins Auto gestiegen?«

Die meisten Frauen beantworten seine Frage mit Ja. Manche reden sehr rasch und leise, aber er fordert sie auf, laut und deutlich zu sprechen, damit alle sie hören können.

Nachdem die Frauen gebeichtet haben, packt der Prediger sie mit seiner weißen Hand unterm Kinn und drückt ihnen mit einem Brandeisen das Abbild einer Schlange auf die Stirn. Es scheint ihnen nicht weh zu tun, aber das Kleine Verlorene Mädchen sieht, daß viele hinterher weinen. Sobald eine Frau gebrandmarkt ist, schickt der Prediger sie zu dem Tisch mit dem Essen hinüber. Außerdem liegen dort saubere Kleider bereit, saubere weiße Unterhosen, Hosen und robuste Schuhe.

Kurze Zeit nachdem Schätzchen und das kleine Mädchen die Kirche betreten haben, sagt eine hübsche rothaarige Frau: »Nein.« Daraufhin schüttelt der Prediger den Kopf und wiederholt seine Frage und noch einmal, und jedesmal sagt sie nein. Der Prediger sagt: »Wenn du nicht bereust, wie sollst du dann gerettet werden?« Er schickt sie ohne Essen hinaus.

»Schätzchen?« flüstert das kleine Mädchen. »Was sollen wir tun? Er wird uns nichts zu essen geben, wenn wir sagen, daß wir nicht mit Herrn Kupfer mitgegangen sind. Aber wenn wir es doch sagen, schwindeln wir.«

»Manchmal mußt du einem Mann erzählen, was er hören will«, sagt Schätzchen. »Dann ist es nicht deine Schuld, daß du lügst; es ist ihre Schuld, daß sie es hören.«

Das Kleine Verlorene Mädchen wußte nicht genau, was ihre Mutter dazu gesagt hätte, aber sie wußte, was sie tun würde – all die Kerzen und all das Essen, und wenn sie nur an die Dunkelheit draußen dachte und an die Männer, die auf den Stufen ihrer Veranda saßen und ihr hinterherblickten.

Als sie an der Reihe sind, blickt der Prediger Schätzchen durchdringend an und fragt: »Sag mir, meine Tochter, bist du zu Herrn Kupfer ins Auto gestiegen oder nicht?«

»Zum Kuckuck, ja, wahrscheinlich bin ich das«, erwidert Schätzchen – laut und deutlich, damit sie es nicht noch einmal sagen muß. Der Prediger streckt eine kalte Hand aus, packt Schätzchen am Kinn und drückt das Schlangenbrandmal auf ihre Stirn.

Dann deutet er auf den Tisch und schiebt sie und das kleine Mädchen weiter. Er sieht sie nicht einmal mehr an, als käme es ihm nur auf die Beichte an und Schätzchen sei ihm völlig gleichgültig. Das Essen ist großartig, und das Kleine Verlorene Mädchen ist froh über die Kleider, besonders über die Schuhe, denn ihre haben schon ganz löchrige Sohlen. Schätzchen ist dem kleinen Mädchen dabei behilflich, sich Maisbrot und Rippchen und Schwarzpunktbohnen und geschmorte Okras und ein großes Stück süßen Kartoffelkuchen auf den Teller zu laden. Dann, nachdem sie aufgegessen haben, legen sie sich gemeinsam in einem kleinen Zimmer auf der Rückseite der Kirche schlafen.

Als Schätzchen am nächsten Morgen aufwacht, sagt das Kleine Verlorene Mädchen: »Vielen herzlichen Dank, daß Ihr mich mitgenommen habt, aber ich glaube, ich mache mich jetzt wieder alleine auf den Weg.«

»Nun, wenn du meinst«, erwidert Schätzchen, die das nicht allzu tragisch zu nehmen scheint.

»Ich finde nicht, daß Ihr ein leichteres Leben führt als

ich, und wenn ich schon die ganze Zeit unterwegs sein muß, suche ich vielleicht besser nach meinem eigenen Haus mit der gelben Türeinfassung und dem weißen Palisadenzaun«, sagt das kleine Mädchen.

Dann küßt Schätzchen sie auf die Wange, nimmt sie in die Arme, wünscht ihr alles Gute, und das Kleine Verlorene Mädchen macht sich wieder alleine auf den Weg. So muß sie sich keine Gedanken um Pierrot und Herrn Kupfer und den Prediger machen, sondern kann sich darauf konzentrieren, nach Hause zu gelangen. Und wenn sie es noch nicht gefunden hat, dann sucht sie heute noch.

Meine Mutter nimmt noch einen Schluck von ihrer Cola.

»Ist die Geschichte damit zu Ende?«

»Fast«, sagt Mama. »Noch nicht ganz.« Zu meiner Überraschung nimmt sie meine Hand – diejenige, in der ich meine Cola halte –, führt sie an ihre Lippen, küßt meinen Handrücken, direkt auf die Knöchel, und legt sie sich an die Wange. »Jetzt gilt es nur noch zu erzählen, wie das Kleine Verlorene Mädchen einige Zeit später – ich weiß nicht, wie lange; ein paar Wochen vielleicht – mitten in der Nacht weiterläuft. Es ist spät, wirklich spät, aber es fürchtet sich zu sehr, um einzuschlafen, es befindet sich wieder in einem heruntergekommenen Stadtviertel und läuft immer weiter. Schließlich entdeckt es ein Gebäude, das leerzustehen scheint, und es denkt sich, daß es sich vielleicht in einer Ecke schlafen legen könnte. Als es jedoch näher kommt, sieht es in einem einsamen Fenster Licht brennen. Also schleicht es sich zu dem Fenster hinüber, stellt sich auf die Zehenspitzen und späht hinein.

Was es sieht, ist über die Maßen sonderbar. Sie sieht Pierrot, den Prediger und Herrn Kupfer in einem Zimmer Domino spielen. An den Zigaretten im Aschenbecher und den leeren Flaschen vor Herrn Kupfer kann es erkennen, daß sie schon sehr lange spielen. Die Dominosteine sind so weiß wie Knochen und klicken bei jedem Spielzug gegeneinander. Und am sonderbarsten ist die Tischdecke, auf der sie spielen – sie ist braun und schwarz und rot und gold, lauter weiche Farben. Als das Kleine Verlorene Mädchen die Augen zusammenkneift, kann es erkennen, daß die Tischdecke aus echtem Frauenhaar gewebt ist.« Mama drückt meine Finger an ihre Wange und küßt meine Hand. »Hast du verstanden, Liebling?«

Mir wird bewußt, daß ich die Luft angehalten habe. »Nein, Ma'am.«

Mama küßt erneut meine Hand und sieht mich an: »Sie ist ganz und gar aus wunderschönem Frauenhaar gefertigt.«

Und damit ist die Geschichte zu Ende.

Ein paar Stunden nachdem Schätzchen mich in der Galleria geritten hatte, verließ sie mich wieder. Mein Schädel pochte. Mein Atem kam in kurzen, pfeifenden Stößen, und ich schluchzte hilflos, vollkommen aus der Fassung gebracht. Meine Arme und Beine zitterten vor Erschöpfung. Mein ganzer Körper zuckte, meine Schultern, meine Oberschenkel, und meine Füße waren so schlaff wie eine Qualle.

»Gott sei Dank«, sagte Candy. »Du bist wieder da.«

Ich versuchte zu nicken, konnte aber nur noch lauter weinen. Bisher war es mir noch nicht gelungen, meine Augen zu öffnen, aber unter meiner Wange spürte ich zerknittertes Velours, und wir bewegten uns. Candy fuhr mich mit ihrem alten Oldsmobil herum, das Mama ihr geschenkt hatte. Das Auto wurde langsamer und ließ sich zu jenem kurzen Kopfnicken herab, mit dem Candy stets Stopschilder zur Kenntnis nahm. Wir bogen um eine Ecke und fuhren weiter.

Ich hatte vergessen, wie beruhigend es war, hinten in

einem Auto zu liegen. Mama hat mir ziemlich oft erzählt, daß ich als Baby zu Koliken neigte. Nicht selten verlor sie die Geduld mit meinem Getue und drückte mich nach dem Essen Papa in die Arme, der mich dann in seinen alten Chevy Impala mit hinausnahm und in Houston herumfuhr. Ich sei lammfromm gewesen, erzählten sie, sobald das Auto ansprang, und sei eingeschlafen, bevor Papa nur einen Kilometer gefahren war.

Candy schien sich an dieselbe Geschichte erinnert zu haben. Ich öffnete die Augen. »Wie lange?« fragte ich.

»Ungefähr zwei Stunden.«

Schätzchen hatte mich zwei Stunden lang geritten. Aufgrund des Pfirsichgeruchs wußte ich, daß sie es gewesen sein mußte. Mama hatte immer so gerochen, wenn sich Schätzchen in ihrem Kopf aufhielt.

Ich stieß einen spitzen Schrei aus und versuchte mich aufzurichten. »Zwei Stunden? Mit Schätzchen? In der Galleria?« Meine Beine fühlten sich kalt an. Ich blickte an mir hinunter und hielt die Luft an. Ich trug einen Rock, der so kurz war, daß ich unterhalb des Saums den Rand schwarzer Strümpfe sehen konnte. Ich versuchte, ihn nach unten zu ziehen, aber da gab es nichts, woran ich hätte ziehen können. Und Strumpfhalter. Ich trug Strumpfhalter. Ich konnte die kühlen Gummibänder an meinen Oberschenkeln spüren. Und ein Höschen, das man mit einem Taschentuch verwechseln konnte. »Omeingott.«

Candy warf mir im Rückspiegel einen Blick zu. »Ich muß schon sagen, es macht wirklich Spaß, mit Schätzchen einkaufen zu gehen. Warte nur, bis du siehst, was noch alles im Kofferraum liegt.«

Ich wimmerte. »Wieviel?«

»Irgendwann habe ich ehrlich gesagt den Überblick verloren. Ich habe einfach deine Goldkarte hingehalten. American Express!« rief sie laut. »Verlassen Sie Ihren Körper niemals ohne.«

»Ich werde sie anrufen und die Einkäufe stornieren.«

»Das wirst du nicht tun«, erwiderte Candy. »He, ich mußte jedesmal unterschreiben. Willst du, daß ich Ärger bekomme, weil ich deine Unterschrift gefälscht habe? Außerdem sind das nicht deine Kleider. Sie gehören Schätzchen.«

»Verdammt. Du hast recht.« Mir fiel noch etwas ein. »O nein. Candy, hat sie ...? Ich meine, sie ist doch nicht mit irgend jemandem mitgegangen, oder? Nicht innerhalb von zwei Stunden?«

»Eigentlich nicht. Allerdings«, fügte sie mit einem Grinsen hinzu, »im *Victorias* gab es diese ausgesprochen hübsche Verkäuferin, mit der sie geflirtet hat. Carmelita. Schließlich hat sie sie in die Umkleidekabine gerufen, damit sie ihr mit dem Hüftgürtel hilft. Also, ich möchte nicht behaupten, daß irgend etwas passiert ist – aber sie haben fünfzehn Minuten dafür gebraucht, und die süße Carmelita hatte eine gesunde Gesichtsfarbe, als sie wieder herauskam.«

Ich dachte nach. »Hätte, um ehrlich zu sein, schlimmer kommen können.«

Allerdings würde ich mein Gesicht nie, nie wieder in der Galleria zeigen. Nie wieder.

»Erst die Witwe, jetzt Schätzchen.« Candy bog links auf einen Abschnitt der Westheimer ab, den ich kannte, nicht weit von Mamas Haus. »Mädchen, die Geister haben es wirklich auf dich abgesehen.«

»Spottdrossellikör«, sagte ich.

»Was?«

»Was ist eine Spottdrossel? Was macht sie?«

»Sie singt. Ich weiß es nicht«, erwiderte Candy. »Die Spottdrossel kann jeden nachahmen. Ich – oh.«

»Genau.« Ich drückte mir die Hand auf die Stirn, aber das schien auch nicht zu helfen. »Ich glaube, daß sie den Reitern den Weg in mich hinein gewiesen hat. Ich glaube, der Likör ist daran schuld, Candy. Verdammt noch mal!«

Schlaf, Kindlein, schlaf!
Am Himmel ziehn die Schaf;
Die Drossel stimmt ihr Spottlied an.

Manche Geschenke kann man nicht zurückweisen.

»Ist davon noch etwas übrig?« fragte Candy.

»Nein, du wirst das Zeug nicht trinken. Es war für mich bestimmt, Candy. Mama hat es mir hinterlassen, das Miststück. Außerdem habe ich den Rest sowieso die Toilette hinuntergespült, nachdem die Witwe mich geritten hatte.«

»Oh.« Ihr Tonfall verriet nicht im geringsten, wie sie das meinte.

Ich setzte mich gerade auf und holte tief Luft. Dabei rutschte der Saum dieses lächerlichen Rockes über meinen Nabel. »Candy?«

»Ja?«

»Du kannst nichts dafür, daß du hübsch bist.«

»Ach, Toni.« Sie wandte sich nicht um. »Danke«, sagte sie.

VIER

Ich war wirklich nicht erfreut darüber, von Mamas Göttern heimgesucht zu werden. Dann rief das Finanzamt an und dämpfte meine Freude noch mehr. Es stellte sich heraus, daß Mama ihm einen Haufen Geld schuldete. Einen Haufen Geld. Das Testament selbst konnten wir nicht einsehen, es ist in besondere amtliche Verwahrung gegeben worden. Lange Rede, kurzer Sinn – das ganze Geld aus dem Nachlaß meiner Mutter (nicht eben viel) und der größte Teil meiner Ersparnisse reichten gerade, um die Konten der Familie auszugleichen. (Wie Mary Jo befürchtet hatte, gab es auch kein Geld für ihr Dach; nur ein paar alte Photographien und eine Handvoll von Mamas Gemälden.)

Glücklicherweise war ich es gewöhnt, Mamas Schulden zu tilgen. War ich wütend, daß ich Tausende von Dollar meines eigenen Geldes berappen mußte? Sicher. Fuchsteufelswild. Aber ich kannte Mama, seit ich denken konnte, und seitdem sie gestorben ist, wartete ich auf die nächste Katastrophe. Es mußte noch eine weitere böse Überraschung auf mich warten. Daß es etwas war, dessen ich mich entledigen konnte, indem ich einen offenen Investmentfond einlöste und einen Scheck ausstellte, schien fast zu einfach.

Und selbst wenn das Geld vorübergehend etwas knapp wurde, hatte ich einen hervorragenden Job und – zum ersten Mal – ein Ziel im Leben. Ich hatte einen Plan. Mama war tot, und ich würde eine eigene Familie haben. Jetzt mußte ich nur noch einen guten Vater für mein Kind auftreiben.

So ausgedrückt, klingt das kaltblütig, aber statistisch sind Kinder mit einem Elternpaar besser in der Schule als Kinder mit einer alleinerziehenden Mutter. Natürlich ist das eine Verallgemeinerung, denn viele alleinerziehende Mütter sind bettelarm. Und natürlich entwickeln sich viele dieser Kinder ausgesprochen gut. Trotzdem sah ich keinen Grund, warum ich meinem Kind nicht die besten Chancen bieten sollte. Candy mochte zu den Leuten gehören, die auch mit schlechten Karten gewannen, aber als Aktuarin zog ich es vor, mich an die Wahrscheinlichkeiten zu halten, und mit einer Vaterfigur in der Familie hatte man einfach das bessere Blatt.

Sex hat nie zu meinen Stärken gehört. Bei Verabredungen war ich befangen und verwirrt, und ich schämte mich für mein Aussehen. Ich war kein Teenager mehr, weder stammelte ich, noch lief ich rot an, aber wie eine Eidechse oder eine Schabe hatte ich einen trockenen Schutzpanzer ausgebildet. Bestenfalls konnte ich witzig sein; aber eine Verabredung mit mir – wie Candy gemeinerweise gesagt hat – glich trotzdem noch allzusehr einer Verabredung mit der Schulbibliothekarin.

Als es nur um meine Samstagabende ging, war es nicht weiter schlimm, daß ich nicht zugänglich und kokett sein konnte. Doch jetzt ging es um mein Baby, und da konnte ich mir nicht länger den Luxus erlauben, verlegen zu sein. Ich war es meinem Kind schuldig, einen Partner zu finden, und es gab keine Ausrede, das nicht auf die gleiche ruhige und vernünftige Art und Weise anzugehen, in der ich mich auch um meine Investmentfonds oder meine Portefeuilles kümmerte.

Also mußte ich mich verabreden. Zu diesem Zweck schlüpfte ich in meine besten Single-Klamotten und drängte mich in *Cabo's Mix-Mex Café*. Aus der Zeitung wußte ich, daß das *der* Treffpunkt für Singles war.

»Wie um Himmels willen soll ich jemanden kennenlernen, wenn ich schreien muß, um die Jukebox zu übertönen?« fragte ich Candy am nächsten Tag. »Ich habe es ungefähr vier Minuten lang ausgehalten. Ich schwöre dir, mir lief das Blut aus den Ohren.«

Sie brach in johlendes Gelächter aus. »Toni! Du kannst doch nicht ins *Cabo* gehen. Geh ins *Bookstop* im *Shepherd*. Das ist für, na ja, Leute wie dich der beste Ort, um jemanden aufzugabeln.«

Leute wie mich? Ich fragte nicht nach.

Und der *Bookstop* war besser, viel besser. Das Kaufhaus *Shepherd* befindet sich in einem umgebauten Art-déco-Filmtheater. An der Stirnseite, wo früher die Leinwand war, befindet sich ein riesiger Zeitschriftenstand, wie gemacht, um herumzulungern und ein paar freundliche Worte zu wechseln. Als ich das erste Mal hinging, benötigte ich so lange, bis ich mich traute, jemanden anzusprechen, daß ein Angestellter mich ostentativ fragte, ob er mir helfen könne. Offensichtlich dachte er, ich wollte die neueste Ausgabe von ›Architektur heute!‹ oder ›Crank!‹ klauen. Beschämt schlich ich mich davon.

In der darauffolgenden Woche versuchte ich es erneut. Dieses Mal knüpfte ich ein ausgesprochen nettes Gespräch mit einem gutaussehenden Mann Mitte Zwanzig an, der über ein hinreißendes Lächeln und einen auffälligen Goldzahn verfügte. Immer noch ins Gespräch vertieft, folgte ich ihm zur Kasse, wo er ein Exemplar von ›Out! Das Magazin schwuler Befreiung‹ kaufte.

Wir trennten uns freundlich. Es ist eine sonderbare, aber wahre Tatsache, daß ich mit schwulen Männern leichter ins Gespräch komme als mit Heteros. Ich spielte mit dem Gedanken, mir einen väterlichen Schwulen für eine Zweckehe zu suchen, aber das hätte bedeutet, jegliche Hoffnung auf Sex innerhalb meiner Beziehung aufzugeben. Das schien mir defätistisch. Außerdem wäre es schwierig gewesen, einem Kind zu erklären, warum sich Papa und Mama immer um ihre Liebhaber stritten.

Ich hatte zwei Bälle ins Aus geschlagen und beschloß, nicht mehr so weit auszuholen und nur noch zu versuchen, den Ball im Spiel zu halten. Es lief auch ganz gut – bis zu einem gewissen Punkt. Ich kam mit einem Typen namens Tom ins Gespräch, der im ›American Photographer‹ blätterte und nach Teleobjektiven Ausschau hielt. Sein Blick verweilte auf einer Aktphotographie, ohne sie anzuglotzen, was mir ein gutes Zeichen zu sein schien. Wir setzten unsere Unterhaltung immerhin bis zur Kasse fort. Ich wollte ihn gerade fragen, ob er Lust hätte, mit mir etwas trinken zu gehen, als mir einfiel, daß ich keinen Alkohol trinken konnte, weil ich schwanger war. Ich wollte auf Kaffee umschwenken, doch auch Koffein kam nicht in Frage. Darüber hinaus wurde mir bewußt, daß sogar Cola tabu war, und ich war zu nervös, um mir etwas anderes einfallen zu lassen.

Drei Aufschläge und draußen.

Entsprechend erleichtert war ich, als ich aus einer unerwarteten Richtung um eine Verabredung gebeten wurde: Bill junior, feuchte Handflächen und breiter Mund inklusive.

Es schien Schicksal zu sein. Kurz bevor Schätzchen mich geritten hatte, weissagte Candy mir, daß ich Bill heiraten würde. Drei Wochen später fragte er mich – ganz wider seine Gewohnheit –, ob ich mit ihm zu Mittag essen könne. Frau Bill Friesen jr. Nun, wahrscheinlich würde ich mich daran gewöhnen. Vielleicht sollte ich einfach den Namen immer wieder unter seine Schecks schreiben. Es läge eine gewisse Gerechtigkeit darin, wenn das Geld, das Mama verdient hatte, doch noch den Weg zurück zu ihrer Tochter fand.

Es war Freitag, und wir standen zusammen im Aufzug des *Downtown Hyatt*, auf dem Weg zum Aussichtsrestaurant, wo er reserviert hatte. Mein einziges Problem bestand darin, daß ich mich dringend übergeben mußte. Bill traf keine Schuld. Ich war eben schwanger.

Hören Sie auf mich: Sollten Sie jemals zu einer Verabredung gehen, wenn Ihnen speiübel ist, meiden Sie längere Aufenthalte in einem Aufzug. Der erste übelkeiterregende Ruck – wenn es losgeht – stellt die stärkste Speiseröhre auf die Probe. Die Rückwand des Aufzugs im *Hyatt* bestand aus Glas und ging auf die Milam Street hinaus, damit auch jeder merkte, wie schnell es nach oben ging. Ich wandte den Blick vom Fenster ab und starrte den polierten bronzenen Lichtstreifen über den Türen an. Ich warf Bill jr. einen Blick zu und lächelte ihn leise an. Er lächelte leise zurück.

Unter uns stürzte die Straße davon.

Ich wollte mich während dieser Verabredung nicht übergeben. Ich trug meine wunderschöne Jacke aus Schantungseide und war fest entschlossen, sie nicht zu beschmutzen.

›Morgenübelkeit‹. Das Wort scheint das Versprechen zu enthalten, daß es am Nachmittag wieder besser geht. Klar doch. Ich hatte seit fünf Tagen keinen Appetit mehr. Das war auch nicht wie bei einer Grippe. Mein Körper war auf einen weit unheimlicheren Verrat aus. Essen roch nicht wie Essen. Wenn ich ein Plätzchen in die Hand nahm, überwältigte mich der Geruch von Backpulver. Von den Ketonen in Bananen fiel ich fast in Ohnmacht. Und der bittere, saft- und kraftvolle Geschmack von Kopfsalat! Genausogut konnte man von mir verlangen, auf Zweigen zu kauen. Kohl roch irgendwie nach Chemie; Lebensmittel aus Dosen verströmten einen merkwürdigen Industriegestank; Obst und Gemüse roch nach fauligen Abfällen. Meine Bücher versicherten mir, daß es am besten war, möglichst oft Kleinigkeiten zu sich zu nehmen, und so begann ich jeden Tag mit einem Kräcker. Wenn Sie wissen möchten, wie es war, diesen Kräcker hinunterzubekommen, dann gehen Sie bitte ins Badezimmer und essen ein Stück Seife.

Eine Sache half mir immerhin: grob gemahlener schwarzer Pfeffer. Aus igendeinem Grund beruhigte Pfeffer meinen Magen. Wenn ich meine Kräcker mit Pfeffer bedeckte, bekam ich bis zu drei Stück hinunter.

Der Aufzug raste einen Wolkensaum zwischen zwei Bürotürmen hinauf. »Waren Sie schon einmal hier?« fragte Bill jr.

»Nein.« Entschlossen starrte ich die Aufzugstüren an.

»Äh ... haben Sie Höhenangst?«

»Nein.« Den Blick geradeaus gerichtet.

Wie das Beil einer Guillotine fiel hinter mir ein Schatten herab. Wahrscheinlich waren wir am Ende das Schachts angekommen. Einen Augenblick später blieb der Aufzug mit einem weiteren übelkeiterregenden Ruck stehen. (Eigentlich war es nur ein winziger Stoß, aber jeder Ruck erregt Übelkeit, wenn einem so schlecht war wie mir.) Die Türen gingen auf und gaben den Blick auf ein kleines, geschmackvolles Foyer und eine kleine, geschmackvolle Empfangsdame frei. Sie lächelte mich an. Weder erwiderte ich ihr Lächeln, noch rührte ich mich von der Stelle.

»Wir sind da«, sagte Bill jr. liebenswürdig.

Ich würde diesen Aufzug verlassen müssen. Für Bill wäre das genau der richtige Zeitpunkt gewesen, mir seinen Arm anzubieten, aber das tat er nicht. Ausgesprochen würdevoll trat ich ohne Unterstützung einen Schritt vor und würgte einen Schwall Galle hinunter, indem ich mir fest auf die Lippen biß.

»Auf Friesen ist ein Tisch reserviert.«

»Jawohl. Hier entlang, bitte.«

Auch wenn Bill sich dessen nicht bewußt war: Er bewarb sich um den Job des Herrn Toni Beauchamp. Ich kann nicht behaupten, daß seine Aktien anfangs gut standen, aber für die Wahl des Restaurants hatte er Pluspunkte verdient. Es war nett genug, um nett zu sein, aber nicht zu nett; es gehörte nicht zu den steifen, protzigen Etablissements, wie ich befürchtet hatte, mit düsteren Ölgemälden an den Wänden und jungen Männern namens Gustav, die eine Auswahl von Vierzehn-Unzen-Steaks für dreißig Dollar pro Stück anboten.

Ein bißchen affektiert war das *Spindletop* schon auch – antike Anrichten mit Marmorplatten, auf denen sorgsam arrangiert Brote, Brötchen, Croissants und Baguettes lagen, die alle getrocknet und mit Kunststoffversiegelung besprüht worden waren. Aber die schadhaften Stellen und Kratzer an den antiken Möbeln waren nicht ausgebessert worden, und die gläsernen Wände ließen viel Licht herein, so daß man hell und angenehm saß. Eine weitere Kuriosität war die Aufteilung des Restaurants: Die Tische waren kreisförmig um Küche, Foyer und Aufzüge angeordnet.

»Wäre es Ihnen hier angenehm?« fragte die Empfangsdame und führte uns an einen Tisch am Fenster. Auf der einen Seite des Tisches befand sich eine Bank, auf der anderen ein Stuhl. Bill sah mich an.

»Das paßt sehr gut«, sagte ich. Meine Stimme klang seltsam hoch und schwärmerisch, als würde ich mich über einen Stapel Babybilder freuen. Nervosität. Mir fiel auf, daß Bill darauf wartete, wo ich mich hinsetzen wollte: Stuhl oder Bank. Noch ein Pluspunkt auf sein Konto. Ich entschied mich für den Stuhl. Es war einfacher, sich nicht von einer Bank hochkämpfen zu müssen, wenn man gelegentlich zur Damentoilette rennen und sich übergeben mußte.

Wir setzten uns. Bill sah mich ausgesprochen durchdringend an, fand ich. Ich versuchte, den Menschen hinter dem breiten Mund und dem teigigen Gesicht zu sehen.

»Schöner Ausblick«, stellte ich fest. Unser Fenster ging fast direkt nach Süden hinaus. Ein aufmerksamer Mensch hatte die Namen der Bürogebäude auf der Außenseite der Scheibe angebracht. Wir saßen dem 1100

Milam gegenüber. Jenseits der kleinen Gruppe von Wolkenkratzern wirkte Houston ziemlich flach. Nun ja, es ist flach, unerbittlich flach. Es gibt ein paar Gebäude, die mehr haben als zwei oder drei Stockwerke, aber überall wachsen Bäume, vor allem immergrüne Eichen. Vom *Spindletop* aus betrachtet, sah Houston aus wie ein Meer von Brokkoli, das sich bis zum Horizont erstreckte. In einer Entfernung von einigen Kilometern erhob sich der weiße Pilzhut des *Astrodome*. Von Zeit zu Zeit ragten blasse Wohnblocks wie Tofuklumpen aus den Brokkolis.

Ich schloß die Augen und zählte bis zehn, während das Gefühl der Übelkeit nachließ.

»Es soll mir Glück bringen«, sagte Bill.

»Wie bitte?«

»Das *Spindletop*. Sie wissen schon.«

»Ach. Richtig.« Die erste Ölquelle in Osttexas hatte den Namen *Spindletop* getragen. »Wie läuft es mit der Ölgesellschaft?« fragte ich, um der Höflichkeit willen. Bill hatte die Anlageberatung Friesen an einigen entsetzlich riskanten Ölspekulationen beteiligt. Weil ich immer wollte, daß alle mehr Vorsicht walten ließen, wußte niemand im Büro genau, wann ich eine Sache für riskant und wann ich sie für verrückt hielt. Bills Ölgeschäft grenzte an Verrücktheit.

»Ich weiß, daß Sie das für eine riskante Investition halten, aber Sie müssen auch zugeben, daß sich unsere erste Ölquelle als Goldgrube entpuppte. Und das war nicht nur Dusel, wie Sie es ausgedrückt haben.«

In meiner neuen Eigenschaft als potentiell ermutigende Seelenfreundin nickte ich verständnisvoll. »Ich bin sicher, daß nur Außenstehende diesen Eindruck hatten. Ich weiß, daß Sie die geologischen Gutachten genauestens überprüft haben.«

Bill sah mich überrascht an. »Tatsächlich? Ich meine, ja, das habe ich.«

Ich fragte mich, ob ein Schluck Eiswasser meinen Magen etwas beruhigen würde. Ein Irrtum.

»Als mein Vater ein junger Mann war, baute er diese Firma auf der Erkundung von Ölfeldern auf.«

»Als Ihr Vater ein junger Mann war, hatte er meine Mutter, die darüber nachdachte, wo er Land kaufen und nach Öl bohren sollte«, sagte ich. »Sie müssen ohne sie auskommen. Mit mir. Ich suche nicht im Schlaf nach Öl. Ich lese Börsenberichte. Ich betreibe Firmenforschung. Ich schätze Risken ein und kalkuliere die Kosten für den Aufkauf von Firmen. Das ist nicht ganz so glamourös, aber es ist nun mal mein Job.« Mit einer ausgesprochen löblichen Willensanstrengung brachte ich ein einnehmendes Lächeln zustande, das zur Hälfte aus verstecktem Humor, zur Hälfte aus Bescheidenheit bestand. Dabei schossen mir Tränen in die Augen.

Bills Zunge glitt zwischen seinen Lippen hervor, fuhr verstohlen über seine Lippen und zog sich wieder in ihr Versteck zurück. Die inneren Werte, redete ich mir zu. Konzentrier dich auf die inneren Werte.

(Mama sieht mir beim Geschirrspülen zu. Eigentlich soll sie abtrocknen, doch sie raucht und legt mir ihre Theorien über die Ehe dar. »Das Kunststück, einen Mann nicht zu verlieren«, sagt sie, »besteht darin, daß man durchblicken läßt, man würde über seine kleinen Fehler und Unvollkommenheiten – für die er sich allen anderen gegenüber schämt – Bescheid wissen und sie tolerieren, auf eine dümmliche Art und Weise sogar lieben.«)

»Aha. Ja. Sehen Sie, Fräulein Beauchamp ...«

»Wir kennen uns, seit wir in den Windel gesteckt haben, Bill.« Ich lächelte noch immer, wie ein Perlentaucher, der den Atem anhält. »Außerhalb des Büros wäre Toni durchaus in Ordnung.«

»Äh, okay.« Bill jr. beugte sich über den Tisch, die Schultern hochgezogen und die Stirn in Falten, als hätte er Großes vor. »Nun, Toni, Sie fragen sich sicher, warum ich Sie heute hierhergebeten habe. Um ehrlich zu ...«

Ich stieß einen Schrei aus. Bill zuckte zurück, als hätte man auf ihn geschossen, und stieß mit seinen dicken Knien heftig gegen den Tisch. Eiswasser schwappte aus unseren Gläsern und lief schnurstracks über den Tisch auf Bills Schoß.

»Omeingott, es tut mir leid, ich wußte nicht ...« Ich schnappte mir die Stoffserviette und tupfte damit das verschüttete Wasser auf seiner Seite des Tisches auf.

»Das macht nichts.«

»Es ist nur – ach, verdammt, es tut mir leid ...« Mein durch die Schwangerschaft empfindlicher gewordener Geruchssinn schnappte den öligen Wasserrohrgeruch des Houstoner Trinkwassers auf.

»Schon in Ordnung, ich wisch es einfach auf.«

»Das Restaurant ... mir ist gerade bewußt geworden, daß sich das Restaurant bewegt«, sagte ich schwach, sank auf meinem Stuhl zurück und biß mir fest auf die Lippen. »Es dreht sich.«

»Natürlich. Wußten Sie das nicht?«

»Ein Restaurant, das sich im Kreis dreht.« Mein Magen kreiste majestätisch um die Nabe des *Hyatt Regency*. Der nächste Schriftzug auf der Scheibe kroch auf mich zu und informierte mich darüber, daß der grüne Wolkenkratzer, der in Sicht kam, das Enron Building war. »Nein«, sagte ich. »Das wußte ich nicht.«

»Mein Papa hat mich oft hierher mitgenommen, als ich klein war. Ich fand es klasse.« Bill legte seine triefende Serviette auf den Salatteller. »Es ist merkwürdig, woran einem Veränderungen bewußt werden. Als ich klein war, habe ich immer nach dem Astrodome Ausschau gehalten, vor allem wenn wir zum Mittagessen hierherkamen und ich wußte, daß die Astros tagsüber spielten. Als ich älter wurde und auf die Wirtschaftsschule ging, habe ich die Wolkenkratzer mit den Firmen darin in Verbindung gebracht. Dort ist das Tenneco. Dort der Allen-Komplex. Und dort das Pennzoil Building.« Er blickte aus dem Fenster. »Inzwischen achte ich nicht mehr so sehr auf die Gebäude. Jetzt sehe ich eher die Bäume. Ich habe in vielen Hotels übernachtet, in Amerika und auch in Europa, und es gibt keine einzige Stadt auf der Welt, die so viele Bäume hat. Kein Ort auf der Erde sieht von oben so grün aus. Wir nehmen das als selbstverständlich hin. Manchmal stelle ich mir vor, wie es wäre, wenn aus irgendeinem Grund alle verschwänden, nach dem Abwurf einer Neutronenbombe oder so etwas. Ich glaube, die Bäume und der Sumpf würden diese Stadt innerhalb von kürzester Zeit überwuchern. Das *Hyatt* hier, die anderen Wolkenkratzer – alle würden sie aus dem Dschungel ragen wie geheimnisvolle Ruinen in einem alten Tarzanfilm.«

Ich blinzelte. »Wow.«

Er lachte verlegen. »Vielleicht habe ich als Kind zu oft Planet der Affen gesehen.«

»Ja! Im *Dialing for Dollars*-Filmtheater um drei!«

»Diese Stelle am Schluß, als sie alles in die Luft jagen wollen ...«

»Und die Mönche nehmen ihre Masken ab und zeigen ihre weiße Haut und blauen Adern und diese entsetzlich durchscheinenden Köpfe!« sagte ich. »Genau! ... O Gott.«

»Geht es Ihnen gut? Sie sind ein wenig grün im Gesicht.«

Sand, redete ich mir ein. Denk an Sand. Schwarzer Pfeffer. Zeitungspapier.

Mein Magen beruhigte sich.

Eine kecke blonde Kellnerin trat an unseren Tisch. »Hallo, ich heiße Susan und werde Sie heute bedienen. Möchten Sie vorab etwas zu trinken?«

»Frau – äh, Toni? Wein? Der Louis Jadot Pouilly Fuissé ist ganz ausgezeichnet.«

Ich warf einen verstohlenen Blick auf die Weinkarte und stellte fest, daß das der teuerste Wein auf der ganzen Karte war, fünfundvierzig Dollar die Flasche. Sollte ich ihm einen Pluspunkt einräumen, weil er mir unauffällig zu verstehen gegeben hatte, daß ich bestellen konnte, was ich wollte? Oder sollte ich ihm wegen Angeberei einen Punkt abziehen? Schwer zu sagen. »Nein, danke«, sagte ich. »Für mich nicht vor dem Essen.« Genaugenommen nicht vor kommendem Oktober. »Wasser ist in Ordnung.«

»Sind Sie sicher?« fragte Bill. »In diesem Fall, äh ... hätte ich gerne einen Peachy Keen, bitte.«

Susan schenkte ihm ein fröhliches Lächeln und hüpfte munter von dannen, wie blonde Kellnerinnen das überall tun. Ich fragte mich, ob sie schwanger war. Schwangerschaft ist wirklich eine merkwürdige Sache: Du trägst ein Kind in deiner Gebärmutter, in Kürze wird sich dein ganzes Leben verändern, dein Körper gerät völlig durcheinander, saugt dir den letzten Rest Kalzium aus den Knochen, morgens wird dir übel und vor Hunger schwindelig, deine Fingernägel laufen blau an, und du kannst dich nicht mehr konzentrieren – *und niemand merkt es!* Während der letzten paar Wochen habe ich mich immer wieder dabei ertappt, wie ich junge Frauen anstarrte, die auf der Straße an mir vorbeigingen, oder die Bedienung bei *McDonald's* oder die Verkäuferin in der *Galleria* – und immer habe ich mich gefragt: Ist sie schwanger? Ist sie es? Und die Frau dort drüben?

Man merkt es nicht. Man merkt es einfach nicht.

»Und was ist ein Peachy Keen?« wollte ich wissen.

»Pfirsichlikör, Eiscreme und Kahlua«, erwiderte Bill. »Hier gibt es wirklich tolle eiskalte Drinks. Sind Sie sicher, daß Sie keinen möchten?«

Igitt. »Nein, danke.« Ich fragte mich, was Louis Jadot dazu sagen würde, daß sein *pouilly fuissé* einem Peachy

Keen hatte weichen müssen. »Sie wollten jedenfalls gerade etwas sagen, als ich aufgeschrien habe.«

»Oh.« Bills Mund zuckte einen Moment lang. »Äh, bestellen wir doch erst einmal. Ich komme später darauf zurück.«

Ein weiterer Schriftzug kam in Sicht und benannte das Kellogg Building und das YMCA. »Aus irgendeinem Grund bin ich immer davon ausgegangen, daß sich ein drehbares Restaurant so langsam dreht, daß man es kaum merkt«, sagte ich. »Aber das hier ... *rast* im Kreis herum, oder?« Ich versuchte, den Blick vom Fenster abzuwenden und auf die Mitte des Restaurants zu richten, aber wir befanden uns gerade auf gleicher Höhe mit einem Aquarium voller Hummer. Sie hockten wie lauter politische Gefangene in dem bläulichen Wasser, ihre Scheren mit Gummibändern umwickelt, und warteten benommen darauf, bei lebendigem Leibe gekocht und mit cremig gerührter Butter und Port serviert zu werden ...

Ich schnappte mehrmals nach Luft, wie es in den Büchern empfohlen wird, und starrte gebannt den Pfefferstreuer auf dem Tisch an. Der Pfeffer darin war fein gemahlen, nicht grob, aber der Streuer hatte einen goldenen Deckel und war etwas, an das ich mich klammern konnte.

»Geht es Ihnen auch wirklich gut?«

»Durchaus.«

Bill starrte mich noch eine Weile an, fing sich wieder und sah sich um. »Nette Aussicht«, merkte er an.

»Mhm.«

»Äh – schreckliche Sache das, mit dieser Frau in Phoenix«, sagte Bill. »Haben Sie davon gehört?« Ich nickte. »Unbegreiflich. Daß eine Mutter es fertigbringt, mit ihrem eigenem Kind von einem Hochhaus zu springen. Sie muß Drogen genommen haben.«

»Nein.«

»Bitte?«

»Keine Drogen. Sie haben eine Autopsie durchgeführt. Sie hatte keine Drogen genommen.«

»Oh. So genau habe ich den Fall nicht im Auge behalten.« Bill schüttelte seinen großen Kopf und griff nach der Speisekarte. »Da sieht man wieder mal, daß manche Leute keine Drogen brauchen, um Dummheiten zu machen. Haben Sie etwas gefunden, das Sie anspricht?«

»Na ja«, antwortete ich und starrte auf die Speisekarte, ohne tatsächlich etwas wahrzunehmen. »Das sieht alles so gut aus.«

(Mama trocknet eine Kaffeetasse ab und stellt sie oben in den Schrank. Sie ist größer als ich, schon immer, bis zu den letzten sechs Monaten ihres Lebens, während denen sie entsetzlich geschrumpft ist. Sie raucht zwei Päckchen am Tag und kümmert sich einen Scheiß um die Folgen, die das Passivrauchen für den Rest der Familie hat – gleichgültig, wie oft ich sie darauf anspreche. »Einen guten Rat, wie du deinen Mann aussuchen solltest«, sagt sie, als ich ihr eine Schüssel zum Abtrocknen reiche. »Du verläßt einen Mann aus demselben Grund, aus dem du ihn geheiratet hast.«)

Wenn ich sagen könnte, warum ich Bill jr. verlassen würde, könnte ich dann erkennen, warum ich ihn heiraten sollte? Er saß mir gegenüber und schien sich in seinem teuren Anzug unwohl zu fühlen. Seine Plumpheit drängte sich mir geradezu auf. Daß er den teuersten Wein auf der Karte vorschlug. Der schreckliche Pfirsichdrink mit Kahlua. Mit welcher Leichtigkeit er Mary Keith abtat, die Frau in Phoenix, die sich und ihr Kind umgebracht hatte, über die er nichts wußte, rein gar nichts ...

Als ich ihn in jenem Augenblick vor mir sitzen sah, schien Mama recht zu haben – sollte es mir eines Tages gelingen, ihn zu lieben, dann um der Klarheit willen, die er zu bieten hatte, der Gewißheit. Er mochte heimlich einen Keks oder einen Becher Eis essen, um seine kleinen Gelüste zu befriedigen, aber er würde mich nie betrügen. Der Beschränktheit, der übertriebenen Würde, die mir so mißfiel, lag ein Ehrgefühl zugrunde, das ihn zwang, das Richtige zu tun. Ich wußte einfach, daß er die Frau, für die er sich einmal entschieden hatte, gut behandeln würde, weil alles andere unehrenhaft gewesen wäre.

Und vielleicht brauchte ein Mann wie Bill jr. eine Partnerin wie mich, damit ich für ihn um ein oder zwei Ecken blicken konnte. Nun ja, das war wahrscheinlich ein Hirngespinst. »Männer ändern sich nicht«, sagte Mama immer. »Sie wachsen, aber sie ändern sich nicht.«

Bills Peachy Keen wurde serviert, und er machte sich darüber her. Ein ganzer Schwall schmutzig-orangefarbenen Alkoholglibbers waberte durch den Strohhalm. Ob er sich nun ändern mochte oder nicht – wachsen würde Bill jr. auf jeden Fall.

»Möchten Sie bestellen?« fragte Susan, die Kellnerin. (Ist dir hinter deinem strahlenden Lächeln speiübel? fragte ich mich. Liegst du nachts wach und überlegst dir, wie du mit dem Gehalt einer Kellnerin für die Kindertagesstätte aufkommen sollst?)

Ich zwang meine Augen, sich auf die Speisekarte zu konzentrieren, und fragte mich, wie wenig ich bestellen konnte, ohne daß es Bill auffiel. Ich entschied mich, es mit einem Salat zu probieren. Ich würde ein paar Salatblätter essen, und schon würde es nach weniger aussehen, als hätte ich wirklich zugelangt. »Den Kaisersalat mit gegrillten Hühnchenstreifen, bitte. Mit viel frisch gemahlenem, grobem Pfeffer, wenn das möglich ist.«

»Selbstverständlich!«

»Wirklich viel Pfeffer«, sagte ich.

»Ich werde mal die Teigtasche nach Art des Hauses versuchen«, sagte Bill. Der Speisekarte zufolge war das eine köstliche Zusammenstellung aus Romagnasalat, geräucherter Truthahnbrust, Gorgonzola, Provolone, Eiern, Tomaten, Oliven, weißen Bohnen, gerösteten Pfefferkörnern und einer Rotwein-Vinaigrette. Als ich die Liste der Zutaten las, fiel ich fast in Ohnmacht.

»Ist an dem Pfefferstreuer irgend etwas Besonderes?« fragte Bill. »Sie scheinen großen Gefallen an ihm zu finden.«

»Was? Nein! Nein, nein. Er sieht aus wie einer, den wir zu Hause haben«, plapperte ich. »Vielleicht hat Mama hier welche geklaut. Das war ihr durchaus zuzutrauen. Früher dachte ich, man könnte Seife mit dem Schriftzug *Hilton* im Laden kaufen.«

Bill klappte die Speisekarte zu. »Ihre Mutter hatte wirklich Persönlichkeit.«

»Sogar mehrere. Äh, würden Sie mich bitte entschuldigen?« sagte ich, stand vorsichtig auf und ging möglichst aufrecht zur Damentoilette.

Ein wirklich sauberes Badezimmer hat etwas ausgesprochen Beruhigendes. Hell, gut beleuchtet, saubere Armaturen, Spiegel bei Bedarf, kühle Fliesen und Stille. Und im Unterschied zum Restaurantbereich raste das Badezimmer nicht an Houston vorbei, denn es befand sich in der Mitte des Gebäudes. Ich spritzte mir etwas Wasser ins Gesicht und blieb ein paar Minuten mit dem Kopf über das Waschbecken gebeugt stehen. Zu Hause legte ich mich auf den Boden, wenn die Übelkeit wirklich schlimm wurde. Es war ein großartiges Gefühl, die harten, kühlen Fliesen unter meinem Rücken zu spüren. Allerdings konnte ich mich nicht dazu bringen, mich flach auf den Boden der Damentoilette des *Hyatt Regency* zu legen, nicht in meiner Seidenjacke und meiner schönen Bluse. Aber die Versuchung war groß.

Die Übelkeit legte sich etwas, und ich kehrte erfrischt an den Tisch zurück. Ich kramte sogar ein lange nicht mehr benutztes Lächeln hervor, polierte es auf und schenkte es Bill.

Sein Lächeln schien mir dagegen wenig überzeugend. Langsam verlor ich die Geduld mit Bill jr. Im Grunde war er ein guter Kerl, aber schließlich hatte ich seine Einladung angenommen und tat mein Bestes, eine vor Geist sprühende Unterhaltung zu führen. Da sollte er zumindest versuchen, selbst etwas amüsanter zu sein. Auf die Dauer ist es wahrscheinlich nicht wichtig, ob ein Ehemann besonders romantisch veranlagt ist, aber wie gutes Aussehen und Reichtum handelt es sich dabei um eines jener unscheinbaren Merkmale, die ein Mann entwickeln sollte, sofern es ihm irgend möglich ist.

Ich setzte mich, und er sah mich lange an. »Fräulein Beauchamp ...«

»Toni, bitte.«

»... Fräulein Beauchamp, Sie fragen sich sicher, warum ich Sie heute hierhergebeten habe«, sagte Bill. Er holte tief Luft und erwiderte meinen Blick. »Wir werden uns leider von Ihnen trennen müssen.«

Erneut hatte ich das Gefühl, daß sich der Aufzug nach oben in Bewegung setzte, daß die Erde unter mir entschwand.

»In Anerkennung der guten Arbeit, die Sie für die Firma geleistet haben, haben mein Vater und ich übereinstimmend beschlossen, Ihnen eine Abfindung in Höhe von drei Monatsgehältern zu zahlen. Wir werden Ihre Position nicht neu besetzen, also müssen Sie keinen Nachfolger einarbeiten. Ich möchte ausdrücklich betonen, daß diese Entscheidung der allgemeinen Entwicklung der Firma entspricht und nicht als Affront gegen Ihre beruflichen Qualifikationen aufzufassen ist.« Er griff in seine Brusttasche. »Ich habe bereits Ihr Zeugnis geschrieben.« Er reichte es mir. »Sie können es heute nachmittag überprüfen und mir mitteilen, ob es irgendwelche Unklarheiten gibt, die ich ausräumen soll.«

»Das können Sie nicht machen.«

Bill sah mich über den Tisch hinweg an.

»Das können Sie nicht machen. Das ist eine unrechtmäßige Entlassung.«

»Sie werden nicht entlassen, Fräulein Beauchamp. Ihre derzeitige Position wird gestrichen.«

»Ich werde dagegen klagen.«

»Sie können natürlich gerne juristischen Rat einholen, wenn Sie das für angemessen halten«, sagte Bill. »Ich denke, Sie werden feststellen, daß sich die Anlageberatung Friesen innerhalb des gesetzliches Rahmens bewegt.«

»Gesetzlicher Rahmen. Gesetzlicher Rahmen! Wie steht es mit der ethischen Rechtfertigung, Bill? Ihre Familie verdankt uns jeden verdammten Cent«, sagte ich heftig. »Wenn meine Mutter nicht gewesen wäre ...«

»Ich stimme Ihnen zu«, sagte Bill. Er blickte aus dem Fenster. »Aber Sie sind nicht Ihre Mutter, habe ich recht? Fräulein Beauchamp, das ... besondere Verhältnis zwischen Ihrer Mutter und meinem Vater war ausgesprochen fruchtbar. Allerdings war Ihre Mutter eine außergewöhnliche Frau. Um ehrlich zu sein, benötige ich nur selten eine Aktuarin. Und sollte das der Fall sein, kann ich immer noch eine weit erfahrenere konsultieren.« Erneut sah er mir in die Augen.

»Sie haben sich das alles präzise zurechtgelegt, was? Sicher haben Sie das aus einer Ihrer Zeitschriften: ›Wie entlasse ich eine Angestellte: Blicken Sie ihr in die Augen. Bleiben Sie sachlich. Lassen Sie sich auf keine Diskussionen ein.‹« Ich blickte an meiner wunderschönen Schantungseidenjacke hinunter und war entrüstet darüber, daß er die erste Gelegenheit verdorben hatte, bei der ich sie trug. »Sie werden heute nachmittag von meinem Anwalt hören.«

»Ich denke, Sie werden feststellen, daß Ihre Beschwerden für ein Verfahren nicht ausreichen. Verschwenden Sie nicht Ihr Geld.«

»Oh, ich werde nicht auf unrechtmäßige Entlassung klagen«, sagte ich. »Ich werde Sie wegen sexueller Belästigung vor Gericht bringen.«

»Was! Ich habe nie ...«

»Sie haben mich zum Mittagessen eingeladen. Ich konnte ja wohl schlecht nein sagen, oder? Nicht zu meinem Chef. Wir sind hierhergegangen, haben uns an den Tisch gesetzt, und dann haben Sie mich wissen lassen, daß ich mit Ihnen schlafen müßte, sofern ich meinen Job behalten wollte. Als ich Sie zurückgewiesen habe, haben Sie mir diesen Schwindel über die Verkleinerung der Firma aufgetischt.«

Auf Bills teigigem Gesicht bildeten sich rote Flecken. »Das ist doch lächerlich. Niemand würde jemals glauben, daß ich mich Ihnen aufdrängen würde. Warum nicht Maria oder die hübsche Sekretärin von nebenan?«

Ich schlug mir mit der Hand auf die Stirn. »Mann, Bill, Sie wissen wirklich, wie man einem Mädchen schmeichelt. Keine Ahnung, vielleicht stehen Sie ja auf O-beinige Miezen.«

Das Blut schoß ihm ins Gesicht. »Toni, ich wollte nicht ...«

»Es ist zu spät, um jetzt noch den Südstaatengentleman zu spielen.«

»Ich kann nicht glauben, daß Sie ... Diesen Prozeß werden Sie nie gewinnen, das wissen Sie.«

»Wahrscheinlich nicht. Aber ich werde dafür sorgen, daß in allen Zeitungen darüber berichtet wird. Und ich werde ganz besonders dafür sorgen, daß Ihre Mutter davon erfährt, Bill. Mann, wie erschüttert wird sie bei der Vorstellung sein, daß ihr Sohn ...« Er schlug mit der flachen Hand auf den Tisch. »Meine Mutter hat immer gesagt, ich sei das unausstehlichste Kind, das je gelebt hat«, fuhr ich fort. »Sie sollten sich nicht mit mir anlegen, Bill.«

»Nur zu!« sagte er, weiß vor Wut. »Versuchen Sie nur, das meiner Mutter zu erzählen. Wenn Sie schon dabei sind, können Sie ihr gleich noch berichten, daß Ihre Mutter mit meinem Vater gevögelt hat, und zwar bis kurz vor ihrem Tod.«

Als er das sagte, wußte ich augenblicklich, daß es wahr war. O Papa.

»Was haben Sie gesagt?«

»Sie haben mich schon verstanden.«

Mama, du verlogenes Miststück.

»Er hat es mir am Abend nach der Beerdigung erzählt«, sagte Bill. »Er hatte ein paar Bourbons zuviel intus und wollte noch aufbleiben, nachdem wir nach Hause gefahren waren. Mama ist ins Bett gegangen. ›Das bleibt jetzt unter uns‹, hat er gesagt. ›Von Mann zu Mann.‹« Bill senkte den Blick. »Sie haben vollständig recht. Ihre Mutter hat uns zu dem gemacht, was wir sind. Sie hat unser Geld verdient, und sie hat uns zum Narren gehalten. All die Jahre hat sie meine Mutter zum Narren gehalten. Die Friesens müssen es alleine schaffen, Toni. Verstehen Sie das nicht? Wir können einfach ... diese Verbindung zwischen unseren Familien kann so nicht weiterbestehen. Es ist nicht richtig. Es ist obszön. Es ist eine schlimme, schmutzige Geschichte, und wir müssen dafür sorgen, daß sie endet.«

Mir wurde erneut furchtbar schwindelig. Houston glitt an uns vorbei, entglitt mir immer mehr. »Nun, es ist eine Sache, das Spiel zu beenden, wenn sich alle Chips auf Ihrer Seite des Tisches befinden, was, Bill? Sie haben an Mama verdient, und jetzt wollen Sie sie abschütteln. Aber was ist mit mir? Ich bin ...« Ich biß mir auf die Zunge. »Ich bin im Augenblick in keiner guten Lage. Finanziell.«

»Die Abfindung ist wirklich hoch, Toni. Wirklich großzügig. Und das Zeugnis, das ich geschrieben habe, ist geradezu peinlich gut. Ich habe es aus einer meiner

Zeitschriften, die Sie gerade erwähnt haben. ›Überzeugende Zeugnisse und wie man sie schreibt.‹«

Ich würde dem Schweinehund nicht den Gefallen tun und lächeln.

»Wenn Sie versuchen, meine Mutter davon zu überzeugen, daß ich ein Lustmolch bin«, fuhr Bill fort, »erwähnen Sie dann bitte Elena und Papa nicht, ja? Sie weiß nichts davon.«

»In Ordnung.«

Aber ich mußte daran denken, wie Penny Friesen ausgesehen hatte, als ich am Abend nach der Beerdigung heruntergekommen war und sie in der Küche angetroffen hatte. *Ich finde es ausgesprochen schwierig, jemandem zu verzeihen, daß er gestorben ist.* Oh, sie wußte über Mama und Bill sen. Bescheid. Sie hatte es die ganze Zeit gewußt.

Ich fragte mich, ob Papa Bescheid wußte. Himmel, hoffentlich nicht. Auch das noch, zu all dem anderen, womit er sich abfinden mußte. Das war zuviel. Zuviel.

»Werden Sie die Klage einreichen?« fragte Bill.

Ich sah ihn über den Tisch hinweg an, ein Klotz von einem Mann, habgierig und wichtigtuerisch und wohlmeinend und ein Arschloch. »Komisch, daß es immer auf dasselbe hinausläuft, nicht? Der Sohn des reichen Kerls geht auf die Wirtschaftsschule und steckt in einem teuren Anzug, aber wenn das Beil fällt, ist es immer der Kopf eines anderen, der auf die Straße kullert.« Susan, die kecke Kellnerin, steuerte mit unseren Bestellungen den Tisch an. »Nein, natürlich werde ich keinen verdammten Prozeß anstreben.«

»Danke. Ich bin wirklich der Überzeugung ...«

»Aber weißt du, was ich machen werde, Bill? Hör mir gut zu, schließlich bin ich die Tochter meiner Mutter. Ich werde deine Scheißfirma mit dem Fluch der Beauchamps belegen«, sagte ich, zitternd vor Wut. Ich konnte den Prediger in meiner Stimme hören, seine unbarmherzigen

Reden. »Du wirst dreitausend Meter tief in Grundgestein bohren und Sand lutschen, Bill. Deine Partner werden es mit der Angst zu tun bekommen und noch am selben Tag ihr Geld zurückfordern. Kurzfristige Tiefpunkte auf dem internationalen Währungsmarkt werden deine Bargeldreserven über Nacht dahinschwinden lassen, die Kosten für deine Bohrtürme werden zweihundert Prozent über dem Etat liegen, und auf dem Teppich deines Büros werden Flecken auftauchen, die keine Reinigung wieder herausbekommen wird. *Hörst du mir zu?*«

»Bitte schön!« sagte Susan und servierte unser Mittagessen. »Ich wünsche guten Appetit.«

Dichter Dampf stieg von Bills Teigtasche nach Art des Hauses auf und roch stark nach Provolone und Gorgonzola.

»Vielen Dank«, sagte ich. Mit dem ganzen Zorn und der ganzen Würde, die ich aufbringen konnte, stand ich auf, schritt hoch erhobenen Hauptes zur Toilette und übergab mich.

Ich ging nicht mehr in mein Büro bei der Anlageberatung Friesen zurück. Statt dessen fuhr ich zu *Slick Willie's*, der protzigen Bar und Billardhalle, in der Candy als Kellnerin arbeitete. Ich hatte ihr versprochen, daß ich ihr nach dem Rendezvous Bericht erstatten würde.

»Er hat dich *rausgeworfen?*«

»Jawohl.«

Sie zapfte ein Bier für einen Gast. »Wow. Mieses Rendezvous.«

»Jawohl.«

In den schwarzen Fahrradhosen der *Slick-Willie's*-Uniform wirkten ihre Beine stämmig, aber die weiße Bauernbluse brachte ihre herrlichen Brüste zur Geltung; was wahrscheinlich beabsichtigt war.

Im *Slick Willie's* drängten sich die Gäste vor allem an den Billardtischen und an der Jukebox, die eine Auswahl der Rock'n'Roll-Lieblingssongs meiner Generation spielte, und zwar laut.

»Hast du ihm erzählt, daß du bald für zwei verdienen mußt?« brüllte Candy. »Warum hast du ihm das eigentlich nicht schon früher erzählt und diese Restaurantnummer ganz weggelassen?«

»Er war – ich ...«

»Du wolltest ihn nicht in die Flucht schlagen, was?«

»Ja.«

Sie nahm mich in die Arme, und ich fing an, jämmerlich zu heulen. »O Gott, Candy. Was soll ich nur machen? Ein Kind, keine Arbeit, kein Geld aus dem Testament ...«

»Weißt du das sicher? Hat der Anwalt angerufen?«

»Ja. Und es kommt noch schlimmer. Wie sich herausgestellt hat, schuldet Mama dem Finanzamt Geld. Einen ganzen Batzen. Ich war letzte Woche bei meinem Steuerberater und habe alles mit ihm durchgesprochen. Um es kurz zu machen: Es bedurfte fast all meiner Ersparnisse, um sie daran zu hindern, Papas Gehalt zu pfänden.«

»O mein Gott, kann ich, äh ...«

»Nein, kannst du nicht«, sagte ich. »Du hast doch kein Geld, oder? Also. Ich habe noch ein bißchen was angelegt und bin davon ausgegangen, daß ich in ein oder zwei Jahren aus dem Gröbsten raus bin. Aber jetzt habe ich nicht einmal einen Job ...«

Direkt neben uns lachten zwei Mädchen, die aussahen wie frisch vom College, Billardkugeln knallten, und die Jukebox dröhnte weiter.

»Ist das nicht typisch für sie?« sagte ich. »Gibt das ganze Geld aus und verschwindet dann aus der Stadt, und ich darf hinter ihr aufräumen.«

Candy schüttelte den Kopf und hielt einen Finger an ihre Lippen. »Du kannst dich nicht um alles und jeden kümmern, Antoinette. Du kannst nicht für Mamas gesamte Schulden aufkommen.«

»Ach nein? Wenn nicht ich, wer dann?« erwiderte ich verbittert. »Das ist meine Aufgabe, hinter Mama aufzuräumen. Wenn sie nicht mit ...«

Ich unterbrach mich. Candy mußte nicht unbedingt wissen, daß ich meinen Job verloren hatte, weil Mama mit Bill sr. eine Affäre gehabt hatte. Ach, Candy, die hübsche Candy – sie sah nur die schönen Dinge des Lebens. Und machte ihre Sache gut. Sie heiterte uns auf, sie lachte und scherzte. Sie tat, was sie konnte. Meine Aufgabe bestand darin, die Schulden zu tilgen, mich um die bitteren Angelegenheiten zu kümmern. Und ich würde mein Teil dazu beitragen. Denn wenn Mama mich etwas gelehrt hat, dann war das, etwas zu erdulden.

Ich schüttelte den Kopf und wechselte das Thema. »Und, hast du Carlos schon einen Heiratsantrag gemacht?«

Sie machte ein langes Gesicht. »Fast. Wirklich. Wir wollten gestern abend miteinander ausgehen, und dann wollte ich es tun.«

»Er hat abgelehnt?«

»Nein, ich.« Sie verzog das Gesicht. »Himmel, Toni! Das ist eigentlich nicht meine Aufgabe! *Er* soll demütig vor mir auf die Knie gehen! Was ist, wenn er nein sagt?«

»Er wird nicht nein sagen.«

»Und wenn er *ja* sagt!« rief sie. »Du weißt, was das bedeutet, oder? Ich werde verheiratet sein! Mit Carlos! Ich werde die Schwiegertochter der La Hag sein!«

George, der Barkeeper, polierte ein paar Gläser und räumte sie weg. »Das Bier, das du gezapft hast, dürfte inzwischen gut Zimmertemperatur haben, Candy. Du könntest es irgendwann einmal an den Mann bringen.«

»Du kannst meinen pfirsichweichen Hintern küssen!« brüllte Candy über die Musik hinweg. Zwei Gäste meldeten sich freiwillig. »Verdammt, ich muß los, oder wir können beide auf Jobsuche gehen.« Sie küßte mich rasch auf die Wange. »Du wirst schon wieder. Die Witwe gibt auf dich und das Kind acht, weißt du. Das alte Miststück wird sich schon um dich kümmern, ob du willst oder nicht.«

Zu Hause angekommen, setzte ich mich umgehend in den Garten. Nach dem Lärm im *Slick Willie's* war es hier ausgesprochen ruhig. Die Temperatur war wieder auf 15 Grad angestiegen, aber in der Nacht, nachdem mich Schätzchen geritten hatte, hatte es Frost gegeben, und überall lag toter Farn. Die Bananenstaude war auf einen häßlichen Stumpf zurückgestutzt worden. Es wurde Winter, sogar in Houston. Sogar hier.

Ich war schwanger. Aus einer verrückten Laune heraus hatte ich ein Kind empfangen. Mein Kind hatte keinen Vater. Ich hatte meine Arbeit verloren, und nur der Himmel wußte, ob es mir gelingen würde, mit meiner speziellen Ausbildung wieder eine Anstellung zu finden. Vielleicht hätte ich es doch Mama gleichtun sollen. Vielleicht konnte ich mit Wahrsagerei das große Geld verdienen, mit Handlesen, dem bösen Blick und Segenssprüchen über kleinen Kindern.

Was hatte ich meinem Kind zu bieten? Was konnte es an Liebe von mir erwarten, dem unausstehlichsten Kind, das je gelebt hat? Vielleicht konnten wir uns zusammensetzen und Sterblichkeitstabellen ausarbeiten. Das wäre doch ein Spaß, oder?

Oder vielleicht, flüsterte eine leise Stimme, wirst du dein Kind auf die einzige Art großziehen, die du kennst. Du wirst zu einer weiteren verrückten Beauchamp werden, von den Reitern halb in den Wahnsinn getrieben, nur daß es dieses Mal keinen Papa geben wird, der das Kind beschützt. Es wird dir völlig ausgeliefert sein. Früher warst du vernünftig, hattest dich im Griff. Doch jetzt können die Reiter in dich eindringen. Vielleicht wird Schätzchen dich das nächste Mal auf den Strich schicken, oder der Prediger schlägt dein Kind wegen seiner Sünden. Du hast die Kontrolle verloren, Antoinette. Du bist jetzt genauso gefährlich wie Elena.

Ich schloß die Augen, ganz fest. Ich wollte weinen, aber es kamen keine Tränen. Nicht einmal das konnte ich richtig, ich konnte nicht einmal weinen.

Sie hieß Mary Keith. Sie war Sekretärin in einer Versicherungsagentur in Phoenix gewesen. Sie war mit ihrer sechsjährigen Tochter in den Armen von einem Bürogebäude gesprungen. Das kleine Mädchen hieß Kirsten.

Die Geschichte verfolgte mich seit dem ersten Bericht im Fernsehen vorgestern abend. Die Tür, die auf das Dach des Gebäudes führte, hätte verschlossen sein müssen. Himmel, ich hatte im Bett gelegen, die Hände auf meinem immer noch flachen Bauch, und war wie besessen davon. Hatte Mary gewußt, daß die Tür offen sein würde? Als sie ihre Tochter mitgenommen hatte, wußte sie da bereits, was sie tun würde? Oder waren sie nur zufällig das falsche Treppenhaus hinaufspaziert?

Hatte ihr Kind etwas gesagt oder getan, das das Faß zum Überlaufen gebracht hatte? Stand sie unter Medikamenten, hatte sie gerade ihren Arbeitsplatz verloren, wollte ihr Mann sie verlassen? Oder hatte es lediglich an einer Depression gelegen: ein schwarzes Tier, das an ihr nagte, wie es auch immer an Mama genagt hatte. Allerdings war Mama hart im Nehmen, sie ließ sich nicht so leicht umbringen. Sie war ein zähes Miststück, nicht einmal die Reiter konnten sie mürbe machen. Nicht jeder war so stark.

Wir hatten das gleiche Geheimnis, Mary Keith und ich, dieses Band, denn auch ich wurde Mutter, und sie brauchte jemanden, der sie verteidigte. Deshalb war ich auch so wütend darüber, daß Bill ein so leichtfertiges Urteil gefällt hatte. Niemand kann voraussehen, ob ein schwarzer Augenblick tödlich sein wird, bevor es soweit ist. Man kann nicht von jedem erwarten, daß er so ist wie Mama. Man kann nicht von jeder Frau erwarten, so stark zu sein.

Als ich an die kleine Kirsten dachte, an ihr Erstkläßlerphoto in den Neun-Uhr-Nachrichten, fiel mir eine von Mamas Geschichten ein. In ihr sagt Schätzchen: »Also gut, mein Engel, jetzt erklär mir noch mal, wie es kommt, daß du so allein bist?« Und das Kleine Verlorene Mädchen erwidert: »Meine Mama hat mich zum Laden geschickt, Süßkartoffeln kaufen, für einen Süßkartoffelkuchen, aber sie hat mir den Weg falsch beschrieben. Ich habe getan, was sie zu mir gesagt hat, aber da war kein Laden. Also bin ich weitergegangen und habe einen anderen Laden gesucht, aber ich konnte keinen finden, in dem es Süßkartoffeln gab, und als es Zeit war, nach Hause zu gehen, konnte ich den Weg zurück nicht mehr finden.«

»Jetzt warte aber einmal«, sagt Schätzchen und stemmt die Hände in die Hüften. »Das ist nicht dieselbe Geschichte, die du mir letztes Mal erzählt hast. Letztes Mal hast du erzählt, daß sie dich in einem Filmtheater abgesetzt und dann nicht mehr abgeholt hat. Und dabei fällt mir ein, daß du auch einmal erzählt hast, sie habe dich auf ein Softballspiel mitgenommen, sei eine Limonade holen gegangen und nicht zurückgekehrt. Also, wie ist es möglich, daß du dich einmal so und einmal so verlaufen hast?«

Das kleine Mädchen blickt mit großen, ernsten Augen zu Schätzchen auf und sagt: »Ich habe mich wirklich schlimm verlaufen.«

Die arme Mary Keith. Die arme Kirsten. Herr im Himmel, beschütze mein Kind.

Ich saß auf dem schmiedeeisernen Verandastuhl und versuchte, nicht an Mary Keith zu denken, und auch nicht daran, daß ich gefeuert worden war. Seit ich mich im *Hyatt Regency* übergeben hatte, hatte ich nichts mehr gegessen, und obwohl es nicht kalt war, fing ich an zu zittern. Ich zitterte und zitterte, ich konnte einfach nicht aufhören. Während ich zitternd auf meinem Stuhl saß, flog eine Spottdrossel von einer Eiche herab und landete auf dem Stumpf der Bananenstaude. Dort hockte sie und starrte mich an. Sie starrte mich eine ganze Weile lang an, und dann öffnete sie den Schnabel und klingelte – ein langes, durchdringendes Schrillen. Sie hatte sicher dreimal geläutet, mit weit aufgesperrtem Schnabel, bevor mir bewußt wurde, daß das Klingeln vom Telefon in der Küche rührte.

Eilig stand ich auf und erreichte das Telefon beim fünften Klingeln. »Hallo?« keuchte ich.

»Oh – ich wollte gerade aufhängen.« Die Stimme einer Frau, ein Ferngespräch.

»Hallo?«

»Äh – bin ich da bei den Boo-schamps?« Der Akzent der Anruferin enthielt nicht die Spur eines texanischen Tonfalls und klang auch sonst nicht wie aus dem Süden.

»Bietsch-am, ja, das sind wir. Entschuldigung.«

»Ah, ja. Bietsch-am? Okay.« Pause. »Hören Sie, ich weiß, das mag merkwürdig klingen, aber ich glaube, daß wir verwandt sind. Ich heiße Angela Simmons. Ich rufe aus Calgary, Alberta, an. Das liegt in Kanada.«

»Ich weiß.« Calgary war ebenfalls eine Ölstadt. Eine Menge Leute aus Houston flogen geschäftlich dorthin.

»Oh, gut. Nun, als der Anwalt sich wegen Elenas Testament mit mir in Verbindung setzte – so hieß sie doch, oder? Elena? Jedenfalls habe ich daraufhin einen Detektiv angeheuert, um Sie zu finden. Mist, ich fange mittendrin an, stimmt's? Meine Mutter und mein Vater sind hier hochgezogen, als ich noch ganz klein war. Er arbeitete auf einem Ölfeld. Nur daß meine Mutter nicht hiergeblieben ist. Sie ist wieder in den Süden zurückgegangen. Elena. So hieß sie, Elena Beauchamp.«

»O mein Gott«, sagte ich.

»Ja.« Die Frau am anderen Ende lachte. »Ein ganz schöner Schreck, was? Sind Sie eines ihrer Kinder? Der

Detektiv hat gesagt, sie habe zwei Töchter. Außer mir, meine ich. Also sind Sie und ich wohl miteinander verwandt. Halbschwestern. Sie hat mir mein ganzes Leben lang Geld geschickt. Übrigens, ich bin siebenunddreißig. Ich heiße Angela Simmons. Eigentlich Angela Jarvis, aber nur bis der Papierkram erledigt ist, dann heiße ich wieder Simmons. Ich bringe gerade eine Scheidung über die Bühne. Jedenfalls ruft mich vor ein paar Wochen ein Anwalt an und sagt, meine Mutter sei gestorben und habe mir etwas hinterlassen. Daraufhin habe ich den Detektiv angeheuert. Er hat diese Telefonnummer herausgefunden ... Hallo? Hallo?«

»Ja?« flüsterte ich.

»Hören Sie, das ist mir irgendwie peinlich. Bin ich wirklich richtig? Hat dort eine Elena Beauchamp gewohnt? Hat sie jemals erzählt, daß sie in Kanada eine Tochter hat?«

»Nein. Nie.«

»Oh. Na ja. Ich muß die falsche ...«

»O mein Gott, nein. Nein, Sie haben nicht die falsche Nummer.« Jetzt wurde mir vieles klar. Die Szenen und der Alkohol. Daß Mama manchmal zu Mary Jo hinüberging und sich bei ihr ausheulte. Daß wir nie genug Geld hatten, selbst während der Jahre, in denen Bill sen. gut zu uns war.

Jetzt strömten mir die Tränen, die nicht hatten fließen wollen, als Mama gestorben war, aus den Augen, und es schnürte mir den Hals zu. Ich sah nichts mehr und zitterte am ganzen Körper. »Mein Gott, mein Gott, verstehen Sie nicht? Sie sind das Kleine Verlorene Mädchen«, sagte ich. »Und Sie heißen Angela. Doch jetzt haben Sie nach Hause gefunden.«

FÜNF

Während der nächsten Woche sprach ich öfter mit Angela. Ich hielt die Anrufe kurz, weil ich unser Verhältnis nicht über Gebühr belasten wollte. Aber ich mochte sie wirklich. Sie war zäh und witzig, und sie lachte über meine Späße. Schließlich fragte ich sie, ob sie nicht Lust hätte, ein paar Tage bei mir und Papa zu verbringen, nur als Besuch. Sie stimmte zu. Sie mußte noch ihre Scheidung abwickeln, sagte sie, und sie hatte eine Tochter namens Monica, auf deren Highschool-Abschlußfeier sie wirklich gehen sollte. In Calgary dauerte das Schuljahr bis Ende Juni, aber danach konnte Monica ein paar Wochen bei ihrem Vater wohnen, während Angela zu uns kam, vielleicht irgendwann im Juli.

Ich freute mich so sehr darauf, daß ich keinen Gedanken darauf verschwendete, wie das Wetter im Juli in Houston sein würde.

»Angela ist wirklich nett, aber mußte Mama ihr unser ganzes Geld vererben?« fragte ich Candy an einem Abend, an dem wir im *Slick Willie's* Billard spielten. Zu diesem Zeitpunkt war sie wegen der Geschichte mit Carlos sturzbetrunken, aber davon erzähle ich später.

Candy hatte mich gerade zum vierten Mal hintereinander geschlagen. »Leg sie zu seinem Kopf zusammen«, sagte sie. Damit wollte sie ausdrücken, daß ich die Kugeln für ihren Anstoß aufbauen sollte.

»Carlos, tut mir leid«, murmelte ich und legte Candy die Kugeln zurecht. Sie zerschmetterte seinen Kopf in fünfzehn rollende Stücke. Meine Schwester verfügt über einen hammermäßigen Anstoß, und heute übertraf sie sich selbst.

»Da wir gerade über Geld sprechen ...«, sagte Candy.

Wäre sie nüchtern und etwas aufmerksamer gewesen, hätte sie bemerkt, daß sie dieses Thema nicht hätte ansprechen sollen. »Nein!« sagte ich. »Ich kann dir nicht ein paar Zwanziger leihen, bis du deinen Gehaltsscheck bekommst, oder deinen letzten Strafzettel bezahlen oder die Zahlung für deine Visakarte übernehmen.«

Candy blinzelte. »Was, zum Teufel?«

Ich stolzierte um den Tisch herum und tat so, als würde ich nach einer guten Stoßposition suchen. »Ich habe es satt, dauernd von dir angeschnorrt zu werden. Kapierst du das nicht, Candy? Ich bin entlassen worden. In der Galleria habe ich für Schätzchen achthundert Dollar ausgegeben, plus weitere sechshundert für diese bescheuerte Jacke und für Schuhe. Für das Kind habe ich eine Anzahlung von dreizehnhundert Dollar geleistet, erinnerst du dich? Ich muß mich um meine eigenen Verpflichtungen kümmern. Und das ist noch nicht alles. Jetzt habe ich auch noch Mamas Verpflichtungen am Hals: Ich soll mich um Papa und Mary Jo kümmern und um meine kleine Schwester, die mit sechsundzwanzig Jahren noch immer nicht wie eine Erwachsene mit ihrem Geld haushalten kann.«

Candy sah mich an. »Nimm die Drei. Oder die Zehn in die Mitte. Glaubst du, ein paar Gläser Bier würden deinem Baby wirklich schaden? Du könntest sie wirklich brauchen, Toni. Spiel mir jetzt nicht die Vorwurfsvolle! Schließlich besaufe ich mich, weil ich sitzengelassen wurde. Du solltest meine Hand halten.«

»Wolltest du mich um Geld bitten? Sei ehrlich!«

Candy antwortete nicht.

»Ich schwör's dir, Candy. Du bist wirklich ein Faß ohne Boden.«

»Ja, Mama.«

Ich seufzte und stieß die weiße Kugel so fest an, daß sie über die Bande sprang und unter den benachbarten Tisch rollte. »Du hast die Weiße versenkt«, sagte Candy.

Aber ich greife vor. In jener Nacht im *Slick Willie's* hatten meine Geldsorgen bereits bedenkliche Ausmaße angenommen. Während der ersten Tage nach Angelas Anruf machte ich mir noch keine Gedanken um Geld. Ich versuchte, mit dem Gedanken fertig zu werden, daß ich im Alter von dreißig Jahren unvermittelt eine ältere Schwester geerbt hatte.

Mama hatte, noch bevor sie mit der Highschool fertig war, einen Mann namens John Simmons geheiratet, der für Texaco arbeitete. Zusammen hatten sie eine Tochter, Angela. John wurde nach Calgary versetzt, als Angela erst drei Monate alt war. Er arbeitete in der Stadt. Mama blieb zu Hause und kümmerte sich um das Baby. Zwei Monate später kam John Simmons nach Hause und fand seine Tochter in der Obhut einer Nachbarin wieder. Mama hatte ihr zwanzig Dollar gezahlt, damit sie den Nachmittag über auf das Kind aufpaßte, während sie einige dringende Einkäufe erledigte. Sie ward nicht mehr gesehen.

Aber sie brach den Kontakt nicht vollständig ab. Von Zeit zu Zeit, erzählte Angela, traf ein Umschlag ein, der in Houston abgestempelt war, aber keinen Absender enthielt. Darin befanden sich Geldscheine oder staatliche Schatzwechsel; nie ein Scheck oder etwas, auf dem der Name des Absenders gestanden hätte. Mama schrieb nie einen Brief, aber manchmal enthielt der Umschlag Kohle- oder Bleistiftzeichnungen oder Aquarelle von Katzen, Ponys oder Muscheln. Diese Sendungen kamen auch dann noch, als Angela längst erwachsen war. Ihre Tochter Monica war mit Mamas Bildern in ihrem Zimmer groß geworden. Wie Geschenke von einer guten Fee, sagte Angela.

Seit ich in die Pubertät gekommen war, verachtete ich meine Mutter dafür, daß sie unser Geld versoff. Ich wußte nicht, wieviel genau sie dem alten Herrn Friesen abknöpfte, aber ich wußte, daß es mehr war, als wir jemals zu sehen bekamen. In meinen Augen war sie schuld daran, daß Papa wochenlang für American Express auf Reisen gehen mußte, anstatt zu Hause zu bleiben und sich um uns zu kümmern, während sich die Reiter oder der Schnaps über Mama hermachten. Jetzt wußte ich, wohin das Geld verschwunden war.

Es tat weh, sehr weh, zu erfahren, daß es ein anderes kleines Mädchen gab, das von Mama mehr geliebt worden war als wir. Na ja, vielleicht nicht mehr, und vielleicht waren es auch eher Schuldgefühle. Aber plötzlich spielten Candy und ich nicht mehr die Hauptrolle in Mamas Leben. Meine ganze Vorstellung von meiner Kindheit war aus den Fugen geraten. Mit fünfzehn war ich der Meinung gewesen, ich würde meine Mutter haargenau verstehen. Mit dreißig fand ich heraus, daß ich sie überhaupt nicht gekannt hatte. Zumindest nicht richtig. Sie hatte sich nicht in Tagträumen ergangen, wenn sie mir an jenen langen Nachmittagen zu Hause gesagt hatte, ich solle still sein. Und wenn sie dann geweint hatte. Sie hatte nach Norden geblickt, nach Kanada. Sie dachte an Angela, die weit weg war, und nicht an Candy und mich, die wir leise im Haus spielten.

Ich hatte immer gedacht, alles würde besser werden, wenn Mama nur fortgehen würde. Aber als Angela sagte: »Ich habe mir mein ganzes Leben lang gewünscht, sie würde wiederkommen«, verspürte ich eine sonderbare, quälende Eifersucht und Verlegenheit, und ich brachte kein Wort heraus.

(Ich halte meine schluchzende Mutter in den Armen und tätschle ihr den Rücken. Sie weint, weil sie mich geschlagen hat. Ich bin vierzehn. »Ich wollte meine Mädchen nie schlecht behandeln. Das wollte ich nicht.

Es tut mir leid.« Sie weint mit der verrückten Hemmungslosigkeit einer Fernsehschauspielerin. Ihre schuldbewußten Tränen geben mir Kraft, und ich empfinde nichts als Verachtung für sie.)

Allerdings weiß ich jetzt, daß diese Tränen nicht nur mir galten; in erster Linie galten sie dem Kleinen Verlorenen Mädchen.

Irgendwann bin ich mit Angelas Geschichte zu Papa gegangen. »Deine Mutter hat an der Kälte dort oben keinen Gefallen gefunden«, sagte er.

»Also wußtest du Bescheid. Die ganze Zeit schon.«

Er holte sich ein Dos Equis aus dem Kühlschrank und kehrte an den Küchentisch zurück. »Es war Januar. Fünfunddreißig Grad unter Null, hat sie gesagt. Sie konnte mit dem Kind nicht rausgehen. Also saß sie den ganzen Tag über in der Wohnung fest, jeden Tag. Du kannst dir vorstellen, wie gut das deiner Mama bekam. Die Sonne ging erst kurz vor neun auf, und um vier war es schon wieder dunkel. Eines Tages fühlte sie sich ziemlich krank, und das Baby ließ ihr einfach keine Ruhe, obwohl sie sich lange darum gekümmert hatte ... und im nächsten Augenblick wacht sie in einem Greyhound-Bus auf, der gerade über die Grenze fährt.«

Er sah seine Flasche an, nicht mich, aber ich konnte die Geschichte hören, die er nicht erzählte. Ich sah Mama vor mir, halb wahnsinnig vor Langeweile, weinend und einsam in der winzigen Wohnung in einem kalten, fremden Land, das Baby heult, vielleicht hat Mama es geschlagen oder hochgehoben und geschüttelt, oder vielleicht stand sie kurz davor, sie auf das Dach des Hauses mitzunehmen, wie Mary Keith. Nur daß etwas sie aufgehalten hat.

»Die Witwe«, sagte ich. »Die Witwe hat Mama hinausgejagt. Sie hat sie in den Bus nach Hause gesetzt und dafür gesorgt, daß sie das Kind nie wiedersieht.«

»Darüber weiß ich nichts«, sagte Papa.

»Aber warum?« fragte ich. »Warum hat Mama uns nie davon erzählt? Mein Gott, sie muß die ganze Zeit an das Kind gedacht haben, das sie zurückgelassen hat ...« Das war eine dumme Frage gewesen. Als hätte sie uns nicht an jedem Tag unseres Lebens davon erzählt, mit ihren Tränen und dem Alkohol, den Ohrfeigen und den Lügen.

Papa blickte in den Garten hinaus. »Sie hatte Angst, daß ihr schlecht von ihr denken würdet.«

Papa trank noch einen Schluck Bier. »Ich habe gehört, daß du einen neuen Spieler aufstellst.« Er schaute mir auf den Bauch.

»Hat Candy dir das erzählt? Diese kleine Göre. Mach dir keine Sorgen, ich verlange nicht von dir, daß du es großziehst. Das schaffe ich schon selbst.«

»Du und die Deinen sind in diesem Haus immer willkommen.«

»Du bist nicht wütend auf mich, oder? Bitte halt mich nicht für verrückt. Ich hab mir alles genau überlegt, und ich werde nicht wie – ich meine ...«

Papa hob die Hand. »Ich finde, daß unsere Mannschaft durchaus etwas junges Blut gebrauchen könnte«, sagte er. Ich sah ihn dankbar und mit feuchten Augen an. »Wo willst du diesen Neuzugang aufstellen?«

Ich lachte. »Ach, als ersten Schlagmann, schätze ich.«

Er nickte. »Dann hoffen wir mal, daß er es lernt, schlecht geworfenen Bällen auszuweichen und so auf die erste Base zu kommen. Unsere letzte Schlagfrau«, sagte er und sah mich an, »kam zwar auf die Base, aber nur weil sie ständig vom Werfer getroffen wurde.«

»Aua«, sagte ich.

»›Mit Sorgen hat noch niemand einen Blumentopf gewonnen‹«, stellte Candy an jenem Abend im *Slick Willie's* fest, sternhagelvoll, wie sie war. Sie hatte gerade ihr sechstes Billardmatch gewonnen und zitierte eines von Mamas liebsten Sprichwörtern. »Mach dir keine Sorgen, Toni, sobald ich wieder nüchtern bin, treff ich keine Kugel mehr.«

»Mama hatte leicht reden. Sie mußte das Konto ja nicht ausgleichen.«

»›Ach, Schätzchen, wer hat denn die Falten zwischen deine Augenbrauen genäht, Antoinette?‹«

»Candy, halt die Klappe.«

Candy rülpste und lachte. »›Und wer hat deine Mundwinkel nach unten gebunden?‹«

(»Achtung, die Schere kommt«, sagte Mama oft und kitzelte mich mit ihren langen roten Fingernägeln unterm Kinn. »Nein«, schrie ich dann und wandte mich von ihr ab.)

Mama machte sich nie Sorgen, am wenigsten um Geld. Sie trauerte, und sie verzweifelte, aber Mamas Probleme lagen immer in der Vergangenheit. Die Zukunft ängstigte sie nicht, die Zukunft war ein Ort, der noch nicht von ihren Fehlern heimgesucht worden war.

Ich dachte immer, die Zukunft sei meine einzige Hoffnung auf ein Stück Himmel. Dort mußte alles perfekt sein, unbedingt. Ich verschwendete meine ganze Zeit damit, mir Sorgen zu machen und auf einen fernen Tag hinzuarbeiten. Glück war für mich etwas, das noch in weiter Ferne lag. Dort wollte ich mir einen Bunker bauen, in der Zukunft. Darin würde ich meine finanzielle Sicherheit unterbringen, ein anständiges Haus und mindestens ein gesundes Kind. Ein mich abgöttisch liebender Ehemann und die Mannschaft der Astros an der Tabellenspitze wären nette Beigaben, aber sie waren nicht unbedingt erforderlich. Sobald ich diesen Bunker fertiggestellt hätte, würde ich hineinkriechen und die

Tür hinter mir zuknallen, während die Welt draußen weitertobte.

Jetzt hatte ich nicht einmal mehr ein Loch in der Erde, in das ich fliehen konnte. Ich saß im Haus meiner Eltern fest, ohne daß ein Ehemann in Sicht war, und stürzte dem Bankrott entgegen, während die Astros gerade die Grapefruit-Liga beendet und schwere Probleme mit den Ersatzspielern und der Verteidigung des Innenfelds hatten.

Geldsorgen sind die schlimmsten Sorgen, weil sie so erniedrigend sind. Es ist vernünftig, sich über seine Gesundheit Gedanken zu machen; sich um seine Lieben zu kümmern ist lobenswert. Geldsorgen dagegen sind einfach nur demütigend.

Herr Kupfer sagte: »Bargeld ist kalt.« Damit will er wohl sagen, daß Geld etwas Einfältiges ist. Geld ist leblos. Aber wir umgeben es mit einem Dunstschleier von Begierden, Ängsten und Hoffnungen. Selbst Geschäftsleute sind im Umgang mit Geld oft viel zu emotional. Ein geläufiger Aktuarenwitz geht so:

Chef: Wie steht es bei dem Projekt, an dem Sie gerade arbeiten, mit der Rendite?

Aktuar: Welche Rendite hätten Sie denn gerne?

Zugegeben, der ist nicht zum Totlachen, aber Aktuare sind sprichwörtlich langweilig. Glauben Sie mir, Sie können jedes beliebige Büro aufsuchen und werden feststellen, daß dieser Witz zutrifft. Obwohl ich bei der Anlageberatung Friesen nur eine Zwei-Drittel-Stelle hatte (zwei Stunden am Tag lernte ich auf die Aktuarenprüfung), hatte ich Dutzende von Gesprächen mit Bill jr. geführt, in deren Verlauf er mich fragte: »Sollte die Rendite nicht höher sein? Mit wieviel Prozent rechnen Sie?« Und ich antwortete: »Sieben Prozent jährlich auf drei Jahre gerechnet.« Und er antwortete: »Oh, ich bin mir sicher, daß wir zehn Prozent herausholen können!«, obwohl sichere Papiere wie Staatsanleihen und kurzfristige

Schatzwechsel in der Gegend von fünfeinviertel abwarfen. Klar, vielleicht konnte man zehn Prozent rausholen ... aber damit rechnen?

An dem Tag, an dem ich meinen Schreibtisch ausräumte, verlor ich leider auch jedes Gefühl für Geld. Ich war schwanger, und die Geldsorgen fraßen mich bei lebendigem Leibe auf. Arbeitsmarktfachleute raten, man soll sich für jede 10 000 Dollar, die man im Jahr verdienen möchte, einen Monat Zeit mit der Jobsuche lassen. Mit meinen Qualifikationen war es nicht übertrieben, mit einer Anstellung mit einem Anfangsgehalt von 40 000 Dollar zu rechnen. Aktuare sind selten und teuer. Nachdem ich meinen Abschluß in Mathematik gemacht hatte, mußte ich vierhundertundfünfzig Stunden in Prüfungen investieren, um meinen Abschluß zu machen. Das sollte sich auf mein Gehalt auswirken.

Nahm mein Baby darauf Rücksicht? Nein. Mein Baby benötigte einen Schlafplatz und etwas zu essen. Mein Baby interessierte sich nicht für meinen Stolz und meine Qualifikationen. Und – machen wir uns nichts vor – ich wollte um Himmels willen nicht den ganzen Tag zu Hause sitzen. Ich wußte, ganz tief in mir wußte ich, daß ich nie das Risiko eingehen durfte, mein Kind unter der Aufsicht einer Frau zu lassen, die einsam in ihrer Wohnung saß und sich langweilte. Ich durfte es nicht wagen, mein Kind einer Frau zu überlassen, die sich in Mary Keith oder Elena Beauchamp verwandeln konnte.

Und so wurde schwierig, was leicht hätte sein müssen. Ich schwitzte Blut und Wasser über Lebensläufen und warf sie dann in den Papierkorb. Meine unvermittelt reichlich vorhandene Freizeit verbrachte ich in Bibliotheken und las dort ein Bewerbungsbuch nach dem anderen – und war doch nicht in der Lage, eine Bewerbung abzuschicken. Ich dachte mir Wertpapiere aus, die während des Monats, in dem ich sie im Auge behielt, eine jährliche Rendite von dreiundzwanzig Prozent abwarfen, und ich traute mich nicht, auch nur einen Cent zu investieren. Im selben Notizbuch machte ich Riesengewinne mit Termingeschäften, rief jedoch nie einen Makler an.

Ich war gefeuert worden. Und litt darunter.

Anstatt mehr Geld zu verdienen, fing ich an, weniger auszugeben. Ich spürte, wie sich meine Finger wie Klauen um jede Münze schlossen. Im Haus meiner Eltern verstrichen Wochen. Als ich wieder zu Hause eingezogen war, waren sich alle einig gewesen, daß ich nur hier wohnte, um Mama während ihrer letzten Krankheit beizustehen. Inzwischen konnte ich mir nicht mehr vorstellen, Miete zu bezahlen und nach einer Wohnung zu suchen. Ich ging nicht mehr ins Kino, und schließlich ging ich gar nicht mehr aus. Ich blieb zu Hause, aß Kräcker und sah den kleinen grünen Eidechsen zu, die über den Fliesenboden flitzten und die weißverputzten Wände hinaufkletterten.

Die letzten drei Wochen mit Morgenübelkeit wurden zu einem Golgatha. Ich glaube nicht, daß ich in der Lage gewesen wäre zu arbeiten, selbst wenn ich Arbeit gehabt hätte. Ich lag im Bett und sah fern. Ich konnte keine Zeitung mehr lesen, denn kein Tag schien ohne eine Geschichte über ein grausam zu Tode gekommenes Baby zu verstreichen. Abgeschlossenes Auto – Baby stirbt an Hitzeschlag. Baby von Pitbull zerfleischt. Kleines Kind aus Unachtsamkeit mit Gewehr getötet. Zwillinge sterben bei Hausbrand. Kleinkind erhängt sich auf Spielplatz. Die letzten Worte eines entführten Kindes – nein, ich kann sie nicht wiederholen.

Wissen Sie, wie viele Kindesentführungen von Fremden ausgeführt werden? Ein Drittel von einem Prozent. Eine von dreihundert. Heutzutage bringen wir unsere ganze Zeit damit zu, unseren Kindern beizubringen, wie sie sich auf der Straße sicher bewegen – aber wissen Sie, was? Wenn Sie nicht wollen, daß Ihr Kind entführt wird, sollten Sie sich nicht scheiden lassen. Deswegen werden

Kinder gestohlen. Entfremdete Ehemänner, verbitterte Ex-Frauen, selbstgerechte Schwiegereltern. Liebe ist das Problem. Leidenschaft. Im Kino und im Fernsehen bekommen wir unablässig erzählt, daß die *Liebe Liebe Liebe* uns glücklich machen wird, daß sie die stärkste Kraft im Universum ist. Aber in der wirklichen Welt kann die Liebe dich bei lebendigem Leib verschlingen.

Lesen Sie die Schlagzeilen. Achten Sie auf die Schläge, die Belästigungen, die im Zorn abgefeuerten Schüsse. Liebe ist wilde Magie, die nicht unter Kontrolle gehalten werden kann. Wenn Sie das nächste Mal ein Auto mit dem Schild *Frisch verheiratet* und Blechdosen an der Stoßstange sehen, betrachten Sie es mit den Augen einer Aktuarin und geben Sie zumindest einmal zu, daß manchmal der denkbar schlimmstmögliche Fall eintreten kann.

Meine Mutter hat Angela geliebt. Meine Mutter hat mich geliebt.

Es ist besser, ein Kind ohne Partner zu bekommen, so wie ich es getan habe, und eine Variable auszuschließen, einen Risikofaktor: den ausfallenden Ehemann, die anstehende Scheidung oder den sanften Gatten, der zum Schrecken der Nachbarn eines Tages mit einer Pistole nach Hause gekommen ist und ...

Mein Weg ist sicherer.

Ich lag im Bett und sah fern. Nicht die Nachrichten, natürlich: Wenn irgendwo auf der Welt ein Kind eines schrecklichen Todes starb, waren die erstklassigen Reporter von CNN sofort vor Ort und berichteten eine halbe Stunde später darüber. Kleiner Junge ertrinkt in einem Brunnen in Maine. Sechs Jahre alte Kinder werden in einer Fabrik in Madras ausgebeutet. Elf Jahre alte Mädchen stecken sich mit Aids an und werden in einem Bordell in Thailand zu Tode gefickt.

Tagsüber gibt es jedoch einen sicheren Hafen, wenn man Kabel hat: CNBS, das Wirtschaftsprogramm. Ich kann es nur empfehlen. Es ist ausgesprochen beruhigend. Die Wirtschaftsnachrichten gleichen einem äußerst komplizierten Wetterbericht. Der Nikkei steigt, der S & P fällt, die Holzpreise geraten nach den letzten NAFTA-Entscheidungen über kanadisches Weichholz durcheinander. Vertrauen Sie mir: Wenn Sie Baseball schauen oder den neuesten Pariser Modetrends folgen können, stehen Ihnen Stunden äußerster Entspannung bevor, während Sie den Entwicklungen auf dem Weltmarkt folgen – und womöglich werden Sie auch noch besser darüber informiert sein, wie Sie Ihre Rente anlegen sollten.

Wie im Baseball oder in der Mode besteht auch die Wirtschaft aus Spielern und Akteuren, manche schillernd, manche langweilig. Jeden Tag werden die Ergebnisse bekanntgegeben sowie Gewinne und Verluste berechnet. Es gibt etablierte Mannschaften wie IBM und General Electric, aufstrebende Stars, Spaßvögel und vorsichtige Veteranen. Es gibt sogar hundeäugige Manager, die altehrwürdige Klischees verkünden: »Das war die schwierigste Entscheidung, seit ich diesen Job übernommen habe, aber es blieb uns keine Wahl, wir mußten an die Interessen der (Mannschaft, Aktionäre) denken.«

Als meine Morgenübelkeit schließlich nachließ, war ich völlig süchtig nach CNBC. Eines schönen Tages, noch Anfang April, tappte ich in meinem Nachthemd nach unten und überraschte mich bei dem Gedanken, wie gerne ich ein Spiegelei zum Frühstück essen würde. Siegessicher schlug ich das Ei in die Pfanne, wie ein Schlagmann, der nach einem Home-Run gemütlich um die Bases trabte. Dann bestreute ich es mit grobem schwarzen Pfeffer, bis es aussah, als hätte es jemand in den Sand fallen lassen, gab sicherheitshalber noch einen Schuß Pickapepper-Pfeffersoße dazu und verschlang es. Allmählich hob sich meine Stimmung.

An jenem Donnerstag ging ich zu meiner Ultraschalluntersuchung in der fünfzehnten Woche. Ich schlüpfte in einen blauen Klinikkittel und legte mich auf den Untersuchungstisch. Immerhin wurde ich heute nur äußerlich untersucht. Die MTA schob den Kittel nach oben, zog mir mein Höschen halb über die Hüften und entblößte einen spärlichen Saum von Schamhaaren. Bevor ich schwanger wurde, war es mir immer unangenehm, wenn Ärzte mich nackt sahen, aber der ganze Vorgang, insbesondere die künstliche Befruchtung, bringt so häufige routinemäßige Entblößungen mit sich, daß du zunehmend unempfindlicher wirst. Übrigens würde ich empfehlen, die vaginalen Untersuchungen von Krankenschwestern oder MTAs vornehmen zu lassen. Ärzte, selbst Frauen, scheinen nicht zu begreifen, wie die Patientin sich dabei fühlt – wie wichtig es beispielsweise ist, das Spekulum vorzuwärmen, bevor es forsch eingeführt wird.

Meine MTA, Laquisha, war eine junge schwarze Frau mit violettem Lippenstift und gebleichten blonden Haaren, die sie gewellt und flach an den Kopf gedrückt trug, wie es in den 20er Jahren Mode war. Über die Jahre ist es unter den schwarzen jungen Frauen in Houston wirklich üblich geworden, sich die Fingernägel machen zu lassen. Laquishas Fingernägel waren ausgesprochen schmal, fünf Zentimeter lang und indigofarben, mit sieben winzigen Silbersternen auf dem Zeigefinger und einer schmalen goldenen Mondsichel auf jedem Daumennagel. Mama hätte an diesen Klauen Gefallen gefunden. Sie glitten wie gepanzerte Insekten über die Armaturen von Laquishas Maschinen und Instrumenten.

Sie nahm eine große Tube mit blaßblauer Gleitsubstanz und rieb mir damit den Unterleib ein. Sie war leichter und nicht so fettig wie Vaseline, mehr wie K-Y Jelly.

»Wird das Baby hübsch aussehen oder abstoßend?«

Laquisha verteilte noch mehr Schleim auf meinem Unterleib und lächelte. »Es wird wie eine Limabohne aussehen, nur mit einem Kopf.«

»Eine Limabohne mit einem Kopf?«

»Nur eben blau.«

»Wie oft kommen Ihnen Kinder mit zusätzlichen Zehen oder Schwänzen unter?«

»Ganz selten. Letzte Woche hatten wir eine Mama mit zwei Köpfen, aber mit dem Baby war alles in Ordnung«, erwiderte Laquisha. Ihr Lächeln wurde breiter, und sie stupste mich in den Bauch. »Glauben Sie mir wirklich?« Sie zog ihre Handschuhe aus. »Sie müssen keine Angst haben, Schätzchen. Alles wird gut.«

Normalerweise hasse ich es, wenn Leute mit einer schwangeren Frau sprechen, als hätte sie den IQ eines Fötus, aber in diesem Augenblick hatte ich schrecklich Angst vor dem, was der Ultraschall zeigen mochte – und ich hätte Laquisha dafür umarmen können, daß sie so nett zu mir war. Sie ging hinaus und kam mit dem Ultraschallgerät zurück, das sie vor sich herschob. Sie schaltete es an; der Bildschirm leuchtete auf und wurde dann wieder schwarz. »Möchten Sie das Geschlecht Ihres Kindes wissen?«

»Das können Sie schon sehen, wenn sie noch so klein sind? Du meine Güte! Äh, nein. Verraten Sie es mir nicht.«

»Manche Leute wollen wissen, was für Kleider sie einkaufen sollen, wissen Sie. Was für einen Namen sie sich ausdenken sollen.«

»Nein, danke«, sagte ich. Mir wurde klar, daß ich nicht in die Zukunft blicken wollte. Weder meiner Mutter noch dem heiligen Jesaja hat die Prophezeiung Glück gebracht. Jedenfalls würde mir Candy noch früh genug das Geschlecht meines Kindes verraten, sofern ich es wissen wollte.

»Also gut.« Laquisha nahm das Schaufelblatt von der Maschine und ließ es langsam über meinen Bauch gleiten.

Auf dem Bildschirm sah ich zum ersten Mal mein Kind.

»Oh«, sagte ich.

Es war blau, im Farbton der Leuchtanzeige, und hielt seine winzigen Arme und Beine angewinkelt. Im Vergleich zu seinem Körper war sein Kopf riesig. Das Bild auf dem Schirm zuckte und zitterte, während Laquisha den Lesekopf des Ultraschallgerätes hin und her bewegte, als sähe ich das Spiegelbild meines Kindes in den vom Wind bewegten Wellen eines Teiches.

»Dort – sehen Sie das? Das ist das Herz. Es schlägt völlig normal. Zwei Arme, zwei Beine, ein Kopf, kein Schwanz. Sind Sie sicher, daß Sie das Geschlecht nicht wissen möchten?«

»Ich bin mir sicher.«

Für mich hatte es kein Geschlecht. Das Ding in meiner Gebärmutter war noch kein Baby und schon gar kein Kind. Es war ein Geheimnis, das ich tief in mir verborgen hielt, auf einer langen, einsamen Reise durch seine Unterwasserwelt. Was für ein Epos sich da in mir entwickelte! Wie merkwürdig es doch war, daß seine heldenhafte Reise der Vergessenheit anheimfallen würde; daß dieser kleine, geschlechtslose Reisende im Augenblick seiner Geburt verschwinden würde, durch Hexenmacht in ein schreiendes, unwissendes Kind verwandelt, während seine Erinnerungen an seine geheimnisvollen Anfänge langsam entschwanden.

Ich hatte feuchte Augen.

Segle dahin, Limabohnenkind. Segle dahin, verborgener Reisender.

Erst als der Ultraschall abgeschlossen war, wurde mit bewußt, wie sehr ich während der ersten drei Monate Angst vor einer Fehlgeburt gehabt hatte. Das ist auch so etwas, worüber niemand spricht – wie häufig Fehlgeburten sind. Mary Jo hatte drei Fehlgeburten, die letzte in der sechsundzwanzigsten Woche, bevor sie und ihr Mann es aufgaben, für den kleinen Travis ein Brüderchen zu bekommen.

Nicht lange danach ging ihre Ehe in die Brüche. Trotzdem, die Mehrzahl der Fehlgeburten passiert während der ersten drei Monate, wenn der Körper feststellt, daß mit dem Fötus etwas nicht in Ordnung ist, und beschließt, ihn abzustoßen und von vorne anzufangen. Ich war noch nicht sicher durchs Ziel gegangen, aber ich konnte etwas entspannter durchatmen. Die Morgenübelkeit hatte fast ganz nachgelassen, und der Ultraschall hatte keine Anzeichen abnormer Entwicklungen gezeigt.

Voll neuer Kraft und guter Vorsätze beschloß ich, bei Mary Jo vorbeizuschauen. Sie hatte mich seit Wochen gedrängt, sie zu besuchen, zweifellos um den Zustand ihres undichten Daches zu begutachten. Ich war so gestreßt gewesen, daß ich mich nicht auch noch mit anderer Leute Probleme auseinandersetzen konnte, aber jetzt wollte ich mich nicht länger davor drücken.

Ich liebte Mary Jo nicht einfach nur, wie man eine etwas exzentrische Tante liebt – und doch zugleich meidet. Ich stand in ihrer Schuld. Sie hatte mich und Candy unzählige Male gerettet, wenn Mama einen Wutanfall bekam oder wenn sie und Papa sich stritten. Und was ebenso wichtig war: Sie hatte sich um Mama gekümmert, wenn sonst niemand im Haus dazu in der Lage war.

Unabhängig davon war Mary Jo die erste Frau gewesen, die mir ein paar unangenehme Wahrheiten über das wirkliche Leben gesagt hatte. Als ich fünfzehn Jahre alt war, kurz bevor ich zu einer meiner ersten Verabredungen ging, kam Mary Jo zu Besuch. Sie sagte, sie habe gehört, mein Freund besitze einen Führerschein und werde mich mit dem Auto abholen. Als ich das bestätigte, holte sie einen Zwanzig-Dollar-Schein aus ihrer Handtasche und drückte ihn mir in die Hand. »Wofür ist das?« wollte ich wissen.

»Für ein Taxi«, erwiderte sie. Ich wollte ihr entgegnen, daß ich das nicht brauchen würde, doch Mary Jo legte einen Finger an ihre Lippen. »Toni, jede Frau braucht ihr eigenes Geld«, sagte sie. Sie kramte in ihrer Handtasche nach einer Zigarette, zündete sie an und warf mir über ihren ersten Zug hinweg einen langen, nachdenklichen Blick zu. »Ich werde dir jetzt etwas sagen, aber du mußt mir versprechen, es nicht Travis zu erzählen.« Travis war ihr Sohn. Ich versprach es ihr. »Chester und ich waren noch keine drei Jahre zusammen, und da wußte ich bereits, daß ich ihn verlassen wollte.«

Ich war erschüttert. Ich hätte nie geglaubt, daß sie mit Chester unglücklich gewesen sein könnte. Als sie sich getrennt hatten, war ich davon ausgegangen, daß sie niedergeschmettert gewesen war.

»Aber ich konnte ihn nicht verlassen. Ich hatte Angst davor. Ich saß mit Travis zu Hause, und Chester verdiente das Geld. Wenn ich eigenes Geld besessen hätte, wäre ich fortgegangen. Ich hätte ein glücklicheres Leben geführt. Statt dessen blieb ich bei diesem Kerl und war jeden Tag unglücklich, bis er mich verlassen hat. Dann besorgte ich mir einen Job bei Sears. Es ist kein guter Job. Ich bin nicht aufs College gegangen, ich hatte nicht viel Arbeitserfahrung, weil ich zu Hause geblieben bin und Chester das Geld verdienen ließ. Hörst du mir zu, Schätzchen?«

Ich nickte. Sie legte meine Hand um den Zwanziger und drückte sie fest. »Mach es nicht so wie ich, Toni. Halt dich nicht für unbescheiden. Wenn du in diesem Leben die wahre Liebe finden möchtest, dann sorg dafür, daß du über eigenes Geld verfügst. Hast du das verstanden?«

Um es kurz zu machen: Ich habe den Zwanzig-Dollar-Schein gebraucht.

Als Mary Jo mir ihre Geschichte erzählte, war das, als hätte eine Erwachsene den Vorhang beiseite gezogen und mir damit zum ersten Mal den Blick auf das wirkliche Leben ermöglicht. Es berührte mich zutiefst, daß sie so offen über ihre Schwächen und ihr Scheitern sprach. Ich glaubte, es ihr schuldig zu sein, ihrer Traurigkeit Gerechtigkeit widerfahren zu lassen und ihrem Rat Aufmerksamkeit zu schenken. Auf dem College verachtete ich die Pseudokünstlerinnen, deren Vorstellung von Romantik darin bestand, in einer für schick erklärten Mansarde zu wohnen, und die der Meinung waren, daß ein gutes Einkommen den Tod der Seele bedeutete. Mary Jo hat mich gelehrt, daß es keineswegs belanglos ist, ob man Geld verdient oder nicht. Ich tat es schließlich nicht, weil ich ein neues Auto oder eine teure Stereoanlage wollte. Es ging um Freiheit, Unabhängigkeit und Liebe.

Vom Ultraschall fuhr ich direkt zu Mary Jo. Sie lebte nur zehn Blocks von uns entfernt, aber es waren die falschen zehn Blocks. Die reizenden, schrulligen Häuser des wohlhabenden Montrose wichen einer Gegend mit kleinen Bungalows, die alle während des Zweiten Weltkriegs gebaut worden waren, lange bevor Klimaanlagen nach Osttexas gelangten. Houston war im Grunde auf einem Sumpf errichtet worden, was sich übel auf unsere Häuser auswirkt. Das Erdreich ist derart flüssig, daß Klärbehälter, Rohre und andere unterirdische Leitungen oft aus dem Boden hochgedrückt werden und mit schöner Regelmäßigkeit wieder nach unten gehämmert werden müssen. Fundamente sind in Houston ein Alptraum. In Mary Jos Block war jedes Haus mindestens einmal neu errichtet worden.

Ich parkte hinter einem Chevy-Kleintransporter am Straßenrand. Durch die Heckscheibe waren Gewehrhalterungen zu erkennen, und auf der Ladeklappe prangte ein Aufkleber mit dem Schriftzug KOMMANDOTRUPPS FÜR CHRISTUS. Als Teenager war ich diesen Kommandos einmal auf einem Sommerlager begegnet, einer Horde muskelbepackter Kerle in Kampfanzügen, die mit Karateschlägen Ziegelsteine zerschlugen und Powerlifting-Vorführungen zu Ehren Jesu veranstalteten. Die meisten anderen Kids fanden es etwas merkwürdig, auf der Suche nach Jesus Schamotteziegel mit dem Kopf zu zertrümmern. Ich mußte daran denken, mit welcher Mutter ich aufgewachsen war, und fühlte mich nicht in der geeigneten Position, den ersten Stein zu werfen.

An Mary Jos Haus blätterte die Farbe ab, und ein Graspilz hatte fast den ganzen Garten vernichtet. Der Rest war mit Ameisenhügeln bedeckt. Was noch schlimmer war: Ich konnte sofort sehen, daß das Dach wie der Rücken einer spatkranken Stute allmählich nachgab. Mein Mut sank. Ich hatte gehofft, Mary Jo hätte viel Lärm um nichts veranstaltet.

Ich öffnete die Gittertür und klopfte. »Mary Jo? Ich bin's.«

»Das glaubst auch nur du.« Von innen drang eine Vielzahl leiser Geräusche heraus, und ich mußte an aufgeschreckte Ratten denken, die in Deckung flüchteten. Das Kettenschloß klapperte. Augenblicke später öffnete sich die Tür. Mary Jo war blaß und blickte mich mit Ringen unter den Augen finster an. »Komm rein, Herzchen, du läßt die ganze kühle Luft raus.«

Mary Jo schloß die Tür hinter mir. Ihr Haus glich einem kleinen, finsteren, stickigen Kaninchenbau. Viele ihrer Nachbarn hatten fette Luftverdunster aus ihren hinteren Fenstern hängen, doch Mary Jo verachtete sie. Statt dessen hielt sie ihre schweren kastanienbraunen Vorhänge immer geschlossen, so daß man drinnen selbst am hellichten Tag kaum etwas sehen konnte. Als Mädchen stolperte ich unentwegt über einen Bücherstapel, den ich nicht bemerkt hatte, oder über eine Porzellanpuppe oder einen uralten Hocker, den Mary Jo achtlos hatte herumstehen lassen.

Das Haus roch schlimm nach Schimmel, nassem Stoff und feuchtem Papier.

»Würdest du dir das bitte mal anschauen?« fragte sie verdrießlich und streckte mir in der Düsterheit etwas entgegen.

»Ich kann mir nichts anschauen, es ist stockdunkel hier drin. Einen Augenblick, bitte.«

Wie immer konnte ich das Surren der Ventilatoren hören: das schwache elektrische Fauchen des neuen Sears-Ventilators in Mary Jos Schlafzimmer; das Jaulen des winzigen, rotierenden Ventilators, der auf ihrem Kühlschrank stand; und den großen, schwarzen Stahlrohrventilator, der gegen Ende des Zweiten Weltkriegs gebaut worden war und immer noch in ihrem Wohnzimmer seine Runden zog und die Vorhänge und Spitzendecken erschaudern ließ. Über meinem Kopf entschwebten die hackenden Holzflügel ihres Deckenventilators in die Ewigkeit.

»Es ist ruiniert, das möchte ich damit sagen.«

Meine Augen hatten sich genügend an das trübe Licht gewöhnt, so daß ich erkennen konnte, was sie da in der Hand hielt: ein altes Kinderbuch. »Es lag auf einem Regal an der Wand, und da hat es reingeregnet, und jetzt ist es ruiniert.« Mary Jo streckte mir erneut das Buch entgegen. Der Einband war feucht und wölbte sich. Das Leinen warf Blasen. »Der kleine schwarze Sambo«, sagte sie und schlug es auf. »Eine schöne Geschichte, eine schöne Kindergeschichte. Ein echtes Sammlerstück. Inzwischen haben sie es aus den Schulbibliotheken entfernt, weil ein schwarzes Kind darin vorkommt. Wegen rassistischer Vorurteile, bei meinem Gebiß!« Sie schlug das Buch an der Stelle auf, an der der Tiger den kleinen schwarzen Sambo um den Baum jagt und sich in ein Stück Butter verwandelt. »Was soll daran rassistisch sein? Man sollte meinen, daß ihnen Geschichten über schwarze Kinder gefallen. Niedlich ist er auch noch, wie ein kleiner Tropfen Sirup. Als ich ein Mädchen war, sagten wir Nigger zu den Schwarzen, und sie auch! Das meinten wir nicht böse. Genausogut könnte ich dich ... ich weiß nicht was nennen. Nichts Schlimmes. Da gab es einen alten Mann namens Nigger Joe, der hat meinen

Bruder jeden Sonntag auf seinem Pferd mitgenommen und ihm eine Prise Schnupftabak abgegeben. Dieser alte Nigger war der liebenswürdigste, würdevollste Mann, der mir je begegnet ist. Ein geborener Gentleman. Er liebte uns inniglich. Damals hatten sie ihre eigenen Schulen. Und Kirchen. Wir kamen alle miteinander aus. Schau dir doch an, wie er zu Butter zerläuft. Ist das nicht eine allerliebste Idee? Deine Mutter hat sich immer solche Geschichten ausgedacht. Ich konnte das nie. Früher fand man diese Geschichte auf der Speisekarte des *Big Boy* wieder, weißt du.«

»Ich dachte, das war im *Denny's*.«

»Wirklich? Ich weiß es nicht mehr.« Mary Jo schüttelte den Kopf. »Natürlich haben sie das rausgenommen. Rassistisch, bei meinem Gebiß. Das hab ich für fünfzig Cent bei einem Trödler erstanden, in dem Jahr, als sie Nixon ein Amtsenthebungsverfahren anhängten. Ich habe gehört, daß sie ihm in Kalifornien ein Denkmal errichtet haben. Hältst du das für möglich? Sie errichten einem Präsidenten Denkmale, der das Gesetz gebrochen hat, aber der kleine schwarze Sambo darf auf keiner Speisekarte mehr stehen. Mensch, auf diesen Bildern sah er aus, als bestünde er aus Schokoladentorte, er war einfach zum Fressen süß. Der Zeichner, der das gemalt hatte, verstand wirklich was davon.«

Mary Jos Lehnstuhl und die düsteren Regionen ihres Sofas waren mit allem möglichen Krimskrams übersät, also ließ ich mich auf der Klavierbank nieder, auf der wir ›O Tannenbaum‹ und ›The Star-Spangled Banner‹ gesungen haben, als ich in der vierten Klasse war. (Zu Weihnachten hatte ich in der Schule ein Lied vorgetragen, und das hatte sie auf die Idee gebracht, daß ich ein Kinderstar werden und im Radio singen sollte.) Über den Tasten hoben und senkten sich gelbliche Notenblätter, wenn der Luftzug des Ventilators über sie hinwegstrich. Sie waren mit Wasserflecken übersät.

»Für fünfzig Cent finde ich nie wieder ein Exemplar.« Mary Jos Mund schloß sich wie ein Geldbeutel.

Die feuchten Teppiche und Vorhänge verströmten einen starken Schimmelgeruch.

Ich seufzte. »Mary Jo, du mußt dein Dach reparieren lassen.«

»Das wollte ich schon die ganze Zeit einmal erwähnen«, erwiderte sie und lachte, ein heiseres Raucherlachen. Aber es klang nicht wie Mama. Niemand lachte wie Mama. »Ich habe einen feinen Bananenpudding im Kühlschrank stehen, wenn du möchtest, Toni. Ich werde mir eine Coke holen. Auch eine?«

Sie kam mit einer dieser 0,33-Literflaschen zurück, die auch Mama vorgezogen hatte. »Das ist das echte, nicht dieses wäßrige Classic-Coke-Zeug. Wenn ich das wollte, würde ich Pepsi trinken. Früher hat das einen Nickel weniger gekostet, weißt du. Niemand hat es gekauft. Sie müssen uns alle für komplette Idioten halten, wenn wir glauben sollen, Classic sei das gleiche wie die alte Coke, bevor sie umgestellt haben.« Sie tippte gegen ihre Flasche. »Die werden aus Mexiko importiert. Dort haben sie nie umgestellt. Wenn es in Mexiko abgefüllt wurde, ist es noch die echte Coke. Den Unterschied spürt man in der Nase.«

»Das ist wirklich die alte Coke?«

»Aber klar.«

Ich nahm Kurs auf den Kühlschrank. In Texas nehmen wir unsere kalten Getränke ernst. Die Hälfte aller Erinnerungen an meine Kindheit (sofern Mama nicht darin vorkommt) dreht sich um kalte Getränke: das Klicken von Eiswürfeln in einem Glas Eistee, wenn man den Zucker umrührt; das Kondenswasser auf einer Cokeflasche; den metallischen Geschmack dieser großen Milchshakebehälter; wie man eine Dr. Pepper-Dose öffnen mußte, in jenem kurzen Zeitraum, als es die alten Ziehverschlüsse nicht mehr und die neuen noch nicht gab (auf dem Deckel gab es zwei kleine Erhöhungen, die man reindrücken mußte – eine etwas größere, um die Brause raus, und eine etwas kleinere, um die Luft hineinzulassen). Papa hat mir einmal die physikalischen Zusammenhänge erklärt.

»Ich kaufe sie in einem mexikanischen Lebensmittelgeschäft die Straße runter. Weißt du, die Frau, die das Geschäft führt, hat eine Kusine, der sie gerade eine dritte Brust abgenommen haben. Sie wuchs ihr direkt aus der Achselhöhle. Kannst du dir das vorstellen?«

»Das versuche ich gerade zu vermeiden.« Mary Jo bewahrte ihre Cokes in der Kühlschranktür zwischen der Pickapeppa-Soße und dem Glas mit grünen Rio-Grande-Oliven (die mit der Jalapeño-Füllung) auf. Sie schien nicht schlechter zu essen als sonst: Neben dem Bananenpudding, der ganz traditionell mit einer Handvoll Vanille-Waffeln gespickt war, entdeckte ich ungefähr sechzehn kleine Tupperdosen mit dem Salat von gestern und dem Fleischkäse von letzter Woche, eine Packung Frühstücksfleisch mit Paprika, ein Beutel Wonder Bread, ein halbes Stück Käse zum Rattenfangen, drei Dosen Miller Lite, eine Schüssel rosafarbener Marshmallow-Salat, Konfitüren, Gelees und Soßen. Darüber hinaus gab es Riesengläser mit Pickles, Apfelmus und Mayonnaise. »Mary Jo, diese Mayonnaise schmeiße ich weg«, sagte ich und warf das Ding in den Mülleimer unter der Spüle. »Die war schon Ostern letztes Jahr abgelaufen.«

»Ich paß da schon selbst auf, Toni.«

»Mhmm.« Ich überprüfte das Verfallsdatum auf den Pickles und dem Apfelmus. Sie würden noch ein paar Monate halten. Auf dem Kühlschrank lag eine Tüte Fritos, die von einer Klammer zugehalten wurde.

»Der Arzt hat gesagt, es sei völlig normal, drei Brüste zu haben. Denk doch mal, eine Sau hat auf dem ganzen Brustkorb Zitzen. Offensichtlich ist das bei uns auch möglich. In deiner DNS gibt es einen Schalter, der sie abstellt.«

»Was abstellt?«

»Unsere Zitzen.«

»Ach so. – He, das schmeckt wirklich wie die alte Coke!«

»Geh du nur weiter zur Schule, Schätzchen«, sagte Mary Jo mit ihrem heiseren Lachen. »Irgendwann lernst du schon noch was.«

Ich nahm meine kleine Coke mit ins Wohnzimmer und setzte mich auf die Klavierbank. »Das Problem ist, Mary Jo, daß ich nicht das Geld habe, um dein Dach zu reparieren. *No tengo dinero. Nada. Solamente* nix.«

»Jammer nicht rum, Toni. Du warst schon immer weinerlich. Findest du auch, daß das Dach repariert werden muß?«

»Ja, Ma'am.«

»Dann sollten wir aufhören, Ausreden zu erfinden.« Mary Jo wühlte in einer Schublade der Vitrine herum, in der sie ihren geliebten Nippes zur Schau stellte. »Hier habe ich einen Bankscheck auf deinen Namen über eintausendachthundertundsiebenundzwanzig Dollar. Mehr kann ich nicht entbehren. Mehr habe ich nicht.«

»Das kann ich nicht annehmen!«

»Ich habe ihn im Februar ausgestellt, also solltest du ihn bald einlösen.«

»Mary Jo!«

Mary Jo hustete. »Ich werde wirklich aufhören zu rauchen. Hast du jemals das Bild einer Raucherlunge gesehen? Im Reader's Digest haben sie eins abgedruckt, das sah aus wie ein Badewannenschwamm, der in Motoröl eingeweicht worden war. Ich sage dir, mir langt's! Ich hör auf.« Sie schloß meine Hand um den Scheck.

»Was soll ich damit? Du mußt das ganze Dach reparieren lassen. Das wird ungefähr, ich weiß nicht genau ... zehntausend Dollar kosten.«

»Liebling, du mußt dich um mich kümmern.« Sie hielt meine Hand fest, ganz fest in ihrer Hand. »Glaubst du nicht, daß ich gerne alles bezahlen würde? Ich verdiene mein Geld, indem ich Briefumschläge versandfertig mache, Herzchen. Das ist alles, wozu ich gut bin. Aber ich habe immer zu deiner Mutter gehalten – und sie zu mir.« Sie preßte die Lippen aufeinander, und ihr Kiefer malmte. Ihre Gesichtshaut sah blaß und ungesund aus. »Zwing mich nicht zu betteln, Mädchen. Mach mich nicht zu einer Bettlerin.«

»Wir werden uns um dich kümmern, Mary Jo. Das verspreche ich dir.«

»Sie hat ihr ganzes Geld dem Baby hinterlassen, Angela. Sie hat mir hundertmal erzählt, daß sie mich nicht vergessen würde, wenn ihre Zeit gekommen wäre, aber Pustekuchen. Als sie aus dem Krankenhaus gekommen ist, hat sie gesagt, daß es ihr leid tut. Jeder rote Heller ist an dieses Mädchen gegangen, das sie fast vierzig Jahre lang nicht gesehen hat. Was für eine verrückte Geschichte. Und die Menschen hier, du und Candy, wir alle, bekommen keinen Nickel ab. Nicht einen Cent. Das ganze Geld von den Friesens, und wohin ist es verschwunden?« Mary Jo drückte mir erneut die Hand. »Dein Papa hat gesagt, daß du über Angie Bescheid weißt.«

Ich nickte, bekam jedoch kein Wort heraus.

»Mama würde sich im Grab umdrehen, wenn sie sähe, wie ich hier lebe«, fuhr sie fort. »Papa hätte mir den Hintern versohlt. Wasser auf den Büchern! Er liebte seine Bücher. Ich habe seit einer Ewigkeit nicht mehr gebügelt.«

»Mary Jo ...«

»Es gab Tage, da hätte deine Mutter den Verstand verloren ohne mich«, sagte Mary Jo grimmig. »Wenn sie nicht jemanden gehabt hätte, der Bescheid gewußt hat. Jemanden, mit dem sie reden konnte. Dein Papa wollte nie etwas von der kleinen Angela hören. Sie nahm ihm das nicht übel, er war gut zu ihr, so gut zu ihr, selbst dann noch, als er sie nicht mehr liebte.« Mary Jo weinte, ein paar Tränen auf der alten, weichen, teigigen Haut unter ihren Augen. »Es war wirklich nicht leicht, mit ihr befreundet zu sein, weißt du.«

»Ich weiß«, erwiderte ich.

»Diese Angela. Ha! Ich würde sie zu gern kennenlernen, bevor ich sterbe.« Langsam ließ sie meine Hand los.

Ich steckte den zerknitterten Scheck in meine Handtasche. Manche Geschenke kann man nicht zurückweisen.

Das war der Nachmittag vor meinem Streit mit Candy im *Slick Willie's*. Das Haus war leer, als ich nach Hause kam. Papa war für American Express unterwegs und graste die nördliche Route seines Gebietes ab: Waco, Dallas, Texarkana, Little Rock, Pine Bluff, Monroe, Shreveport, wieder über die Grenze nach Texas zurück nach Longview, Tyler und dann nach Hause. Je älter er wurde, desto mehr schien er arbeiten zu müssen. Mit zweiundsechzig mußte er ein Gebiet beackern, für das früher drei Leute zuständig gewesen waren. Manchmal ließen sie ihn bis hoch nach Oklahoma City reisen oder im Osten bis nach Jackson, Mississippi. Ich habe ihm erklärt, daß sie versuchten, ihn in den vorzeitigen Ruhestand zu zwingen, damit sie ihm Rente und Zusatzleistungen kürzen konnten, aber er beklagte sich einfach nicht.

(Ich bin in der Küche und helfe Mama beim Abwasch. Sie schaltet das Radio an, das auf dem Kühlschrank steht. Die Astros sind in der sechsten Runde am Schlag, ein Spieler aus und einer auf der Base. Sie ertappt mich dabei, wie ich sie anschaue. »Ich weiß. Es ist komisch.« Sie zuckt mit den Achseln. »Wenn Papa auf Reisen ist, ist mir danach zumute. Es erinnert mich an ihn.« Sie wackelt mit den Hüften und lächelt mich schief an. Sie tut so, als würde Schätzchen sie reiten, und ahmt ihre rauchige, neckische Stimme nach. »Aber wenn er zu Hause ist, dann soll er das verdammte Ding ausschalten und sich um *mich* kümmern.«)

Ich war immer noch überrascht, sie nicht in der Küche anzutreffen.

Doch die Küche war jetzt mein Reich, wenn sie überhaupt jemandem zustand. Ich wollte dem gerecht werden. Während der zwei Monate langen Morgenübelkeit hatte ich einen Teil meines Vertrauens in meine Schwangerschaftsbücher verloren, die mir – in einem Ton, der von fröhlich bis drohend reichte – erklärt hatten, ich solle jeden Tag zehn kleine, stärkereiche Vollkornschnitten essen, fünf oder sechs Portionen Obst oder frisches Gemüse und genug Milch trinken, um damit eine Katze zu ertränken. Einer Frau, die von einer Handvoll Salzstangen am Tag lebte, mußte das alles ein kleines bißchen übertrieben vorkommen. Nachdem ich das Kleingedruckte gelesen hatte, fiel es mir besonders schwer, noch einen Gedanken darauf zu verschwenden: Dort stand, daß nicht mein Baby, sondern nur ich darunter leiden würde, wenn meine Ernährung den Bach runterging. Offensichtlich wußte die Evolution genau, wo ihre Prioritäten lagen. Das Baby saugte die notwendigen Nährstoffe aus meinem Körper, filterte die Vitamine aus meiner Haut und das Kalzium wenn nötig direkt aus meinen Knochen. Das las ich mit einem Seufzer der Erleichterung, und da ich mich unmöglich noch schlechter fühlen konnte, schob ich jeden Gedanken an Essen beiseite wie eine Schüssel Hühnerinnereien.

Inzwischen war ich offiziell im zweiten Drittel meiner Schwangerschaft, mein Appetit war zurückgekehrt und damit auch meine Entschlußkraft. Wenn das Baby einmal geboren und entwöhnt war, mußte ich schließlich für zwei kochen. Vor lauter College, Arbeit und den

Vorbereitungen auf meine Aktuarsprüfungen war Ernährung auf meiner Dringlichkeitsliste ganz unten gelandet: Meistens tauchte sie in Form von Einwegkartons auf, die ich gleich wieder vergaß. Jetzt stand ich in der Küche meiner Kindheit, umgeben von Chilisträngen und getrockneten Knoblauchknollen und Kräutern, die auf dem Fenstersims blühten, und ich nahm mir vor, mich zu bessern.

Ich schaltete das Radio ein. Die Astros spielten zum ersten Mal in diesem Jahr nachmittags, ein Sonderspiel gegen die Dodgers. Ein nervöser linkshändiger Werfer aus der Dominikanischen Republik hatte uns gerade vom Spielfeld geschickt. »Der Kerl ist derart schreckhaft ...«, sagte Milo Hamilton, der Kommentator. »... der würde sogar eine Tasse Kaffee nervös machen«, sprach ich im Chor mit. Es war Milo Hamilton gewesen, der Hank Aarons 715. Home-Run angesagt hatte, damals, als Aaron den Rekord von Babe Ruth gebrochen hatte und Milo für die Atlanta Braves am Mikrophon saß. Diese alten Baseballkommentatoren verfügen über einen ganz eigenen Humor. Ich glaube, es war Milo, der einmal über Charlie Hustle, den legendären Pete Rose, gesagt hat: »Pete fühlt sich so jung, daß er sich, wenn er im Alter von fünfundachtzig noch einmal heiraten würde, nach einem Haus in der Nähe einer Schule umsähe.«

Unser Ersatzwerfer leistete ganze Arbeit. Sein schneller harter Ball auf Brusthöhe wurde senkrecht in die Luft geschlagen und gefangen – und beendete damit die erste Hälfte der siebten Runde mit einem zwei zu zwei: Ich ging eine Liste von Rezepten für schwangere Frauen durch, als das Spiel von einer Werbepause unterbrochen wurde: Chevrolet hatte ein Sonderangebot für ganze Männer, zu jedem Kleintransporter gab es ein kostenloses Gewehr. Ich hatte mich gerade für mit Weizenkeimen angereicherte Lasagne entschieden, als das Telefon klingelte. »Hallo?«

»Na endlich.«

»Candy? Bist du's?«

»Größtenteils. Du warst weg. Ich habe dich angerufen, weil du immer da bist, aber du warst weg.«

»Ich war bei Mary ...«

»Vor ein paar Stunden konnte ich noch fahren. Jetzt nicht mehr. Jetzt bin ich viel zu betrunken. Du wirst hierherkommen müssen.«

»Du hast getrunken? Um fünf Uhr nachmittags? Wo bist du? Was ist los?«

Durch das Telefon konnte ich laute Musik hören. »Weißt du, wie oft irgendein Kerl zu mir gesagt hat: ›He, Schätzchen, ich hätte da einen schlüpfrigen Willie für dich!‹ Ich hab nichts dagegen, wenn jemand seinen Spaß hat, aber langsam wird's langweilig. Verstehst du mich? Langweilig!«

»Du hast getrunken. Bei der Arbeit.«

»Wenn sie mich nicht gefeuert haben, ohne daß ich es bemerkt habe, denn dann wäre ich ein Gast.« Candy hielt inne, allem Anschein nach, damit ein schwerer Lastwagen über eine elektrische Gitarre fahren konnte. »Jetzt, wo du es sagst, meine Schicht beginnt um sieben.«

»O Herr.«

»Hoppsa.«

Ich ließ den Becher Weizenkleie auf der Küchentheke stehen und fuhr die sieben Blocks zu *Slick Willie's*. Die Kneipe füllte sich allmählich mit Männern, die gerade von der Arbeit kamen, eine schick angezogene Menschenmenge, die auf ein abendliches Bier vorbeischaute. Leitende Angestellte schlichen probehalber wie Raubtiere um die Billardtische herum, auf der Jagd nach hilflosen Kugeln, die sich wie runde Zebras auf der grünen Filzserengeti drängten. Die Jukebox war in Hochform und röhrte »Bad to the Bone«, um all die jungen Männer zu beruhigen, die nicht oft genug hören konnten, daß sie ihre Wildheit nicht vollständig gegen ein paar teure italienische Schuhe und Arbeitsplätze bei Tenneco und Shell eingetauscht hatten. Jeder Überläufer hält sich am liebsten für einen getarnten Doppelagenten.

Als ich hereinkam, wies der Barkeeper mit dem Daumen Richtung Toilette. Candy kam einen Augenblick später heraus, strich ihre Haare zurück und sah mich grimmig an. Sie hatte glasige Augen.

»Alles in Ordnung? Was ist los?«

Sie bat mit erhobener Hand um Stille und geleitete mich zu einem der hinteren Billardtische, wo sie alleine gespielt hatte. »Er hat mich abgewiesen«, sagte sie, knickte unvermittelt in der Taille ein und verschwand unter dem Tisch. Einen Augenblick später tauchte sie mit dem Dreieck wieder auf. »Bau die Kugeln auf.«

»Was? Wer hat dich abgewiesen?«

»Reimt sich auf Scheiße.«

»Carlos? Carlos hat dich abgewiesen? Ach, Liebling.«

Candy hielt inne und roch an ihren Fingern. »Ekelhaft. Ich habe ein Päckchen Senf aufgerissen und mir in den Hals geschoben, bis ich kotzen mußte. Der Tequila mußte raus. Wenn er erst mal in deinem Blutkreislauf ist, ist es zu spät. Die Leute bestellen immer Kaffee, wenn sie nüchtern werden möchten, aber das hilft überhaupt nicht. Das steht in einem Ausbildungsheftchen, das sie uns gegeben haben. Kannst du den Senf riechen?« fragte sie, hielt mir ihre Hand unter die Nase und wackelte mit den Fingern.

»Candy! Hör auf!«

B-B-B-B-B-Bad!

»Hol dir ein Queue«, sagte Candy. »Es fällt mir leichter, nüchtern zu bleiben, wenn ich mich auf etwas konzentriere. Und das funktioniert nicht, wenn ich gegen mich selbst spiele. Es ist mir nicht wichtig genug, gegen mich zu gewinnen.«

Ich suchte mir ein Queue aus und rieb die Spitze mit Kreide ein, während Candy die letzten Kugeln in das Dreieck legte. »Werfen wir eine Münze?«

»Ich will anstoßen.« Sie pirschte sich an die Stirnseite des Tisches heran und legte die weiße Kugel zurecht. Candy hatte schon immer gespielt, und seit sie im *Slick Willie's* arbeitete, spielte sie noch viel öfter. Für eine Frau hatte sie wirklich einen höllischen Anstoß. Sie nahm die weiße Kugel ins Visier und holte aus. »Hee, Carlos!« brüllte sie und ließ den Hammer herabsausen. Kugeln schossen in alle Richtungen. Die Neun taumelte, als wäre sie angeschossen worden, und fiel mit dem Gesicht zuerst in das rechte Eckloch. »Ich habe die Halben«, sagte Candy. »Du hast die Vollen. Wie üblich.«

Sie hatte sich mit Carlos im *Café Chapultepec* zum Mittagessen getroffen und ihm zwischen Pommes frites und Hühnchen-Chili einen Heiratsantrag gemacht. Sie hatte sich zwischen Tisch und Bank hervorgeschlängelt, auf die Fliesen gekniet, charmant zu ihm emporgelächelt und um seine Hand angehalten. Er hätte lachen und ja sagen sollen. »Er ist einfach dagesessen wie ein Klotz, Toni. Er ist sogar vor mir zurückgewichen. Es war ihm peinlich. Er müßte darüber nachdenken, hat er gesagt. Darüber nachdenken! Was gibt es da nachzudenken. Entweder liebt man jemanden so sehr, daß man ihn heiraten möchte, oder eben nicht!«

»Sei nicht ungerecht.« Ich nahm die Vier ins Visier, um sie in ein Eckloch zu befördern. »Für Carlos ist das alles etwas plötzlich gekommen. Du hast auch nicht daran gedacht, ihn zu heiraten, bevor die Witwe es dir aufgetragen hat.« Ich holte langsam aus, stieß zu und atmete gleichzeitig aus. Die Vier knallte neben dem Loch hart gegen die Bande und zog auf der Suche nach ihren Freunden über den Tisch davon.

»Das ist Monate her«, sagte Candy und rammte die

Dreizehn in ein Eckloch. Übellaunig strich sie um den Tisch und suchte nach einem Loch für die Elf.

»Nicht für Carlos. Du hattest zuviel Schiß, um mit ihm darüber zu reden, weißt du noch?«

»Auf wessen Seite stehst du eigentlich? Es gab für ihn genügend Anhaltspunkte. Ich habe freiwillig sein Auto gewachst. Ich habe sogar einmal vorgeschlagen, seine Mutter zu besuchen, oder etwa nicht? Wie blind kann ein Mann sein? – Scheiße!«

»Pech.« Ich suchte den Tisch nach einem guten Stoß ab, konnte aber keinen entdecken. »Ich war heute bei Mary Jo. Sie hat nicht übertrieben, was ihr Dach betrifft. Sie könnte genausogut einen Rasensprenger an ihre Decke hängen.«

»Kannst du dir vorstellen, wie demütigend das ist? In einem Restaurant auf einem Knie zu liegen, alle schauen zu, und der Kerl weicht vor dir zurück?«

»Sie hat mir einen Scheck über achtzehnhundert Dollar gegeben. Das reicht nie! Ich sollte sie in festverzinsliche Wertpapiere anlegen und damit Lebensmittel einkaufen, wenn das Kind da ist.« Ich zielte auf die Fünf und verfehlte das Loch um Kilometer, doch die Kugel küßte zwei Banden und fiel in ein Mittelloch. Es ist besser, Glück zu haben, als gut zu sein, wie meine Mutter zu sagen pflegte. »Laß ihm ein paar Tage Zeit, Candy. Du bist hübsch, und du bist jung. Er wird sich's schon noch überlegen.« Erneut nahm ich die Vier ins Visier. Sie trat elegant beiseite, als ließe sie in einem überfüllten Zug jemanden vorbei, und kehrte dann zurück, um sich an die Sechs heranzumachen. »Bis in einem Monat wird man es mir ansehen.«

»Die Zehn in das Mittelloch«, sagte Candy.

»Frau, Single, weiß, schwanger, pleite, wohnhaft im Haus der Eltern, O-beinig mit steigender Tendenz, sucht finanziell abgesicherten Vater. Photographie nicht nötig ...«

Die Zehn nahm sich ein Herz und taumelte rückwärts durch die Saloontür in ein Mittelloch. »Lebe gefährlich, stirb jung«, sagte Candy. Der Tisch war inzwischen größtenteils von meinen vollen Mitbürgern bevölkert. »Frau, Single, weiß, sucht blutarmen mexikanischen Automagier zwecks lebenslanger Versklavung. Keine Schwiegereltern. Photographie vom Grab der Mutter erwünscht.« Sie beugte sich vor, um die Zwölf unter Beschuß zu nehmen. »Toni, und wenn er es sich nicht anders überlegt? Was ist, wenn er endgültig nein sagt?«

»Dann hast du zwei Möglichkeiten.« Meine Schwester blickte mich von unten herauf an. »Chemisch oder atomar.«

Sie lachte und führte ihren Stoß aus, aber die Zwölf blieb auf dem Tisch. Die Jukebox war bei den *Washing Hands* angekommen, der besten der evangelikalen Postpunkbands der Achtziger. Hungry, Hungry, Hungry, Hungry, Hungry for *vinager* ...

»Wenn ich ein Mann wäre, wäre ich hochattraktives Handelsgut«, fuhr ich fort. »Ich habe eine fundierte Ausbildung. Ich kann witzig sein. Ich verdiene viel Geld – sofern ich Geld verdiene. Ich bin keine Prinzessin, aber ich bin auch kein Frosch.«

Candy beugte sich mit ernsthaftem Gesichtsausdruck über den Tisch. »Ich würde mit dir vögeln.«

»Du bist meine Schwester. Du mußt das sagen.«

»Nein, ehrlich.« Sie schüttelte den Kopf. »Mich will niemand heiraten. Weißt du, daß mich noch nicht ein Kerl gefragt hat? Stell dir vor! Seit ich fünfzehn bin, war ich keinen Samstagabend mehr alleine, aber aus irgendeinem Grund will mich am Sonntagmorgen niemand mehr sehen. Na ja, jedenfalls nicht nach dem Mittagessen. Zum Teufel, selbst dir hat schon mal jemand einen Heiratsantrag gemacht, stimmt's?«

Ich versaute meinen Stoß – fast hätte ich den Filz aufgeschlitzt. Wütend sah ich sie an.

»Was ist? Was hab ich gesagt? Steve Wie-hieß-er-gleich, mit den Pickeln. Er hat um deine Hand angehalten.«

»Watson. Sein Nachname war Watson.«

»Richtig! Kannst du mir sagen, wie dein Erfolgsrezept lautet? Du hast eine Trefferquote von fünfzig Prozent, und ich treffe nie einen einzigen Ball. O Gott, ich will ein Bier!«

»Nein, nicht bevor deine Schicht rum ist.« Einen Moment lang stand ich auf mein Queue gestützt da, von der Ungerechtigkeit des Leben überwältigt. »Ich weiß, daß man die durchschnittliche Quote von abgegebenen Punkten eines Werfers ERA nennt und warum man das dritte Laufmal nicht klaut, wenn zwei Schläger schon aus sind ...«

»Eine lebenswichtige Fähigkeit«, sagte Candy ernsthaft. »Das ist unser Problem, Toni. Ich verfüge über alle Fähigkeiten für Samstagabend und du über alle für Sonntagmorgen.« Sie hielt inne und blinzelte. »Zusammen ergeben wir eine verdammt tolle Frau. Es sollte uns gelingen, zumindest einen Ehemann zu ergattern.«

Ich rieb die Spitze meines Queue mit Kreide ein. »Wie beim Timesharing.«

»Genau! Allerdings müßten wir uns auf Carlos einigen.«

»Ich hätte mir jemand Größeren gewünscht.«

»Im Bett ist er großartig! Ich meine ...« Candy blinzelte erneut und ließ ihre Hand das Queue hinuntergleiten. »Wirklich großartig. Wir setzen einen Menge Sexmagie ein. Mit dem Tantrakram kennt er sich nicht so gut aus, das hab ich ihm beigebracht, aber es gibt eine mexikanische Entsprechung, sagt er. Du würdest es nicht bereuen.«

Ich kicherte und wurde rot. »Na ja, vielleicht. Kann er mit Kindern umgehen?«

»Muß er doch. Bei den vielen Brüdern und Schwestern.«

»Wir könnten ihn in der Küche halten«, schlug ich vor. »In einem Kaninchenstall.«

»Und ihn durch das Gitter mit Salat füttern. Wenn er Fleisch will, muß er im Bett Leistung zeigen.«

»Oder Windeln wechseln.«

Candy sah mich an. »Das ist eine großartige Idee.«

»Was machen wir mit seiner Mutter?«

»Mit der La Hag? Oh, das ist kein Problem«, sagte Candy mit leuchtenden Augen. »Die halten wir im Ofen.«

Eine Stunde später stritten wir uns um Geld. So sind Schwestern eben. Wenn sie zuviel Zeit miteinander verbringen, streiten sie sich über irgend etwas. Jedenfalls bin ich bei Candy geblieben, bis ihre Schicht anfing, und dann bin ich nach Hause gegangen. Unterwegs sah ich nach der Post, was ich vergessen hatte, und fand einen Brief vor. Die von Hand geschriebene Adresse lautete auf den »Beauchamp-Haushalt«. Der Poststempel stammte aus New Orleans. Neugierig schlitzte ich ihn auf und sah zu, wie die Lösung all meiner Geldsorgen herausfiel.

Er kam von einem Mann namens Dr. Richard Manzetti, einem Anthropologen mit Verbindungen zur Tulane University. Sein Fachgebiet war amerikanische Volksmagie, und er hatte von Mama gehört. Er hatte sogar einen Aufsatz über sie veröffentlicht. Er stand mit einer Reihe von Sammlern in Verbindung, Institutionen wie auch Privatpersonen, und war darum gebeten worden, herauszufinden, ob von Mamas Erinnerungsstücken etwas zum Verkauf stand. »Ich bin bevollmächtigt, gut fünfstellige Angebote zu machen«, schrieb er.

Gut fünfstellig.

Am unteren Ende des Briefes stand eine Telefonnummer. Ich wählte sie.

SECHS

Eines Tages läuft das Kleine Verlorene Mädchen durch die Stadt, es läuft und läuft und läuft. Da stößt es auf eine große Menschenmenge, die sich versammelt hat, um einem Auftritt von Pierrot zuzuschauen. Er grinst über das ganze Gesicht und jongliert und unterhält sich mit seinem Publikum, als er es plötzlich sieht. »Na, na, na! Auf dich haben wir die ganze Zeit gewartet!« Schneller, als das kleine Mädchen blinzeln kann, vollführt er einen Handstandüberschlag und landet direkt vor ihm. Seine lange, spitze Nase berührt die Nase des kleinen Mädchens, und sein langes, spitzes Kinn berührt sein Kinn. Er grinst sein langes, spitzes Grinsen und sagt: »Ich wette um einen Dollar mit dir, daß ich mir ins eigene Auge beißen kann.«

»Ich habe keinen Dollar.«

»Wieviel hast du?«

»Elf Cent. Heute morgen habe ich ein Zehncentstück und einen Penny auf der Straße gefunden.«

»Dann wette ich um fünf Cent mit dir, daß ich mir ins eigene Auge beißen kann«, sagt Pierrot. »Was hast du schon zu verlieren? Mit elf Cent kannst du nichts kaufen, aber wenn du gewinnst, hast du sechzehn Cent. Wenn du noch ein Zehncentstück findest, hast du genug Geld, um deine Mutter aus der Telefonzelle an der Ecke anzurufen und sie zu bitten, dich hier abzuholen.«

»Also gut«, flüstert das Kleine Verlorene Mädchen. »Fünf Cent.«

Die Zuschauer halten die Luft an und lachen, als Pierrot sein linkes Auge, das aus Glas gemacht ist, herausnimmt und sich in den Mund steckt. Dann stopft er es in die Augenhöhle zurück.

Das Kleine Verlorene Mädchen öffnet langsam seine schmutzige Hand. Pierrot entreißt ihm das Zehncentstück und steckt es sich ins Ohr. Aus seinem anderen Ohr zieht er einen Nickel und reicht ihn ihm. »Ich wette mit dir um einen Nickel, daß ich auch in mein anderes Auge beißen kann«, sagt er.

»Nein. Du legst mich sowieso nur wieder herein.«

»Wie soll ich mich denn in das andere Auge beißen können? Schau mal, ich nehme den Nickel. Aber wenn du gewinnst, gebe ich dir zwanzig Cent, und du kannst deine Mutter aus der Telefonzelle an der Ecke anrufen.«

Das Kleine Verlorene Mädchen blickt zur Telefonzelle und wieder zurück. »Also gut«, flüstert es.

Pierrot öffnet den Mund und holt ein künstliches Gebiß heraus, das er vorsichtig um sein anderes Auge schließt. Die Menschenmenge kreischt vor Begeisterung. Das Kleine Verlorene Mädchen bricht in Tränen aus, ganz leise.

»Na, na, Herzchen, so schlimm ist es doch gar nicht.« Pierrot nimmt ihm den Nickel aus der Hand und tätschelt ihm den Rücken. »Ich gebe dir noch eine Chance. Ich wette mit dir, daß ich in deine Schuhe pinkeln kann, und es wird nach Rosenwasser duften. Wenn ich gewinne, bekomme ich deinen letzten Cent. Aber wenn du gewinnst, zeige ich dir dein Haus mit dem weißen Palisadenzaun und der gelben Türeinfassung und der Schaukel, die an der Eiche im Vorgarten hängt.«

Tränen laufen dem Kleinen Verlorenen Mädchen über die Wangen. »Also gut«, flüstert es und zieht die Schuhe aus, die es schon so lange anhat auf seinem langen, langen, langen Weg durch die Stadt.

»Bist du dir sicher? Du bittest mich tatsächlich, in deine Schuhe zu pinkeln?«

Das kleine Mädchen nickt.

Pierrot hebt sie mit einer schwungvollen Bewegung auf und streckt sie der Menge entgegen. »Du *bittest* mich tatsächlich, in deine Schuhe zu pinkeln?« Die Zuschauer prusten und kichern.

»Ja, ich habe ja gesagt.« Es weint noch immer.

Pierrot wendet der Menschenmenge den Rücken zu und stellt sich vor eine Hausmauer. Sein Hintern wackelt, und er macht viel Aufhebens darum, seinen Reißverschluß zu öffnen. Stille legt sich über die Kreuzung, und dann hören alle ein schwaches, tröpfelndes Zischen. Es hört überhaupt nicht mehr auf, und Pierrot beugt sich weiter und weiter nach hinten, weg von dem Gebäude, bis sein scharfes Kinn und seine spitze Nase und sein spitzes Kinn direkt himmelwärts weisen. »AaaaaaaAAAAAaaaahhhhh!« seufzt er und zieht sich den Reißverschluß so schnell hoch, daß er einen Salto rückwärts vollführt.

Einen Augenblick später steht er wieder vor dem Kleinen Verlorenen Mädchen. Er hält ihre Schuhe mit spitzen Fingern und verzieht angewidert das Gesicht.

»Es riecht nach Pipi«, sagt das Kleine Verlorene Mädchen.

»Zweifelsohne.«

»Aber warum? Warum hast du mit mir gewettet, wenn du wußtest, daß du verlierst?«

Pierrot läßt die Schuhe mit einem Platsch auf den Asphalt fallen und deutet mit einer Handbewegung auf die Zuschauermenge. »Siehst du all diese Leute? Ich habe mit jedem einzelnen um einen Dollar gewettet, daß du mich bitten würdest, in deine Schuhe zu pinkeln.« Die Menge jubelt, und die Leute greifen nach ihrer Geldbörse. Sie lachen und schütteln die Köpfe.

»Meine Schuhe. Sie sind ruiniert.« Das Kleine Verlorene Mädchen blickt Pierrot in die Augen. »Du hast mir versprochen, daß du mir mein Zuhause zeigen würdest.«

»Das habe ich, und das werde ich!« Er streckt die Hand nach dem Kopf des Mädchens aus und zieht ihm eine Photographie aus dem Ohr. Darauf ist ein Haus zu sehen, mit dem weißen Palisadenzaun und der gelben Einfassung und der Schaukel im Vorgarten, und in einem Fenster kann man schwach eine Gestalt erahnen, möglicherweise die Mutter des kleinen Mädchens.

»Aber das ist nicht mein Haus«, schluchzt das Kleine Verlorene Mädchen. »Das ist nur ein Bild!«

Pierrot bahnt sich einen Weg durch die Menge und sammelt seine Gewinne ein. »Jammer nicht, Kind. Sei froh, daß ich dir einen Cent gelassen habe.«

»Aber ...«

Er dreht sich unvermittelt um und beugt sich zu dem kleinen Mädchen hinunter, bis seine lange spitze Nase gegen die des Kindes stößt. »Was hast du erwartet? Daß ich dir etwas schenke? Kapierst du nicht, daß ich versuche, dir eine Lehre zu erteilen? Wenn man einmal etwas verloren hat, bekommt man es nie wieder zurück. So ist das Leben, klar?« Und bevor das kleine Mädchen reagiert, nimmt er ihm die Photographie aus der Hand, zerreißt sie in tausend Stücke und wirft sie wie Konfetti unter die Zuschauer.

Das Kleine Verlorene Mädchen schnappt nach Luft. Die Fetzen seines Zuhauses werden vom Wind verweht.

»Willst du einen Rat?« Pierrot sieht plötzlich müde aus, sein Lächeln ist verschwunden. »Paß auf deinen Cent auf.«

Das Kleine Verlorene Mädchen wendet sich ab. Sie verabschiedet sich nicht von Pierrot und hebt auch ihre besudelten Schuhe nicht auf. Sie macht sich einfach wieder auf den Weg, barfuß, auf die Suche nach ihrem Haus mit dem weißen Zaun und der gelben Einfassung und der Schaukel an der Eiche im Vorgarten. Und wenn sie es noch nicht gefunden hat, dann sucht sie es heute noch.

Bargeld ist kalt. Das hat Herr Kupfer gesagt. Daran versuchte ich zu denken. Ich glaube nicht, daß er den Verkauf von Mamas Fetischen an Dr. Manzetti mißbilligt hätte. Die anderen Reiter dagegen ... In den Tagen nach meinem Anruf bei Dr. Manzetti versuchte ich, sie nicht anzuschauen. Ich traute mich nicht, die Türen der Chiffonniere zu schließen – nicht, nachdem die Witwe sie geöffnet hatte –, aber ich gab mir jede Mühe, nicht hineinzublicken. Trotz alledem spürte ich den Blick des Predigers im Rücken, wenn ich am Küchentisch saß, oder den verkniffenen und bösen Blick der Witwe. Am schlimmsten war das heimtückische Grinsen von Pierrot. Ich wußte nicht, ob er meine Pläne billigte oder nicht. Aber ich wußte, daß er sich über mich lustig machte, und das war kein angenehmes Gefühl.

Richard Manzetti konnte in der darauffolgenden Woche nicht kommen, um sich Mamas Erinnerungsstücke anzusehen, weil er eine Konferenz besuchen mußte. Für die Woche danach gab ich einen zeitlichen Engpaß vor, um nicht den Eindruck zu erwecken, ich wollte unbedingt verkaufen. Schließlich legten wir den Termin auf den 1. Mai. Zum ersten Mal seit Monaten fühlte ich mich in der Lage, mich zu entspannen.

»Du willst Mutters Sachen verkaufen?« fragte Papa, als ich ihm von Dr. Manzettis Angebot erzählte.

»Und ob. Wir können das Geld durch drei teilen.«

»Ich möchte nichts davon.«

»Papa. Sei doch vernünftig.« Er gab keine Antwort. »Papa, ich brauche es wirklich. Ich habe keine Arbeit und bekomme ein Kind. Das ist ein Wunder. Als hätte mir Gott Schwangerschaftsurlaub gegeben. Wenn das Baby erst einmal drei Monate alt ist oder vielleicht sechs, kann ich es in eine Tagesstätte geben und wieder arbeiten gehen.«

»Du hast dir ja alles schon genau überlegt.«

»Papa! Bist du abergläubisch? Befürchtest du, die Reiter könnten wütend werden?«

»Wenn es den Reitern nicht gefällt, werden sie meine Hilfe nicht brauchen, um mit dir fertig zu werden«, sagte er trocken.

»Hmm.«

Eine Weile herrschte Schweigen.

»Deine Mama war auch immer auf schnelles Geld aus«, stellte mein Vater fest.

Eltern wissen immer, wie sie das Messer in der Wunde herumdrehen können.

Jedenfalls ging es bergauf. Die Morgenübelkeit war vorbei, und ich hatte wieder Appetit. Auch wenn Papa es mißbilligte, daß ich Mamas Papiere und Fetische verkaufte, verbot er es mir nicht. Für mich würde das Geld einem Geschenk des Himmels gleichkommen. Zwar floß das Geld immer noch von meinem Bankkonto herunter statt darauf, aber die Geschwindigkeit hatte abgenommen, seit ich ein billiges Leben führte, und die Aussicht auf einen dicken Scheck von Dr. Manzetti machte das Leben erträglich. Es schien mir mit der Zeit auch nicht mehr so unmöglich, daß ich Arbeit finden würde, sobald das Kind auf die Welt gekommen war.

Ehrlich gesagt wurde es sehr schwer, über das Leben nach der Geburt des Kindes nachzudenken. Alle Eltern, mit denen ich mich unterhielt, sagten: »Du kannst dir gar nicht vorstellen, wie dein Leben sich verändern wird!« Also ließ ich es bleiben. Der zwanzigste September ragte wie eine Wand am Horizont auf, und ich war nicht in der Lage, darüber nachzudenken, was dahinterliegen mochte (mit einer Ausnahme: Wie konnte es möglich sein, daß Bill jr. im Garten mit meinem Kind spielte? Und warum lächelte ich dabei? Es sei denn, ich hatte ein paar Minuten zuvor Gift in sein Glas getan).

Nicht alles lief einwandfrei. Carlos zögerte die Heiratsentscheidung noch immer hinaus. Candy war hin und her gerissen zwischen dem Wunsch, sein blutarmes

Gesicht nie wieder zu sehen, und der zunehmenden Angst davor, sich der Witwe zu widersetzen.

Auch ich machte mir Sorgen um die Reiter. Der zweimalige Ritt kam einem zweimaligen Mord gleich. Wenn die Götter in meinen Kopf eindrangen, löschten sie mich aus. Schon der Gedanke daran machte mir entsetzliche Angst, mein Herz raste, und das Blut hämmerte in meinem Schädel.

Und noch schlimmer: Was war, wenn ich dazu verurteilt war, genauso verrückt zu werden wie Mama? Noch verrückter vielleicht. Nachdem die Reiter jetzt in mein Leben hereingeplatzt waren, bezweifelte ich, daß es mir so gut gelingen würde, sie in Schach halten zu können, wie ihr. Wenn Mamas Dämonen nicht wären, könnte ich eine gute Mutter sein, da war ich mir sicher. Nun ja, eine anständige. Nun ja, jedenfalls eine bessere als meine Mutter.

Ich hatte mein ganzes Leben lang hart daran gearbeitet, nicht die Kontrolle zu verlieren. Die Reiter hatten all das kaputtgemacht. Sie taten, was ihnen gefiel, und ich konnte sie nicht daran hindern. Ich betete jede Nacht, daß sie mich in Ruhe ließen. Ich betete und wiegte mich im Bett, das Kissen auf meinen Bauch gedrückt, wo mein kleines Baby schwamm, auf seiner weiten Reise. Ich hatte Angst, daß ich zu einer Mutter wie meine Mutter werden würde.

Dann hörte ich Schritte.

Keine schweren, bedrohlichen Schritte. Leise Schritte, ganz schwach. Wie von einem barfüßigen Kind. Anfangs hörte ich sie nur, wenn ich in den Schlaf hinüberglitt, einen Schritt oder zwei, einen leisen Schritt auf der Treppe vielleicht, und dann träumte ich auch schon. Schließlich beschloß ich, aufzubleiben und auf sie zu lauschen.

Papa war nicht in der Stadt, er war nach Louisiana unterwegs. Ich lag kurz nach Mitternacht im Bett und horchte auf die Phantomschritte, als ich zum ersten Mal spürte, wie das Kind sich bewegte. Es war ein sonderbares Gefühl, ein kaum merklicher Stoß, ganz schwach. Ein paar Minuten später spürte ich es erneut. So schwach wie eine Grille, die meinen Fuß streift. So schwach wie ein Nachtfalter in meiner hohlen Hand. Voller Staunen legte ich meine Finger ganz sachte auf meinen Bauch. Genau in diesem Augenblick hörte ich deutlich, wie ein Kind barfuß die Treppen vom Stockwerk meiner Eltern in die Küche hinunterrannte.

Ich blieb die ganze Nacht hindurch wach, das Kissen fest umklammert. Leise Geräusche drangen von unten herauf. Das Quietschen eines Küchenschranks, der geöffnet wurde. Eine Stunde später ganz kurz das Rauschen des Wassers in der Spüle. Das Kleine Verlorene Mädchen. Mama hat immer gesagt, daß man es hören konnte, spät nachts, und jetzt hatte ich es gehört.

Ängstlich und doch glücklich, von einem Gefühl von Vorsehung erfüllt, döste ich vor mich hin – ich wagte nicht einzuschlafen. Und irgendwie verschmolzen dabei die winzigen Tritte und die schwachen Geräusche aus dem Erdgeschoß in meiner Vorstellung miteinander, so daß ich später immer gleichzeitig daran denken mußte. Diese leisen Geräusche. Diese verborgenen Kinder.

Zum ersten Mal in meinem Leben begutachtete ich jeden Mann, dem ich begegnete, unter dem Gesichtspunkt, ob er zum Partner taugen mochte, und ich muß zugeben, daß mein Körper mit einem spontanen Ja! reagierte, als ich die Tür öffnete und Richard Manzetti zum ersten Mal sah. Er war ein kleiner, dunkler, ernsthafter Mann Mitte Dreißig, mit einem schmalen Gesicht, einem ordentlich gestutzten Bart und aufmerksamen Augen. Wir wechselten ein paar höfliche Worte, und dann begutachtete er die Chiffonniere. Er nahm sich viel Zeit. Schließlich wandte er sich um und sagte: »Fräulein Beauchamp, ich möchte, daß Sie sich Ihre Entscheidung gut überlegen. Der Investor, der mich gebeten hat, hierherzukommen, ist bereit, für diese Sammlung dreißigtausend Dollar zu bieten. Ich könnte es Ihnen nicht verdenken, wenn Sie das Geld nähmen. Aber ich wäre doch sehr enttäuscht.«

»Wie bitte?«

»Im Augenblick befinden sich Götter in diesem Schränkchen. Wenn sie erst einmal in meinem Kofferraum sind, werden sie nur noch Puppen sein. Das wäre ein Verlust.«

»Wenn Sie das glauben, Dr. Manzetti, dann haben Sie noch nie mit Göttern zusammengelebt.«

»Vielleicht.« Seine schwarzen Haare waren ziemlich struppig. Seine Augen waren dunkelbraun, fast schwarz, mit vielen kleinen Falten drum herum. »Vielleicht haben Sie recht. Schließlich wurde auch Christus für dreißig Silberlinge verkauft.«

»Ich kenne Sie«, sagte ich unvermittelt. »Sie sind der Prediger. Sie glauben, aus eigenem Antrieb hierhergekommen zu sein, doch in Wirklichkeit ist es der Prediger, der es auf mich abgesehen hat. Ich hätte wissen sollen, daß Sie nicht widerstandslos gehen würden.«

Dr. Manzetti sah mich lange an. »Ich bin mir nicht bewußt, von jemandem benutzt zu werden«, sagte er vorsichtig.

»An meinem achten Geburtstag hat mir der Prediger eine Tracht Prügel versetzt, weil ich mich zu sehr über meine Geschenke freute«, sagte ich. »Papa mußte die ganze Woche verreisen und konnte ihn nicht daran hindern. Mama hatte sich zwei Stunden lang abgemüht, um mir einen Kuchen zu backen, und danach bekam ich eine hingekritzelte Geburtstagskarte von Candy und ein neues Fahrrad und ein hübsches gelbes Sommerkleid. Mama hatte mir eine wunderschöne Karte gemalt, sechs wilde Ponys, die dahinstürmten. Aber der Prediger schnappte sie sich, gerade als ich die Kerzen ausblies. Er hat den Kuchen in den Abfall geworfen, um mir eine Lektion zu erteilen. Hat die Karte zerrissen. ›Eitelkeit, Eitelkeit.‹ Das hat er gesagt.«

»Ich wollte nicht ...«

»Wagen Sie es nicht, mir über die Götter einen Vortrag zu halten«, sagte ich. »Nie wieder.«

»In Ordnung.«

»Wenn Sie nicht bereit sind, einen Gott gegen dreißig Silberlinge einzutauschen, dann sind Sie ein verdammter Narr, Dr. Manzotti. Ich sähe Sie gerne, wenn Ihr Kopf anfängt zu schmerzen und Schätzchen Sie mit dem Geruch von Pfirsichen ermordet. Ich wüßte gerne, wie Ihnen das gefiele. Ich wüßte gerne, wie Sie sich drei Stunden später fühlen würden, nachdem Sie aufgewacht sind und festgestellt haben, daß Sie mit dem Tankwart herumgehurt haben. Das ist wirklich geschehen, wissen Sie! Candy und ich zwanzig Minuten im Auto, und Mama auf dem Klo mit dem Tankwart. Wir sind von irgendwoher zurückgekommen, vielleicht aus San Antone, und sie hat sich so geschämt, nachdem Schätzchen ihren Kopf verlassen hatte. Haben Sie darüber einen Aufsatz geschrieben, Dr. Manzetti? Kennen Sie diese Geschichte? Wie wäre es damit: Einmal habe ich einfach nicht aufgehört zu weinen, und da hat sie mich auf der Autobahn aus dem Auto geworfen und ist weitergefahren, nachdem sie gesagt hatte, daß ich nichts Besseres verdient hätte. Ist einfach davongefahren. Und kam vierzig Minuten später zurück. Haben Sie das aufgeschrieben? Ist das die Heiligkeit, nach der Sie suchen? Oder sind Sie nur an den Geschichten über das Kleine Verlorene Mädchen interessiert?«

In diesem Augenblick wurde mir endlich bewußt, daß nicht mehr ich, Toni, redete. Toni wäre sitzengeblieben und hätte innerlich geschäumt, oder sie hätte Dr. Manzetti gesagt, er solle die Schnauze halten. Aber sie hätte ihn nicht eingeschüchtert. Sie hätte nicht versucht, ihm weh zu tun. ›Wenn Sie nicht bereit sind, einen Gott gegen dreißig Silberlinge einzutauschen ...‹ Das war Mama in Reinkultur, die Zigeunerhexe in Hochform.

Es hatte die Wirkung eines Zauberspruches. Dr. Manzetti stand völlig gelähmt am Küchentisch, teils beschämt, teils fasziniert und völlig gefesselt. Fast hätte ich losgekichert und damit alles zunichte gemacht. Fast hätte ich die Fassung verloren, als ich sah, wie er dastand, so reglos wie das Kaninchen vor der Schlange, und versuchte, sich darüber klarzuwerden, was er als nächstes sagen sollte.

Mein Gott, was für eine Hexe meine Mutter doch war! Allerdings war sie keine gewöhnliche Hexe. Mama war die Notre-Dame unter den Hexen, das Empire State Building. Sie verfügte über die Reichweite einer B52 und eine größere Durchschlagskraft als eine .357 Magnum. Frauen wie sie sollte es nur in Opern geben. Und wie bei allen Frauen in Opern war ihre Fähigkeit zu lieben grenzenlos. Himmel, was hat sie uns geliebt. Mich und Candy und Angela, John Simmons und Mary Jo und auch Papa. Es ist ein Wunder, daß wir überhaupt noch atmen konnten.

Ich beschloß, mit Dr. Manzetti etwas nachsichtiger zu sein. Eigentlich fand ich ihn unglaublich attraktiv, obwohl er ein ziemliches Arschloch war. Die kleinen schwarzen Härchen auf seinen Unterarmen gefielen mir sehr. Außerdem gefiel mir sein Sinn für Prinzipien, auch wenn er im Fall der Reiter kläglich fehlgeleitet war. Und ich mag einen Mann, der seinen Mund halten kann. Ich habe gelernt, daß Zurückhaltung eine wichtige Tugend ist. »Sie haben erzählt, daß Sie einen Aufsatz über Mama geschrieben haben. Waren Sie jemals hier und haben sie besucht?«

»Nein. Ich habe mich mit Ihrer Mutter einmal telefonisch unterhalten, aber sie sagte, daß sie mich nicht sehen und keine Fragen beantworten wolle. Ich habe versucht, ihre Privatsphäre zu respektieren.«

Ich lachte. »Privatsphäre? Mama liebte Zuschauer. Nur an der Wahrheit fand sie keinen Gefallen, das ist das Problem. Ich kann mir gut ihr Gesicht bei dem Gedanken vorstellen, daß ein ausgebildeter Wissenschaftler sie besuchen könnte. Das wäre ungefähr so, als lüde man das Finanzamt zu einer freundlichen Buchprüfung ein. Trotzdem, Sie hätten es am nächsten Tag noch einmal versuchen sollen, Mama hätte wahrscheinlich ja gesagt. Ich glaube nicht, daß sie einem Zuschauer auf Dauer widerstehen konnte.«

»Ich wünschte, ich hätte das gewußt.« Er ging wieder zur Chiffonniere hinüber. Vorsichtig streckte er die Hand nach Herrn Kupfers poliertem Fetisch aus. »Darf ich?«

»Nein.« Das Wort war heraus, bevor ich auch nur darüber nachgedacht hatte.

»In Ordnung.« Seine Hand erstarrte und zog sich zurück.

»Tut mir leid. Wir ... fassen sie nicht an«, sagte ich.

»In Ordnung.« Er trat einen Schritt von der Chiffonniere zurück.

»Tut mir leid«, wiederholte ich und kam mir sofort dumm vor, weil ich ihm gesagt hatte, er solle die Puppen nicht berühren, und doppelt dumm, weil ich mir deswegen dumm vorkam. Warum entschuldigen wir uns bei Männern immer, wenn wir nichts falsch gemacht haben? »Wie haben Sie überhaupt von Mama erfahren?«

»Als Student bin ich mal zur Woche des Lesens nach New Orleans gefahren. Ich hatte ein bißchen zuviel getrunken«, fuhr er fort, »und verirrte mich.«

Ich wartete. »Und?«

Er sah mich an. »Ich habe mich wirklich verirrt. So gründlich, daß ich mich eigentlich nicht mehr in New Orleans befand. Ich war unten im Ostteil des französischen Viertels ...« Er hielt inne. »Ich habe das noch nicht oft erzählt.«

»Soll ich Ihnen jetzt versprechen, daß ich nicht lachen werde? Keine Angst, Dr. Manzetti. Ich habe mehr Erfahrung darin, unmögliche Dinge zu glauben, als die meisten anderen Leute.«

Er lächelte. »Wahrscheinlich. Und bitte, sagen Sie Rick zu mir.« Ich nickte. »Um mich kurz zu fassen, ich hatte New Orleans verlassen und war in eine andere Stadt hineingeraten. Sie glich New Orleans, aber einem New Orleans in einem Traum oder in einer Erzählung von Kafka. Wenn Städte Menschen wären, war das der Traum einer Stadt. Verstehen Sie mich?«

Ich dachte an die langen, leeren Straßen, die das Kleine Verlorene Mädchen unablässig entlangging, immer weiter und weiter, an die schwarzen Mädchen mit ihren geschwungenen Fingernägeln und an Pierrot, der an einer Straßenecke Feuer spuckte. »O ja«, erwiderte ich. »Ich kenne diese Stadt gut.«

»Ich glaube nicht, daß ich lange dort war. Einen Nachmittag und den größten Teil einer Nacht, würde ich sagen. Als ich aufwachte, war ich wieder in New Orleans. Sieben Tage später.« Er sah mich an. »Sie denken sicher, daß ich wirklich betrunken gewesen sein muß.«

Ich lachte. »Ich verspreche Ihnen, daß nur wenige Menschen besser zwischen Alkohol und Wundern unterscheiden können als ich. Haben Ihre Eltern sich Sorgen gemacht?«

»Sie waren hysterisch.« Er grinste. »Sie sorgten dafür, daß ich wieder zu Hause wohnte, bis ich meine Zwischenprüfung abgelegt hatte. Für meinen Magister bin ich allerdings auf die Tulane University gegangen, nur um in New Orleans zu sein. Ich habe den Weg zurück in die andere Stadt nicht wiedergefunden, aber als ich an meiner Magisterarbeit schrieb, habe ich mit einer älteren Vodoo-Frau gesprochen, die das Mädchen aus Texas erwähnte.«

»Und irgendwie haben Sie die Geschichte über das Kleine Verlorene Mädchen gehört ...«

»Und ich wußte Bescheid. Genau.«

»Sind Sie religiös?«

»Irgendwie schon. Vermutlich bin ich ein verdrehter Katholik«, sagte Rick. »Ich weiß es nicht. Je mehr ich erfahre, desto weniger weiß ich, was ich noch glauben soll.« Er ging in die Hocke und betrachtete Pierrot. Pierrot schenkte ihm ein anzügliches Grinsen.

»Mama ist nie in die Kirche gegangen. ›Wenn Gott mich finden will, soll er mich suchen‹, hat sie immer gesagt. Und das hat er wohl auch getan. *Sie* haben es getan. Ich weiß nicht genau, wo sie aufgewachsen ist, nur daß es in einer baptistischen Kleinstadt war. Mama hat immer erzählt, daß sie das Gefühl hatte, als Löwe in einer Höhle voller Daniels zu leben.« Rick lachte. Das gefiel mir. »Mama hat sie nicht grundlos Reiter genannt. Wenn ein Gott in Ihren Kopf eindringt, bringt er Sie um, um Platz zu schaffen. Die Reiter haben meine Mutter ihr Leben lang verfolgt. Sie hätte alles getan, um sie loszuwerden.«

»Meinen Sie?« fragte er. »Wirklich?«

Ich sah ihn eine ganze Weile an. »Nein. Sie haben recht. Sie hätte sie nicht hergegeben. Ich war es, die die Reiter loswerden wollte.« Ich stand auf, plötzlich aus der Fassung geraten. Mein Bauch, der allmählich dicker wurde, stieß gegen die Tischkante. »Möchten Sie eine Coke?« fragte ich. Ich hatte für Papa ein paar Flaschen des guten Stoffs eingekauft, den Mary Jo ausfindig gemacht hatte, obwohl die Schwangerschaftsbücher mir den Genuß verboten. »Es ist echte Coke. Es gibt eine kleine mexikanische *tienda*, wo man sie immer noch bekommt.«

»Nein, danke.«

Ich holte mir meine Coke – natürlich classic koffeinfrei in der Dose. Ein Jammer. »Mama hat oft gesagt: ›Sei vorsichtig, was du dir wünschst; es könnte in Erfüllung gehen.‹ Ich glaube, daß wir ohne Götter alle ein viel sichereres Leben führen würden.«

Genau in diesem Augenblick hörte ich ein Lachen. Ein gehässiges Kichern – leise, aber unverwechselbar. Es kam aus der Chiffonniere. Mein Herz blieb stehen; dann raste es und hämmerte gegen meine Rippen.

»Reden wir über Geld«, sagte ich. Ich versuchte, nicht hysterisch zu klingen. O Gott, ich hatte zu lange gezögert. Ich spürte, wie mich die Reiter aus der Chiffonniere heraus anstarrten, wie sie starrten und starrten. Ich mußte sie aus dem Haus schaffen, aus meinem Leben, schnell, schnell.

»Das kam unvermittelt«, sagte Rick. »Darf ich mich setzen?«

»Bitte.«

Er setzte sich mit dem Rücken zur Chiffonniere an den Küchentisch und holte einen Taschenrechner aus seiner Aktentasche. »Dreißigtausend für die Fetische, das hatte ich bereits erwähnt. Sie bilden den Kern jeder Sammlung. Wären Sie bereit, das Schränkchen auch zu verkaufen?«

»Die Chiffonniere? Klar, ja, bitte. Alles. Nehmen Sie alles mit.« Mein Herz raste noch immer, und mein Magen hatte sich verkrampft, als stünde ich wie Mary Keith auf dem Dach eines Hochhauses, mein Baby in den Armen, mein wunderschönes Baby, die schwindelerregende Welt nur einen Schritt entfernt.

Das Baby versetzte mir einen leichten Tritt, und ich stieß ein Keuchen aus.

»Geht es Ihnen gut?«

»Ja, ausgezeichnet. Kommen Sie, bringen wir es hinter uns.«

Er sah mich an. »Sind Sie sicher, daß es Ihnen gutgeht? Sie sind ziemlich blaß.«

»Mir geht es ausgezeichnet! Schreiben Sie. Bitte, schreiben Sie.«

Er sah mich weiter an. »Also, Sie haben gesagt, es gebe eine ganze Reihe von Geschichten über das Kleine

Verlorene Mädchen, die zu den Reitern gehören, ist das richtig? Ich würde sehr gern so viele wie möglich von Ihnen aufzeichnen, sofern Sie sich an sie erinnern .«

»Ja, in Ordnung, darüber können wir ein anderes Mal ...« Die linke Tür der Chiffonniere zitterte und öffnete sich knarrend ein Stück weiter. Eine lange spitze Nase tauchte aus der Düsterkeit auf, gefolgt von einem langen spitzen Kinn. Pierrot grinste mich aus seinem Fach heraus an und legte einen dünnen Finger auf die Lippen.

»O mein Gott.«

»Was war das?«

»Nichts«, flüsterte ich.

Rick Manzetti blätterte in seinem Terminkalender. »Ich muß am fünften wieder in New Orleans sein. Hätten Sie in den nächsten Tagen Zeit, um mit dem Sammeln der Geschichten anzufangen?«

Pierrot kippte vornüber, schlug in der Luft einen Purzelbaum und landete mit einem leisen Geräusch auf dem Fliesenboden, wie eine Katze, die vom Sofa sprang. Rick schien nichts zu bemerken. Ich versuchte zu sprechen, brachte jedoch kein Wort heraus. Dann fuhr ich mir mit der Zunge über die Lippen und versuchte es erneut. »Gut. Das paßt gut.«

»Sehr schön.« Rick machte sich auf einem gelben Notizblock ein paar Notizen und tippte weitere Zahlen in seinen Taschenrechner. Ich konnte ihn kaum sehen. Ich hatte einen Tunnelblick, wie in einem Traum. Ich sah nur noch die winzige puppengroße Gestalt von Pierrot über die Fliesen auf mich zukommen. Er vollführte einen Handstandüberschlag, hielt inne und verneigte sich dann tief. Dann kroch er über den Boden wie eine Krabbe und gelangte zum Bein meines Stuhles.

Rick bemerkte nichts. »Fällt Ihnen noch etwas ein, das noch dazugehören würde? Irgendwelche alten Zaubertränke, Bücher, Familienalben, Photographien? Ich wäre an allem interessiert.«

»Nein«, sagte ich und mußte voller Verzweiflung an die zwei Gläser Spottdrossellikör denken, die Candy mir am Tag von Mamas Beerdigung untergejubelt hatte. Ich spürte, wie etwas ganz leicht am Saum meines Kleides zog, dann ein Stück weiter oben, und noch weiter oben. Pierrot kletterte an der Außenseite hinauf.

»Also gut. Sollten Sie Ihre Meinung ändern, lassen Sie es mich wissen. Für die Sammlung, über die wir bereits gesprochen haben, die Fetische, das Schränkchen und die Geschichten, kann ich Ihnen ... äh, fünfunddreißigtausend Dollar bieten.« Er sah mir in die Augen.

»Das ist eine Menge Geld«, stellte ich fest. Pierrot kroch mir langsam über den Schoß, direkt unterhalb der Tischkante. Mit einem plötzlichen Ruck schwang er sich herum und kletterte meine Stuhllehne herauf. Der Ethnologe konnte ihn noch immer nicht sehen. Ich biß mir auf die Lippen, um nicht loszuschreien. In der Chiffonniere lief die Witwe auf ihrem Bord auf und ab: hin und her, hin und her. Sie starrte mich mit ihren schwarzen Knopfaugen an.

»Der Sammler, der mich als erster auf das, äh, Ableben Ihrer Mutter aufmerksam gemacht hat, ist ziemlich wohlhabend«, sagte Rick.

Etwas Hartes, Spitzes stieß mir in den Nacken, und eine leise Stimme sagte: »Ich wette um dein Leben mit dir, daß ich mir ins eigene Auge beißen kann.«

Ich schrie auf. »O Gott! Es tut mir leid, aber sie stehen nicht zum Verkauf. Nichts davon. Ich muß sie alle behalten, o Himmel. Gott verdammt, ich muß sie alle behalten.«

Ich weinte und weinte, hilflos und zitternd.

»Willst du einen Rat?« fragte Pierrot, als sich die Tür hinter dem trefflichen, klugen, gutaussehenden Dr. Richard Manzetti und seinen fünfunddreißigtausend Dollar schloß. »*Paß auf deinen Cent auf.*«

SIEBEN

Nachdem Rick Manzetti gegangen war, ging ich zur Chiffonniere hinüber und wollte von der Witwe wissen, wie ich ihrer Meinung nach meine Familie über Wasser halten sollte, wie ich für das Kind sorgen sollte, das in mir wuchs. Doch jetzt, da ich ihren Rat wirklich nötig hatte, gab die Witwe keine Antwort. Die Götter antworten nie.

Die Witwe schien auch Candy nicht dabei zu helfen, bei ihrem Mann zu landen. Der Frühling schleppte sich dahin, und als Carlos schließlich über die Möglichkeit sprach, Candy zu heiraten, tat er das mit mir. Wenige Tage nach meinem fehlgeschlagenen Treffen mit Rick Manzetti lud mich Carlos auf eine Fahrt im Muertomobil ein. Das war am *Cinco de Mayo*, dem fünften Mai, ein großer Tag für die hispanische Bevölkerung, denn sie feierten die Unabhängigkeit Mexikos von Spanien. Außerdem hatte ich mit fast viereinhalb Monaten knapp die Hälfte meiner Schwangerschaft überstanden. Inzwischen hatte ich auch einen kleinen Bauch, eine angedeutete Wölbung über dem Sicherheitsgurt.

Ein winziges Skelett – aus echten Knochen geschnitzt, sagte Carlos – baumelte am Rückspiegel. Ich wünschte Carlos einen guten *Cinco de Mayo*, und er wünschte mir das gleiche. Dann, etwas zurückhaltender: »Candy hat mir gesagt, daß es doch kein Geld von dem Professor geben wird. *Los duendes* haben ihn verjagt. Schade.«

»Man kann nur in der Hälfte aller Fälle glücklicher als der Durchschnitt sein.«

»*Es verdad.*« Carlos hatte vor meiner Tür gestanden wie ein Mann, der sich darauf vorbereitete, sein Testament zu machen – er müsse mit mir reden. Die Mittagessenszeit war vorbei, draußen herrschten 30 Grad, und Carlos trug seine Sommeruniform, ein enges weißes Shirt, das einen Teil seiner Tätowierungen entblößte: rote Linien, die strahlenförmig von dem Herz Jesu auf seiner linken Brust ausgingen; die Oberkante eines Maya-Mandala, das den größten Teil seines schmalen Rückens bedeckte; und Schwarze Witwen, sechs oder sieben davon, die über seine sehnigen Arme krabbelten. Ich hatte ihn auf ein Bier hereingebeten, aber er schüttelte den Kopf. »Nein, wir unterhalten uns besser nicht hier, *por favor*. Wo immer sonst du möchtest, oder vielleicht einfach im Auto. Ich muß alleine mit dir sprechen.«

»Ich bin alleine. Papa ist unterwegs.«

»Entschuldige bitte«, sagte er, »aber das stimmt nicht.« Er blickte kurz zur Chiffonniere hinüber, aus der Mamas Götter uns beobachteten.

Und so fand ich mich denn auf dem Beifahrersitz des Muertomobils wieder. Ich versank in dem roten Knittersamt, während wir feierlich durch die Wohngegend von Montrose rollten. Es war heiß und entsetzlich schwül, aber der Leichenwagen stammte aus einer Zeit, bevor Autos mit Klimaanlagen ausgestattet wurden, also konnte ich nur das Fenster herunterkurbeln. Träge Wellen feuchter Luft trieften in das Auto hinein. Vor einem Jahr hätte ich noch gesagt, es röche nach versengtem Gras und Auspuffgasen, doch mein durch die Schwangerschaft geschärfter Geruchssinn erschnüffelte ein weit komplexeres chemisches Bukett: Der von der Sonne aufgeweichte Asphalt verströmte beispielsweise einen ganz eigenen Geruch. Außerdem hatte Carlos die Karosserie des Muertomobils liebevoll mit Autowachs poliert, und die großen schwarzen Reifen stanken nach heißem Gummi. Irgendwo blühte Flieder. Auch die Raffinerien im Osten der Stadt reicherten die Luft mit ihrem ganz eigenen

Aroma an, Spuren von Schwefel und Dieselöl und brennendem Kunststoff. Vor zwei Tagen war in den Radionachrichten zu hören gewesen, daß zwei Umwelttoxikologen meßbare Mengen von Xylol, einem Lösungsmittel, im Grundwasser drüben in Baytown entdeckt hatten. Sie waren herbeigerufen worden, weil Kinder in den dortigen Trailerparks mitten in der Nacht mit Nasenbluten aufgewacht waren – einfach nur, weil sie geatmet hatten.

Allerdings schien die Umweltverschmutzung der Vegetation von Houston keinen Schaden zuzufügen. Wenn man die örtliche Flora betrachtete, hätten die Industrieabwässer ebensogut Vitamine sein können. Nuß- und Ahornbäume entfalteten ihre Blätter, die Piassavapalmen leuchteten metallisch blau und grün, und die Kardinalvögel und Spottdrosseln taten sich an der ersten Ernte frischer Stechmücken gütlich. Auf unserer Veranda tummelten sich jeden Tag Frösche und Eidechsen – so viele, daß ich manchmal die Verandatüren schließen mußte.

Dieses Jahr schien eine gute Zeit für Klettergewächse zu sein. Efeu kroch in ungekannter Üppigkeit die Ziegelhäuser in unserer Nachbarschaft hinauf, Bärte aus Spanischem Moos hingen dicht an dicht an allen Eichen, und die Schilder an der Kreuzung wurden von scharlachroten Stangenbohnen überwuchert, so daß man die Namen der Straßen nicht mehr lesen konnte. Ich mußte an die Vision von Bill jr. denken – ein Houston, das vom Sumpf zurückerobert worden war, eine Verlorene Stadt im Dschungel. Braunes Bayouwasser würde über den Asphalt sickern, und Alligatoren würden sich auf den Motorhauben der Autos sonnen, die am Rande der überschwemmten Schnellstraßen standen. Welse würden im ersten Stock unseres Hauses herumschnüffeln und in die Chiffonniere hineinschwimmen, in der Mamas Götter verfaulten. Ein dichter Baldachin aus Karibischen Kiefern, Eichen und Ahornbäumen würde alles bedecken. Nachts würde noch immer das infernalische gelbe Feuer aus den unsterblichen Raffinerien im Osten der Stadt spucken und heulen.

»Also. Ich weiß nicht, ob ich deine Schwester heiraten kann.« Carlos schnalzte mir der Zunge. Die Schwarze Witwe auf seinem rechten Bizeps hob und senkte sich, als er Richtung Westheimer in die Mulberry Street einbog und hinter einem Lincoln Town Car mit einem HEILIGER GEIST AN BORD!-Aufkleber herfuhr. Er sah mich erneut an. »Das ist vertraulich, okay? *Solamente entre nosotros.*«

»*Bueno.*«

Wir bogen nach links in die Westheimer, vorbei an *Taurian Body Piercing* und *Erstklassige Kleider aus Zweiter Hand* und *Drachenschmiede Schmuck und Tarotkarten.* »Zwei Dinge. Erstens, Candy ... Candy ist ein nettes Mädchen. Ich mag sie. Sie ist eine tolle Freundin. Aber als Frau? Ich weiß nicht. Eine Frau bedeutet ein Haus. Eine Familie. Aber Candy ... sie nimmt ihr Leben nicht allzu ernst, stimmt's? Nicht wie du. Sie arbeitet in einer Bar. Reicht das für ein Kind, frage ich mich da: eine Mutter, die in einer Bar arbeitet?«

»Carlos! Du lackierst Autos!«

»Das ist etwas anderes.«

»Ich wette, daß Candy am Tag soviel verdient wie du, wenn man die Trinkgelder mitrechnet.«

»Es geht mir nicht um Geld«, sagte Carlos würdevoll. »Nun ja, zugegeben, ein wenig schon. Ich möchte nicht, daß mein Kind auf eine staatliche Schule geht.« Er schüttelte den Kopf, und die winzigen, kopfüber hängenden Kruzifixe an seinen Ohren schwangen hin und her. »Auf den staatlichen Schulen gibt es zu viele üble Kinder. Vielleicht müssen wir die Kinder auf eine Privatschule schicken, vielleicht auf eine katholische Schule – das kostet einen Haufen *dinero.*«

Ich versuchte mir Carlos' kleine mexikanische Hexentochter vorzustellen, wie sie mit kopfüber hängenden

Kruzifixohrringen sittsam in einer katholischen Grundschule saß, die kleinen Hände über einem Schulbuch gefaltet.

»Vom Geld einmal abgesehen ist es eine Frage der Würde. Was ich mit Autos mache, das ist Teil meiner Würde. Damit will ich nicht sagen, daß meine Frau reich sein muß. Aber was ist, wenn ich eine Tochter bekomme? Die Mutter einer Tochter sollte über Würde verfügen, verstehst du? Sie sollte nicht nur des Geldes wegen arbeiten.«

Ich spürte, wie sich unter meinen Armen und entlang des Bundes meiner Schwangerschaftsshorts der Schweiß sammelte. »Nicht jeder bringt es zum Priester, Carlos. Manche Leute müssen sich ihren Lebensunterhalt verdienen. Sie suchen sich ihre Würde anderswo.«

»*Sí*, gut, aber wo befindet sich Candys Würde?« Wir warteten an der Ampel gegenüber von *Mannomann – Stiefel und Schuhe*. (Ich würde gutes Geld darauf wetten, daß dort mehr Cowboystiefel aus echtem Kalbs-, Straußen- und Klapperschlangenleder an schwule Männer verkauft werden als in irgendeinem anderen Laden auf diesem Planeten.) »Ich habe den Eindruck, als hättest du die ganze Ernsthaftigkeit abbekommen. Candy läßt sich treiben. Eine Mutter benötigt mehr Ernsthaftigkeit.«

Aha. Plötzlich glaubte ich die eiserne Stimme der La Hag Gonzales zu hören. Ich tätschelte meinen Bauch. »Carlos, du kannst mir glauben, daß keine Frau ein Kind bekommt, ohne sich ernsthaft Gedanken zu machen. Mit einem Kind im Bauch läßt du dich nicht treiben. Damit bleibst du am Boden.«

Er schnalzte erneut mit der Zunge und nickte dann. »In Ordnung. Vielleicht hast du recht. Weißt du, ich habe mir wirklich Sorgen um Geld gemacht, bevor ich herausgefunden habe, daß du *embarazada* bist. Schwanger. Da dachte ich mir, na schön, wenn sie das schafft, ganz allein, ohne Mann, dann können Candy und ich uns das auch zutrauen.«

Zu unserer Linken glitt *Slick Willies* an uns vorbei. Auf dem Parkplatz standen nur zwei Autos, sie hatten gerade erst aufgemacht. Ich fragte mich, ob Candy wohl Dienst hatte. »Äh – freut mich, daß ich so vorbildlich bin«, sagte ich. O Carlos, wenn du wüßtest, was für eine fürchterliche Angst ich habe, würde ich dir keinen Mut machen.

(Mama und Papa haben sich gestritten – eine der Auseinandersetzungen, während der sie schreit und weint, während Papas Stimme ruhig bleibt, bis er das Haus verläßt, »um etwas zu erledigen«. Mama sitzt am Küchentisch, noch lange nachdem sein Impala die Einfahrt verlassen hat und in der Nacht verschwunden ist. »Männer nennen *uns* emotional«, sagte sie. »Das ist Schwachsinn, Toni. Männer haben romantische Flausen im Kopf. Sie sind es, die glauben, alles im Griff behalten zu können.« Sie zündet sich eine Zigarette an. »Ich glaube, ich möchte ein Bier. Möchtest du ein Bier, Liebling?« Ich bin dreizehn. Ich schüttle den Kopf. Mama stöbert im Kühlschrank herum und holt eine Flasche *Tecate* heraus. Sie kehrt an den Tisch zurück und stößt mich mit einem langen, karmesinroten Fingernagel in die Brust. »Frauen sehen zu klar, da müssen sie ja verzweifeln.«)

Carlos bog scheinbar willkürlich rechts ab, und wir schaukelten durch eine Gegend mit verblichenen Herrenhäusern. Einige waren in gutem Zustand, mit breiten Balkonen und restaurierten Verandaschaukeln, andere wiederum verfielen wie schlampige, verblühte Südstaatenschönheiten im Alter. Wir fuhren an einem kleinen, georgianischen Gebäude vorbei, das sich unter eine riesige Eiche duckte. »Mama hat einmal gesagt, daß sich viele Ereignisse in der Geschichte der Südstaaten dadurch erklären lassen, daß jede größere Eiche über ein paar Äste verfügt, die sich genau in der richtigen Höhe befinden, um einen Mann daran aufzuhängen«, erzählte ich Carlos. An diesem Ungeheuer hätte man Dutzende von Schurken baumeln lassen können. »Du hast gesagt, es gebe zwei Dinge, die dich davon abhalten, Candy zu heiraten. Ihr Job ist der eine. Und der andere?«

Carlos nickte. »*Sí*. Ehrlich gesagt – *perdón*, Toni – bin ich nicht gerade begeistert von meiner künftigen Schwiegermutter.«

»*Du?* Du bist nicht begeistert von *deiner* Schwiegermutter?«

Er bog erneut rechts ab und fuhr durch eine Wohngegend Richtung Westen zurück. »Was willst du damit sagen?«

»Aber – Carlos! Sie ist tot! Candys Mutter befindet sich unter der Erde, *comprende?*«

Er nickte bedrückt. »*Sí*. Wenn sie noch leben würde, wäre das eine Sache. Aber die Toten ... die Toten sind unberechenbar, Toni. Verstehst du? Wenn deine selige Mutter am Leben wäre, würde sie sich vielleicht bemühen, mit mir auszukommen. Sie würde ihre Enkel sehen wollen. Sie würde ihre Zunge im Zaum halten, so wie meine Mutter. Aber die Toten? Nein. Meiner Erfahrung nach sind sie *muy tercos*. Verdammt herrisch.«

»Deine Mutter könnte ihre Zunge nicht einmal mit einer Spaghettigabel im Zaum halten!«

Carlos sah mich an. »Ich bin nicht hier, um über *Mamá* zu sprechen. Ich fühle mich einfach nicht wohl bei der Vorstellung, in diese Familie einzuheiraten. Darum geht es mir.«

»Du weißt überhaupt nichts über meine Mutter. Hat sie dich nicht immer in unserem Haus willkommen geheißen?«

»Ja, aber ...«

»In wessen Familie willst du dann einheiraten, Carlos? Irgendeine mürrische *chica*, die jeden Mittwoch aufsteht, um zur Fünf-Uhr-Messe zu gehen – glaubst du, die wird dich wollen, mit deinen Tätowierungen und deinen Medizinbeuteln und deinem Todesauto?«

Carlos runzelte die Stirn. »Eine Familie ist kein Spiel. Damit scherzt man nicht. Ich meine es ernst. Ich möchte, daß aus meinen Kindern etwas wird.«

»Hör mal zu, eine bessere Frau als Candy wirst du nie finden – eine, die auf deine ganzen Verrücktheiten eingeht, die *spürt*, warum es wichtig ist, auf deiner Motorhaube Kerzen anzuzünden, die diese Knochen berühren und trotzdem glücklich sein, im Sonnenschein leben kann. Candy ist ideal für dich. Wenn du zu blind bist, um das zu sehen, hast du die Frau verdient, mit der du dich schließlich zufrieden gibst.«

Carlos kaute auf seinem Schnurrbart. »Das sagt meine Mutter auch.«

»La Hag? Ich meine, Frau Gonzales ist der Meinung, daß du Candy heiraten solltest?«

»Mhm. Aber ein Mann kann sich keine Frau aussuchen, damit seine Mutter zufrieden ist«, sagte Carlos. »Ich habe versucht, gründlich darüber nachzudenken.« Wir waren wieder in Montrose, in der Nähe der alten Carnegie-Bibliothek. Carlos bog majestätisch in die Hauptfahrspur ein und schnitt dabei einen Honda. Der Fahrer legte sein Handy gerade lange genug aus der Hand, um ihm den Mittelfinger zu zeigen.

»Also hast du zu Candy noch nicht ja gesagt, weil sich deine Mutter auf ihre Seite geschlagen hat.«

»Vielleicht. Na schön.«

›Es geschehen noch Zeichen und Wunder!‹ sagte Mama oft. Dieses eine Mal log sie nicht.

Spät an jenem Abend rief Candy an und erzählte, daß Carlos ihren Antrag angenommen hatte. Die Hochzeit war auf den 20. September festgelegt worden. Ihre Welt war wieder in Ordnung.

Mich brachte es fast um.

Ich hatte gedacht, daß ich erleichtert sein, mich für sie freuen würde oder einfach nur amüsieren. Statt dessen war die labile Ruhe, die ich aufrechtzuhalten versucht hatte, in die Brüche gegangen. Rick Manzetti würde keinen hohen Scheck unterschreiben, dafür hatten die Reiter gesorgt. Ich war im viereinhalbten Monat schwanger, für alle sichtbar, und hatte keinen Job und keinen Vater für mein Kind. Es würde keinen Papa geben, der das Baby vor mir in Schutz nahm. Es würde jedem meiner Fehler ausgesetzt sein.

Nein. Das durfte ich nicht zulassen. Im Bookstop war ich nach drei Strikes aus dem Spiel geschickt worden, und meine Verabredung mit Bill jr. war ein Desaster gewesen, aber ich durfte die Jagd nicht aufgeben. Rick Manzetti war nach New Orleans zurückgekehrt, doch ich rief ihn an und hinterließ eine Nachricht auf seinem Anrufbeantworter, in der ich andeutete, daß ich ihm gerne ein paar Geschichten über das Kleine Verlorene Mädchen erzählen würde, sobald er wieder nach Houston kommen konnte. Dann, um sicherzugehen, daß ich keine Chance vergab, rief ich meinen alten Freund Greg an, den Mama in der Apotheke terrorisiert hatte, als er ein Päckchen Kondome kaufen wollte.

Als potentieller Vater hatte Greg einige Nachteile. Er war nicht verläßlich. Er war kein zielstrebiger Mensch. Weder hatte er einen guten, festen Job, noch wollte er einen. Aber er war witzig und charmant, und er sah gut aus. Und er hatte mehr als einmal gesagt, daß er sich darauf freute, einmal Kinder zu bekommen.

Ich fragte Greg, ob er Lust hätte, mit mir ins Kino zu gehen, und er sagte ja.

Jetzt mußte ich nur noch herausfinden, wie ich ihn während unserer Verabredung dazu bekommen konnte, daß wir nicht mehr nur Freunde waren. Jede Beziehung wird sich immer innerhalb derselben Gleise bewegen, wenn man nichts dafür tut, um das zu ändern, oder einer von beiden geht fort und kehrt als anderer Mensch zurück. Nun, ich hatte mich verändert, oder? Bevor Mama gestorben war, hatte mich noch nie ein Reiter geritten. Ich war noch nie schwanger gewesen. Ich war noch nie arbeitslos gewesen. All das ließ sich natürlich kaum als Fortschritt bezeichnen.

Einmal mehr wünschte ich, Candy zu sein. Zum ersten Mal bereute ich, daß ich meine ganze Zeit damit verbracht hatte, einen Baseball zu fangen statt Männer. Demütigend, aber es ließ sich nicht leugnen: Mit Maske und Körperschutz fühlte ich mich wohler als in kurzem Rock und Nylonstrümpfen. Ich war Catcherin in einer Softballmädchenmannschaft gewesen, die bei den Stadtmeisterschaften bis ins Finale gelangt war und dann gegen die Bellaire Bullets verloren hatte. Catcher ist eine gute Position, wenn du o-beinig und clever bist.

Ich glaube nicht, daß Mädchen auf der ganzen Welt so gut Baseball spielen wie wir in Texas. Damit will ich nicht sagen, daß es keine guten Mannschaften gibt, aber hier kommt der Sport der Religion näher als anderswo. Dank Papa kannte ich die Regeln wie ein Schiedsrichter. Ich wußte, warum die Spieler bei einem Stand von zwei Strikes und einem Ball mit zwei Mann auslaufen mußten, und ich hatte einen guten Wurf zur zweiten Base. Ich wußte meine Handgelenke so zu drehen, daß der Ball übers Infield flog. Ich konnte sogar einen schwierigen Pitch ins Opposite Field schlagen. Wenn es darauf ankam, konnte ich den Ball abtropfen lassen. Wie die meisten Mädchen kam ich sicher auf die erste Base, aber ich war so gut, daß ich als dritte in der Aufstellung für unser Team schlug, denn keine von uns war besser darin, einen Runner weiterzubringen.

Gibt es so etwas wie eine Rendezvous-Krise? Und wenn es das gab, konnte man dann Parallelen zum Baseball ziehen? Als Hitter hatte ich meine schlimmste Krise während meines vorletzten Jahres auf der Highschool. Je länger ich ohne Erfolg am Schlag war, desto schlechter wurde mein Schwung. Ich wollte es erzwingen. Als die reguläre Saison mit einem verlorenen Spiel zu Ende ging, hatte ich siebzehnmal an der Platte gestanden und nur zweimal getroffen.

»Du machst dir zu viele Gedanken«, sagte Papa nach dem Spiel zu mir. Ich weiß noch, wie er mich geduldig über das Lenkrad hinweg ansah, mit grauen Bartstoppeln an den Wangen. »Es ist dein Kopf, der dir Schwierigkeiten bereitet, Toni. Dein Körper weiß, was er zu tun hat.«

Darauf sagte ich nichts, aber ich hörte auf, zum Schlagtraining zu gehen. Ich verließ die Küche, wenn im Radio ein Spiel kommentiert wurde. Ich schwänzte sogar ein Mannschaftstreffen und gab vor, einen Arzttermin zu haben. Als die Vorrundenspiele begannen, wußte ich, daß die Pitcherin der anderen Mannschaft mir sofort einen Strike reinwürgen wollte, und ich beschloß, beim ersten Pitch zu schlagen, selbst wenn ich den Ball golfen mußte. Er kam direkt über die Mitte der Platte, und ich schlug ihn der Pitcherin ans Knie, und er ging ins linke Außenfeld. Während der restlichen Vorrundenspiele faßte ich den Schläger nicht an – erst wenn ich mich für meinen nächsten Schlag aufwärmte. Ich war die beste Schlägerin, mit einem Schnitt von zehn Schlägen auf einundzwanzigmal an der Platte. Ich hatte drei Walks, drei Sacrifices und neun Punkte für nach Hause gebrachte Spieler.

Ich mußte an jenen Schlag in der Vorrunde denken, während ich versuchte, mir darüber klarzuwerden, was ich zu meiner Verabredung mit Greg anziehen sollte – die Schantungseidenjacke vielleicht, aber bei Bill jr. hatte sie mir auch kein Glück gebracht. Außerdem war sie eng geschnitten, und ich hatte Angst, daß sich mein kleiner Bauch deutlich darunter abzeichnen würde – ich hätte ohne jeden Zweifel ins Lager der schwangeren Frauen gewechselt und wäre nicht länger in der Lage, sexy zu sein.

Ich ging in die Küche und betrachtete das Spiegelbild, das mich aus dem Fenster über der Spüle anstarrte. Es war halb hinter den Blättern einer Pfefferminzpflanze verborgen. Diese Beauchamp-Frauen – immer verstecken sie sich halb im Gebüsch! Dann geschah etwas fast Magisches. Ein ruhiges, träges Lächeln legte sich über das Spiegelbild. Ich lächelte nicht, das Spiegelbild dagegen schon. Sie beugte sich vor und sah mich an. Die Haare fielen ihr in die Augen. Ich schob mir meine beiseite, um ihr Gesicht besser zu sehen. Es war mein Gesicht. Und jetzt konnte ich sehen, daß sich meine Mundwinkel zu ihrem trägen Lächeln hochgezogen hatten.

Sie lachte, ein leises, rauchiges Lachen. »Hallo, süßes Kind«, sagte eine Stimme, die nicht ganz meine war. Sie war so tief wie der Süden, so träge wie ein Bayou. Ich nahm diese Stimme auf wie ein Instrument, das mir jemand hingelegt hatte – ein Instrument, das mir vertraut war, das ich jedoch vergessen hatte. »Hallo, Schätzchen«, sagte ich und erwiderte ihr Lächeln.

Vielleicht war ich in jenem Augenblick verrückt; vielleicht waren die ganzen Sorgen daran schuld, die mir die Kraft geraubt und mich veranlaßt hatten, Schätzchen herbeizurufen. Barfuß ging ich zur Chiffonniere hinüber und spürte den Kuß der kühlen Fliesen. Ich griff in Schätzchens Fach, kramte in den süßen und duftenden Sachen und nahm diejenigen, deren Berührung mir am besten gefiel: einen mangofarbenen Seidenschal; eine Spange für meine dunklen Haare; einen Kristallfingerhut voller Parfüm. Dann ging ich nach oben und zog mich um. Die Göttin ließ ich nicht gänzlich herein – ich ließ sie lächelnd am Küchenfenster zurück. Aber dein Körper weiß, was er zu tun hat, flüsterte ich mir zu, während ich die Treppe hinaufstieg, mich anzog und das Parfüm auf meine Handgelenke tupfte. In der Galleria war ich

Schätzchen gewesen, das süße, begehrende Kind. Wenn es mir nur gelang, nicht mehr nachzudenken, würde mein Körper schon wissen, was er zu tun hatte.

Es mußte auch Geschenke geben, die ich aus freien Stücken annehmen konnte.

Später, irgendwann nach Mitternacht, glitt Greg neben meinen verschwitzten Körper und stützte den Kopf auf einen Ellbogen. Im schwachen blauen Licht der Digitaluhr konnte ich undeutlich sein Lächeln erkennen. Ich streckte mich wie eine Katze und schnurrte, den letzten Hauch von Schätzchen wie ein träges Gespenst in meinen Knochen. »Mein Gott, Greg. Was um Himmels willen hast du dort unten getan?«

Er grinste. »Das Alphabet. Hat es dir gefallen?«

Ich schloß die Augen und drückte verstohlen die Oberschenkel aneinander. »Du liebe Güte. Wie weit bist du gekommen?«

»Ich glaube ich war bei *M*, als du mich umgedreht hast.«

Seit der Highschool war Greg um einiges fülliger geworden. Damals war er spindeldürr gewesen und hatte nur aus langen Haaren und Ellbogen bestanden. Aber über die Jahre hatte er irgendwo die klobigen Schultern, den breiten Rücken und den Speck seines Vaters gefunden – vermutlich auf dem Grund einer Bierflasche, wie die meisten Männer in Texas. Sogar seine Finger waren groß und dick. Aber immer noch schnell und sanft. Er streckte die Hand nach meinem Bauch aus. »Darf ich?«

»Mm-hmm.«

Seine Finger legten sich auf die Unterseite meines Bauches, sanft wie eine Taube. Er ließ die Hand über die leichte Wölbung meines Unterleibs gleiten. »Das ist ja hart!«

»Hast du Wackelpudding erwartet? Ich werde nicht fett, klar? Das sind nur Muskeln, die von dieser Wassermelone, die in mir wächst, gedehnt und gestreckt werden.« Seine Hand hielt inne. »Findest du es häßlich?«

»Ich kann es überhaupt kaum finden. Wann sieht man es dir richtig an?«

»Bald, glaube ich. Ich weiß es nicht. Das ist mein erstes Mal.« Ich legte meine Hand auf die seine. Nachdem die erste Erregung sich gelegt hatte, fiel es mir schwer, ihn zu berühren. Es machte mich eindeutig verlegen, so ganz nackt neben ihm zu liegen, ohne Schätzchen in mir.

»Wird dir das nie unheimlich, Toni? Ich meine, da wächst dieses Geschöpf in dir. Ich fände das, glaube ich, ziemlich merkwürdig, daß da ein völlig anderes Tier in mir lebt, und dann, wuuschschsch, platzt es heraus wie diese Biester in ›Alien‹.«

»Greg, halt die Klappe. Igitt.«

»Kannst du dich noch an Herrn Boggs im Biounterricht in der zwölften Klasse erinnern? Ich weiß noch genau, wie er erzählt hat, daß ein Fötus aus undifferenzierten Zellen besteht, genau wie Krebszellen. Ich fand es wirklich sonderbar, daß ein Baby einem Tumor ähnlich ist, nur eben besser organisiert.« Er hielt inne. »Oh. Ich hab nicht an deine Mama gedacht. Tut mir leid, Kleines.«

(Zwei Monate vor dem Tod meiner Mutter: Ihre Brustamputation kam zu spät. Jetzt hat sich der Krebs in ihrem rechten Hirnlappen ausgebreitet, und in ihrem Rückenmark und in ihren Rippen und in den Knochen in ihren Beinen. Sie hat solche Schmerzen, daß ihr Tränen der Wut in den Augen stehen. »Hol mir noch was von dem verdammten Kodein, Toni.«

Das ging schon den ganzen Tag lang so. »Ich darf dir noch keins geben.«

»Verdammte Scheiße, erzähl du mir nicht, was ich tun soll. Ich bin deine Mutter, du kleine Hexe.« Mama hat getrunken, um mit den Schmerzen fertig zu werden.

Nicht daß sie betrunken sein müßte, um so mit mir zu reden. »O Gott, wenn ich doch nur schon tot und begraben wäre!«

»Dann mach es uns allen leichter«, sage ich. »Hier ist das Kodein, Mama. Hier hast du die ganze Flasche. Willst du sie wirklich? Nimm sie. Nimm alles auf einmal. Ich hole dir ein Glas Bourbon zum Runterspülen, wär das nichts? Wär das nichts?« Ich bin so wütend, daß das Fläschchen in meiner Hand zittert und die Tabletten darin rasseln.

Mama glotzt mich an und bricht zusammen. Sie fängt an zu weinen und schaukelt im Bett vor und zurück. »Ich möchte Candy hier haben. Dich will ich nicht. Geh weg, geh weg. Du willst nur, daß ich sterbe.«

Aber ich war es und nicht Candy, die sie während der letzten beiden Monate gepflegt hat.)

»Ich möchte nicht darüber sprechen.«

Greg nahm die Hand von meinem Bauch. »In Ordnung.«

Ich nahm seine Hand und legte sie auf meine linke Brust. Ich fühlte mich nicht mehr sexy, ich fühlte mich kalt und einsam. Aber ich weigerte mich, diese Gelegenheit verstreichen zu lassen, die ich Schätzchen verdankte. »O Himmel, das war gut«, sagte ich. »Wir hätten das schon früher tun sollen, Greg. Ich weiß nicht, warum wir das nicht schon früher getan haben.«

»Du warst noch nie so. Du hast dich verändert.«

Ich versuchte zu lächeln. »Zum Guten hin, hoffe ich.«

»Das muß die Analyse erst noch zeigen«, ahmte er Freud nach und setzte sich auf. Ich zog mir das Laken über die Brüste. »Versteh mich nicht falsch«, sagte Greg. »Mit dir zu schlafen war großartig. Wirklich großartig. Ich habe schon mit schöneren Frauen geschlafen, die im Bett nicht halb so gut waren.«

»Ich höre da ein Aber.«

Er lachte. »Aber ... ja. Heute abend ... das hat Spaß gemacht, aber das warst eigentlich nicht du, oder, Toni? Das warst du und noch jemand anders. Deine Stimme – ich habe dich noch nie so sprechen hören. Oder so gehen sehen. Deine Mutter schon, manchmal.«

»Mama?«

»Nicht daß ich deine Mutter nicht mochte. Aber ich wollte sicher nie mit ihr schlafen.«

»Das kann ich verstehen.«

»Sie hat mir immer höllische Angst eingejagt, wenn ich ehrlich bin.«

»Mir auch«, sagte ich.

Mama. Mama steckt in mir wie Krebs, in meinen Knochen, in meinem Gehirn und in meiner Lunge.

Alles in allem konnte ich den Abend mit Greg nicht als Erfolg bezeichnen. Während Schätzchen noch in mir war, hatte es Spaß gemacht, mit ihm zu schlafen, aber hinterher war es peinlich. Schlimmer noch – der Gedanke, einen Mann zu heiraten, der soviel von meiner Mutter in mir sah, verursachte mir eine Gänsehaut. Außerdem, was wäre Greg schon für ein Vater? Er war zu allen Tages- und Nachtzeiten unterwegs, spielte in Amateur-Blues-Bands oder übte sich in Bühnenzauberei oder reiste nach Austin, um für eine Nebenrolle in einem Independent-Film vorzusprechen. Keine Arbeit, kein Einkommen, kein klares Ziel im Leben.

Nein. Nachdem ich erst einmal zurückgewiesen worden war, fiel mir die Einsicht leicht, daß ich ihn eigentlich nie gewollt hatte.

Bill jr. und Greg waren aus dem Rennen, also blieb nur noch die unbekannte Größe Rick Manzetti. Obwohl auch er mehr an Mama interessiert war als an mir. Er rief zurück und sagte, daß er versuchen würde, Anfang Juni nach Houston zu kommen und ein paar Geschichten über das Kleine Verlorene Mädchen aufzuzeichnen.

Am Abend nach meiner Verabredung mit Greg saß ich im Garten und unterhielt mich mit Papa. Unter dem Baldachin der immergrünen Eichen war es dunkel und warm. Für diesen Sommer hatte ich noch keinen Vorrat Mückenschreck angelegt, um die Stechmücken fernzuhalten, also hatte ich in Mamas Schubladen gekramt und war auf eine Flasche Penaten-Babyöl gestoßen, mit der ich mich eingerieben hatte. Aus dem Tal des Rio Grande waren die ersten Grapefruits des Jahres eingetroffen, und ich hatte uns zwei Gläser Saft ausgepreßt.

»Papa, warum hast du Mama geliebt?«

Er schwieg einen Moment, und ich ließ ihn in Ruhe. »Ich habe sie wohl einfach geliebt. Und sie hat mich gebraucht. Dem kann man sich nur schwer widersetzen.« Er nippte an seinem Glas. »Ich denke, es gibt keinen Mann auf Erden, der ein Leben mit deiner Mama ertragen könnte, wenn er sie nicht sehr lieben würde.« Papa lächelte. »Und dann hatten wir dich und Candy. Meine Mädchen wollte ich auf keinen Fall verlassen.«

Ich trank einen Schluck von meinem Grapefruitsaft. Frisch gepreßt ist er viel süßer, als man es sich vorstellen kann, wenn man nur das abgepackte Zeug kennt.

»Deine Mutter hat oft gesagt: ›Männer! Mit ihnen leben kann man nicht, und umbringen kann man sie auch nicht.‹«

»Erinnerst du dich noch an ihre Schürze?« fragte ich. »›Der Weg zum Herzen eines Mannes führt durch seine Brust.‹«

»Ich denke, sie war der klügste Mensch, den ich je kennengelernt habe«, sagte Papa. »Nicht im Sinne von Schulwissen, wie du. Aber sie sah die Welt mit anderen Augen als wir. Wir könnten eine Straße hundertmal entlangspazieren, mit hundert verschiedenen Leuten, und wir würden immer dieselbe Straße sehen. Aber wenn man mit Elena unterwegs war, verhalf sie einem zu einer neuen Sichtweise.«

»Das hasse ich«, sagte ich. »Ich mag es nicht, wenn die Dinge sich verändern. Ich glaube nicht, daß Mama jemals etwas so sah, wie es war. Ich meine, hat die Spottdrossel eigentlich ein eigenes Lied? Es genügt nicht, sich immer etwas vorzumachen. Es muß etwas Wirkliches geben, etwas Wahres, Ewiges. Mama konnte keine zwei Stunden am Stück dieselbe sein. Wenn sie glücklich war, sah sie eine Sache; wenn sie traurig war, eine andere. An einem Tag war sie uns eine gute Mutter; am nächsten war sie eine Katastrophe. War ich ein böses Kind, ein gutes Kind, unfolgsam oder mürrisch oder gehorsam oder was? Jedesmal, wenn ich mich umdrehte, schien sich die Landschaft auf den Kopf gestellt zu haben.«

»Du warst ein braves Kind«, sagte Papa. »Ein braves, aufsässiges Kind.«

»Sie war einfach so traurig, Papa.« Plötzlich fing ich an zu weinen. »Sie war immer so traurig. Oft habe ich sie deswegen gehaßt. Ich dachte, es mußte doch etwas geben, was ich tun konnte, wenn ich nicht so dumm und dickköpfig und eigensinnig gewesen wäre. Wenn ich nur brav genug war, wäre sie glücklich und würde nicht ...«

»Kleines«, sagte Papa, »es war nicht deine Aufgabe, für uns zu sorgen.«

»Aber ich hatte nie eine Chance, oder? Angela war schuld, das Kleine Verlorene Mädchen da oben in Kanada, und ich konnte nichts tun.«

»Eine Mannschaft fällt auseinander, wenn alle versuchen, die Aufgabe des anderen zu übernehmen. Du mußt den Menschen um dich herum vertrauen, Toni.«

»Und wenn ich das nicht kann?« Ich wischte mir die Augen an meinem Ärmel ab. Papa gab mir keine Antwort.

»Glaubst du, ich bin wie sie?« fragte ich.

Papa dachte nach. »Ein wenig. Und dann bist du auch ein wenig wie ich. Aber größtenteils bist du wie du selbst, und du wirst auf der Welt deinen eigenen Weg finden.« Er nahm meine Hand und drückte sie. »Also gib mir nicht die Schuld an deinen Problemen, hörst du?«

Ich schniefte und lachte.

»Deine Mama hat mich sogar bei ihrer Grabinschrift hereingelegt«, sagte Papa. »Wußtest du das nicht? Wir haben darüber gesprochen, ach, vielleicht sechs Monate bevor sie gestorben ist. Sie war ziemlich krank. Am Abend bevor wir einen Untersuchungstermin im Krankenhaus hatten, hat sie zu mir gesagt: ›George, ich möchte eine Bekanntgabe machen. Ich habe heute abend über dich nachgedacht, George, und ich habe beschlossen, dir meinen Grabstein zu widmen.‹ Und ich habe gesagt: ›Tatsächlich, meine Frau Gemahlin? Und was wirst du daraufschreiben?‹ Und sie hat mir direkt in die Augen geschaut, sehr ernst, und hat gesagt: ›Sie hatte das Zeug dazu, aber ihr fehlte die Beherrschung.‹«

Ich muß ein Geständnis ablegen.

An jenem Tag, als Rick Manzetti zum ersten Mal vorbeikam, ist Pierrot gar nicht aus der Chiffonniere geklettert, um mir etwas ins Ohr zu flüstern. Das habe ich erfunden.

Ich weiß, daß es wie eine Lüge klingt, aber das ist es nicht. Wenn ich aufgeschrieben hätte, was wirklich geschehen ist, daß mir immer schlechter und schlechter wurde und ich das Gefühl hatte, die Reiter würden mich durch das Zimmer hindurch anstarren, und daß ich gekniffen und Rick erklärt hatte, ich könnte nicht verkaufen, dafür hätten Sie kein Verständnis aufgebracht. Sie wären der Meinung gewesen, ich hätte mich von meinen Gefühlen leiten lassen. Die panische Angst in mir hätten Sie nicht gespürt. Ich mußte es Ihnen begreiflich machen, Sie spüren lassen, wie es wirklich war. Denn was ich damals geschrieben habe – daß ich Pierrots Gewicht an meinem Rock spürte, seine gemeine Stimme hörte –, das ist die Wahrheit. Es ist nicht passiert, aber es ist die Wahrheit, das schwöre ich Ihnen. Ich schwöre es.

Genau das würde Mama auch sagen.

O Gott, ich weiß es nicht, ich weiß es nicht. Werde ich zu einer Lügnerin, genau wie sie? Das hat Greg gesagt, daß ich ihr ähnlich sei. Ich habe Schätzchen hereingelassen, genau wie sie das auch getan hätte.

Aber *ich bin nicht sie*. Das weiß ich. Das weiß ich.

Ist es möglich, daß sie all die Jahre hindurch recht hatte? Daß sie die ganze Zeit, als ich dachte, sie würde lügen, die Wahrheit sagte und daß ich sie einfach nicht verstand? Daß ich sie einfach nicht hören wollte?

Wer war die Lügnerin? Wer sagte die Wahrheit? Wer schreibt dies nieder, sie oder ich?

Als sie starb, dachte ich, ich wäre sie endlich los, aber das stimmt nicht. Carlos hat recht: Als sie lebte, war sie ein Ungeheuer, doch seit sie tot ist, gibt es kein Entkommen mehr.

O Gott, Mama. Bitte laß mich gehen.

ACHT

Ich wurde meiner Mutter immer ähnlicher. Ich lebte in ihrem Haus, und ich war die älteste Frau der Familie. Ich war die, die sich um Papa kümmern mußte, ich war die, die ein Kind erwartete. Und ich, die ich so genau gewußt hatte, wer ich war – vor allem nicht Mama –, hatte das Gefühl, ich würde mich in der Maihitze auflösen, meine Umrisse wurden verschwommen und weniger deutlich. Ich war nicht mehr die Tochter, die ich einmal gewesen war, denn meine Mutter war fort. Auch meine Arbeit war fort und das sichere Geld, das ich mit meinem Gehalt als Aktuarin verdienen wollte. Ich hatte versucht, erst in Bill und dann in Greg einen Geliebten zu finden; in beiden Fällen war nicht ich das gewesen, sondern meine Mutter. Ich hatte versucht, die Götter meiner Mutter wegzugeben, und ihre Götter hatten es mir verboten.

Selbst mein Körper gehörte zum ersten Mal nicht mehr vollständig mir. In mir wuchs ein anderer Mensch, der über ein anderes Gesicht und eine andere Geschichte verfügen würde, und zum ersten Mal fragte ich mich, was Mama gedacht haben mochte, als ich in ihrem Bauch wuchs. War es möglich, daß ich für sie ein ebenso fremdes und anderes Geschöpf gewesen war wie das Kind in meiner Gebärmutter für mich? Hatte sie sich ebenso viele Sorgen um meine Zukunft gemacht, sich gefragt, ob ich links- oder rechtshändig sein würde, ob sie mir die Brust oder die Flasche geben sollte und ob sie in der Lage sein würde, das Geld für mein Studium aufzubringen?

Es war nicht nur mein Kind, das in jenem heißen Frühling in mir wuchs; ich trug auch meine Mutter in mir.

Der Mai näherte sich seinem Ende, und das Schlangenwetter war mit ganzer Macht über uns gekommen: Die Luft war so schwül, daß man kein Streichholz mehr anzünden konnte, die Hitze so groß, daß die Schatten schwitzten. Die Wolkenkratzer im Stadtzentrum schimmerten und dampften in der diesigen Luft. Wenn es regnete, war die Luft zwanzig Minuten später noch wie überflutet. Hinterher rochen die Straßen nach Oleander und kochendem Teer.

Am Samstag nach meinem mißlungenen Rendezvous mit Greg ging ich in Candys Wohnung hinüber und half ihr, die Hochzeitseinladungen zu verschicken. Ich fürchtete diesen Besuch. Meine Schwester hatte die Angewohnheit, ihre Klimaanlage nicht einzuschalten. Selbst Mama ließ in ihrem Oldsmobile die Klimaanlage laufen, auch wenn sie zu Hause die Türen offenstehen ließ. Candy fuhr einfach mit heruntergekurbelten Fenstern.

Candy wohnte im obersten Stock eines Hauses, das sie gemeinsam mit einigen anderen Leuten gemietet hatte. Sie hatte keinen Küchentisch, weil sie keine Küche hatte (sie benutzte die Küche unten). Also saßen wir beiderseits ihres Wohnzimmertischchens auf dem Boden. Candy schrieb die Einladungen, ich adressierte die Umschläge. Vor uns stand jeweils ein Glas Eistee mit einem Limonenschnitz. Candy – verflucht soll sie sein – saß im Schneidersitz da und trug ein rückenfreies Hemdchen und ein Höschen. Ich trug ein Astros-T-Shirt in Herrengröße XL und ein Paar häßliche marineblaue Schwangerschaftshosen aus Polyester, die am Unterleib juckten.

»Ich halte das nicht aus«, sagte ich und unterbrach mich selbst. Ich war gerade dabeigewesen, die Geschichte meiner Verabredung mit Greg zu erzählen. »Ich kann nicht mehr hierherkommen. Ich fühle mich wie eine gekochte Garnele.«

»Ist dir heiß?« fragte Candy überrascht. Ich warf ihr einen wütenden Blick zu. Überall war ich schweißnaß, unter den Armen, zwischen den Beinen und in den Kniekehlen. »Ich habe einen Ventilator, Toni. Einen kleinen Moment.«

»Wußtest du, daß mein Blutvolumen innerhalb der nächsten vier Monate um dreißig Prozent zunehmen wird?«

»Du hast es ein paarmal erwähnt. Ist es dir deshalb so heiß?«

»Nein, mir ist heiß, weil es hier drin unglaublich heiß ist. Wegen dieser Blutgeschichte ist mir nur noch heißer.« Der Ventilator war neu und besonders leicht, ein Sonderangebot für zwanzig Dollar. Candy stellte ihn hinter mir auf den Boden, schaltete ihn an und sah zu, wie alle Hochzeitseinladungen fröhlich vom Tisch geweht wurden. Daraufhin wurde alles sorgsam neu sortiert.

Sie setzte sich wieder vor ihren Stapel unbeschrifteter Einladungen. »Tía Gomez als nächste, stimmt's?« Auf ihrer Stirn glänzte der Schweiß, zwischen den fast unsichtbaren Haaren auf ihrer Oberlippe und zwischen ihren Brüsten. Die Haut zwischen ihrem Hemdchen und ihrem Höschen war ebenso braun wie ihre Arme. »Hat Greg wirklich gesagt, er hätte das Gefühl gehabt, mit Mama zu vögeln? Meine Güte.« Candy sah mich an. »Du hast Schätzchen reingelassen, oder?«

»Woher weißt du das?«

»Schätzchen entsprach Mamas Vorstellungen von Sex. Hier ist die Karte für Tía Gomez.« Ich steckte sie in ihren Umschlag, verschloß ihn und klebte die Briefmarke darauf. Candy wischte sich die schweißnassen Hände an ihrem Hemd ab, damit die nächste Einladung keine Flecken bekam. »Ich wette, daß sie auch deiner Vorstellung von Sex entspricht.«

»Was?«

»Schätzchen.« Ich antwortete nicht. »Das ist kein Sex. Das war Mama.«

Ich mußte an die Seidenwäsche zu Hause in Schätzchens Fach denken, und an das winzige Parfümfläschchen.

»Das ist die große Lüge der Texaner.« Candy legte den Stift auf den Tisch und stand auf. Ihr Mansardenzimmer war klein, mit schräger Decke. Sie ging zum vorderen Fenster hinüber und blickte über die Myrte hinweg, die noch nicht blühte. Ich fragte mich, ob irgendein Passant sie wohl sehen konnte, wie sie in ihrer Unterwäsche dastand. Dann fragte ich mich, ob ihr das gleichgültig war. »Die große Lüge der Texaner lautet: Wir täuschen Männer, wir lügen und betrügen und locken sie in eine Falle. Wir ködern sie, bis sie uns heiraten. Rosafarbene Fußnägel und Haarbänder, wie beim Forellenangeln. Das ist Schätzchens Stil«, sagte Candy. »Ich habe das nie geglaubt.«

»Ich schätze, daß wir beide nicht gerne lügen, was?«

»Wenn du guten Sex möchtest«, sagte Candy, »dann fang mit Herrn Kupfer an. Schau nicht so überrascht, Toni. Du denkst zuviel über Geld nach. Du denkst, die Macht eines Herrn Kupfer funktioniert nur in eine Richtung. Aber er sieht die Dinge, wie sie sind. Es gibt keine Scheinwelt, wenn du durch die Augen von Herrn Kupfer blickst – warte mal. Ich möchte dir etwas zeigen.« Sie ging zur Kommode neben ihrem Bett und zog die unterste Schublade auf.

Das Eis in meinem Eistee klapperte, als ich das Glas an meine Wange drückte. Der Ventilator glitt über meinen verschwitzten Körper, hin und her.

»Jedesmal, wenn du ins Lebensmittelgeschäft gehst, siehst du Ständer über Ständer voller Frauenzeitschriften, die dir das Geheimnis verkaufen möchten, wie du dir einen Mann angelst«, sagte Candy. »Was ein Mann im Bett wirklich will. Wie du ihn scharf machst. Und alle sind sie voller Anzeigen für Feuchtigkeitscremes, Strumpfhosen, Deosprays und anderen Mist. Wie Papa immer sagt: Sei vorsichtig, wenn dir jemand etwas verkaufen möchte.« Candy kam zurück und ließ einen Stapel Pornomagazine auf den Tisch fallen. TARAS HEISSE TITTEN! prangte auf dem obersten Magazin. Zwei nackte Blondinen knieten einander gegenüber und küßten sich leidenschaftlich; ihre Brüste berührten sich. Die größere blickte in die Kamera. Darunter stand: Willst du es uns besorgen?

»Candy!«

»›Hustler‹ versucht nicht, etwas zu verkaufen«, sagte sie. »Nicht dir und mir jedenfalls. ›Hustler‹, ›Velvet‹, ›Club International‹ – sie messen ihren Erfolg daran, wie oft ihre Leser sich pro Ausgabe einen runterholen.« Sie schlug das Magazin auf. »›Wenn du wirklich wissen willst, was mich geil macht, dann lies weiter – nichts als die nasse ...«

»Candy!«

»... Wahrheit.‹« Sie grinste, langte mir über die Schulter und blätterte weiter. Goldbraune Haut glitt an mir vorbei, blonde Mähnen, Schmollmünder, große Brüste, Unterwäsche der unterschiedlichsten Art, Frauen, die ihre Vagina aufhielten. Münder, zahllose Münder: mit rotem Lippenstift bemalt, lächelnd; Zungen, die sich nach Schwänzen reckten; leidenschaftliche Grimassen; Zähne, die auf Lippen bissen; küssende Lippen; ein Mund, aus dem der Speichel tropfte. Kleine heiße Nadeln der Verlegenheit stachen mir ins Gesicht, und meine Augen glitten von den Seiten fort. Ich konnte nicht mehr hinsehen, und wenn ich es doch tat, nahm ich kaum etwas wahr. Zu schnell waren die Bilder wieder verschwunden, ich sah weg, bevor ich etwas aufnehmen konnte.

»Los, schau ruhig hin, Toni. Du mußt es nicht wie am Kiosk verheimlichen. Niemand wird dich dabei ertappen.« Candy blätterte weiter und hielt das Heft auf.

Tammy & Sue: eine Blondine mit einem Pferdeschwanz und eine Brünette mit kurzen Haaren. Die Blonde trug eine Collegejacke. Die Brünette war etwas kleiner, ein reizendes Biest in Tweedrock und mit Brille. *Die anderen Mädchen halten Tammy und Sue für langweilige Bücherwürmer. Sie sind auf eine Verbindungsfete gegangen, ohne zu ahnen, daß unsere Mädchen nur auf eine Gelegenheit gewartet haben, übereinander herzufallen!*

Auf dem ersten Bild küßten sich die Frauen leidenschaftlich. Die Jacke der Blonden stand offen, ihr weißes Hemd war aufgeknöpft, und ihr BH lugte heraus. Die Brünette hatte hinter ihrer Brille die Augen geschlossen. Auf dem nächsten Bild war der Tweedrock der Brünetten verschwunden. Sie kniete aufrecht auf dem Bett. Die Blonde hatte ihr das Höschen heruntergezogen. Es spannte sich straff über der kleinen Spalte zwischen ihren Beinen, nur wenige Zentimeter unterhalb der gewellten Haare ihrer Muschi. Die Blondine stellte das routinierte Lächeln eines professionellen Models zur Schau. Die Brünette war eine bessere Schauspielerin. Sie wirkte verletzlich, mit einem fast schüchternen Lächeln, voller Erstaunen. Als traute sie sich kaum, eine solche Freude zu empfinden. Sie schien so glücklich zu sein.

Auf dem dritten Bild kniete die Brünette vor der Blondine, die jetzt nur noch weiße Strümpfe trug und einen BH, den sie nach unten geschoben hatte, so daß er wie ein weißer Stoffetzen unter ihren riesigen Brüsten hing. Die Brünette streckte die Zunge aus, nur Zentimeter vom Schamhaar ihrer Freundin entfernt. Sie hatte immer noch ihre Brille auf.

Danach folgten reihenweise Stellungen.

Der Photograph verstand seine Sache. Obwohl die Blondine den auffallenderen Körper hatte, war es die Brünette, die über das bei weitem ausdrucksvollere Gesicht verfügte. Stets fing er ihre Blicke für die Kamera ein: ihre freche Begeisterung, wenn sie ihre Freundin streichelte, oder ihre blinde, naive Ekstase, wenn sie den Pferdeschwanz der Blonden zwischen den Lippen ihrer Vulva rieb.

Die Brünette ließ die ganze Zeit die Brille auf. Ihre Freundin rollte sich die Strümpfe nicht herunter. Es war unmöglich herauszufinden, welche von beiden Tammy und welche Sue war.

»Vergiß, was in der ›Cosmopolitan‹ steht. Lektion Nummer eins: Männer sehen Frauen gerne beim Ficken zu.«

»Gütiger Himmel, das sind keine Brüste, das sind Volleybälle!«

»Macht dich das an, Toni?« wollte Candy wissen.

»Es kostet doch fünftausend Dollar, sich an den Brüsten operieren zu lassen, oder? Wahrscheinlich wollte sie für ihr Geld auch etwas bekommen.«

Candy streckte behutsam die Hand aus und drehte meinen Kopf, so daß ich sie anschauen mußte. »Toni. Macht dich das an?«

Blindlings starrte ich die Photographien an. Ein Teil von mir war gierig danach, sie zu betrachten, aber ich konnte es nicht. Die Verlegenheit raubte mir das Sehvermögen. Mehr als Verlegenheit. Scham. Meine Augen sahen die Bilder, aber mein Verstand floh vor ihnen. »Laß mich in Ruhe.«

Candy blätterte weiter. Ein rothaariges Mädchen im Nachthemd rekelte sich mit gespreizten Beinen auf einem mit Rüschen verzierten Kleinmädchenbett. Luftballons und Clowns auf der Tapete. Überall lagen Stofftiere. Wahrscheinlich war sie neunzehn und tat so, als wäre sie vierzehn.

»Wie ist es damit?«

»Candy!«

»Lektion Nummer zwei: Sie stehen alle auf junge Körper. Eine Menge von ihnen finden auch an der Vorstellung Gefallen, wirklich junge Mädchen zu ficken.«

Sie blätterte zu den nächsten Photographien weiter. »Lektion Nummer drei: Ihnen gefällt die Vorstellung, dich in den Arsch zu ficken.« In dieser Bilderfolge vögelte ein Kerl in Formel-1-Klamotten eine Frau in einem Mechanikeroverall. Sie trieben es auf, in und vor einem kirschroten Sportwagen. Man konnte nie wirklich sehen, wie er in sie eindrang, aber in einigen Bildern sollte es eindeutig so aussehen, als hätten sie Analsex: Sie saß auf seinem Schoß, wandte ihm den Rücken zu und hielt die Lippen ihrer Vulva mit den Fingern auseinander – offensichtlich wollte sie damit zeigen, daß sich sein Schwanz dort nicht befand. Seine Hände hielten ihre riesigen Brüst fest gepackt.

»Ich glaube, du weißt überhaupt nicht, was dich anmacht«, sagte sie. »Du kannst nicht einmal darüber nachdenken.«

»Verpiß dich! Macht dich das an?«

»Ja. Manches davon.« Sie tippte auf das Bild mit dem Analsex. »Dieses zum Beispiel. Mir gefällt ihr Gesicht. Er dagegen läßt mich kalt. Die könnte ich überspringen«, sagte sie und deutete auf die nächsten Seiten. Sie hockte sich neben mich und blätterte wieder zurück. Sie überging die junge Frau, die so tat, als wäre sie im Teenageralter. »So ist das nicht, wenn du in der Pubertät bist. Mir gefällt nicht, was da verkauft wird.« Dann war sie wieder bei Tammy und Sue angekommen. »Diese beiden, und besonders sie«, sagte sie und deutete auf eines der ersten Bilder, auf dem sich die Hand der Brünetten langsam zwischen die Beine der Blonden stahl, während die Blonde ihre Brustwarze leckte. »Wenn mir danach ist, würden mich fast alle diese Bilder anmachen.«

»Bist du sauer auf mich, Candy?«

»Warum sollte ich?«

»Deine Stimme klingt so merkwürdig. Du scheinst ... nicht du selbst zu sein.«

»Du kennst mich nicht besonders gut, Toni«, erwiderte sie. »Du glaubst es zwar, aber es stimmt nicht.«

Auf der Seite, die vor mir auf dem Tisch lag, küßten sich die beiden Studentinnen liebevoll und vögelten miteinander. Ich sah wieder meine Schwester an, die in BH und Unterhose neben mir saß. »Hast du ...?«

»Mit Frauen geschlafen? Ja. Mehr als einmal. Meistens war es schön, wenn dich das interessiert. Einmal nicht so.« Candy nippte an ihrem Tee. »Hast du dich schon einmal gefragt, ob du nicht lesbisch bist und es verdrängst?«

»Candy!«

»Du wiederholst dich.«

»Du bist unglaublich!«

»Nun ja, so wie deine Rendezvous gelaufen sind, du bist dreißig und immer noch single, du hast den Antrag von Wie-hieß-er-noch-gleich abgelehnt ...«

»Steve.«

»Von mir aus. Vielleicht magst du einfach keine Kerle im Bett, aber du traust dich auch nicht, über Alternativen nachzudenken.«

»Candace Jane!«

Sie lachte mich aus. »Nur ein beiläufiger Gedanke. Möchtest du einen Eiswürfel für dein Gesicht? Du siehst aus, als würdest du gleich Feuer fangen.«

»Nicht jeder denkt die ganze Zeit an Sex, weißt du.«

»Nicht einmal ich.« Candy stellte ihr Glas Eistee auf Tammy und Sue ab. »Ich habe mit vierzehn beschlossen, meine Jungfräulichkeit zu verlieren. Am 13. Mai 1984. Wir hatten drei Tage Ferien. Ich habe mein rosafarbenes Bikini-Oberteil und ein Paar enge Shorts angezogen und habe mich vor unserem Haus an den Straßenrand gesetzt, bis jemand angehalten hat.«

»Gütiger Himmel, Candy. Warum?«

»Eine ganze Reihe von Autos bremsten ab«, fuhr sie fort. »Schließlich kam so ein Typ in einem grünen Ford vorbeigefahren. Seine Haare lichteten sich bereits, was er mit einem Pferdeschwanz kompensierte. Er war wirklich nervös und ziemlich dünn. Ich habe ihn auf ungefähr Dreißig geschätzt. Er hat mich gefragt, ob ich eine Fahrt mit dem Auto machen möchte.« Candy sah mich an. »Na ja, du hast dich immer mit Mama gestritten, Toni. Das traute ich mich nicht. In der Schule hattest du nur Einsen, und in der Baseballmannschaft hast du den Ton angegeben. Da konnte ich nicht mithalten.« Sie nahm ihren Eistee. Das Glas ließ einen Ring Kondenswasser zurück, der Tammy und Sues schöne junge Körper verknitterte. »Bei dir mußte immer alles offen auf dem Tisch liegen. Das konnte ich nicht. Ich mochte Geheimnisse. Ich mochte Sex. Ich mochte es, weil es Spaß machte. Ich mochte es, weil es schmutzig war und niemand darüber reden wollte. Ich mochte es, weil ich wußte, daß Mama eine falsche Meinung davon hatte. Es war ein Ort, an den sie mir nicht folgen konnte.«

»Himmel, Candy, du bist zu einem fremden Mann ins Auto gestiegen?«

»Ich war nicht naiv, Toni. Ich erwartete nicht, daß es aufregend werden würde. So dumm war ich nicht. Ich fand, daß ich die Sache ganz schön weltgewandt anging. Er nahm mich mit in seine Wohnung, ein ziemliches Loch. Er war so nervös, daß ich ihn schließlich fragen mußte, ob er es mit mir machen wollte. Als er seine Unterwäsche auszog und ich seinen Schwanz sah, konnte ich nicht aufhören zu kichern.« Sie lachte, und ich konnte nicht anders, ich mußte über ihre Heiterkeit lachen. »Als wir es getan haben, fragte er mich dauernd, ob ich noch Jungfrau sei, und ich antwortete ihm immer, nein, es sei in Ordnung. Ich war wirklich eng und wirklich trocken, und es tat ziemlich weh. Gleich danach hat er mich nach Hause gebracht. Ich weiß nicht, was er erwartet hat, aber er hat sich heftig wundgescheuert.« Sie kicherte.

»Und wenn du schwanger geworden wärst?«

»Mama hat mir die Pille gegeben. Sie irrte sich, wenn es um Sex ging, aber sie war nicht dumm.«

»Himmel.« Ich sah meine kleine Schwester an – ihr Lächeln, das gleichzeitig traurig und belustigt war. Sie roch nach verbranntem Zimt.

»Zugegeben, im Rückblick war das wohl ziemlich bescheuert.«

»Unglaublich bescheuert.«

»Aber an jenem Abend war ich wahnsinnig glücklich. Ich war sogar glücklich, weil es weh tat. Es mußte weh tun. Dadurch wurde es wirklich. Wie wenn du dir die Ohrläppchen durchstechen läßt. Ich hätte mich nicht erwachsen gefühlt, wenn es nicht weh getan hätte. Es war mein Reisepaß, verstehst du? Mein Fahrschein in eine neue Welt, zu der du und Mama keinen Zugang hatten.«

Candy nahm noch einen Schluck. »Auf der Highschool gefielen mir Jungs besser als Mädchen. Um mit ihnen rumzuhängen, meine ich. Jungs waren eher so wie du. Sie sprachen aus, was sie dachten, und sie dachten nicht allzuviel. Oft waren sie feige oder abstoßend, aber sie waren nicht kompliziert. Natürlich war das alles ein großes Mißverständnis.« Beiläufig überblätterte sie Tammy und Sue. »Dieser erste Kerl hieß übrigens Randy. Wirklich wahr.«

Ich lachte erneut. »Am Anfang habe ich noch mit einigen anderen Männern gevögelt«, fuhr sie fort. »Aber eigentlich wollte ich die Jungs, diese großartigen, schmutzigen Jungs von der Highschool mit Fingern, die von Fritten fettig waren. Ich wollte ... ach, ich weiß es nicht. Ihr Mund schmeckte nach gestohlenen Zigaretten. Ihr dünner, muskulöser Körper und ihr steifer Schwanz, auf den sie nicht den geringsten Einfluß hatten. Sie begehrten mich, und das gefiel mir wirklich. Ich mochte es, wenn sie so taten, als würden sie aus Versehen meine Brust streifen, wenn wir uns küßten, und die Art und

Weise, wie der Schwanz eines Jungen sich aufbäumte, wenn ich seine Hand auf meine Brust legte und fest drückte. Das war etwas, worüber niemand redete. Es war *echt.*«

Candy zuckte mit den Achseln. »Allerdings stellte sich auch heraus, daß es nicht unproblematisch ist, die Klassenschlampe zu sein. Darryl war der erste Junge, mit dem ich gevögelt habe. Wir haben es ein paarmal in seinem Schlafzimmer unter einem Metallica-Poster getrieben. Ich muß irgendwie erwähnt haben, daß wir jetzt Freund und Freundin seien, und da hat er mich ausgelacht. Er erzählte mir, daß er eine echte Freundin hätte, aber ich sei das nicht. Echte Freundinnen durfte man nicht vögeln. Kannst du dir vorstellen, daß ich schockiert war? Schockiert! Bei Sex ging es doch eigentlich nur darum, daß er *echt* war, verdammt. Der ganze Rest, den sie uns erzählten, war Lug und Trug und Unfug, aber das war das richtige Leben, die Wahrheit: dieser dünne kleine Schwanz, und ich gestatte ihm, ihn in mich reinzustecken.«

»Es tut mir schrecklich leid.« Ich sah sie an. »Ich hatte keine Ahnung. Ich wußte von nichts.«

»Ich weiß.« Sie blätterte zu Tiffany weiter, dem Möchtegern-Schulmädchen, die Unschuldige mit ihrer rothaarigen Muschi, die unter ihrem Nachthemd hervorlugte. *Heute abend werde ich 19, und die Party findet zwischen meinen Beinen statt!*

Ich stellte mir meine Schwester vor, mit vierzehn Jahren in der Wohnung eines fremden Mannes, wie sie ihm mit heruntergezogenem Höschen über die Schulter blickt, auf dem Rücken vor ihrer Familie wegläuft. »Es tut mir leid.«

»Ich glaube, du hattest Prüfung oder so.« Candy hob die Schultern. »Im Ernst, Toni, du mußtest die ganze Zeit *kämpfen.* Und *gewinnen.* Ich wollte nicht, daß du etwas bemerktest. Ich wollte nicht, daß du Bescheid wußtest.«

Leise sagte ich: »Hast du gedacht, ich würde mich für dich schämen?«

Candy verdrehte die Augen, sie ließ sich rückwärts auf den Teppich fallen und starrte an die Decke. »Bist du taub? Ich wollte dich nicht in meinem verdammten Leben haben, Toni. Du hast so schon den ganzen Sauerstoff aufgebraucht. Zu dem Zeitpunkt war es mir ehrlich gesagt scheißegal, was du von mir dachtest. Du hattest deine Welt, und ich habe sie dir gegönnt. Ich wollte einfach etwas, das mir gehörte.«

»Oh.«

Sie setzte sich auf und tätschelte mir die Hand. »He – die Wahrheit ist hart. Inzwischen bedeutet es mir durchaus etwas, was du von mir hältst. Ein wenig, zumindest. Besonders jetzt.« Sie richtete den Blick auf meinen Bauch. »Ich habe mich weitgehend daran gewöhnt, deine Schwester zu sein. Aber daß ich Tante werde, haut mich um. Nein, wirklich. Ich denke jeden Tag daran.«

»Tja.« Ich nahm noch einen Schluck Eistee. »Weißt du, ob es ein Junge oder ein Mädchen wird?«

»Ein Mädchen.«

»Ich wollte nicht, daß du es mir sagst! Ich habe mich nur gefragt, ob du es weißt!«

»Oh. Jetzt weißt du es.«

»Verdammt.«

Ich legte die Hand auf meinen Bauch und fragte mich, ob mein Kind meine Hand spüren konnte. Meine Tochter. Langsam sagte ich: »Ich glaube, daß es ein paar Dinge gibt ... ein paar Dinge, die eine Tochter wissen sollte, die sie nur ungern von ihrer Mutter hören würde.«

»Wirklich?«, fragte Candy.

»Ja.« Ich sah auf das Magazin hinab und schüttelte den Kopf. »Herr Kupfer, oder?«

»Beim Sex? Alle, früher oder später«, sagte Candy. »Da sind Götter groß. Schau dir doch deinen Anthropologen an, Rick. Es ist der Prediger in ihm, mit dem du vögeln willst.«

»Candy!«

»Die Witwe ... Sie ist diejenige, die ich ...« Candy schüttelte den Kopf. »Die Witwe ist ganz schön schwierig.« Sie kramte in dem Zeitschriftenstapel und zog ein weiteres Magazin heraus, ›Schmerz‹. Auf dem Titelbild war eine gefesselte Frau zu sehen. Sie war fest auf eine Bank gebunden, mit dem Rücken zur Kamera, so daß man nur wenig von ihr sehen konnte außer ihrem Hintern, der von einem Höschen bedeckt wurde, das in Fetzen geschnitten worden war. Über ihr stand ein Mann mit einer Maske und einer langen Schere in der Hand.

Candy blätterte das Magazin auf und zeigte mir das Bild einer Frau, die mit einer Wäscheleine an einen Baum gebunden war. Die Leine war um ihre Knöchel festgezurrt worden, um ihre Taille, ihre Brüste und ihren Hals. Ihre Brüste waren normal groß und schlaff. Das machte die Szene noch viel unheimlicher und ließ sie echter wirken. Sie hatte einen roten Gummiball als Knebel im Mund und hölzerne Wäscheklammern an beiden Brustwarzen. Sie sah ängstlich aus.

Mein Herzschlag wurde langsamer und pochte laut.

»Lektion Nummer vier: Vielen Männern gefällt die Vorstellung, Frauen weh zu tun. Dieses Bild ist irgendwie erregend«, sagte Candy ruhig. »Außerdem stimmt nichts daran. Man muß schon ... Schätzchen gehört nicht zu den Frauen, die an so etwas Gefallen finden. Schätzchen steht nicht darauf, jemanden zu vergewaltigen oder vergewaltigt zu werden. Jemandem Schmerzen zuzufügen oder Schmerzen zugefügt zu bekommen.«

»Herr im Himmel, Candy.«

»Du kannst lernen, daß dich so etwas anmacht. Du kannst es lieben lernen ... mißbraucht zu werden, wenn du weißt, wie du dich dem öffnest. Aber du mußt ausgesprochen vorsichtig sein. Wenn du es nicht richtig machst, ist es furchtbar. Es ist furchtbar, wenn es dich nicht anmacht, und wenn es dich scharf macht, kann auch das furchtbar sein, wenn du damit nicht umgehen kannst. Und wenn du so etwas wirklich machst und an einen Idioten oder einen Psychopathen gerätst, sitzt du wirklich in der Scheiße.«

Ich brachte kein Wort heraus. Ich konnte nicht einmal den Mund aufmachen.

Sie blätterte in dem Magazin und hielt bei einer Anzeige inne. Diesesmal war es keine Photographie, sondern nur die Strichzeichnung einer Frau, die gefesselt, geknebelt und mit Nadeln gespickt war. Nadeln in ihrem Bauch, ihren Genitalien und überall in ihren Brüsten. Sie hatte die Augen weit aufgerissen. Unter dem Bild stand: ›Gefesselte Mädchen! Geknebelt! Geschlitzt!‹ Es war eine Anzeige für eine Comicserie. Darunter stand eine Bestelladresse.

»Wie kannst du das nur anschauen, Candy?«

»Wie kannst du es dir leisten, nicht hinzuschauen?«

Sie schlug das Magazin zu. »Natürlich ist das extrem. Ich habe in meinem ganzen Leben nur einen Typ getroffen, der das wirklich mit mir machen wollte. Wahrscheinlich bekommen eine Menge Kerle einen Steifen, wenn sie sich das anschauen, aber einer echten Frau täten sie das nie an. Aber du mußt dir doch eingestehen, daß es das gibt, oder? Du mußt der Welt ins Auge sehen, sie zur Kenntnis nehmen und die Wahrheit erkennen. Der Folterkram ist kein großer Teil der Wahrheit, aber es gibt ihn.« Sie legte ›Schmerz‹ beiseite und blätterte in einer anderen Ausgabe von ›Hustler‹, sehr rasch diesmal. »Vor zehn Jahren hat niemand das Arschloch einer Frau abgebildet. Jetzt sind sie überall. Haufenweise Bilder von Analsex. Es ist das heiße Tabu, das heute in der Luft liegt. Alle Männer möchten es probieren, aber sie sprechen es nicht aus. Zeig ihnen, daß du es willst, und sie halten dich für heißer als ein brennendes Ölfeld.«

»Das klingt aber sehr nach Schätzchen.«

»Das Erotischste, was eine Frau tun kann, ist nach Sex zu gieren«, sagte Candy.

»Was ist mit den anderen Bildern? Diese ganze Gewalt?«

»Das ... das ist anders. Da geht es nicht ums Vögeln, sondern ums Wichsen. Diese Männer wollen gar nicht an ihre Partnerin denken. Da geht es um verbotene Sachen – mit deinem Chef ficken, mit deiner Sekretärin, mit deiner Lehrerin in der 8. Klasse, mit deinem Babysitter. Geh noch ein Stück weiter an den Rand, und du kannst deine Schwester dazunehmen. Vor fünf Jahren war Analsex in. Inzwischen wird Analsex zur Routine, also müssen sich die Magazine ein neues Tabu suchen.« Sie hielt inne und tippte mit dem Fingernagel auf das Photo.

Zutiefst bestürzt wurde mir klar, daß darauf eigentlich die gleiche Szene abgebildet war wie in ›Schmerz‹, nur ohne die Untertöne echter Gewalt. Auf dem ›Hustler‹-Bild waren zwei nackte Mädchen am Strand zu sehen. Eine von ihnen hatte das gemacht, was sie die Spielregeln verletzen nannten, und wurde bestraft. Sie war mit ein paar losen Seilschlingen an einen Pfosten gebunden worden, die Arme über dem Kopf. Alles an dem Bild, von den gestellten Posen bis zu den riesigen Brüsten wirkte komisch, unecht – aber auch hier waren dem Opfer Wäscheklammern an die Brustwarzen geklemmt worden. »Ich weiß nicht genau, wie weit das noch gehen wird«, sagte Candy nachdenklich. »Hoffentlich nicht allzuweit. Ich meine, das da ist nur ein Spiel. Bis zu diesem Punkt kann es Spaß machen. Aber wenn du dir anschaust, was unter der Hand im Internet auftaucht, da gibt es ziemlich heftige Sachen. Wirklich heftig. Manchmal geht es nur darum, mit Dominanz und Unterwerfung zu spielen und sich damit anzuturnen, aber ein Großteil kommt von Männern, die Frauen wirklich hassen. Die uns einfach hassen. Die uns hassen, weil sie uns nicht nach Bedarf ficken können. Für die sind wir keine Menschen.«

»Und was soll ich da machen?«

Candy zuckte mit den Achseln. »Schließlich will auch ein Haufen Leute dein Auto klauen. Ich weiß es nicht. Ich paß einfach auf.«

Ich trank meinen Tee aus. »Candy?«

»Ja?«

»Es tut mir leid, wegen dem, was du mir erzählt hast. Ich wollte mich immer um dich kümmern. Immer. Und es tut mir leid, daß ...«

»He! Schau mich an, ich bin gerade dabei, Hochzeitseinladungen zu verschicken. Bald werde ich Tante. *Tía* Candy. Kein Drama. Du tust immer noch so, als wäre Sex einfach nur schmutzig. Mir macht es Spaß. Und es macht nicht meinen ganzen Lebensinhalt aus, okay?«

»Okay.«

Sie sah mich an. »Himmel. Bald habe ich noch das Gefühl, daß aus mir nichts Rechtes geworden ist.«

Darüber hätte ich gerne gelacht, aber so ganz gelang es mir nicht. »Ich finde, daß eine ganze Menge aus dir geworden ist. Wirklich. Und du hast mir wirklich geholfen, seit das da passiert ist«, sagte ich und deutete auf meinen Bauch.

»He, Frau magna cum laude. Auch um dich muß sich manchmal jemand kümmern, weißt du.« Candy schob ihre Zeitschriften zusammen und stopfte sie in eine Schublade zurück. Über die Schulter hinweg sagte sie: »Übrigens, falls es dir dann besser geht, wir werden den Hurrikan beide überleben.«

»Ein Hurrikan? Hast du davon geträumt?«

»Mhm. Letzte Nacht. Anfangs wußte ich nicht genau, was los war, es herrschte ein schrecklicher Lärm. Wir befanden uns im Garten hinter dem Haus, und es war ein Riesendurcheinander: die ganzen Blumen waren weg, die Bananen hingen mit aufgeplatzter Schale an der Staude. Überall Schlamm. Mitten im Garten hing ein großer, abgebrochener Ast. Dann wurde mir klar, daß der Lärm von Kettensägen stammte. Zig Milliarden Kettensägen, wie an jenem Morgen, nachdem Alicia durch die Stadt gefegt war.«

Ich lehnte mich zurück. Der Hurrikan Alicia war ein Lehrstück in Sachen Freibeuterei und freiem Unternehmertum gewesen. Nach dem Sturm mußte man für einen Zehn-Pfund-Sack Eis zehn bis zwanzig Dollar hinlegen, denn alle versuchten, während des langen Stromausfalls den Inhalt ihrer Kühlschränke zu retten. In manchen Vierteln hatte es volle zwei Wochen gedauert, bis der Strom wieder da war. In Houston werden Lebensmittel im Sommer schnell schlecht. »Es muß doch eine Möglichkeit geben, daraus Profit zu schlagen.«

»Was?«

»Mama hat das getan. Sie hat an der Zukunft Geld verdient. Wir dagegen haben es nie wirklich versucht.«

Candy sah mich an. »Mama hat auch dafür bezahlt.«

»Nun, die Reiter sind sowieso schon in meinem Kopf, und ich habe nicht das geringste davon. Einmal mehr zahle ich Mamas Schulden ab.«

»Toni, nicht. Du würdest nur ... es ist nicht gut, sich darauf einzulassen. So einfach funktioniert die Zukunft nicht.«

»Ich brauche das Geld.«

Sie senkte den Blick nicht.

»Oh«, sagte ich. »O Gott.«

»Was ist?«

»Mary Jo. Ein Hurrikan, Candy. Ihr Haus wird dabei einstürzen. Das hält ihr Dach nie aus. Das Wasser wird ein Meter hoch in ihrem Wohnzimmer stehen.«

»O mein Gott«, sagte Candy. »Dann solltest du wirklich ganz schnell etwas Geld verdienen.«

NEUN

Candy hatte erzählt, daß ich in ihrem Traum entsetzlich fett gewesen sei – danke schön, Schwesterherz –, also mußte der Hurrikan gegen Ende meiner Schwangerschaft über uns kommen, im August oder September. Wenn ich davon ausging, daß es ungefähr eine Woche dauern würde, Mary Jos Dach zu reparieren, mußte ich das Geld dafür spätestens Ende Juli aufgetrieben haben. In etwas mehr als zwei Monaten.

Sollten alle Stricke reißen, konnte ich die American-Express-Goldkarte benutzen, die ich bekommen hatte, als ich bei der Anlageberatung Friesen noch gutes Geld verdiente. Aber ich schwor mir, daß ich eher Autos waschen oder Hamburger wenden würde, als Zehntausende Dollar Schulden zu machen. Mama hat das oft getan: Sie ließ eine enorme Summe auflaufen und rechnete damit, daß ein Wunder geschehen würde. Natürlich konnte Mama ihre eigenen Wunder heraufbeschwören. Allerdings gibt es in diesem Leben nichts umsonst, nicht einmal Wunder. Die Reiter hatten sie für ihre Schulden jedesmal teuer bezahlen lassen.

Ich konnte so nicht leben. Zunächst fehlte mir die entsprechende Begabung. Die Reiter bestiegen mich, wie es ihnen gefiel, und soweit ich das einschätzen konnte, ohne daß ich etwas dafür bekam. Wahrscheinlich stand Mama auch noch in ihrer Schuld, als sie sich aus ihrem Leben davonstahl, und mir blieb es dann überlassen, für die Rechnung aufzukommen.

Und dank Bill Friesen jr. und seinem Bedürfnis, seine Männlichkeit unter Beweis zu stellen, hatte ich auch keinen bequemen Job mehr, auf den ich jahrelang hingearbeitet hatte.

Das Telefon klingelte, als ich von meinem Besuch bei Candy nach Hause kam. »Toni Beauchamp am Apparat.«

»Toni?«

»Bill?« sagte ich. »Bill Friesen jr.?«

»Äh ...«

»Gerade habe ich an Sie gedacht«, fuhr ich fort. »Es waren keine netten Gedanken.«

»Oh. Ähm, hören Sie, Toni, wahrscheinlich sind Sie immer noch wütend auf mich, aber ich brauche Ihre Hilfe.«

»Dann haben Sie wirklich ein Problem.«

»Bitte. Ich bezahle Sie auch.«

»Sie wissen, daß ich jetzt meine eigene Beratungsfirma habe?« Und zwar seit genau einer Sekunde.

»Toni. Ich flehe Sie an. Die Dinge laufen ... Es sieht gerade nicht besonders gut für mich aus.« Er klang verzweifelt. Ich konnte mir sein blinzelndes, rundes Gesicht vorstellen, den ratlosen Gesichtsausdruck, den er zur Schau stellte, wenn etwas schiefging – als könnte er sich aus der Verantwortung schleichen, indem er ein Nickerchen machte, während um ihn herum die Ereignisse außer Kontrolle gerieten.

Ich wollte ihn wirklich nicht sehen. »Einem alten Freund der Familie helfe ich doch immer gern. Mein Honorar beträgt, äh« – denk dir etwas Irrsinniges und Unmögliches aus –, »vierhundert Dollar pro Stunde.«

»In Ordnung. Würde Ihnen jetzt gleich passen?«

Ich ließ das Telefon fallen. »Verdammt, einen Moment ...« Ich hielt es wieder ans Ohr. »Haben Sie mir zugehört, Bill? Ich berechne vierhundert Dollar pro Stunde.«

»Ja, kein Problem – hören Sie, es ist jetzt kurz nach eins, könnten wir uns heute zu einem späten Mittagessen treffen?«

Immer wieder vergaß ich, was für ein Leben die wirklich Reichen führten. Ich hätte mich treten können, weil ich nicht tausend gesagt hatte. »Nun ich bin gerade mit einem Kunden fertig.« Himmel, Toni, du hast schon wieder gelogen. Du wirst Mama mit jedem Tag ähnlicher. »Mittagessen ist vielleicht keine schlechte Idee.«

»Ach, großartig.« Die Erleichterung in seiner Stimme überraschte mich. »Wohin möchten Sie gehen?«

Da Bill bezahlen würde, versuchte ich, mir ein unverschämt teures Restaurant auszudenken, doch statt dessen entschied ich mich für das *Pappadeux*. Für Bills Verhältnisse war es moderat – fünfzehn bis zwanzig Dollar für ein Hauptgericht –, aber ich liebte das Essen dort. Die Gebrüder Pappa waren griechische Einwanderer, die in den Dreißigern nach Houston gekommen waren und ein Restaurant eröffnet hatten. Mit der Zeit wurden sie immer erfolgreicher und eröffneten *Pappasitos*-Texmex-Kneipen, italienische *Pappamia*-Restaurants, ein *Pappa Brothers Steak House* (mit einer Auswahl feiner Zigarren und einem entsprechenden Raucherzimmer) und *Pappadeux*-Fischrestaurants. Nur griechisches Essen bot die Familie Pappa nirgends an.

Das *Pappadeux* ist immer laut und voll mit leitenden Angestellten und aufstrebenden jungen Leuten. Die Bedienung dort ist stets ausgesprochen angenehm. Das Ambiente hatte etwas Yuppiehaftes, was ich sonst überhaupt nicht mag, aber um der Speisen willen nahm ich es in Kauf – denn die sind stets vorzüglich. Selbst ihr Eistee ist überragend.

Als Bill und ich eintrafen, mußten wir eine Viertelstunde auf einen Nichtrauchertisch warten, also ließen wir uns auf Hockern an der Bar nieder und studierten die Speisekarte. Bill bestellte einen Erdbeer-Daiquiri. Ich wollte mich an meine guten Vorsätze halten und nur ein Glas Wasser bestellen. Es gab keinen Grund, meine Schwangerschaftsdiät zu unterbrechen, Koffein führte direkt zu einem untergewichtigen Baby. In dieser Hinsicht war ich nicht die Tochter meiner Mutter. Ich verfügte über Charakterstärke.

»Ein Glas Eistee«, sagte ich. »Und könnten Sie mir bitte einen Limonenschnitz hineintun?«

Wieviel Koffein konnte schon in einem kleinen Glas Eistee sein? Jedenfalls nahm ich mir vor, wegen dieser Schwäche die ganze Zeit ein schlechtes Gewissen zu haben, während ich den Tee trank.

Ohne Alkohol – Alkoholschäden würde ich bei meinem Kind ganz sicher nicht riskieren – war es unmöglich, für Bill eine wirklich horrende Rechnung zusammenzubekommen, aber zumindest konnte ich das Tagesgericht bestellen: gegrillter Mahi-Mahi in Sherry-Sahne-Soße mit Garnelen, Jakobsmuscheln und gerösteten Pecannüssen, mit frischen grünen Bohnen und sogenanntem schmutzigen Reis serviert. (Falls Sie das noch nicht kennen: Schmutziger Reis entspricht in etwa dem gebratenen Garnelenreis, der in guten chinesischen Restaurants serviert wird, allerdings wird das Gericht statt mit Sojasoße mit einem besonders schmackhaften Spritzer Schlamm gewürzt. Es läßt sich nur schwer vermitteln, was daran appetitanregend ist. Vertrauen Sie mir einfach.)

Bill bestellte das gleiche. Sein eiskalter Daiquiri wurde serviert. Er stocherte mit dem Strohhalm darin herum und sah mich dann an. »Sie hatten recht. Am Anfang haben uns ein paar Währungsspekulationen kalt erwischt. Nichts Schwerwiegendes, aber es tat weh. Dann sind wir auf eine Pharmafirma gestoßen, die weit unter Wert gehandelt wurde. Wir haben zugeschlagen. Zwei Tage später hat die Food and Drug Administration ihr wichtigstes Produkt auf die schwarze Liste gesetzt.«

»Worum handelte es sich dabei?«

»Etwas gegen Haarausfall. Hat nicht funktioniert. Erst hat die FDA ihr Okay gegeben, weil es keinerlei Nebenwirkungen hatte, verstehen Sie? Es war nicht giftig.

Dann stellte sich heraus, daß die Firma hinsichtlich der Erfolgsquote ihrer Behandlungen zuviel versprochen hatte. Das Zeug bewirkte nichts. Nichts! Wie Insektenschutzmittel ohne das stinkende Zeug.«

»Sie haben in Haarwasser investiert, Bill?«

»Die Wachstumsrate war einfach zu gut, Toni, wirklich. Die Gewinnspanne, meine ich. Nicht die Haare. Offensichtlich.« Er strich sich über sein eigenes Haar. Es ging langsam zurück und ließ sein Gesicht noch runder erscheinen. Er nuckelte an seinem Strohhalm. »Aber es ist das Ölgeschäft, das mir das Geld aussaugt. Los, sagen Sie schon: ›Ich habe es Ihnen gleich gesagt‹, wenn Ihnen danach ist.«

»Ich habe es Ihnen gleich gesagt.« Einer der Barkeeper stellte uns ein Tablett mit Miniaturbaguettes hin, die in weißes Leinen eingeschlagen waren. Ich schnitt mir eine Scheibe ab und schmierte mir dick Butter darauf. Fett ist gut für Babys. Wirklich. Sie können es nachschlagen. »Sie bezahlen eine Menge Geld für meinen Rat, Bill. Lassen Sie mich die Einzelheiten hören.«

Sie waren nicht schön. Vor ungefähr einem Jahr hatte Jim Edmonds, ein Freund von Bill sen., bei ihm vorgesprochen – er wollte seine Firma verkaufen. Er hatte eine Menge Geld in ein Stück Land im Hill Country nicht weit von Fredericksburg investiert. Die geologischen Untersuchungen ergaben eine hohe Wahrscheinlichkeit für ein großes Ölvorkommen. Das Öl lag tief unter einer ordovizischen Felsformation, in einer Tiefe von ungefähr dreitausend Metern. Edmonds ließ probeweise an vier Stellen bohren. An zweien trafen sie. Eine fast erschöpfte Ölquelle brachte zehn Barrel am Tag, eine andere dagegen dreihundertundzwanzig. Es sprudelte nicht gerade wie von selbst, aber die Fördermenge konnte sich sehen lassen. Er verdiente ausgesprochen viel Geld mit einer Reihe von Ölquellen, die er für einen Apfel und ein Ei in Kuba gebohrt hatte, also beschloß er, sowohl Hill Country als auch Kuba zu führenden Plays auszubauen. Er erhöhte die Bohrquote an beiden Stellen und startete den Hill-Country-Play mit zehn Ölquellen, als der Präsident Kuba mit einem Embargo belegte. Jetzt konnte Edmonds nicht nur seine – bereits gekaufte – neue Ausrüstung nicht mehr nach Kuba hineinbringen, er bekam auch das Öl von seiner bereits existierenden Quelle nicht mehr heraus. Seine Darlehen wurden fällig, und er mußte plötzlich feststellen, daß er sich übernommen hatte. Er war effektiv pleite, obwohl er funktionstüchtige Anlagen im Wert von Hunderten von Millionen Dollar besaß, die auf ausgesprochen ergiebigen Ölfeldern standen.

Also ging er zu Bill sen., der ihm erklärte, er sei in keinem Alter mehr, in dem ihn so etwas interessieren würde. Er sei damit zufrieden, sein Geld in staatlichen Schatzwechseln anzulegen, sich nebenbei mit dem Markt zu beschäftigen und zuzuschauen, wie seine Offenen Fonds im Wert stiegen. Außerdem spielte er viel Golf. Bill jr. war da etwas ehrgeiziger. »Ich wollte einmal etwas *tun*. Papa verhielt sich dabei ziemlich sonderbar, er sagte nicht viel dazu ... Ich dachte mir, vielleicht stellt er mich auf die Probe. Vielleicht will er wissen, ob ich den Mut aufbringe, eine eigenständige Entscheidung zu fällen.«

»Also haben Sie den Hill-Country-Play gekauft. In der Woche, als Mama gestorben ist, wie ich mich erinnere.«

»Das ist richtig.«

»Für wieviel?«

Bill senkte seinen Blick. »Einhundert Millionen.«

»Was! Unser Wert belief sich nur auf fünfundsechzig Millionen, und das einschließlich unserer eigenen Verpflichtungen!« Mir fiel auf, daß Friesen für mich wieder zu ›unserer‹ Firma geworden war. Soviel zu Antoinette Beauchamp, unabhängige Beraterin.

»Sie können es sich ausrechnen, Toni. Er hatte zehn weitere Bohrlöcher in Auftrag gegeben. Falls sieben von ihnen fündig würden, selbst mit nur hundert Barrel am

Tag, hätten wir das Geld in kürzester Zeit wieder herausgeholt.«

»Falls«, sagte ich. Bill wandte den Blick ab. »Also gut. Erläutern Sie mir die Finanzierung.«

»Die einhundert Millionen habe ich bei der Bank aufgenommen.«

»Mit Sicherheiten für fünfundsechzig Prozent? Zu acht Prozent Zinsen?« Ich kramte meinen Taschenrechner aus der Handtasche.

»Siebzigprozentig abgesichert, zu acht Prozent, allerdings ohne Zinseszins.«

»Gutes Geschäft. Immerhin das haben Sie richtig gemacht.«

»Der Bankier war ein Freund von Papa.«

»Aha. Weiter.«

Die übrigen dreißig Millionen des Bankdarlehens waren ohne Sicherheit zu elf Prozent aufgenommen worden, aber gegen die Firma. Das bedeutete, daß die Anlageberatung Friesen allein haftbar war, wenn das Geschäft sich als Fehlschlag erwies; Bill jr. würde unangetastet davonkommen.

»Soviel zum Kauf der Firma. Wie steht es mit der Fertigstellung der neuen Ölquellen?«

Bill antwortete nicht sofort. Unsere Hauptgerichte trafen in einer Wolke duftenden Dampfes ein. Ich probierte einen Happen Mahi-Mahi und schloß selig die Augen. Nach drei Monaten mit Nudelsuppen, Hamburgern und Roten Bohnen mit Reis war der Geschmack des Restaurantessens überwältigend.

Bill hatte noch immer nicht geantwortet. Ich öffnete die Augen und sah ihn an. Dann glotzte ich ihn an. Dann kniff ich die Augen zusammen. »Oh. Oh, Bill. Sie haben Risikoanleihen ausgegeben, stimmt's?«

»Wir hatten es fast geschafft, Toni. Ich brauchte nur noch weitere fünfunddreißig Millionen, um die Bohrungen abzuschließen.«

»Was haben Sie angeboten?«

»Dreizehn Prozent.«

Ich bat einen Barkeeper, der gerade vorbeikam, um zusätzliche Servietten und fing an, mir darauf Notizen zu machen. »Also gut. Aber woher bekamen Sie das Geld, um die Anleihen abzusichern?«

»Das habe ich von einem privaten Investor geliehen. Fünf Millionen zu siebzehn Prozent. Die Ausgabe der Anleihen lief gut. Sie haben fünfzig Millionen eingebracht.«

»Siebzehn Prozent! Was haben Sie als zusätzliche Sicherheit verwendet?« Ich schrieb die Zahl auf meine Serviette. »Oh. Bei dem Prozentsatz müssen Sie sie auf Ihren Namen aufgenommen haben.«

Bill nickte unglücklich.

»Oje. Na gut, wie sehen die Termine für Ihre Rückzahlung aus?«

Die Sache wurde immer übler. Zwischen einzelnen Happen widmete ich mich meinem Taschenrechner und versuchte, mein Gekritzel auf der anderen Seite der Serviette zu ordnen.

Die Friesen AG schuldet
der Bank 70 Mio zu 8% (Laufzeit: 30 Jahre) =
$ 515.451,72 monatlich
der Bank 30 Mio zu 11% (Laufzeit: 30 Jahre) =
$ 287.049,49 monatlich

802.501,21 monatlich an die Bank

Plus
50 Mio in Anleihen zu 13% =
3,25 Mio halbjährlich an die Obligationsinhaber

Bill jr. schuldet
5 Mio selbstschuldnerisch zu 17% über 5 Jahre =
$ 125.106 monatlich

»Bill, wieviel Öl fördern Sie?«

»Siebenhundertundvierzig Barrel am Tag.«

Ich tippte auf meinem Taschenrechner herum. Überprüfte die Ergebnisse zweimal. »Wow. Ich wollte Ihnen eigentlich ins Gesicht lachen, nachdem Sie mich gefeuert haben und so weiter. Aber das ... Sie werden die Firma Ihres Vaters verlieren.« Ich blickte auf. »Jetzt verstehe ich, warum es keine große Sache ist, vierhundert Dollar für mich auszugeben. Was ist mit den hundertfünfundzwanzigtausend, die Sie auf Ihren Namen aufgenommen haben, wie bringen Sie die auf?«

»Als mein Vater in meinem Alter war, gehörten ihm acht Ölquellen. Und er hatte mit nichts angefangen.«

»Vermutlich haben Sie sich aus den Mitteln der Firma eine deftige Gehaltserhöhung gegönnt.« Ich aß weiter. Jetzt tat es mir leid, daß ich das teuerste Menü auf der Speisekarte bestellt hatte. Bill saß gebeugt neben mir auf seinem Hocker, groß und fleischig. Die Niederlage war seinen schlaffen Schultern anzusehen. »Ach, Bill. Bargeld ist kalt, das wissen Sie doch. Sie können keine Entscheidungen fällen, um Ihren Vater zu beeindrucken.«

»Ich wollte den alten Schweinehund nicht beeindrucken.«

Ich aß.

»Wissen Sie, nachdem wir Aktien von dieser Haarwasserfirma gekauft hatten, hab ich mir eine Flasche von dem Zeug besorgt.« Bill rieb sich mit seinen Knöcheln über die Stirn, die sein zurückgehender Haaransatz bloßgelegt hatte. »Hat einen Scheißdreck gebracht. Das ganze Fiasko ist völlig typisch für mich, oder?« Ich biß mir auf die Lippen. Bill schüttelte den Kopf, verlegen und belustigt, und zum ersten Mal seit Monaten wurde mir wieder bewußt, warum es sich die meiste Zeit gut für ihn arbeiten ließ. »Toni, ich bin ein Narr gewesen. Mein Vater war Bill Friesen. Und ich bin nur ... junior. Also gut, ich hab es kapiert.« Er erwiderte meinen Blick. »Ich weiß, was Sie sagen ... was du sagen wirst, du wirst mir erklären, daß selbst Bill Friesen nicht Bill Friesen war – er war Elena Beauchamp, in jeder entscheidenden Hinsicht jedenfalls. Er war nur ein weiterer Verkäufer, wie dein Vater. Nur mit einer reicheren Kundschaft. Ich habe mich geirrt, es tut mir leid. Ich krieche zu Kreuze.«

»Bietest du mir einen Job an, Bill?«

»Nein. Das kann ich mir nicht leisten. Gestern habe ich Kennedy entlassen. Im Büro sind wir jetzt nur noch zu dritt. Aber ich werde dir einen Job anbieten, deinen alten Job, sobald die Firma wieder auf festen Füßen steht.« Er legte seine Gabel auf den Tisch. »Heb den Fluch auf, Toni. Ich flehe dich an.«

»Bill! Bill, es gibt keinen Fluch. Es gab nie einen. Mama konnte das, nicht ich.«

»Ich weiß noch genau, wie du meine Firma mit einem Fluch belegt hast«, sagte er leise und wurde rot dabei. »Ich kann mich an jedes einzelne Wort erinnern, Toni, und es ist alles eingetroffen. Die Sache mit der Währung. Die versiegenden Ölquellen.«

»War da nicht auch noch etwas mit Flecken auf dem Teppich?«

»Ja, richtig. Ich habe vergessen nachzusehen.«

»Bill! Reiß dich zusammen. Ich schwöre dir feierlich, daß es keinen Fluch gegeben hat.« Aber tief in mir drin mußte ich daran denken, wie es sich angefühlt hatte, als der Prediger sich in meinen Kopf aufhielt, sein Geruch nach alten Büchern, als ich im *Spindletop* meine Verwünschung ausgesprochen hatte. »Selbst wenn Mamas Gespenster einen Fluch gewirkt haben sollten, habe ich nicht die geringste Ahnung, wie ich ihn aufheben sollte.«

»Das sind traurige Nachrichten«, sagte Bill.

War es möglich, daß es mir tatsächlich gelungen war, die Anlageberatung Friesen in den Ruin zu treiben? Ich verspürte ein mit Schuldgefühlen durchmischtes Gefühl von Macht. Es läge eine gewisse Ironie darin, wenn ich die einzige Sache zerstört hätte, die Mama jemals geschaffen hatte. »Entschuldige mich bitte«, sagte ich und glitt von meinem Hocker, »ich bin gleich wieder da.«

Ich benötigte einen Augenblick für mich, um über die Situation nachzudenken. Außerdem mußte ich ehrlich gesagt auch pinkeln. Eine Sache hatte ich schnell gelernt: Während der zweiten Hälfte einer Schwangerschaft mußt du dauernd pinkeln. Mit einer gewissen grimmigen Freude erklärten mir meine Bücher: Je größer das Kind wurde, desto unerbittlicher würde es auf die Blase drücken, bis ich schließlich kaum noch einen Tropfen Urin würde zurückhalten können.

Bill runzelte die Stirn, als ich auf meinen Platz zurückkehrte. »Du hast keine Margarita bestellt.«

»Ist das gegen das Gesetz?«

»Du hast immer eine Magarita bestellt, wenn wir hierhergegangen sind.«

»Mir war nicht danach.«

»Du bist schwanger, stimmt's? Das ist mir aufgefallen, als du aufgestanden bist. Vorhin habe ich nicht darauf geachtet. Ich habe mich gefragt, ob du vielleicht einfach, äh ...«

»Fett wurdest.«

»Aber dann ist mir die Margarita eingefallen.«

Für Bill war das ungewöhnlich aufmerksam. Ich war überrascht. »Es sind fast sechs Monate«, sagte ich, um seiner Frage zuvorzukommen. »Am zwanzigsten September ist es soweit. Ein Mädchen.«

»Wow. Ich kann mir dich nur schwer als Mutter vorstellen. Wow.« Bill wurde blaß. »Warst du ... wußtest du im *Spindletop* schon Bescheid?«

»Ja.«

»Himmel, Toni, das wußte ich nicht. Das hättest du mir sagen müssen! Wenn ich das gewußt hätte, hätte ich dich nie und nimmer entlassen.«

»Bill Friesen, es lag nicht in meiner Absicht, dir irgendwie verpflichtet zu sein.«

»Um Gottes willen, Toni, das hat nichts mit Barmherzigkeit zu tun, das ist einfach eine Frage der Nächstenliebe.« Er schüttelte den Kopf und schaufelte sich verstimmt eine weitere Ladung seines Mahi-Mahi in den Mund. Er hatte ganz schön zugelangt, während ich auf der Toilette gewesen war. Bills Herz mochte brechen, weil er die Firma seines Vaters zu verlieren drohte, aber auf seinen Magen konnte er sich verlassen. »Dein Problem ist, daß du in allem das Schlechte suchst. Wenn ich einem Bettler auf der Straße zehn Mäuse gäbe, würdest du sagen, daß es mir nur darum ginge, dich zu beeindrucken oder mein Gewissen zu beruhigen oder hintenrum anzugeben.«

»Wohl wahr.«

Eine grüne Bohne wackelte zwischen seinen breiten Lippen, als er den Kopf schüttelte. »Da irrst du dich. Vielleicht wären all diese schleimigen Vermutungen wahr, aber es wäre auch wahr, daß es mir darauf ankommt, jemandem zu helfen. Noch am ehesten sogar. Nicht alles beschränkt sich auf den schönen Schein, den du durchschaust, Toni. Du glaubst einfach immer, daß nur die häßlichen Dinge wahr sind.«

»Bisher bin ich damit klargekommen, Cowboy.«

»Wirklich?« Bill hielt seinen Daiquiri mit seiner großen Pranke umklammert. »Willst du *das* deiner Tochter beibringen? Denk daran, deinen Schal anzuziehen, sonst holst du dir eine Lungenentzündung und stirbst. Schau nach links und rechts, um den Tag hinauszuschieben, an dem du von einem betrunkenen Autofahrer überfahren wirst. Sprich nicht mit Fremden, die wollen nur ...«

»Hör auf. Laß mein Kind aus dem Spiel.«

Bill nahm den letzten Bissen Fisch und schlürfte seinen Daiquiri. »Deine Mutter hat mir immer höllische Angst eingejagt.«

»Mir auch.«

»Genau darauf will ich hinaus. Du hast Angst, Toni. Du hast die ganze Zeit Angst. Vielleicht versuche ich, meinen Vater zu beeindrucken, aber zumindest laufe ich nicht vor den Gespenstern meiner Mutter davon.«

Ich gab Bill den Rat, seine persönlichen Schulden so schnell wie möglich zurückzuzahlen, damit nur noch die Firma haftbar war. Dann empfahl ich ihm, die Bohrungen im Hill Country abzuschließen, und wenn es sein mußte, noch weiter zu bohren, bis er auf eine natürlich sprudelnde Ölquelle stieß oder die Bank die Darlehen kündigte. »Irgendwie habe ich erwartet, daß du mir etwas konservativere Ratschläge erteilst«, sagte er mit der Andeutung eines Lächelns. »Staatsanleihen. Aktienoptionen. Eine Restrukturierung.«

»Konservative Ratschläge werden dich nicht retten«, erwiderte ich. »Dafür steckst du zu tief drin.«

»Das rätst du mir wirklich?«

»Aber sicher. Und damit du siehst, wieviel ich davon halte, bekommst du sie völlig kostenlos. Vergiß die vierhundert Dollar.«

Er lachte. »Darf ich zumindest das Mittagessen bezahlen?«

»Herr Friesen«, sagte ich. »Sie dürfen sogar das Trinkgeld übernehmen.«

Wenn es etwas gab, das ich haßte, dann waren das Schulden. Bei der Anlageberatung Friesen hat mir das keine Freunde eingebracht. Derselbe Bill jr., dem es nicht peinlich war, einen Peachy Keen zu bestellen, war stets bereit, die Zukunft mit einer Hypothek zu belasten, wenn er heute etwas haben wollte. Fairerweise muß ich sagen, daß uns die Achtziger genau das gelehrt haben: Suchen Sie sich Ihr Ziel, schlagen Sie mit geliehenem Geld zu, kassieren Sie Ihren Gewinn, und wenden Sie sich anderem zu. Solange alles im Wert steigt, ist das eine gute Taktik. Eine Hausse begünstigt die Kühnen.

Leider hatte ich meine kurzfristigen Ersparnisse vollständig aufgebraucht – die Schwangerschaft und Mamas letzte Abrechnung mit dem Finanzamt. Ich mußte sogar einen meiner Offenen Fonds verkaufen. Alle meinen übrigen Ersparnisse waren an meine Rentenkasse gebunden, und an das Geld kam ich erst mit zweiundsechzigeinhalb heran! Was hatte ich mir nur dabei gedacht? Bis dahin war meine Tochter erwachsen und hatte selbst Kinder. Womit sollte ich ihren Arzt bezahlen, ihren Zahnarzt und ihr College?

Von einem Vater ganz zu schweigen. Das war gar nicht so einfach. Sogar für Candy, bei all ihrer Schönheit und ihrem Charme – sogar für Candy war die Liebe schlußendlich nicht einfach. Ich mußte wieder an ihre Zeitschriften denken, an Candy als Teenager, wie sie an der Ecke auf Männer wartete und ich so mit mir selbst beschäftigt war, daß ich nichts mitbekam. Sie war das erste Baby gewesen, für das ich hatte sorgen wollen, die hübsche Candy. Ich betete darum, daß ich es bei dem kleinen Mädchen in meinem Bauch besser machen würde.

So gut wie Candy hatte ich nie ausgesehen. Angesichts dessen, was ich jetzt wußte, war ich nicht mehr so sicher, ob ich bereit gewesen wäre, den Preis zu entrichten, den ihre Schönheit von ihr gefordert hatte. Vielleicht sind alle Geschenke, die wir erhalten, wie die Reiter. Vielleicht fordern alle Geschenke, die wir erhalten, ihren Preis.

Ich würde mehr als ein Negligé benötigen, um einen Mann anzulocken und an mich zu binden. Falls ich mir dessen noch nicht bewußt gewesen war, hatte mein peinliches Rendezvous mit Greg es gezeigt. Wie Mary Jo gesagt hatte: Wenn eine Frau wahre Liebe finden wollte, sollte sie besser über eigenes Geld verfügen. Es hat schon seinen Grund, warum die ganzen Mädchen in den Märchen Prinzessinnen sind. Nur wer über ein Privatvermögen verfügt, kann auf den Märchenprinz warten.

Ich mußte mir eine Einkommensquelle verschaffen.

Auf dem Heimweg von dem Treffen mit Bill sagte ich mir, daß ich nicht mehr darauf warten konnte, bis irgendein Prinz zu meiner Rettung herbeieilte. Ich mußte mich jetzt selbst retten. Zu Hause angekommen, holte ich meinen Taschenrechner aus meiner Handtasche und schlug den Notizblock auf, in dem ich meine Aktienportefeuilles und Terminkontrakte durchgespielt hatte. Oben in meinem Zimmer schaltete ich im Fernsehen CNBC ein und machte mir systematisch Notizen über die Preise an der Börse, die im Zehn-Minuten-Takt am unteren Rand des Bildschirms entlangliefen. Ich suchte nach einer Möglichkeit, mit der eine Frau mit meiner Ausbildung von zu Hause aus Geld verdienen konnte, und zwar ohne eine hohe Anfangsinvestition. Für Aktien muß man normalerweise den vollen Preis bezahlen. Bei Terminkontrakten dagegen wird mit einem relativ geringen Kapitaleinsatz ein großes Volumen bewegt. Falls ich mich wirklich traute, waren Terminkontrakte meine beste Chance.

Ebenso wie sich das Herz des Aktienmarktes in New York befindet, werden alle wichtigen Terminkontrakte in Chicago abgeschlossen. Terminkontrakte sind ursprünglich entstanden, um Farmer und ihre Käufer vor den maßlosen Fluktuationen des Marktes zu schützen. Allerdings kann ein Käufer auch mit einem Terminkontrakt auf den Markt gehen und sagen: »Ich möchte Weizen verkaufen, der im Juli oder Oktober geliefert wird. Was bekomme ich dafür?« Er verkauft den Weizen, bevor er angepflanzt wird. Sowohl der Farmer als auch der Käufer können ihr Budget entsprechend planen. Der Farmer weiß, daß sein Preis stabil bleiben wird, auch wenn es in diesem Jahr eine Weizenschwemme gibt. Der

Käufer weiß, daß weder eine Trockenheit noch eine Überschwemmung den Preis nach oben treiben können.

Spekulanten kaufen und verkaufen Kontrakte für Rohstoffe, Waren und Aktien. Zum Beispiel: Heute war der fünfzehnte Mai. Angenommen, ich kaufe einen Kontrakt für fünftausend Scheffel Juli-Weizen für einen Dollar pro Scheffel. Wenn sich der Preis, der morgen für Juli-Weizen geboten wird, auf ein Dollar zehn pro Scheffel beläuft, könnte ich den Kontrakt verkaufen. Ich hätte an jedem Scheffel zehn Cent verdient, ein Gewinn von 500 Dollar.

Das war jedenfalls die Theorie.

Noch eine ganz kurze Erläuterung: Sie haben vielleicht davon gehört, daß man hinsichtlich einer Ware *long* oder *short* sein kann. Wenn man hinsichtlich einer Ware *long* ist, bedeutet das, daß man einen Kontrakt gekauft hat und damit rechnet, daß er im Wert steigt. Wenn sein Wert so hoch ist, wie man erwartet hat (oder so hoch, wie Ihre Nerven es aushalten), verkauft man ihn und kassiert den Gewinn. Wenn man andererseits *short* ist, verkauft man den Kontrakt für eine bestimmte Ware, bevor man sie überhaupt gekauft hat, mit dem Versprechen, einen entsprechenden Kontrakt zu einem späteren Zeitpunkt zu kaufen. Offensichtlich entscheidet man sich für *short*, wenn man etwas für überbewertet hält und mit einem Preisverfall rechnet. Um das Beispiel von eben zu verwenden: Wenn ich meine fünftausend Scheffel Weizen für einen Dollar pro Scheffel verkaufen und dann drei Tage lang warten würde, um den Kontrakt zu erfüllen, indem ich den Weizen für 90 Cent pro Scheffel erwarb, hätte ich erneut zehn Prozent Gewinn erwirtschaftet, insgesamt 500 Dollar.

Natürlich hüpfen die Preise in Wirklichkeit wie ein Frosch auf einem heißen Blechdach. Märkte, die den Eindruck erwecken, als würden sie ständig im Wert steigen, fallen, wenn man es am wenigsten erwartet, während andere anziehen, dann gerade so viel fallen, daß sie einen zum Verkauf treiben, und dann schießen sie wieder hoch. Selbst Spekulationsexperten verlieren in sieben von zehn Handelsaktionen Geld.

Trotzdem, es ist ausgesprochen schwierig, mit Offenen Fonds oder anderen vergleichsweise sicheren Investitionen schnell viel Geld zu verdienen. Wenn man ganz gezielt in Aktien investiert, kann man stratosphärische Renditen erwirtschaften – falls das Timing stimmt. Sofern man jedoch kein großes Glück hat, benötigt man allerdings mehr Insiderinformationen als ich. Also: Warenterminkontrakte.

Während der nächsten Tage beschäftigte ich mich ausgesprochen ernsthaft mit Wertpapieren und Devisen. Ich beobachtete die Laufschrift auf CNBS, suchte mir etwas aus, das im Wert zu steigen schien, und spielte einen Kauf durch. Mein erster Devisenhandel war ein Kontrakt für die Deutsche Mark. Ich kaufte sie um 10.20 Uhr zu 0,6772. Um 11 Uhr war sie bei 0,6781 und stieg weiter. Um 11.40 schien sie einzubrechen, und ich verkaufte für 0,6785. Da sich jeder DM-Kontrakt auf 125Deutsche Mark beläuft, hatte ich einen imaginären Gewinn von 162,50 Dollar erwirtschaftet. (Wäre dies tatsächlich ein Handel gewesen, wäre mein Nettogewinn niedriger gewesen, denn ich hätte eine Courtage bezahlen müssen: 20 Dollar bei einem Discount-Makler oder bis zu 100 Dollar bei einem regulären Makler.)

Als die Laufschrift um 11.50 Uhr das nächste Mal vorbeirauschte, war die Deutsche Mark wieder auf 0,6790 gestiegen. Diese Entwicklung setzte sich den ganzen Nachmittag hindurch fort, und zwanzig Minuten bevor die Börse in Chicago ihre Tore schloß, hatte sich die DM bei 0,6796 stabilisiert. Wäre ich bis zum Schluß drangeblieben, hätte ich 300 Dollar verdienen können.

»Aber wenn der Kurs weiter gefallen wäre«, sagte Papa an jenem Abend beim Essen, »hättest du wahrscheinlich Geld verloren. Wenn du über etwas mehr Kleingeld verfügst, kannst du dir etwas mehr Zeit lassen. Im Augenblick kannst du das nicht riskieren.«

»Nein, ich habe es vermasselt«, erwiderte ich mürrisch. »Das ist wie beim Schlagen: Selbst die besten Händler treffen nur dreimal von zehn Malen. In den Büchern steht, daß man seine fallenden Aktien so schnell wie möglich loswerden und aus steigenden soviel wie möglich rausholen muß.«

»Hm«, sagte Papa. »Eine Frage der Trefferquote.«

»So ungefähr.«

Mit ganzer Kraft widmete ich mich der Börse. Ich holte Schwagers ›Umfassenden Führer für Terminkontrakte‹ aus der Bibliothek und studierte ihn wie die Heilige Schrift. Als ich kein einziges Wort mehr über die Feinheiten des Sojabohnenvertriebsnetzes aufnehmen konnte oder über die Rolle des japanischen Marktes für den Kupferhandel, las ich ein zweites Mal Edwin Lefèvres klassisches, tragisches, aufregendes ›Das Spiel der Spiele‹ und hoffte, daß es mir Mut machen würde. Ich ließ den Fernseher die ganze Zeit ohne Ton an. Bis nach Mitternacht hockte ich über dem ›Wall Street Journal‹ und wachte im Laufe der Nacht alle paar Stunden auf und starrte es von meinem Kopfkissen aus an. Mein Transaktionsbuch lag vierundzwanzig Stunden – neben meinem Bett und anderswo – bereit, für den Fall, daß sich eine Idee einstellen sollte.

Ich fing mit einer Spielkasse in Höhe von sechstausend Dollar an. Das waren Mary Jos Ersparnisse sowie alles, was von meiner Rente übrigblieb, nachdem ich die Strafgebühren für vorzeitige Auszahlung entrichtet hatte. Ursprünglich hatte ich vorgehabt, mit nur fünftausend einzusteigen, aber allmählich sah ich, daß man mit Kaffee Geld verdienen konnte, und ich wollte in der Lage sein, davon zu profitieren, sobald sich eine Gelegenheit bot. Ein Kaffeekontrakt kostete nur 3150 Dollar, aber ich fand heraus, daß ich darüber hinaus eine Sicherheitsleistung von einigen tausend Dollar auf meinem Konto bereithalten mußte, um eventuelle Verluste zu decken. (Allgemein galt: Je größer die Volatilität einer Ware war, desto höher war die Sicherheitsleistung für einen einzelnen Kontrakt.)

Ich zermarterte mir unablässig den Kopf über mögliche Abschlüsse, dabei verfügte ich nur über genügend Geld, um gleichzeitig in ein oder zwei Kontrakte einzusteigen. Entsprechend beschränkte ich meine Börsenspiele auf fünf oder sechs Kontrakte am Tag. Trotzdem handelte ich während der nächsten beiden Wochen mit einer erstaunlichen Bandbreite von Dingen: Kaffee, Kupfer, Sojabohnen, Schweinebauch, Schweizer Franken, Japanischen Yen, Deutscher Mark – die Deutsche Mark zog mich magisch an –, bleifreiem Benzin und gefrorenen Orangensaftprodukten (jeder Kontrakt umfaßte 10000 Kilo gefrorenes Orangenkonzentrat, die Ladung eines ganzen Tankwagens!).

Ich war ein nervöses Wrack, schlaflos und erschöpft. Andererseits befand ich mich in Hochstimmung. Der Börsenhandel war für mich ein Kick wie nichts zuvor. So fühlten sich wohl Menschen am Roulettetisch oder auf der Rennbahn. Als Aktuarin hatte ich mich bisher darauf beschränkt, das Schlimmste zu befürchten. Die Bilanz einer Aktuarin läuft unterm Strich immer auf Tod und Steuern hinaus. Jetzt spielte ich mit dem Weltmarkt und hatte das Gefühl, als sei ich in den Wirbelwind des Lebens gesprungen – ein Tornado, der braust und summt, während die Preise steigen und fallen, Waren und Geld den Besitzer wechseln, Imperien kommen und gehen. Jede Stunde raste mit ihrer Ladung Panik und Blutgier und Habsucht und Angst dahin. Was für ein Trip!

Ich zauderte einige Tage lang und versuchte, mich für einen Discount-Makler oder einen regulären Makler zu entscheiden. Ein regulärer Makler gibt Ratschläge. Er wird Sie gut behandeln. Man kann ihm Anweisungen hinterlassen, wenn man in Urlaub fährt, damit er bei einem bestimmten Preis verkauft oder kauft. Er gibt einem Rückendeckung. Dafür berechnet er für jede Rundreise 100 Dollar, das heißt für jeden einzelnen An- und Verkauf eines Kontraktes.

Ein Discount-Makler wird Sie weder gut behandeln noch Ihnen Rückendeckung geben. Ein Discount-Makler stellt nur eine Stimme am anderen Ende der Telefonleitung zur Verfügung, die ihre An- und Verkaufsaufträge an einen Boten weiterleitet, der sie in Chicago in den Ring hinabbringt, wo irgendein armer, brüllender Sünder, der keine andere Anstellung finden kann, Ihren Auftrag so lange brüllt, bis er die Aufmerksamkeit eines Käufers oder Verkäufers erregt.

(Solche *floor trader* in Chicago führen kein glückliches Leben. Sie sind den ganzen Tag auf den Beinen und brüllen; unter ihnen ist Kehlkopfkrebs weit verbreitet. Ihre Arbeit fördert hohen Blutdruck in einem solchen Maß, daß *floor trader* die gleichen Versicherungsgebühren bezahlen wie Fallschirmspringer; das war mir aufgefallen, als ich für meine Aktuarsprüfung Sterblichkeitsziffern und Prämienansprüche gebüffelt hatte. *Floor trader* erleiden außerdem ausgesprochen häufig Bleistiftverletzungen, die ihnen von Leuten zugefügt werden, die rumrennen und wild herumfuchteln – ob Sie es glauben oder nicht.)

Bei einem Discount-Makler müssen Sie den Ticker selbst im Auge behalten und jeden Kauf oder Verkauf in Echtzeit telefonisch durchgeben. Wenn Sie einschlafen und dabei Ihre ganzen Ersparnisse verlieren, ist das Ihr Problem. Allerdings berechnet ein Discount-Makler auch nur 20 Dollar für eine Rundreise.

Ich entschied mich für einen Discount-Makler. Meine Gewinnspannen machten es erforderlich, daß ich selbst wachsam blieb.

Nachdem ich zwei Wochen lang Börsenspiele betrieben hatte, waren aus meinen sechstausend Dollar Spielgeld 9 370 Dollar geworden. Jetzt konnte ich mich ins Rennen stürzen. Ich suchte mir einen Makler und studierte das ›Handbuch weltweiter Terminkontrakte‹, das er mir faxte. Ich wollte am Montagmorgen meinen ersten echten Handel abschließen, sobald die Börse eröffnet hatte.

Am Freitagnachmittag beschloß ich, mich noch mit einigen letzten imaginären Devisengeschäften zu amüsieren, die ich übers Wochenende halten und am Montagmorgen flüssig machen wollte.

Es war mir nicht klar gewesen, wie nervenaufreibend es sein würde, ein Geschäft während des ganzen Wochenendes laufen zu haben. Am Freitagabend fiel mir ein, daß eine G7-Konferenz, die gerade in Paris stattfand, enormen Einfluß auf meine Spekulationen haben konnte. Ich kaufte europäische Zeitungen, um den Verlauf der Handelsgespräche zu verfolgen, und haßte die Briten dafür, daß sie den deutschen Kanzler unter Druck setzten. In Deutschland eröffnete die Börse am späten Sonntagnachmittag – Houstoner Zeit –, aber ein kleiner Akteur wie ich würde erst dann Zugriff erhalten, wenn Chicago am Montagmorgen eröffnete.

In der Nacht von Sonntag auf Montag verlor ich acht Stunden Schlaf und siebentausend Dollar, weil die G7-Regierungschefs beschlossen hatten, gegen den hohen Wert des Dollar vorzugehen. Mein imaginärer Vorrat war auf 2 440 Dollar geschrumpft. Ich konnte nur noch einen einzigen billigen Kontrakt einkaufen, Devisen oder bleifreies Benzin. Nur ein Fehler, und ich war aus dem Spiel.

Und so saß ich den ganzen Tag in qualvoller Unentschlossenheit da, mit 2 440 Dollar imaginären Dollar in meinem Notizbuch und 6 000 Dollar echten auf dem Konto meines Maklers. Beim Weizen sah ich eine Gelegenheit, die ich noch letzte Woche, als ich gewann, sofort beim Schopf gepackt hätte. Jetzt wagte ich es nicht. Den ganzen Montag hindurch sah ich zu, wie der Preis für Weizen aufwärtsholperte. Wenn ich morgens gekauft und kurz vor Börsenschluß verkauft hätte, wäre ich jetzt um fast sechshundert Dollar reicher. Allerdings hatte es im Laufe des Tages auch sechs oder sieben Augenblicke gegeben, in denen ich substantielle Verluste gemacht hätte, wäre ich ausgestiegen – und ich *wäre* ausgestiegen. Ich kannte mich. Ausgelaugt, wie ich war, durfte ich nicht verlieren, und so konnte ich auch nicht gewinnen.

Ich schaltete den Fernseher aus und kaufte mir eine Zeitung, um die Stellenanzeigen durchzuschauen. Für meine Qualifikationen gab es keine Arbeit. Egal, mit welchen Qualifikationen, es gab keine Arbeit! Sofern die Position ein Mindestmaß an Grips voraussetzte, mußte man sieben Jahre Berufserfahrung vorweisen können, um sich zu bewerben.

Ich schaltete den Fernseher wieder ein, um zu erfahren, was mit der Deutschen Mark passierte.

Ich kochte Hühnersuppe für Papa und aß sie selbst, als mir einfiel, daß er wieder unterwegs war. Ich hatte nicht bemerkt, wie er gegangen war.

Einer der Pitcher der Astros hatte ein entscheidendes Spiel vermasselt.

In jener Nacht fand ich keinen Schlaf. Ich ging noch einmal alle meine Wertpapier- und Devisengeschäfte durch. Ich ordnete Informationen in einer Excel-Tabelle, um einen Überblick zu bekommen, was auf dem Markt in den zwei Wochen los gewesen war, während derer ich mir Notizen gemacht hatte. Ich beobachtete den Ticker und versuchte, alle wichtigen Mitspieler im Auge zu behalten: Devisen, Kaffee, Kakao, Kupfer, Soja, bleifreies Benzin, Weizen, Mais, Schweinebauch, Orangensaft ... Der Morgen brach an, während ich die Schwankungen des S & P

Future-Index in einer Graphik festhielt. Mit 14 000 Dollar lag der S & P weit außerhalb meiner Reichweite, aber eine Menge Leute machten damit Geschäfte.

Ich konnte noch immer nicht schlafen.

(Es ist abends um halb zehn. Mama ist gerade von einem Treffen mit Bill Friesen zurückgekommen. Diese späten Treffen finden nur statt, wenn Papa nicht in der Stadt ist. Mama sieht müde aus, und ihr Make-up ist verschmiert. »Wo ist deine Schwester? Hast du ihr Abendessen gemacht? Was schreit sie so rum?«

»Ich habe sie in ihrem Zimmer eingesperrt. Warum mußt du soviel arbeiten?« Ich bin neun. »Warum läßt du uns allein?«

Mama streift sich ihre Handtasche von der Schulter. »Wenn es einen Gott gibt – was ich nicht hoffe –, werde ich mit dem Wissen zur Hölle fahren, daß ich wenigstens für meine Kinder gesorgt habe, egal, was ich sonst alles falsch gemacht habe.«)

Selbst Mama – die besessene, von Göttern gerittene, lachende Mama – hatte sich um ihre Kinder gekümmert. Und ich, die ich so klug und in der Schule so gut war, die ich mich an alle Regeln hielt, stets angemessen gekleidet war und immer sagte, was von mir erwartet wurde – ich brachte das nicht zuwege. Ich war jetzt eine Frau, ich hatte eine Tochter, und ich konnte nicht für sie sorgen.

Ich weinte. Und weinte um so mehr, als mir klar wurde, daß ich mich nicht wegen meiner Tochter schuldig fühlte. In erster Linie hatte ich Mama im Stich gelassen. Ich ließ sie leben, und ich ließ sie sterben, und nie machte ich ihr das Leben leichter – meiner Mutter, die so viel gelitten hatte.

Morgendämmerung, Dienstag. Die morgendliche CNBC-Sendung fing an. Ich kochte eine Kanne Kaffee und trank sie leer, bevor mir einfiel, daß schwangere Frauen kein Koffein zu sich nehmen sollen.

Weil ich merkte, daß ich am Verhungern war, ging ich in die Küche hinunter, starrte in den Kühlschrank und die Speisekammer, trat dann auf die Veranda hinaus und betrachtete unseren Garten. Sollte das Kind mich doch von innen auffressen.

Ich hatte das Gefühl, daß ich nie wieder schlafen würde. Ich hätte selbst eine Reiterpuppe sein können, aus Zweigen und Stoffetzen, Knöpfen und Lederstreifen gebastelt. Es war sieben Uhr früh am 4. Juni. Das Thermometer auf der Veranda zeigte bereits 30 Grad an. Meine Haare waren fettig, und ich stank. Der Himmel war wolkenlos und die Hitze drückend. Irgendwo in der Eiche über mir stimmte eine Spottdrossel ihr Lied an, wunderschön und perlend. Sie wußte nicht, daß ich pleite und schwanger war, daß ich mein Leben lang Verantwortung übernommen hatte und jetzt alle um mich herum im Stich ließ, meine Tochter und meinen Vater, Mary Jo und vor allem meine Mutter. Sie sang einfach.

Kaum zu glauben, daß ein Geschöpf, das in diese Welt hineingeboren worden war, so schön singen konnte. Sie mochte andere Vögel nachahmen, ihre Lieder von ihnen stehlen oder sie abändern oder vergessen – trotzdem bin ich der Meinung, daß kein Geschöpf auf der Erde Gott größere Ehre erweist als eine Spottdrossel. Sie mag wankelmütig sein, aber das liegt in ihrer Natur. Ihre Lieder mögen gestohlen sein, schön und gut, aber ihr Gesang ist ohne Falsch.

Ich ging wieder hinauf, schnappte mir ein Schwangerschaftsbuch und las einen Abschnitt über Koffein. Wie würde ich mich wohl fühlen, wenn ich vorzeitig ein untergewichtiges Kind auf die Welt bringen würde? Ich stellte mir meine Tochter im Brutkasten vor, mit bleichem Köpfchen, wie sie um Atem rang – mit Lungen, die noch feucht vom Fruchtwasser waren. Winzige Finger öffneten und schlossen sich wie Blüten.

Ich las, was mir im siebten Schwangerschaftsmonat bevorstand: starker weißer, vaginaler Ausfluss, Verstopfung, Sodbrennen, Verdauungsbeschwerden, Blähungen; aufgedunsene Arme und Beine (da war es wieder); zuweilen Kopfschmerzen und Schwindelanfälle; eine verstopfte Nase und möglicherweise Nasenbluten, während mein Blutvolumen stark zunahm; Zahnfleischbluten, Muskelkrämpfe in den Beinen und Rückenschmerzen, geschwollene Knöchel, Krampfadern an den Beinen, Hämorrhoiden, Atemnot, Schlafschwierigkeiten (da irrten sie sich nicht); Unbeholfenheit und möglicherweise tropfende Brüste.

Außerdem bestünde die Möglichkeit, sagten sie, daß ich unter wachsenden Befürchtungen über meine bevorstehende Mutterschaft leiden könnte.

Ich weinte noch ein wenig weiter.

Dann setzte ich mich wieder an den Schreibtisch, druckte Graphiken aus und studierte sie. In New York wurde die Börse eröffnet. Gutaussehende Menschen, die nie so gute Abschlüsse wie ich gemacht hatten, traten auf CNBC auf und unterhielten sich in der Morgensendung zu Kaffee und Croissants. Jeder einzelne von ihnen war munter und gepflegt. Zweifellos waren sie angetreten, um einen weiteren Tag die verschiedenen Möglichkeiten zu feiern, deren sich die Reichen bedienten, um noch reicher zu werden. Hinterher würden sie sich in ihre vorbildlich konstruierten ausländischen Wagen setzen und zu ihrer Familie mit den gepflegten Kindern am Stadtrand fahren.

Der Uhrzeiger kroch weiter. Es war heiß. Vor Koffein und Erschöpfung zitterten meine Hände heftig.

Ich mußte an Candys Magazine denken. Es heißt, daß eines von vier Mädchen sexuellem Mißbrauch ausgesetzt ist, bevor es einundzwanzig wird. Eins von zwölf ist das Opfer einer Vergewaltigung oder eines Vergewaltigungsversuches.

Wie lebt man in einer solchen Welt? Wie erträgt man nur ihren Anblick?

Wie erträgt man es, Mary Keith dabei zuzuschauen, wie sie mit ihrer Tochter in den Armen von einem Hochhaus in Phoenix springt? Wie erträgt man es, die Anzeigen in Candys Magazinen anzuschauen? *Gefesselte Mädchen! Geknebelt! Geschlitzt!* Wie schafft man es, in einer solchen Welt morgens aufzustehen? Wie konnte ich jemals daran denken, ein Kind in diesen Schlachthof zu bringen?

Der Gestank von Benzin und heißem Staub drang durch die Balkontür herein, so stark, daß mir fast übel wurde. Der Geruch jagte mir panische Angst ein. Wahrscheinlich habe ich geschrien.

Eine lange, gestreifte Schlange glitt über den Boden auf mich zu. Ich sprang auf die Füße – zu schnell. Das Blut floß aus meinem Kopf, mir wurde schwarz vor Augen, und ich stolperte über meinen Stuhl. Mit voller Wucht knallte ich auf den Boden, ich sah nichts mehr, und das Zimmer verfinsterte sich, mit Sternen gesprenkelt. Ich warf mich zur Seite, griff nach der Bettkante. Als ein Nagel aus Eis sich in meinen linken Fuß bohrte, schrie ich laut auf.

Ich versuchte, mich am Bett hochzuziehen, aber die Bettdecke rutschte herab und mir in die Arme. Etwas Trockenes, Glattes und entsetzlich Kaltes glitt um meinen Fuß. Es ringelte sich um meinen Knöchel, hielt inne und glitt dann langsam meine Wade herauf. Ich spürte meinen Fuß nicht mehr. Das Zimmer stank nach Staub und nach Benzin.

Ich rang nach Luft. Mein Bein wurde vom Knie abwärts taub. Der kalte Kopf der Schlange wand sich um die Innenseite meiner Oberschenkel. Ich heulte und zitterte unkontrolliert. Für einen Augenblick kehrte mein Sehvermögen zurück, und ich sah, wie sich Herr Kupfer um mich schlang.

Frost legte sich über meine Augen, dann war ich weg.

ZEHN

Als ich aufwachte, fühlte ich mich kalt und steif, und eine Telefonstimme hallte mir in den Ohren. Ich hielt den Hörer in der Hand. Die Stimme am anderen Ende sagte: »18628, Sie haben einen Juni-S & P zu 649,50 gekauft, Zugriffsnummer 126.«

Ich saß vollkommen übermüdet an meinem Schreibtisch. Mein Kopf schmerzte heftig, und von dem Benzingeruch wurde mir schwindelig. »Was?« flüsterte ich, aber wer auch immer am anderen Ende gewesen war, hatte bereits aufgelegt.

Ich legte den Hörer hin. Etwas war in mich gefahren, ganz offensichtlich. Herr Kupfer hatte mich bestiegen. Die Erinnerung daran, wie die Haut meiner Wade taub wurde, durchzuckte mich. Eine Baumschabe von der Größe meines Daumens krabbelte über den oberen Rand meines Computerbildschirms. Mir fehlte die Kraft, sie zu töten. Baumschaben sind so groß, daß sie nicht zermatschen, wenn man auf sie tritt, sondern knirschen. Noch ein Aspekt von Houston, den ich Angela verschwiegen hatte, als ich versucht hatte, sie zu einem Besuch zu überreden.

Meine Augen tränten, und ich war entsetzlich hungrig. Die Uhr am Computer zeigte 13.02 Uhr. Ich hatte meinen Körper für mindestens fünf Stunden verlassen. Noch spürte ich den kalten Druck von Herrn Kupfers Haut an meiner Wade. Mama hatte nie erzählt, daß sie einen Reiter außerhalb ihres Kopfes angetroffen hätte.

Ich mußte an meine Tochter denken, die kleine Reisende, das Mädchen in meinem Schoß, das ich für mich

M nannte, und geriet in Panik. Was für eine Mutter war ich, daß ich so lange nicht schlief und nichts aß? Ich war zu schwach, um zu stehen, und so kroch ich in die Küche hinunter. Dort zerrte ich eine Milchpackung aus dem Kühlschrank und aß eine Schüssel Rosinenkleie. Schwangerschaftsbücher sind von Rosinenkleie ganz begeistert: die Rosinen enthalten zusätzliches Eisen, die Kleie hilft gegen Verstopfung. Wahrscheinlich könnte eine Müslifirma an schwangeren Frauen ein Vermögen verdienen, wenn sie eine neue, verbesserte Weizenkleie anböte – jetzt mit zusätzlichen Spurenelementen!

Nachdem ich meine zweite Portion zur Hälfte aufgegessen hatte, fielen mir die Worte des Anrufers wieder ein. »18628, Sie haben einen Juni-S & P zu 649,50 gekauft, Zugriffsnummer 126.«

Das war mein Makler gewesen, der einen Ankauf bestätigt hatte. Ich hatte einen S & P-Kontrakt gekauft! Sicherheitsleistung: 14000 Dollar. Ein völlig normaler Kursverfall konnte mich Tausende von Dollar kosten, während ich dumm auf dem Küchenboden herumsaß und Müsli aß.

Ich kletterte nach oben zum Fernseher und glotzte auf den CNBC-Ticker. Er listete Bergbau- und Holzaktien auf, was für mich völlig nutzlos war. Ich muß einen Schrei unterdrücken. Zurück zum Schreibtisch. Auf dem Computerbildschirm war nichts zu sehen, aber mein Transaktionsbuch lag mit einem Bleistift zwischen den Seiten neben dem Mousepad. Ich riß es vom Schreibtisch.

O mein Gott! Darin waren vier Transaktionen festgehalten, die alle aus der Zeit stammten, als Herr Kupfer mich geritten hatte. Alle waren sie in einer emotionslosen, ordentlichen Handschrift niedergeschrieben, die nicht meine war. Ich starrte die Notizen an und versuchte, ihren Sinn zu ergründen, während mir fast das Herz in der Brust barst – und dann stieß ich einen langgezogenen, sonderbaren Laut aus, eine Mischung aus Stöhnen und Lachen.

Herr Kupfer hatte fehlerlos gearbeitet. Natürlich. Er hatte Geld verdient. Einen Haufen Geld. Ich zwang mich, mir die Einträge in das Transaktionsbuch genauer anzuschauen und den dürftigen Zahlenangaben eine Geschichte zu entreißen – was war geschehen, während ich aus meinem eigenen Kopf verbannt gewesen war?

Um 9.20 Uhr hatte Herr Kupfer für einen Pfundpreis von 129 Dollar Juli-Kaffee gekauft. Der Endpreis lag um 9.55 Uhr bei 133,80 Dollar. Ein einzelner Kontrakt umfaßte 37 500 Pfund Kaffee. Der Reiter, der einmal zu Mama gesagt hatte, daß Bargeld kalt sei, hatte in etwas mehr als fünfunddreißig Minuten einen Gewinn von 1 800 Dollar erwirtschaftet.

Jetzt befand sich mehr Geld auf meinem Konto, um Kontrakte und Sicherheitsleistungen abzudecken, und so konnte er es sich leisten, zwei Kontrakte zu kaufen – bleifreies Benzin dieses Mal. Um 10.25 Uhr war er bei 70,20 Dollar eingestiegen. Eine Stunde und zehn Minuten später verkaufte er zu 72,10 Dollar. Gesamtgewinn dieser siebzig Minuten Arbeit: 1 596 Dollar.

Seinen nächsten Zug hatte er sofort gemacht, wahrscheinlich mit demselben Anruf, der ebenfalls für 11.35 Uhr eingetragen war. Dieses Mal setzte er auf einen Leerkauf von Juli-Kaffee und verkaufte zwei Positionen zu 131,50. Der Markt platzte umgehend wie ein angestochener Ballon. Als er eine gute Stunde später ausstieg, war der Preis auf 122,50 gefallen. Verstrichene Zeit: achtzig Minuten. Gesamtgewinn: atemberaubende 6 750 Dollar.

Mit drei Transaktionen hatte Herr Kupfer einen Gewinn von 10 146 Dollar erwirtschaftet. Zusammen mit meinen ursprünglichen 6 000 Dollar ergab das gerade genug, um die Schutzleistungen zu erbringen und beim S & P Future mit 649,50 einzusteigen.

Ich schleppte mich durch das Zimmer und starb tausend Tode, während ich auf den Marktindex wartete. Als er um 13.40 Uhr endlich über den Bildschirm lief, wurde S & P für 651,25 gehandelt. Eine Steigerung von eindreiviertel.

Ich dankte Gott – allen Göttern, Herrn Kupfer ganz besonders – und kroch zum Telefon. So schnell ich konnte, wählte ich die Nummer meines Maklers, verwählte mich und versuchte es erneut, verwählte mich ein weiteres Mal, wählte ein drittes Mal und ließ es klingeln. Am anderen Ende nahm jemand ab. »Kontonummer?«

Und ich sagte nichts.

»Kontonummer?« fragte eine Frauenstimme ungeduldig. Ich sagte immer noch nichts. Sie legte auf. Discount-Makler haben keine Zeit zu verschwenden.

Langsam legte ich den Hörer auf. Herr Kupfer hatte mich auf Gewinnkurs gebracht – und ich wollte nur wieder nicht verlieren. Das war die Aktuarin in mir. Aber es würde mir nie gelingen, meinen Lebensunterhalt als Spekulantin zu verdienen, wenn ich kein Risiko einging. Das Geheimnis dieser Kunst bestand darin, die Verluste möglichst klein zu halten und aus den Treffern möglichst viel rauszuholen. Dieses eine Mal mußte ich versuchen, aus meinen Treffern möglichst viel rauszuholen.

Ich wußte, daß die nächsten S & P-Meldungen erst wieder in zehn Minuten durchlaufen würden, und so zwang ich mich, nach unten zu gehen und mir noch eine Schüssel Müsli und ein Glas Wasser zu holen. Als die Meldung um 13.50 Uhr schließlich durchlief, fühlte ich mich nicht mehr so zittrig. Mein Körper war entsetzlich müde, aber mein Verstand war hellwach und summte vor Adrenalin.

Der S & P war auf über 652 gestiegen.

Ich sah den ganzen Nachmittag lang zu, wie er stieg. Um 14.20 Uhr fing er schließlich an zu fallen und bot mir eine Entschuldigung zu verkaufen. Die Anspannung hatte mich wie eine Matratzenfeder zusammengedrückt, und ich war nur allzu dankbar, meine Spekulationen für heute zu beenden. Der Ticker verkündete 655,25, aber bis mein Verkaufsauftrag in Chicago ausgeführt wurde, war der Preis auf genau 655 gefallen. Wie es der Zufall wollte, erholte sich der S & P sofort wieder und schaffte es auf 656,50, bevor die Börse in New York schloß. Ich war doch zu früh abgesprungen. Trotzdem hatte ich mit dem S & P-Geschäft einen Gewinn von 3 000 Dollar gemacht.

Meine Tageseinnahmen überstiegen 13 000 Dollar; auf meinem Konto beim Makler befanden sich mehr als 19 000 Dollar. Zehntausend davon konnte ich abheben, um Mary Jos Dach reparieren zu lassen, und mir würde immer noch fast die gleiche Summe bleiben. Heftige Begeisterung ergriff von mir Besitz und wrang meinen armen, erschöpften Körper wie einen Lappen aus. Ich hatte einen Weg gefunden, meinen Lebensunterhalt zu verdienen. Ich hatte einen Weg gefunden, meinen Sinn für Zahlen mit Mamas seherischen Fähigkeiten zu kombinieren. Konnte es einen perfekteren Job für eine Frau geben, die zur Hälfte Buchhalterin, zur Hälfte Hellseherin war? Wenn ich Vorsicht walten ließ und aufmerksam blieb, wenn ich die besten Kontrakte aufgriff, die ich finden konnte, und mich darauf beschränkte, am Tag nur ein-, zweihundert zu verdienen, konnte ich meiner kostbaren Kunst, meiner geheimen Magie meinen Lebensunterhalt entreißen.

Zum ersten Mal hatten die Reiter mir einen Gefallen getan.

Zum ersten Mal waren wir quitt.

Es war schon fast unmoralisch, so gut fühlte es sich an, an eine Partnerschaft mit den Reitern zu glauben. Solange ich zurückdenken konnte, waren sie wie Alligatoren dicht unter der Oberfläche meines Lebens geschwommen, doch jetzt konnte ich auf einen Augenblick verweisen, in dem einer von ihnen mir geholfen hatte.

Candy suchte sich unsinnigerweise genau diesen Augenblick aus, um ihre gute Laune zu verlieren und mißtrauisch zu werden. »Herr Kupfer hat nur mit dir gespielt, Toni. Du kennst ihn doch«, sagte sie, als ich ihr von meinen Gewinnen erzählte. »Damit hat er nichts Gutes im Sinn. Er gewinnt nur einfach gerne.«

»Manchmal ist es aber doch persönlich, Candy. Wir sitzen im selben Boot, die Reiter und wir. Sie sind gezwungen, sich um uns zu kümmern, sonst hätten sie doch nie Gelegenheit, in die Welt hinauszutreten. Schau doch, was Angela passiert ist, als sie ein kleines Kind war. Mama stand kurz davor, ihr weh zu tun oder verrückt zu werden – der Himmel weiß, was. Also hat die Witwe eingegriffen und sie von der Bildfläche verschwinden lassen.«

»Jetzt hältst du die Witwe schon für eine liebenswürdige Großmutter?«

»Okay, na gut, nicht ganz. Aber ihr liegt das Wohl der Familie am Herzen.«

»Das, was sie für das Wohl der Familie hält! Sie ist wie La Hag Gonzales, Toni. Sie sehen nur, was sie wollen. Denk bloß nicht, daß du den Reitern etwas bedeutest, nur weil Herr Kupfer einen Nachmittag lang dieselben Interessen hatte wie du.«

»Ich hatte es nicht für möglich gehalten, daß Mama das auch dir antun könnte.«

»Was antun?«

»Ich hatte gehofft, du könntest dem entkommen. Ich hatte gehofft, du würdest dir den Glauben an das Gute erhalten. Den Glauben daran, daß nicht alles Echte häßlich ist.«

»Ich will nur nicht, daß dir jemand weh tut«, sagte Candy.

Mit ihrer Meinung, daß man den Reitern nicht trauen konnte, stand sie nicht alleine da. Ich war in der Erwartung zu Mary Jo gegangen, in den Arm genommen und mit kaffeebefleckten Lippen angelächelt zu werden. Siegesgewiß erzählte ich ihr, daß es Herrn Kupfer gelungen war, das Geld für das Dach zu besorgen. Ich wurde enttäuscht. Der Gedanke, daß Arbeiter ihr kleines Zuhause aufbrechen und Licht in seine düsteren Ecken lassen könnten, bereitete ihr augenblicklich Unbehagen. Als die Bauarbeiter von Sears eines Morgens bei ihr anklopften, weigerte sich Mary Jo, ihnen die Tür zu öffnen. Ich mußte zu ihr rüberfahren und ihr Haus mit dem Ersatzschlüssel aufschließen, den Mama an einem Haken über unserer Spüle aufbewahrte.

Mary Jo kauerte im Schlafzimmer. Die Jalousien waren heruntergelassen, und sie weigerte sich, auch nur ein Wort zu sprechen. Ich redete mit den Männern von Sears und nahm Mary Jo mit zu uns, wo sie die nächsten vier Tage verbrachte. Sie schlief in Mamas Bett, während Papa sich mit der Liege im ersten Stock begnügte. Es machte mich traurig, daß sie sich so aufregte. Seit Mama fort war, schien Mary Jo jede Lebensfreude abhanden gekommen zu sein. Machtlos wünschte ich mir, daß ich ihr die Freundin sein könnte, die Mama gewesen war, aber das war unmöglich. Elena und Mary Jo waren Blutsschwestern gewesen, Spießgesellen, Verschwörer und Komplizen. Als Mary Jo von ihrem Mann verlassen wurde, war Mama für sie dagewesen und bot ihr an, ihn kostenlos mit einem Bannfluch zu belegen. Als ihr Sohn Travis sein Zuhause verlassen hatte, um durch Amerika zu ziehen und sich bei Verwandten durchzuschnorren, anstatt sich ehrliche Arbeit zu suchen, hatte Mama zugehört, wie Mary Jo erklärte, daß er im tiefsten Herzen eigentlich kein schlechter Junge sei. Mama hatte eine Zigarette an der anderen angezündet, sich Kinderbilder angesehen und genickt, während Mary Jo wider besseres Wissen versuchte, sich eine Zukunft vorzustellen, in der ihr Junge auf den rechten Weg zurückfand.

Bestenfalls war ich Mary Jos dankbare Enkelin. Ich schäme mich zuzugeben, daß ich ein klein bißchen froh war, als die Reparaturen abgeschlossen waren und sie nach Hause zurückkehren konnte.

Als Mama starb, hatte Mary Jo ihre letzte Verbindung zum Leben außerhalb ihres Hauses verloren. Ihre Rente und ihre Sozialversicherung würden ihr etwas Geld bringen, und nebenher tütete sie Briefe ein. Alles zusammen genügte, damit sie sich Wonder Bread kaufen und das Kabelfernsehen bezahlen konnte. Hätte Mama ihr Versprechen gehalten und Mary Jo ein paar Dollar vererbt, wäre vielleicht alles anders gekommen. Darüber war sie verbittert, aber nicht überrascht. Mary Jo kannte meine Mutter bereits zu lange, um überrascht zu sein, wenn ihre Versprechen wie Seifenblasen in der Sonne zerplatzten.

Am zwölften Juli rief Mary Jo an und beklagte sich über einen ihrer Schwindelanfälle – gerade als ich zur Tür hinaus wollte, um Angela am Flughafen abzuholen. »Ich sag dir, das liegt an dem neuen Dach«, schloß Mary Jo. »In den neuen Schindeln ist sicher Radon drin oder Asbest oder so. Mir schwirrt regelrecht der Kopf.«

»Mary Jo, ich muß jetzt los. Angela kommt aus Kanada. Ich muß sie am Flughafen abholen, und ich bin schon spät dran. Vielleicht solltest du wegen deiner Schwindelanfälle einen Arzt anrufen.«

»Was? Oh. Oh, ja sicher.« Eine weitere lange Pause. »Deine Mama ist tot, oder?«

»Ja, Ma'am. Das ist sie.«

»Ja.«

Eine weitere lange Pause. »Mary Jo, ich muß los. Versprich mir, daß du einen Arzt anrufst, okay? So was hast du doch sonst nicht! Ich rufe dich an, wenn ich wieder hier bin.«

»Das ist nur ein Schwindelanfall, Herzchen. Du mußt mich nicht anrufen ... Weißt du was, sorg einfach dafür, daß Travis mich anruft«, sagte sie in plötzlicher Verbitterung. »Sorg dafür, daß der Junge mich anruft, und ich werde ihm sagen, wie es mir geht.«

»Ruf Doktor Richmond an, Mary Jo. Die magst du doch«, sagte ich mit einem Blick auf die Uhr über dem Herd. Ich war bereits zehn Minuten zu spät dran.

»Weißt du, ich glaube immer noch, daß etwas aus ihm werden könnte, wenn er eine ordentliche Frau fände. Wenn er wüßte, was gut für ihn ist, würde er nach Hause kommen und dich heiraten, Toni Beauchamp. Du bist ein gutes Mädchen, Toni, aber du könntest etwas mehr Feuer vertragen. Über Travis kann man sagen, was man will – er mag faul sein, aber Feuer hat er. Wie sein Papa.«

»Ich rufe dich später zurück«, sagte ich und legte auf, bevor ich hören konnte, was sie weiter sagte.

(Mama liegt drei Monate vor ihrem Tod auf ihrer Chaiselongue. »Sie sollten Texas in den Großmütterstaat umtaufen«, sagt sie. »Wir stecken bis zur Hüfte in buckligen kleinen alten Damen, die sich nie über etwas beschweren. Alles Bockmist«, sagte sie zu mir. »Laß dich nicht für dumm verkaufen. Alt werden ist die Hölle. Wenn nur mein Gehirn als erstes den Geist aufgegeben hätte. Ich glaube nicht, daß es mir soviel ausmachen würde zu sterben, wenn ich senil wäre. Gottverdammt, es gibt eine Menge Dinge, die ich nur allzugern vergessen würde.«)

Ich nahm mir vor, Mary Jo anzurufen, wenn ich vom Flughafen zurückkam, und betete, daß ihr Schwindelanfall rasch vorüberging und lediglich von der glühenden Julihitze verursacht wurde. Ich hatte viele Sommernachmittage in ihrem Haus verbracht, und ohne Klimaanlage glich es einem Treibhaus.

Immerhin war meiner Mutter die Demütigung erspart geblieben, den Verstand zu verlieren. Immerhin war sie noch bei Verstand gewesen, als sie starb.

Als ich nach meiner Handtasche griff und meine Autoschlüssel herauskramte, wurde mir bewußt, daß meine Hände zitterten und ich kurz davor stand, in Tränen auszubrechen. Der Klang von Mary Jos Stimme und die Erinnerung an meine Mutter, die zitternd und kahl auf der Chaiselongue auf der Veranda saß ... Herr im Himmel, wenn ich meiner Mutter nur das Leben hätte leichter machen können! Trotz meines ganzen Grolls war mir inzwischen klargeworden, wie schwer es für sie gewesen sein muß. Wie schwer. Götter, die in ihrem Kopf flüsterten, und kleine Mädchen, die im kalten kalten Norden herumirrten. Und ich, die ich ihr ein Trost hätte sein sollen. Doch statt dessen war ich das unausstehlichste Kind auf der Welt. Und es gab keine Möglichkeit, das wiedergutzumachen.

Ich kam gerade rechtzeitig, um Angela am Flugsteig zu erwischen. Wir hatten Bilder ausgetauscht, doch ich hätte sie auch ohne die Fotografie erkannt, so sehr glich sie der Mutter, die ich aus meiner Kindheit kannte. Es raubte mir den Atem. Angela entdeckte mich, und ihr Lächeln wurde breiter, als unsere Blicke sich trafen. Sie schritt an den anderen Passagieren vorbei. Die Handtasche schlug ihr gegen die Hüfte, und sie streckte mir ihre Hand entgegen, als sie vor mir stand.

»Du meine Güte, was sehen Sie Mama ähnlich«, sagte ich. Sie hatte lange Beine – wie Mama, doch statt Mamas langen Röcken trug sie Jeans und nur wenig Makeup. Sie war schlank und sah gesund aus. So gut würde ich sicher nicht mehr aussehen, wenn meine Tochter erst einmal siebzehn war.

Angela blinzelte. »Auch Ihnen einen guten Tag.« Sie hatte die gleiche tiefe Stimme wie Mama, aber ohne das Kratzen, das vom Bourbon und von den Zigaretten stammte. Anstelle von Mamas schleppendem Texanisch sprach Angela mit einem Akzent, der klang wie der eines Moderators in den Bundesnachrichten.

»Verzeihen Sie mir. Sie sehen ... Die Haltung Ihrer Schultern, Ihr Gang – genau wie Mama. Das ist erstaunlich.«

»Mhm. Wissen Sie, daß ich noch nie ein Bild von ihr gesehen habe?«

»Ich kann Ihnen welche zeigen, wenn Sie möchten.« Ich spürte, wie ich rot wurde. »Hören Sie, kann ich Ihnen etwas abnehmen? Haben Sie sonst nichts dabei?« fragte ich und blickte auf ihre Handtasche und ihren Aktenkoffer.

»Doch. Zwei Koffer muß ich noch abholen. Ich habe nie gelernt, mit leichtem Gepäck zu reisen. Gerade habe ich Darth Vader abserviert. Wenn ich noch mehr Dinge loslasse, schwebe ich wie ein Ballon davon.«

»Willkommen in Houston«, sagte ich und nahm den Aktenkoffer hoch.

Nachdem ich erst einmal darüber hinweggekommen war, wie sehr Angela Mama ähnlich sah, gefiel sie mir in Person ebensogut wie am Telefon. Sie war witzig und voller Energie. »He, schauen Sie sich das an!« – »Was?« – »Das Zeichen für Gehen. In Kanada steht unser kleines Strichmännchen kerzengerade da, wie es sich gehört. Hier dagegen, wie der kleine Kerl sich reckt! Lauf! Lauf! Lauf!«

Kurz darauf fragte sie mich: »Und wessen Idee war es eigentlich, daß die Gesundheitsfürsorge auf Gewinnstreben fußt?«

»Die Idee der Versicherungsgesellschaften«, erwiderte ich. Auf solche Fragen weiß eine Aktuarin die Antworten.

Oder als wir uns unserem Haus näherten: »Mit Straßenschildern habt ihr es aber auch nicht! Vor fünf Blocks war der Straßenname mit Fliesen auf den Bordstein geschrieben. Vor drei Blocks waren die Namen, na ja, in diese kleinen Betonpfeiler geätzt. Jetzt sind es ganz normale Metallschilder, nur daß sie von Reben überwuchert werden. Das ist ja alles wie Kraut und Rüben.«

»Äh, das ist mir nie aufgefallen. Wahrscheinlich liegt das daran, daß wir die einzige Stadt in Nordamerika ohne Flächennutzungsgesetze sind.«

»Keine Flächennutzungsgesetze? *Keine* Flächennutzungsgesetze?«

»Nein. Unser Nachbar hat in seiner Garage einen Kramladen eröffnet. Vor ein paar Jahren ist jemand in eine Villa in River Oaks gezogen und hat im zweiten Stock einen Stripclub aufgemacht.«

»Was haben die Nachbarn dazu gesagt? Ist der Wert ihrer Immobilie nicht gesunken?«

»Ungefähr um dreihunderttausend. Über Nacht.«

Angela lachte laut. »Das Leben, die Freiheit, die Jagd auf junge Ärsche.« Ich parkte vor unserem Haus und stemmte mich dann aus dem Fahrersitz. Herrje. Jetzt bestand kein Zweifel mehr, ich war schwanger. Ich konnte es nicht mehr ertragen, etwas über meinem Bauch zu spüren, nicht in der schwelenden, feuchten Julihitze, und so waren die letzten meiner Umstandsshorts aus Stretch endgültig im Schrank verschwunden. Von jetzt an hieß es: knielange Kartoffelsackkleider. Nicht schön.

Ich brachte ihre Koffer in meinem Zimmer unter und bereitete uns einen Krug koffeinfreien Eistee und eine Mango zu, womit wir uns auf die Veranda hinaussetzten. Wie Mama es mir beigebracht hatte, schnitt ich die Mango vom Stein weg in zwei Hälften, dann ritzte ich mit einem stumpfen Messer ein Gitternetz in das Fruchtfleisch und drückte die Schale nach innen, bis das Fleisch in Rechtecken abstand. Angela hatte sich auf einem schmiedeeisernen Stuhl niedergelassen, und ich manövrierte mich mit der Unbeholfenheit eines Nilpferdes auf einem Trampolin auf den anderen. Der Tag war elend heiß, die Sonne eine grelle Paillette, die durch die Äste der Eiche hindurchglitzerte, aber wir befanden uns im tiefen Schatten unter den breiten Blättern der großen Bananenstaude. Eine Spottdrossel sang uns aus einem Versteck etwas vor, und die Golfbrise glitt träge durch die Farne und die Piassavapalme.

Angela krempelte die Ärmel ihrer weißen Bluse auf. Unter ihren Achseln zeigten sich feuchte Flecken, und der Schweiß perlte auf ihrer Stirn. »Es ist heiß! Puh!«

Ich trank einen Schluck Tee. Ich hatte Limonenschnitze in die Gläser getan, und der frische grüne Duft drang schwach durch die träge Hitze. Angela folgte meinem Beispiel und trank die Hälfte ihres Glases mit einem Zug aus. Sie sah mich an und lächelte. »Wie bei einem Rendezvous, was?«

»Bitte?«

»Das hier. Reden. Sie und ich. Es ist so schwer, einen Anfang zu finden. Können wir uns duzen?«

»Gerne. Also gut, Angela, was ist dein Zeichen?«

»›Halt!‹«, scherzte sie. »Oder war es ›Warnung vor dem Hund‹? Monica – meiner Tochter –, Monica würde es hier gefallen. Sie findet Calgary langweilig. Sie findet uns langweilig. Ihr Papa fand das auch, wenn ich schon beim Thema bin.«

»Ach.« Ich mußte an Mary Jo denken, die Angst davor gehabt hatte, Chester zu verlassen, und dann trotzdem von ihm abserviert wurde. Ob es bei Angela genauso gelaufen war?

»Immerhin kommt Darth Vader mit für Monicas College auf. In dem Punkt haben wir es sehr genau genommen. Keiner von uns beiden wollte, daß ich sein Geld für mich verwende.«

»Wußtest du, daß im Jahr nach einer Scheidung der Lebensstandard des amerikanischen Durchschnittsmannes um dreiundvierzig Prozent steigt?«

»Und der der Ex-Frau?«

»Sinkt um dreiundsiebzig Prozent«, erwiderte ich. »Manche Leute können sich an Titelmelodien erinnern. Ich erinnere mich an Statistiken.«

Sie probierte die Mango. »He! Das schmeckt großartig. Ein wenig wie ein Pfirsich mit einem erregenden Parfüm. Du solltest nicht vergessen, daß Statistiken nicht alles sind. Du kennst sicher den alten Spruch über die Lügen, die verdammten Lügen und die Statistiken.«

»Mark Twain«, erwiderte ich. »Du würdest staunen, wie oft ich diesen Witz als Aktuarin zu hören bekomme. Normalerweise von Leuten, die sich den Wahrscheinlichkeiten widersetzen möchten.« Ich mußte an Bill jr. denken, der in Hill Country verzweifelt nach Öl bohrte. »Es stimmt schon, Wahrscheinlichkeiten sind nicht alles. Aber bei Wetten sollte man sich nach ihnen richten. Nicht viele Spielbanken gehen pleite.«

»Das stimmt allerdings.« Nach einem weiteren Schluck Tee sagte sie: »Hat Elenas Tod viel Geld gekostet? Denn wenn das so war, wenn du Schulden hast ...«

»Nein, kein Problem.« Das Finanzamt erwähnte ich nicht. Candy würde mich für töricht halten, aber ich würde meine Schwester nicht als allererstes um Geld anbetteln.

Wir aßen die Mango auf, und die Hitze trieb uns ins Haus, auf den kühlen Fliesenboden und unter den Deckenventilator. Angela wollte wissen, woran ich gearbeitet hatte, also tappte ich hinauf und zeigte ihr mein Transaktionsbuch und den CNBC-Ticker und versuchte, ihre Fragen so gut wie möglich zu beantworten.

»Phantastisch!« sagte sie nach fünfzehn Minuten. »Ich möchte etwas kaufen.«

»Ich mache das wirklich noch nicht lange, Angela. Es wäre mir lieber ...«

»Ich habe genug Geld, okay? Wir lassen einfach etwas zehn Minuten lang laufen: ein Durchlauf des Tickers, und ich verkaufe wieder, so oder so. In Ordnung?«

Widerstrebend nickte ich. In den dreieinhalb Wochen, seit Herr Kupfer die dreizehntausend Dollar verdient hatte, war ich vierhundert Dollar reicher geworden. Besser reicher als ärmer, zweifelsohne, aber mit 100 Dollar die Woche konnte ich meiner Tochter kein Medizinstudium finanzieren. M wand sich in meinem Schoß und versetzte mir einen heftigen Tritt in die Blase. Angela blätterte im Maklerhandbuch herum. Ihre verschwitzten Hände hinterließen Fingerabdrücke auf den Seiten. »Zwanzigtausend Pfund gefrorenes Orangenkonzentrat«, sagte sie. »Kauf davon etwas. Bei dieser Hitze ist der Gedanke, zwanzigtausend Pfund gefrorenen Orangensaft zu besitzen, einfach göttlich.«

Ich lachte. »Möchtest du auf Leerverkauf spekulieren oder fest kaufen?«

»Äh ... fest. Für einen Preisverfall ist es zu heiß.«

Ich grinste und gab die Anweisung durch. Kurz darauf rief das Maklerbüro zurück und nannte mir den genauen Einstiegspreis, und Angela sah zu, wie ich den Kauf in mein Notizbuch eintrug. »Und jetzt?« wollte sie wissen.

»Jetzt warten wir auf den Ticker und schauen, wie du abgeschnitten hast.«

Angela starrte den Bildschirm an. Die CNBC-Typen sprachen über den mexikanischen Widerstand gegen die NAFTA. Darunter lief der NASDAQ-Index am Bildschirm entlang. »Treibt dich dieses Warten nicht in den Wahnsinn? Machen das die großen Spekulanten auch – dasitzen und Fernsehen schauen?«

»Nein, die erhalten jede Sekunde eine Aktualisierung über Satellit auf ihren Bildschirm. Aber eine solche Investition kann ich mir nicht leisten.«

»Was würde das kosten?«

»Ungefähr fünftausend für die Computer und noch mal fünfhundert im Monat für den Service. Zweitausend Dollar für die Software. Dafür bekäme ich eine Omega Tradestation.«

»Möchtest du eine?«

Ich lachte. »Genauso, wie Candy eine Corvette wollte, als sie siebzehn war. Preise können sich so schnell ändern, daß zehn Minuten einer Ewigkeit gleichkommen.

Wenn ich mit einem regulären Makler zusammenarbeiten würde, bräuchte ich das gar nicht so dringend, denn dann müßte ich nicht jeden Tag meine neuen Stops zurückrufen.«

»Stops?«

»Das heißt, daß du deinem Makler Anweisungen erteilt hast zu verkaufen, sobald ein Kontrakt einen bestimmten Preis erreicht hat. Stops sorgen dafür, daß du keine wirklich schweren Verluste erleidest.«

»Ich verstehe.« Angela betrachtete den Fernseher. »Na gut, aber ich kann nicht einfach hier rumsitzen. Gehen wir irgendwohin, wo es kühler ist und es etwas zu trinken gibt.«

»Noch einen Eistee?« fragte ich, als wir wieder in der Küche waren. »Oder vielleicht ein wenig Orangensaft?«

»O-Saft. Eindeutig. He – auf deinem Anrufbeantworter ist eine Nachricht.«

»Das muß ich vorhin übersehen haben.« Ich drückte auf den Wiedergabeknopf. Das Gerät summte und pfiff einen Augenblick lang. Dann folgte statisches Rauschen. Dann eine furchtbare Stimme, von verzweifelter Anstrengung gezeichnet, wie die Stimme eines Menschen mit multipler Sklerose oder einem Herzinfarkt. »Toniiih! Ton, hiris Mar! Mrj-oh. Ah.« Die Stimme keuchte, heiser und unregelmäßig. Genauso hatte Mamas Atmung in den letzten Stunden vor ihrem Tod geklungen.

»Mary Jo«, flüsterte ich.

Ein Schlag und wieder statisches Rauschen. Der Hörer war heruntergefallen. Er mußte Mary Jo entglitten sein. Ich sah ihn in dem dunklen Gang vor der Speisekammer hängen und gegen ihre uralte Waschmaschine schlagen. Ein langgezogenes Rascheln, quietschendes Linoleum, der Hörer knallte gegen die Waschmaschine. Mary Jo rief mit erstickter Stimme meinen Namen, ächzte. Die meiste Zeit hörten wir sie nur merkwürdig leise, dann wurde sie wieder unvermittelt lauter, als bekäme sie ihren Mund nur ganz kurz in die Nähe des Hörers, bevor er wieder von ihr wegschwang. »Sie liegt auf dem Boden«, sagte ich. »Sie liegt genau dort, wo ihr das Telefon runtergefallen ist.«

Das Gerät piepte und schnitt Mary Jos Nachricht ab.

»Himmel«, sagte Angela.

Meine Finger zitterten, während ich Mary Jos Nummer wählte. Es war besetzt. »O verdammt. Verdammt! Ich muß zu ihr.«

Fünf Minuten später tastete ich hastig nach dem Schloß ihres Seiteneingangs. Ich öffnete ihn, und ein Schwall heißer Finsternis strömte aus dem Haus – es roch nach Schimmel. Ich rannte in die Küche. Alle Vorhänge waren zugezogen, und ich konnte nichts sehen. »Mary Jo? Mary – verdammt!« sagte ich und stolperte über einen Stuhl. Er stand mitten in der Küche. Ich fiel hin und stieß mir das rechte Knie an. Es war düster und schwelend heiß in Mary Jos Haus.

»Alles okay?« fragte Angela hinter mir mit nervöser Stimme.

»Nein. Halt die Tür auf.« Es fiel gerade soviel Licht herein, daß ich den Schalter neben der Vordertür finden konnte. Mary Jo saß mit dem Rücken am Kühlschrank auf dem Küchenboden. Sie starrte den Küchenschrank an, und ihr Kopf hatte sich nicht bewegt, als ich hereingerannt kam. Ich kroch hastig über den Küchenboden. »Mary Jo!« Sie hatte die Augen weit aufgerissen, ganz so, als habe sie einen Schock erlitten. Ich sah sofort, daß sie mich erkannte. Sie atmete nur noch ganz schwach, mit einem merkwürdigen Röcheln. Ich nahm ihre Hände. »Mary Jo, was ist los? Was ist los?«

»Wir müssen einen Krankenwagen rufen«, sagte Angela. Sie tat einen Schritt über mich und Mary Jo hinweg, legte den Hörer auf und wählte dann 911.

Ich gab die Adresse durch und reichte den Hörer zurück. »Also gut, Liebes«, sagte ich zu Mary Jo, »der

Krankenwagen ist unterwegs.« Wieder nahm ich ihre Hände. Sie reagierte nicht. »Kannst du deine Finger bewegen?« Nichts. Einen Augenblick später zuckten Mary Jos Füße auf dem Linoleum. »Gut. Gut. Und jetzt die Finger, Mary Jo.«

Nichts.

»Herzinfarkt?« fragte Angela.

»Ich weiß es nicht. Mary Jo, ich bin's, Toni. Hör zu, der Krankenwagen ist unterwegs. Ich werde mich um dich kümmern, okay? Ich werde dafür sorgen, daß alles gut wird. Verstanden?« Ich versuchte, angesichts ihres angstvollen Blicks zu lächeln.

Ihre Atmung setzte aus.

»Verdammt. Mary Jo, gib jetzt nicht auf. Komm schon, Liebes, atme! Atme, atme.« Sie atmete nicht. Sie strampelte mit den Füßen und trat gegen den Schrank. »Atme!« rief ich. Ich legte ihr beide Hände auf die Brust und drückte fest. Luft fuhr mit einem leisen, gequälten Röcheln aus ihr heraus, aber als ich mich zurücklehnte, blieb ihre Brust reglos. Ich hatte die letzte Luft aus ihr herausgedrückt, und dabei blieb es.

»Angela!«

»Keine Ahnung, keine Ahnung!«

»Was soll ich machen? O Gott ...« Ich kippte Mary Jo zur Seite und legte sie mit dem Rücken auf den Boden. Dann schob ich ihr eine Hand unter den Kopf, bedeckte ihren Mund mit meinen Lippen und blies, langsam und regelmäßig, als würde ich versuchen, die Glut eines Lagerfeuers anzufachen. Ich hörte ein schwaches Geräusch und spürte einen Lufthauch auf meiner Wange.

»Ihre Nase. Du mußt ihr die Nase zuhalten«, sagte Angela.

Ich versuchte es erneut und hielt ihr dabei die Nase zu. Es war schwierig, sich mit meinem schwangeren Bauch vornüberzubeugen. Über die Mund-zu-Mund-Beatmung wußte ich nur, was ich als Kind in Anzeigen für den Erste-

Hilfe-Kurs des St.-John-Krankenhauses gesehen hatte: Darauf war ein Mann abgebildet, der neben einem Swimmingpool eine Puppe beatmete. Mary Jos Mund schmeckte nach Zigaretten und Schimmel, und sie roch wie ein alter Mensch. Ihre Haut war sehr weich und mit einem feinen Flaum bedeckt. Ich blies ihr erneut in den Mund, wieder und wieder und wieder. »Sie atmet nicht!«

»Mach weiter, Toni. Der Krankenwagen wird jeden Moment hier sein. Brauchst du Hilfe?«

Ich schüttelte den Kopf, beatmete Mary Jo ein weiteres Mal und versuchte, mich an die Anzeigen des St.-John-Krankenhauses zu erinnern. Verdammt – der Kerl blies der Puppe dreimal in den Mund und horchte dann an ihrer Brust. Ich legte mein Ohr auf Mary Jo Brust. Etwas Entsetzliches geschah. Ihr Herz schlug nicht richtig, zuckte wie ein Lappen, der ausgewrungen wurde. Sie zappelte mit den Beinen, aber als ich sie wieder beatmen wollte, war ihr Gesicht schlaff geworden.

Atme. Atme. Atme.

Ich legte meinen Kopf auf ihre Brust. Kein Herzschlag.

»Wo zum Teufel bleibt dieser Krankenwagen?« Ich stemmte beide Hände auf Mary Jos Brust und pumpte mit aller Kraft.

»O Gott, ist ihr Herz stehengeblieben?«

Pumpen. Pumpen. Pumpen. Ich legte den Kopf auf ihre Brust. Kein Herzschlag. Pumpen. Pumpen. Kein Herzschlag. Ich blies ihr erneut Luft in den Mund und noch einmal. Mein Rücken stand in Flammen, und meine Schultern schmerzten. Pumpen. Pumpen. Pumpen.

»Toni.«

»Ich weiß nicht, was ich machen soll.«

Atme. Atme.

Angela legte mir eine Hand auf die Schulter. »Ich weiß nicht, was ich machen soll.« Ich weinte. Ich hatte wegen des Babys zu einem Erste-Hilfe-Kurs gehen wollen, im Methodisten-Krankenhaus boten sie spezielle Erste-

Hilfe-Kurse für Eltern an, und ich hatte mich anmelden wollen, aber irgendwie nicht die Zeit gefunden. Mein Kind könnte dort auf dem Boden liegen, und ich wüßte nicht, was ich machen sollte. Mein Gesicht war naß vor Tränen. Pumpen. Pumpen. Atme. Atme.

Eine Ewigkeit später gab ich auf. Meine Arme waren zu müde. Ich bekam keine Luft mehr. Mir war schwindlig vor Sauerstoffmangel, und ich konnte vor lauter Tränen nichts mehr sehen. Ich ließ nicht zu, daß Angela mir half. Mir wurde klar, daß der Schimmelgeruch von Mary Jos Haut stammte. Das war die Witwe – der Schimmel im Haus und der Geruch der Witwe, die hinter meinen Augen lauerte und zusah, wie Mary Jo starb. Es war ihr Geruch nach Schimmel und versengtem Stoff und Silberpolitur, von dem mir schwindelig wurde, als ich keine Luft mehr bekam.

Mary Jo starrte zur Decke hinauf. Ihre Pupillen waren riesig. Ich versuchte, Angela daran zu hindern, sie zu berühren. Angela schob mich sanft beiseite, beugte sich hinab und fühlte ihren Puls. Dann schüttelte sie den Kopf. Ich weinte.

Der Krankenwagen kam. Sanitäter rannten in das Haus und untersuchten Mary Jo. Dann schlossen sie ihr die Augen und hörten auf, sich zu beeilen. Sie stellten ein paar Fragen über sie. Ich erzählte ihnen, wie wir sie gefunden hatten, was ich getan hatte. Einer von ihnen war schwarz. Er sagte, daß ich getan hatte, was ich konnte. Der weiße Sanitäter stand auf und sah sich in der Küche um. Der andere fragte, ob Mary Jo heute früh einen verwirrten Eindruck gemacht habe. Ich erzählte ihm von dem Anruf, daß sie gesagt hatte, ihr sei schwindelig, und wie sie fast vergessen hatte, daß meine Mutter gestorben war.

»Ich glaube, da haben wir es«, sagte der Weiße. Er hielt eine Tupperschüssel in der Hand. »Grüne Bohnen. Die standen auf dem Küchentisch.«

»Was?« fragte Angela.

Der schwarze Sanitäter sagte, daß Mary Jo wahrscheinlich an einer Lebensmittelvergiftung gestorben war. Sie hatte die Bohnen zu lange in der Tupperschüssel aufbewahrt. Er sagte, daß das alten Menschen oft passiere. Mary Jo war nicht alt. Sie war zweiundsechzig. Sie war an einer Lebensmittelvergiftung gestorben. Er sagte, daß ich nichts hätte machen können, um sie zu retten, und er hielt meine Hände.

ELF

Nach Mary Jos Tod spürte ich jeden Tag, wie die Witwe hinter meinen Augen lauerte.

Offenbar bekommt jeder, wofür er bezahlt. Die Witwe in meinem Kopf war der Preis dafür, daß ich Mary Jo im Stich gelassen hatte. Ich hätte sie retten können, wenn ich zu ihr gefahren wäre, nachdem sie mich angerufen hatte – ihr war schwindelig gewesen, und fast hatte sie vergessen, daß Mama tot war. Ich hatte sie im Stich gelassen. Ich habe sie sterben lassen. Und damit hatte ich auch Mama im Stich gelassen.

Dieses Mal beging ich nicht den Fehler, die Beerdigungsvorbereitungen jemand anderem zu überlassen. Ich rief Anwälte an, Leichenhallen und Versicherungsagenten. Ich tat sogar mein Bestes, Travis ausfindig zu machen, nachdem ich in Mary Jos Haus einen Brief von ihm fand, der 1991 in Boulder, Colorado, aufgegeben worden war. Ich rief die Fernsprechauskunft an, aber unter dieser Adresse fanden sie keinen Eintrag für einen Travis Turner. Sie teilten mir mit, daß es in Boulder dreizehn T. Turners gebe. Ich rief sie alle an. Keiner von ihnen war Mary Jos Sohn.

Mir schien es unfaßbar, daß eine Mutter sterben konnte, ohne daß ihr Kind davon erfuhr.

Angela half mir nach Kräften. Ich schlug ihr vor, sie solle in ein Hotel ziehen, das über eine Klimaanlage verfügte. Zu meiner Überraschung mischte Papa sich ein und bat sie, bei uns zu bleiben. Sie stimmte zu. Sie war eine schreckliche Köchin.

Wir begruben Mary Jo an einem Julimorgen auf dem

Memorial Cemetery. Die Sonne brannte glühend heiß auf unsere schwarzen Anzüge und Garbadinemäntel herab.

Nach Mary Jos Beerdigung bewirkten die Schwangerschaft und die fürchterliche Hitze gemeinsam, daß ich keinerlei Energie mehr aufbringen konnte. Es kam nie zu den langen Gesprächen mit Angela.

Doch die Witwe behielt sie im Auge. Sie konnte von Angela nicht genug bekommen. Wenn ich so müde war, daß ich nach dem Abendessen fast auf meinem Stuhl einschlief, ging die alte Hexe weiter hinter meinen Augen auf und ab und starrte Angela an – das Kleine Verlorene Mädchen. Begierig nahm sie ihren Gang in sich auf, ihr Lachen und ihren monotonen kanadischen Akzent, ihre Hüften, die Mamas Hüften waren, und die wenigen grauen Strähnen in ihren Haaren.

Die Witwe so bei mir zu tragen war fast schlimmer, als tatsächlich geritten zu werden. Wenn ein Reiter in meinen Kopf kletterte, durchlebte ich einige grauenvolle Augenblicke, ein paar Stunden waren aus meinem Leben gestrichen, und dann kehrte alles zur Normalität zurück. Jetzt mußte die Witwe mich nicht mehr vertreiben, um in meinem Kopf zu reiten. Der Geruch nach versengtem Stoff und Silberpolitur lag unablässig ganz leicht in der Luft wie der Geruch von Mamas Haarspray.

Wenn sie hinter meinen Augen lauerte, reduzierte sie alles auf sein Gerippe. Ich schaute Papa über den Tisch hinweg an und sah nur noch, wie klein und einsam er war, konnte nur noch an seine endlosen Reisen nach Beaumont und Longview und Shreveport und Jackson denken. Ich sah, wie alt er geworden war, wie rund seine Schultern waren und wie dünn seine Haare. Er schien sogar das Interesse an Baseball verloren zu haben: Mitten in einem Spiel schlief er ein, las die Kurzzusammenfassungen in der Zeitung und machte sich nicht einmal mehr die Mühe, die Spielstatistiken aufzuschlagen.

Wenn die Witwe meinen Körper anschaute, sah sie die Wiege der kommenden Krebserkrankungen.

Es fiel mir dagegen auf, daß sie mich weniger belästigte, wenn Candy in der Nähe war. Noch nie war ich für ihre Fröhlichkeit und ihre Energie so dankbar gewesen. Angela fand sie amüsant, allerdings vermute ich, daß mehr dahintersteckte. Allmählich wurde mir klar, daß in Candys Willen zum Glück eine große Macht lag. Auf ihre Art war sie ebenso rücksichtslos, wenn es darum ging, ihr Leben zu genießen, wie ich es gewesen war, als ich gute Noten schreiben und Karriere machen wollte. Candy hatte mehr von der Willensstärke meiner Mutter geerbt als ich.

Noch merkwürdiger war die Wirkung, die Carlos auf die Witwe hatte. Die Witwe kuschte vor niemandem, das widersprach ihrer Natur. Aber wenn Carlos in der Nähe war, versteckte sie sich so tief in meinem Kopf, daß ich ihre Gegenwart in mir vergessen konnte. Candy hatte mir erzählt, daß Carlos mit Geistern sprechen konnte. Ich war bereit, das zu glauben – Skepsis in solchen Dingen hätte nicht zu einer Tochter von Elena Beauchamp gepaßt –, aber bisher hatte ich ehrlich gesagt nicht verstanden, wozu das gut war. Doch jetzt hauste die Witwe in mir, und ich fing an, Carlos' Macht zu spüren ... und schließlich bat ich ihn um Hilfe. Er willigte ein.

Als die Nacht gekommen war, in der er zwischen mir und der Witwe vermitteln wollte, war ich nervöser, als ich erwartet hätte. Ich zog mich dreimal um und wünschte, ich hätte ein Straßenkostüm anziehen können, statt in einem ärmellosen Umstandskleid mit Blümchenmuster von der Größe eines Drei-Mann-Zeltes festzustecken. Ich tappte von der Küche zur Haustür und wieder zurück und fragte mich, was seine mexikanische Magie alles umfassen würde und ob sie weh tat. Ich fragte mich, wie die Witwe reagieren würde; meinem Kind würde sie doch bestimmt nichts tun.

Angela hatte mir versprochen, so lange aufzubleiben, bis Carlos kam. Sie schleppte sich zum Kühlschrank hinüber, blieb eine ganze Weile vor der offenen Tür stehen und tat so, als würde sie sich ein Glas Eistee herausholen. Der Tag war schwül gewesen, fast 40 Grad bis in den späten Nachmittag hinein. Kurz vor Mitternacht schlenderte ich zur Veranda hinüber und warf einen Blick auf das Thermometer. Das Lied der Spottdrosseln erklang noch immer zwischen den Ästen der Eiche. In der Finsternis waren sie unsichtbar. »Dreißig Grad«, sagte ich. Tagsüber war der Sommer in Houston unerträglich, aber eine Julinacht in Texas ist zweifellos ein Geschenk Gottes an die Welt, eine geheimnisvolle, samtene Schwärze, weicher als ein geflüstertes Versprechen, so intensiv und dicht, daß man sie wie die Kelche unsichtbarer Blüten fast auf der Haut spüren kann.

Die Vögel verstummten. Einen Augenblick später spürte ich ein leises Beben unter meinen Fußsohlen, und die Fliesen begannen zu zittern. »Das Muertomobil«, sagte ich. »Er kommt.«

Die Standuhr in Papas Zimmer schlug zwölf, als Carlos an der Haustür klopfte. Statt Jeans und Unterhemd trug er einen schwarzen Smoking mit schwarzen Samtstreifen und einem Stehkragen, der ein weißes Rüschenhemd einfaßte. Die Manschetten waren mit Granatknöpfen geschlossen. Im Licht, das aus unserer Tür fiel, konnte ich das Spiegelbild meines aufgeblähten Bauches in seinen glänzenden schwarzen Lackschuhen sehen.

Irgendwo im Geflecht der Äste über uns stimmte eine Spottdrossel ihr Lied an, und sie sang und sang, als wollte sie mich in die Finsternis rufen. Die schwüle Luft war von vielerlei Gerüchen erfüllt: Der Asphalt war noch weich von der Hitze; Oleander, Lehm, Autoabgase; der Koriander, der noch vom Abendessen an meinen Fingern haftete, ebenso wie Kreuzkümmel und Chilis; Salbei und Jasmin aus unserem Garten – und noch immer versüßte das Lied der Spottdrossel die düstere Luft.

»Ich bin etwas nervös«, sagte ich und versuchte zu lachen.

Carlos sah mich mit den Augen des Predigers an. Er lächelte nicht. »*Sigueme*«, sagte er. Ich wußte nicht, was dieses Wort bedeutete, es war über zehn Jahre her, daß ich Spanisch gelernt hatte, aber ich spürte die Macht, die in seiner Stimme lag, und als er sich umwandte, folgte ich ihm.

Das Muertomobil zeichnete sich als dunkler Schatten am Bordsteinrand ab. Es war mit Fotografien bedeckt, mit Armbanduhren und Silberdollarmünzen, mit Kerzen und Knochenstückchen. Messing und Gold, Glas und Silber blitzten im Licht des Hauses und verschwanden, als Angela hinter mir die Tür schloß. Die plötzliche Finsternis gefiel mir nicht. Der Neumond war noch nicht geboren, und der dichte Baldachin der miteinander verwachsenen Eichen, die entlang unserer Straße standen, erstickte den Schein der Straßenlampen und den Glanz der Sterne.

Carlos half mir auf den Beifahrersitz. Fett und unbeholfen ließ ich mich auf die blutrote Polsterung fallen. Der Knittersamt raschelte und flüsterte. Carlos warf die schwere Tür zu; sie schloß mit dem Geräusch einer Tresortür. M versetzte mir einen Tritt und regte sich dann nicht mehr. Carlos setzte sich hinter das Steuer, bekreuzigte sich und sagte: »*Podemos entrar, debemos entrar, entraremos las tinieblas. En nombre del padre y el hijo y la sagrada virgen, estamos agarrados en el puño de la mano más poderosa y llevados a la oscuridad.*« Im Namen des Vaters, des Sohnes und der Heiligen Jungfrau, mit der Kraft der Allerstärksten Hand begeben wir uns in die Finsternis. Diese Worte waren von einer derartigen Macht erfüllt, daß ich spürte, wie ich an den Armen und auf dem Rücken eine Gänsehaut bekam. Die Härchen in meinem Genick stellten sich auf.

Carlos drehte den Schlüssel um, und der Motor des Muertomobils erwachte mit einem tiefen Brummen zum Leben: Turbinen, die sich unter einem schweren Fluß drehten; Maschinen, die unterirdisch liefen. Er fuhr los. Die Scheinwerfer ließ er aus.

»Carlos? Wo sind die Sicherheitsgurte?« Keine Antwort. »Sie haben sich auch nicht in der Polsterung verklemmt. Du hast sie entfernt, stimmt's?« Ich mußte an M denken, die hilflos und verletzlich in meinem Schoß ruhte. »Das ist nicht sicher. Ich möchte wieder zurück.«

Carlos bremste nicht und kehrte nicht um. »*Háblame de los duendes.*«

»Was? Was?«

»*Los duendes. Habla de ellos.*«

»Ich habe seit der Highschool kein Spanisch mehr gelernt.« Wir fuhren unter flimmernden Straßenlaternen hindurch. Ihr Licht wurde stärker, die Eichen über der Straße gewannen an Schärfe, der Straßenbelag rückte ins Blickfeld, das Licht ließ die Windschutzscheibe aufleuchten, blendete uns – und verschwand. Unser Schatten kroch uns voraus, während das Licht hinter uns schwächer wurde. Carlos hatte die Fenster hinuntergekurbelt, und ich konnte noch immer die Spottdrossel hören, mal näher, mal ferner, als würde sie uns begleiten und in der Dunkelheit von Baum zu Baum flattern, die Straße entlang. Und sie sang und sang.

»*Quién es la Primera?*«

»Die erste? Von *los duendes?* Äh. Die Witwe, denke ich. Ja, die Witwe.« Mein Herz schlug schnell und so stark, daß es weh tat. Ich hielt den Türgriff mit solcher Kraft umklammert, daß meine Finger schmerzten. »Ich sollte nicht hier sein, Carlos. Das ist verrückt. Was für eine Mutter fährt in der Dunkelheit ohne Sicherheitsgurte herum?« Eine Mutter, der Reiter in den Kopf klettern – wer sonst sollte um Mitternacht in dieser verdammten Zaubererkarre herumfahren? Mama hat dergleichen immer wieder getan, dachte ich verbittert. Warum sollte ich mich wundern, wenn ich ihr nacheiferte? Herrgott.

»*Habla de ella.*«

Sprich über sie, sprich über sie, etwas in der Art. »Sie behält die Familie im Auge. Sie hortet Dinge. Sie ist ein Geizhals. Wir gehören ihr, ohne daß sie uns liebt.«

»*Te ha cogido? La has llevado?*«

Hatte ich sie in mir getragen? »*Sí.* Ja. Inzwischen spüre ich sie unablässig hinter meinen Augen.«

Carlos bog in eine andere Straße ein. Die Straßenschilder waren von Reben überwuchert, die Straßennamen verschluckt und verborgen. Ich wußte nicht, wo wir uns befanden. Am Straßenrand standen Häuser, ihre Münder geschlossen, ihre Augen dunkel.

»*Anciana!*« rief Carlos. Alte Frau!

Hinten im Leichenwagen ertönte ein lautes Krachen. Ich stieß einen Schrei aus.

Carlos nahm keine Notiz von mir. »*Habla del segundo.*« Sprich vom zweiten.

Ich erzählte Carlos vom Prediger, daß er nach alten Büchern roch und eisern schweigen konnte. Ich erzählte ihm von dem Lachen, das er uns weggenommen hatte, von seinen unerschütterlichen Prinzipien und von seiner Tischdecke aus echtem Mädchenhaar. Ich erzählte Carlos von Schätzchen, von ihrem süßen Atem und ihrem Geruch nach Pfirsichen und Sex. Ich erzählte ihm von Pierrots grausamen Kunststücken, von seinem rasiermesserscharfen Lächeln, von der heimlichen Traurigkeit dieses einsamen Clowns. Ich erzählte ihm von Herrn Kupfer, der weder Liebe noch Gnade kannte; der spielte, um zu gewinnen, aber seine Schulden beglich. Und nachdem ich die Geschichte jedes Reiters zu Ende erzählt hatte, rief Carlos seinen oder ihren Namen. Daraufhin ertönte hinten im Auto erneut ein lautes Krachen, der Leichenwagen ging ein wenig mehr in die Knie und schlich noch langsamer die verlassenen Straßen entlang.

Noch immer sang die Spottdrossel, mal weiter entfernt, mal näher. Verfallene Bruchbuden und Herrenhäuser glitten an uns vorbei, Mietshäuser und kleine weiße Kirchen. Nichts davon kam mir bekannt vor. Langsam, ganz langsam überkam mich das sichere Gefühl, daß wir uns nicht mehr in Houston befanden, sondern in einer anderen Stadt, einer Traumstadt wie jener, in die Rick Manzetti während seines Ausflugs nach New Orleans geraten war. Vielleicht warf eine wirkliche Stadt fünf oder sechs unwirkliche Schatten, wie die Schatten eines Gegenstandes, der von mehreren Seiten gleichzeitig angestrahlt wird. Vielleicht gab es auch nur eine Stadt, die man von jeder Stadt in Amerika aus betreten konnte, wenn man Glück hatte oder betrunken war oder verdammt war, wenn man genau zum richtigen Zeitpunkt die falsche Abzweigung nahm – eine Stadt, in der Götter in den Eingängen saßen oder auf ihrer Veranda bis spät in die Nacht hinein miteinander flüsterten. Und irgendwo dort draußen, noch jenseits des Liedes der Spottdrossel, ging ein Kleines Verlorenes Mädchen durch diese mitternächtlichen Straßen, immer weiter und weiter.

»*Y la última duende?*«

»Die Spottdrossel«, erwiderte ich. »Ich ... ich weiß nicht, was ich von ihr erzählen soll.«

»*No tiene olor? Ni historia? Ni deseo?*« Hat sie keinen Geruch, keine Geschichten, keine Sehnsüchte?

»Keine. Über sie hat Mama keine Geschichten erzählt. Sie singt immer nur. Immer dasselbe Lied. Sie hat Mama mehr als alle anderen geritten, aber ich kann mich an keine einzige Geschichte über sie erinnern. Und sie ist die einzige, die ich seit Mamas Tod nicht in meiner Nähe gespürt habe. Schätzchen hat mich geritten und Herr Kupfer und die Witwe. Pierrot – auch Pierrot habe ich gespürt«, sagte ich und mußte an sein fieses Lachen denken, als ich mich mit Rick Manzetti unterhalten hatte. »An manchen Tagen sehe ich den Prediger überall. Aber die Spottdrossel nicht. Nie.«

Carlos nickte. »*La sinsonte!*« rief er, aber hinten im Leichenwagen blieb es ruhig. »*Está perdida*«, sagte er. »*Tienes que buscarla.*«

Sie hat sich verirrt. Du mußt sie finden.

Der schwarze Samtvorhang zwischen uns und dem hinteren Teil des Leichenwagens zuckte. Ich schrak auf meinem Sitz zusammen und betete, daß er sich nicht öffnen würde.

»*Ahora. Háblame de tu madre.*«

»Meine Mutter? Warum müssen wir über sie sprechen?«

Carlos antwortete nicht. In dem langen Schweigen, das folgte, glaubte ich, Pierrot kichern zu hören. M bewegte sich – wälzte sich in meiner Gebärmutter herum wie ein unruhig schlafendes Kind. Ich sollte mir bald einen Namen für sie ausdenken; ich war bereits in der einunddreißigsten Woche. Es gibt Kinder, die so früh schon auf die Welt gekommen und am Leben geblieben sind. »Meine Mutter konnte mit Wimperntusche umgehen, aber sie hat zuviel Grundierung verwendet«, sagte ich. »Eine Dose Haarspray brauchte sie in sechs Wochen auf, und ihr zweitliebster Nagellack war Pflaumenblau. Möchtest du das hören?«

»*Háblame más*«, sagte Carlos der Magier, also plapperte ich weiter, meine Finger um den Türgriff verkrampft, die andere Hand auf dem Armaturenbrett, um meine Gebärmutter zu schützen, falls wir einen Unfall hatten.

»Stechmücken mochten sie nicht besonders, deshalb hat sie wahrscheinlich die ganze Zeit die Türen offengelassen. Mich hätten sie am liebsten bei lebendigem Leibe aufgefressen. Sie hat Knoblauch und Rainfarn aufgehängt, um sie abzuhalten – sie hat gesagt, ihre Mutter habe ihr das beigebracht. Über ihre Familie sprach sie nicht oft. Ich glaube nicht, daß es gebildete Leute waren. Mama hatte keinen Hinterwäldlerakzent, aber von Zeit zu Zeit rutschten ihr diese Provinzausdrücke raus: ›Das war ja wohl der läufigste alte Kerl, der mir je begegnet ist‹; oder ich fragte sie, ob das Abendessen fertig sei, und sie antwortete: ›Na, so fast, aber net ganz.‹ Ich glaube, man könnte sie als Liberale bezeichnen. Sie war für Rassenintegration, und sie wollte für eine Präsidentin stimmen. Sie hat immer Butter verwendet, nie Margarine. Sie wollte immer einmal nach Paris, aber sie ist nie hingefahren.«

Ich blickte zu Carlos hinüber, um herauszufinden, was er von all dem hielt, und schnappte nach Luft. Er fuhr mit geschlossenen Augen. Ich starrte ihn eine ganze Weile an, während mir das Herz in der Brust hämmerte. Ich mußte mich heftig verspannt haben, denn M versetzte mir einen Tritt wie ein wütendes Fohlen.

Der Wagen wurde allmählich von der Straße getragen. »*Habla*«, murmelte Carlos. Seine Stimme war leise und undeutlich. Ich hatte früher schon Menschen in Trance gesehen – Mama hatte Freunde, die von einem Augenblick auf den nächsten in Trance fallen konnten –, und ich wußte, daß er weit weg war.

»Sie, sie, sie liebte Kekse, aber sie backte sie nur ungern selbst«, keuchte ich. Der Wagen fuhr wieder geradeaus und wurde schneller. »Sie hat immer gesagt, Kekse in Dosen seien einer der großen Gnadenakte Gottes. Sie konnte so ziemlich alles trinken. Bei harten Sachen war es ihr gleichgültig, ob sie einen Scotch Single Malt trank oder einen billigen, gepanschten Roggenwhisky, aber guten Bourbon mochte sie besonders. Als ich klein war, war sie die einzige Mutter, die mir gestattete, meine Haare so zu tragen, wie ich es wollte – lang oder kurz oder lockig. Einmal hat sie mir erzählt, ihre Mutter habe sie gezwungen, denselben Kurzhaarschnitt acht Jahre lang zu tragen; sie habe sich daraufhin geschworen, ihrem Kind so etwas nicht anzutun. Äh ...«

Mir fiel nichts mehr ein. Das Muertomobil nährte sich gefährlich dem rechten Bordsteinrand. Ich versuchte verzweifelt, mich an etwas über Mama zu erinnern, irgendeine Kleinigkeit, egal was, doch ich konnte nur noch daran denken, daß ich die Spottdrossel nicht mehr hören konnte.

Ein Mädchen lief vor uns auf die Straße. »O Gott!« schrie ich. Ich wollte gerade ins Lenkrad greifen, als Carlos auf die Bremse trat. Mit Schrecken spürte ich, wie wir gegen etwas fuhren, und dann wurde ich nach vorne geschleudert. Meine Schulter knallte mit solcher Wucht gegen das Armaturenbrett, daß mein Arm taub wurde. Die Reiter, die Carlos hinten im Leichenwagen versammelt hatte, schossen nach vorne, knallten hinter mir gegen die Trennwand und fielen dann polternd zu Boden, als der Leichenwagen ruckartig zum Stehen kam. Der schwarze Samtvorhang hatte sich von vier seiner Halteringe losgerissen. Dahinter hörte man ein Knurren und Murren.

Adrenalin sauste wie Eiswasser durch meinen Blutkreislauf – so heftig, daß ich einen Augenblick starr vor Schreck war. »Geschlagen und nicht getroffen«, hauchte ich. M hüpfte und krümmte sich wie ein Hecht in mir. Ich segnete sie, blind vor Erleichterung darüber, daß ich sie so stark in mir zappeln spürte. Das Gefühl kehrte in meinen rechten Arm zurück, und meine Schulter schmerzte, als ob mir jemand einen Homerun-Schlag mit einem Baseballschläger versetzt hätte.

Carlos stieg aus, hastete zur Vorderseite des Leichenwagens und kauerte auf der Straße nieder. Er redete mit jemandem, den ich nicht sehen konnte. Ächzend wuchtete ich mich aus dem Muertomobil.

Die Gegend, in der wir uns befanden, war mir fremd. Ich war mir nicht einmal sicher, ob wir uns in Houston befanden oder in der Stadt des Kleinen Verlorenen Mädchens – oder an einem Ort, wo sich beide Städte berührten. Drei Blocks entfernt strömte der Verkehr eine gut beleuchtete Straße entlang: die Richmond vielleicht oder die Westheimer? Der größte Teil dieses Straßenzuges schien aus Wohnhäusern zu bestehen, großen Gebäuden, die in Wohnungen unterteilt waren, nach den Autos zu urteilen, die davorstanden. Ein Stück weiter die Straße hinunter, am Ende des Blocks, dröhnte dumpf Musik aus einem winzigen Club oder einer Bar.

Das Mädchen, das wir angefahren hatten, saß auf der Straße und sah sich ihre Hände an. »Wow. Blut«, sagte sie. »Du mußt mir deinen Namen und deine Telefonnummer geben, falls ich dich vor Gericht zerren muß.« Sie war ein weißes Mädchen mit schmutzigblonden Haaren. »Verdammt, da stecken Kiesel in meiner Haut.« Sie trug einen schwarzen Rock, darunter Leggins und flache Sandalen an den Füßen, darüber ein übergroßes schwarzes T-Shirt mit dem grellen weißen Schriftzug *Angst* darauf. Ihr Akzent klang nach weißem Pack aus Osttexas. Eine freche Göre aus Baytown oder Beaumont oder Port Arthur.

»Wir sollten dich in ein Krankenhaus bringen«, sagte Carlos auf englisch.

»Kenn ich dich vielleicht? Nein, ich steig nicht mitten in der Nacht in das durchgeknallte Auto eines Fremden, vielen Dank. Glaubst du, ich habe noch nie den Film der Woche gesehen?«

»Bist du verletzt? Außer an den Händen?« wollte ich wissen.

»Ich weiß es nicht. Wahrscheinlich hat's mich schon schlimmer erwischt, von schlimmeren Sachen.« Sie hielt ihre Hände in den Schein der Straßenlaterne und betrachtete sie genau. »Das brennt.«

»Bitte. Laß mich dich in ein Krankenhaus bringen.«

»Äh, nichts für ungut, Freundchen«, sagte das Mädchen und warf einen Blick auf das Muertomobil, »aber du fährst wie der allerletzte Idiot. Selbst wenn ich nicht glauben würde, daß du mich, na ja, vor einer Videokamera folterst oder so, werde ich nicht in ein Auto steigen, auf dessen Motorhaube ein Schädel klebt. Mit einem Kerl, der mitten in der Nacht mit ausgeschalteten Scheinwerfen fährt.«

»Gut, dann laß uns deine Eltern anrufen«, sagte ich.

»Nein.«

»Wissen sie, daß du so spät ...«

»Nein«, sagte sie noch einmal, ziemlich schnell. »Hört zu, ich will keinen Ärger mit euch, okay? Mir geht's gut. Ich wollte mich nur mit ein paar Freunden in der Bar treffen. Ich werd reingehen, mir die Hände waschen und mich dann nach Bedarf um Reparaturen kümmern.«

Sie konnte nicht älter als sechzehn sein. »Du willst deine Eltern nicht anrufen.«

»Das geht euch nichts an, okay?«

»Sie wissen nicht, daß du hier bist, stimmt's?« sagte ich langsam. »Sie wissen nicht, daß du unterwegs bist. Ich würde sogar wetten, daß sie nicht einmal wissen, daß du in Houston bist.« Keine Antwort. Volltreffer. Ich mußte an Candy denken, die sich davongeschlichen hatte, um mit Männern zu vögeln, die doppelt so alt waren wie sie, während ich für meine Erstsemesterklausuren büffelte.

»Hör zu, sag Speedy Gonzales hier, er soll mir seinen Namen und seine Telefonnummer aufschreiben, und ich ruf ihn an, falls ich einen Blutsturz bekomme«, sagte das Mädchen. »›Hundertzwanzig Kubikzentimeter Glykocholin – und zwar pronto!‹« Sie lachte. »Hat einer von euch Gestalten eine Zigarette übrig? Ich hab meine letzte meiner Mama gegeben.«

Ich wandte mich an Carlos. »Wir rufen ihr ein Taxi und bringen sie ins Krankenhaus.«

»Ich bin nicht versichert«, sagte das Mädchen. Sie stand auf und wischte sich die blutigen Hände an ihrem Rock ab. Sie war etwas größer als ich, aber sie war dünn, so dünn, mit Schatten unter den Augen.

»Wo schläfst du?« fragte ich sie.

»Hab ich doch gesagt – ich hab Freunde. Viele Freunde. Die auf mich warten«, sagte sie und trat einen Schritt zurück.

»Wir wollten uns nicht aufdrängen.«

Sie warf einen Blick auf das Muertomobil. »Okay, gut, tut mir leid.« Und wischte sich noch einmal die Hände an ihrem Rock ab.

Ich hörte, wie die Spottdrossel in der Finsternis ihr Lied anstimmte. Ich sah das Mädchen an und mußte daran denken, daß Mama als Teenager nach New Orleans davongerannt war. Weder über ihre Familie noch über ihr Leben zwischen zwölf und zwanzig hat sie viele Worte verloren. Ich fragte mich, wovor das Mädchen vor mir davonrannte. Ein Stiefvater, der sie schlug, oder eine Mutter, die soff, oder einfach nur vor ihren eigenen Fehlern? Vielleicht rannte sie auch einfach nur aus Baytown davon oder aus Beaumont oder Port Arthur: kleine texanische Raffineriestädte, die jede Hoffnung aus einem herausprügelten. Vielleicht wußte sie nicht, was sie wollte – nur eben, daß sie nicht aufwachsen wollte, um in der Wäscherei zu arbeiten oder im selben Werk wie ihr Vater. Vielleicht hatte sie sich aus der Schule abgemeldet, weil sie in Mathe nicht gut war und niemand hatte, der ihr half, besser zu werden. Erneut mußte ich an Candy in ihrem rosafarbenen Top denken – und ich saß hinter meinen Büchern und versteckte mich. Ich dachte an meine Tochter und betete, daß sie immer auf das Licht vor ihr zulaufen und nie vor der Finsternis hinter ihr fliehen würde. Vielleicht war dieses Mädchen ein Miststück oder eine dumme Göre. Aber sie sah so jung aus, daß ich ihr alles nachsehen konnte, wenn ich sie nur mit nach Hause nehmen, ihr zu essen geben und sie bis zum nächsten Morgen beschützen konnte.

»Kann ich jetzt gehen?« fragte sie. »Ich gehe jetzt einfach. Vergeßt den Namen und die Telefonnummer. Eigentlich will ich sie gar nicht wissen.«

»Nein, ich möchte dir meine Nummer geben«, sagte ich. »Gehen wir in den Club hinüber, wo ich einen Stift bekommen kann, ich schreib dir meinen Namen auf, und du rufst mich an, wenn du Hilfe brauchst.« Ich weinte. »Wenn du irgend etwas brauchst.«

Sie wandte mir peinlich berührt den Rücken zu. »Klar. Was auch immer«, sagte sie.

Am nächsten Tag schaute Rick Manzetti herein, um noch eine von Mamas Geschichten aufzunehmen, doch statt dessen erzählte ich ihm schließlich von meiner nächtlichen Fahrt mit Carlos. »Und was geschah dann?« fragte er.

»Ich habe sie in den Club begleitet und meinen Namen und meine Telefonnummer auf eine Serviette geschrieben.«

»Das war alles?«

»Ich habe ihr noch eine Schachtel Zigaretten gekauft.«

Er sah mich mißbilligend an, doch das war mir gleichgültig. »Mama hat geraucht«, sagte ich.

»Wie bitte?«

»Mama. Sie hat geraucht.« Ich saß am Küchentisch und trank kalte Milch. Rick trank ein Dos Equis mit einem Limonenschnitz. »Verstehen Sie jetzt? Carlos hat mich zu meiner Mutter gebracht.« Rick machte sich eine weitere Notiz in seinem kleinen gelben Block. Er hatte wunderbare Hände. »Allerdings nicht die Mama, die ich gekannt habe und die viel größer war als ich. Er hat mir jene andere Elena Beauchamp gezeigt, das Mädchen aus Longview oder Tyler oder Port Aransas, die aus diesem gräßlichen Loch von einer texanischen Kleinstadt abgehauen ist und sich in der großen Stadt durchgeschlagen hat.«

»Das Kleine Verlorene Mädchen«, sagte Rick.

»Vielleicht.« Ich sah ihn an. »Vielleicht haben Sie recht. Vielleicht war Angela gar nicht das Kleine Verlorene Mädchen. Vielleicht hat Mama die ganze Zeit über mit sich selbst gesprochen, ohne daß ich es verstanden hätte. Wahrscheinlich sind wir alle Kleine Verlorene Mädchen. Auf die eine oder andere Art.«

»Viele Menschen gehen verloren«, sagte Rick. »Hat Carlos' Exorzismus denn funktioniert?«

Ich nickte. »Als wir schließlich aus dem Club kamen, waren im Muertomobil keine Reiter mehr, und die Witwe war aus meinem Kopf verschwunden.« Ich sah zu, wie er einen Schluck Bier trank. »Rick, darf ich Ihnen eine Frage stellen?«

»Schießen Sie los.«

»Würden Sie mich heiraten? Natürlich nicht jetzt. Sondern, ich meine, falls wir uns besser kennenlernen würden und gut miteinander auskämen. Könnten Sie sich vorstellen, mit mir verheiratet zu sein?«

»Mm. Ich ... Nein. Ich glaube nicht.«

»Hab ich mir gedacht.« Ich trank noch etwas Milch und wünschte, ich könnte statt dessen sein Bier trinken. »Warum nicht?« Er warf einen Blick auf meinen aufgeblähten Bauch. »Sie möchten eine Jungfrau heiraten?«

»Ich möchte nicht der Vater des Kindes eines anderen Mannes sein.« Er kratzte sich am Bart. »Ich finde das nicht eben bewundernswert von mir, aber das sind meine ehrlichen Gefühle, ganz tief in mir.«

»Da sollte man auch besser ehrlich sein«, erwiderte ich. »Wußten Sie, daß die Häufigkeit von Kindesmißbrauch bei Stiefvätern zwölfmal höher ist als bei natürlichen Vätern? Offenbar ist Blut tatsächlich dicker als Wasser.« Ich tätschelte meinen Bauch. »Darüber habe ich oft nachgedacht.«

»Es tut mir leid.«

»Sie könnten mir sagen, daß Sie mich heiraten würden, wenn es das Kind nicht gäbe. Nur damit ich den Mut nicht verliere.«

Er lächelte. »In Ordnung.«

»Das sagen Sie jetzt nicht nur, um mich zu trösten, oder?«

»Natürlich nicht.«

Ich lachte und trank meine Milch aus. »Ich habe Ihnen, glaube ich, alle Geschichten über das Kleine Verlorene Mädchen erzählt, an die ich mich erinnern kann. Ich rufe Sie an, wenn mir noch mehr einfallen.«

Angelas Stimme drang von der Treppe zu uns herab. »Klopf, klopf?«

»Komm runter«, sagte ich. »Du störst uns nicht. So leid mir's tut.« Rick grinste und steckte seinen gelben Notizblock in seine lederne Aktenmappe.

Angela streckte ihren Kopf um die Ecke der Treppe. »Mir ist gerade etwas eingefallen«, sagte sie. »Was ist eigentlich mit dem Orangensaft?«

Sie hatte ausgesprochen recht. Wegen Mary Jos Tod und der Beerdigung und der Witwe in meinem Kopf hatte ich den Kontrakt über das gefrorene Orangenkonzentrat vollständig vergessen. Umgehend und in heller Panik rief ich meinen Makler an und ließ ihn sofort verkaufen – ich hatte entsetzliche Angst, daß ich einen Termin verpaßt hatte und jeden Augenblick ein Containerlastwagen mit zwanzigtausend Pfund gefrorenem Orangensaftkonzentrat auf unserem Hof vorfahren könnte.

Wie sich herausstellte, blieben uns noch zwei Tage, bevor wir gezwungen gewesen wären, die Lieferung entgegenzunehmen und für die Kontraktsumme aufzukommen. Offensichtlich hatte sogar mein unbarmherziger Discount-Makler versucht, mich anzurufen, aber ich hatte meinen Anrufbeantworter abgeschaltet und das

Band mit Mary Jos entsetzlicher Nachricht fortgeworfen – sie waren nicht in der Lage gewesen, mich zu erreichen.

»Nun?« fragte Angela, als ich in meinem Schlafzimmer das Telefon aufhängte.

Ich drehte mich auf meinem Bürostuhl vor dem Computer herum. »Ich fürchte, wir haben« – dramatische Pause – »sechshundertundzwölf Dollar verdient!«

»Verdient? Hast du gerade gesagt...« Angela stieß einen Freudenschrei aus. »Sechshundert Mäuse dafür, daß wir vergessen haben, jemanden anzurufen!«

Ich grinste wie ein Trottel. »So läuft das immer. Beim ersten Mal macht jeder Gewinn. Und beim zweiten Mal Verlust. Das ist eine Regel.«

»Schnell, laß uns sofort eine Kleinigkeit kaufen, dann haben wir die Verliererei hinter uns«, sagte Angela. Sie hatte ihre Haare mit einem Kopftuch hochgebunden. Inmitten ihrer braunen Haare waren einige weiße Strähnen zu sehen. Irgendwie war es äußerst beruhigend, daß eine Frau mit einigen weißen Haaren und einer siebzehnjährigen Tochter noch immer so überzeugend jubeln konnte. Sie schnappte sich das Notizbuch, in das ich meine Transaktionen geschrieben hatte, und überblätterte die Seiten mit Herrn Kupfers kalter, ordentlicher Handschrift. Zu meiner Überraschung stieß ich auf einige Seiten mit Notizen in Angelas fürchterlicher Klaue. »Ich habe diese Woche die Deutsche Mark im Auge behalten, und ich glaube, daß wir da durchaus noch aufspringen könnten.«

»Du hast die Deutsche Mark im Auge behalten? Wann?«

»Toni, ehrlich gesagt warst du während der letzten Wochen nicht besonders unterhaltsam«, erwiderte sie. Sie hob mein Exemplar von Schwagers ›Umfassendem Führer für Terminkontrakte‹ hoch, das ich mir schließlich doch noch gekauft hatte, nachdem ich mich für ein

Leben als Spekulantin entschieden hatte. »Seit zehn Tagen sitze ich vor dem Ventilator und lese diesen Kram, während du Trübsal geblasen hast.«

»Du meine Güte! Es tut mir so leid. Ich war eine schlechte Gastgeberin.«

»Und das ist schade, denn du kochst viel besser als ich.«

Das stimmte. Im Laufe der Zeit hatte ich herausgefunden, daß sich eine Kanadierin unter stark gewürztem Essen bestenfalls Dill-Pickles vorstellte. Ich nahm mir vor, noch heute abend in die Küche zurückzukehren. Vielleicht würde ich ein paar Poblano-Schoten füllen und *chiles rellenos* zubereiten. Dann fiel mir etwas ein. »Äh, wann mußt du eigentlich wieder in Calgary sein?«

»Vor zwei Tagen.«

»Was!«

Angela zuckte mit den Achseln. »Ich habe gedacht, daß du hier noch etwas Unterstützung gebrauchen könntest, also habe ich umgebucht.«

»Ich wußte nicht, daß das möglich ist.«

»Ich habe einen flexiblen Linienflug gebucht, für den Fall, daß ich hier ankomme und, äh ...«

»Für den Fall, daß du die Beine in die Hand nehmen wolltest, nachdem wir uns kennengelernt hatten.« Ich lehnte mich in meinem Bürostuhl zurück und verlagerte mein Gewicht auf die Kissen, die ich dort gestapelt hatte, um meinen Rücken zu entlasten, der mir inzwischen unablässig weh tat. »Klug vorausgedacht.«

Angela nahm ihr Glas Eistee vom Computertisch und hielt es sich gegen die Stirn. »Toni, ehrlich gesagt hatte ich keine Ahnung, wie ihr mich aufnehmen würdet. Ich meine, schließlich habe ich Elenas Geld bekommen.« Sie lächelte matt, und ich konnte die Krähenfüße unter ihren Augen sehen, die Falten, die sich auf ihrer Stirn und um ihren Mund herum immer deutlicher abzeichneten und die sie nie mit Grundierungscreme überdeckte, so wie Mama das getan hätte. »Und ich dachte, daß ich vielleicht zu wütend sein würde, um hierzubleiben. Als Jugendliche habe ich dich immer gehaßt. Nicht dich persönlich, sondern die, für die meine Mutter mich verlassen hatte. Weil sie dich mehr liebte als mich.«

»Zumindest hat sie bei uns gewohnt.«

»Das ist das gleiche«, erwiderte Angela.

Sie saß auf meiner Bettkante und beobachtete den CNBC-Ticker. Der schwarze Eisenventilator surrte und zerrte an ihrem verschwitzten Hemd. »Toni, hat das Wort ›sofort‹ hier eine andere Bedeutung? Du hast es während der letzten beiden Wochen oft verwendet. Zum Beispiel: ›Darum kümmere ich mich sofort.‹«

»Äh ... ›nicht jetzt‹.«

»Das ist mir erst in letzter Zeit klargeworden.«

Ich wand mich auf meinem Stuhl und drückte mir die Faust ins Kreuz. Es war scheißheiß und schwül, obwohl der Ventilator lief. Ich konnte mich nicht mehr daran erinnern, wann ich mich nachts das letzte Mal auch nur mit einem Laken zugedeckt hatte. Mein Gesicht war unablässig gerötet, und mein Körper fühlte sich an, als hätte ich gerade ein vierundzwanzigstündiges heißes Bad hinter mir. »Das hat die gleiche Bedeutung wie ›gleich‹, im Sinne von: ›Daran habe ich auch schon gedacht.‹ Zum Beispiel: ›Ich sollte gleich mal den Rasen mähen.‹«

Angela lachte. Sie nahm das Transaktionsbuch, überflog ihre Notizen und sah mich dann an. »Was würdest du davon halten, wenn wir gemeinsam ein Geschäft gründen würden?«

»Ein Geschäft?«

»Terminkontrakte.«

Ich starrte sie blöde an und wischte mir dann über das schweißnasse Gesicht. Immerhin gelang es mir, noch etwas mehr Schweiß in die Augen zu bekommen, so daß es brannte. »Machst du Witze?« fragte ich blinzelnd. »Du hast *einen* Kontrakt durchgezogen, Angela. Du hast damit Gewinn gemacht. Mit meinem ersten Kontrakt habe ich auch Gewinn gemacht. Das ist keine gute Art und Weise, Geld zu verdienen. Fünfundneunzig Prozent aller selbständigen Spekulanten ...«

»... gehen innerhalb des ersten Jahres bankrott. Ich weiß. Ich habe deine Bücher gelesen, denk dran.« Angela zuckte mit den Achseln – mit der gleichen schlaksigen, knochigen Lässigkeit, mit der auch Mama in die Zukunft blickte. »Falls es nicht klappt, dann ist mein Leben doch noch nicht vorbei. Glaubst du, ich wüßte nicht, wie es ist, zu versagen? Oder vielleicht bist du es, die noch nie versagt hat«, fuhr sie fort. Sie stieß mit dem Transaktionsbuch nach mir. »Das ist der Grund, stimmt's? Du hast Angst, weil du noch nie so richtig auf die Schnauze geflogen bist, oder? Du hast dich noch nicht scheiden lassen, du bist noch nie bankrott gegangen oder hast noch nie mit Schläuchen in der Nase im Krankenhaus festgesessen.« Sie beugte sich vor und tätschelte mir die Hand. »Herzchen, hab keine Angst. Im Leben gibt es nur wenige Katastrophen, nach denen du nicht mehr auf die Beine kommst.«

»Hab ich dir jemals erzählt, daß ich als Aktuarin gearbeitet habe?«

Angela lachte. »Du siehst die Welt, als träte immer das Schlimmste ein. Nun, stell dir vor, dabei ist es die Ausnahme. Wenn nicht, würden alle Versicherungen pleite gehen. Was nicht passiert, falls du das noch nicht bemerkt haben solltest.«

»Ja, ja, gut.« Ich konnte mir ein Lächeln nicht verkneifen. »Ich habe verstanden.«

»Selbst wenn das Schlimmste eintritt, überlebst du das. Verdammt, ich habe einen Autounfall mit zwei gebrochenen Beinen überlebt und auch, daß Monica mit zwei Jahren aus einem Fenster gefallen ist, und einen Knoten in der Brust und einige Scheidungen – glaubst du, ich werde mein Leben wegen ein paar Warentermin-kontrakten ruinieren?«

»Genug!« sagte ich. »Mit wie vielen Ehemänner hast du dich eigentlich eingelassen?«

»Mit zweien war ich verheiratet«, sagte Angela und dachte nach. »Und zahllosen anderen.« Sie sah mich an und brach in Gelächter aus. »Toni, du siehst aus, als würdest du an einer Erbse ersticken. Bist du schockiert? Mit einunddreißig?«

Ja! wollte ich sagen. Ja, so leichthin kannst du doch nicht mit anderer Frauen Ehemänner vögeln! Und doch ... und doch mochte ich Angela sehr. Wirklich. Und ich wußte nicht, was ihren Affären vorausgegangen war. Also sagte ich nach einer langen Pause nur: »Du erinnerst mich wirklich an Mama.«

»Oje«, erwiderte Angela. »Es freut mich, daß du das sagst. Mir gefällt der Gedanke, daß etwas von ihr in mir weiterlebt. Aber ich kenne dich auch schon gut genug, um zu wissen, daß es nicht als Kompliment gemeint ist.«

»Doch, das ist es. Du hast ihre Klasse. Mama war eine Piratin. Eine Freibeuterin. Du hättest sie gemocht. Ich wünschte, du wärst bei uns gewesen.«

»Ich glaube, ich wäre ihr eher gewachsen gewesen«, sagte Angela.

»Da hast du sicher recht. Aber sie war so groß, Angela. Sie hat das ganze Zimmer für sich in Anspruch genommen. Aber du hättest sie mit einem Lachen abgetan.« *Du bist das unausstehlichste Kind, das je gelebt hat, Antoinette.* »Wärst du doch hiergewesen. Ich glaube, es hätte mir gefallen, nicht das älteste Kind zu sein«, sagte ich. Und dann: »Ich habe mein Bestes gegeben.«

»Ich weiß.«

Dann drückte sie mir ganz kurz die Hand. »Hier ist mein Angebot. Wenn ich Elenas Nachlaß und das Geld, das mein Anwalt aus Darth Vader herausgepreßt hat, zusammennehme, dann bin ich im Augenblick recht gut bei Kasse. Habe ich dir jemals von meinem Job in Calgary erzählt?«

»Äh, nein.«

»Das hat einen Grund. Ehrlich gesagt juckt es mich, meinen Chef anzurufen und ihm mitzuteilen, daß mein Urlaub auf unbefristete Zeit verlängert wurde. Da ich bereits gestern wieder hätte arbeiten müssen, hat er mich vielleicht eh schon gefeuert.« Sie zuckte mit den Achseln. »Ich verfüge über genügend Geld, um uns vier oder fünf Kontrakte gleichzeitig zu ermöglichen, und das müßten wir auch versuchen, wenn wir ein dauerhaftes Einkommen erwirtschaften möchten. Darüber hinaus würde ich noch eine dieser Omega Tradestations kaufen, von denen du erzählt hast.« Sie machte eine wegwerfende Handbewegung in Richtung Fernseher. »Es ist Wahnsinn, immer zehn Minuten auf eine Notierung zu warten, der Markt verändert sich zu schnell. Außerdem sollten wir meiner Meinung nach mit einem regulären Makler zusammenarbeiten, zumindest bei den größeren Ankäufen.«

»Du hast dich wirklich informiert!«

»Wir würden eine Partnerschaft eingehen. Von Zeit zu Zeit möchte ich in der Lage sein, dich so lange zu nerven, bis du ein Risiko eingehst, aber wir kaufen nur, wenn wir uns einig sind.«

»Klingt fair«, sagte ich. Mein Herz fing langsam an zu verstehen, was Angela da vorschlug. Ich würde unverhoffte Hilfe haben – zu Hause mein Geld verdienen können: Plötzlich schien sich die ganze Angst, die ich unterdrückt hatte, wie stählerne Klammern um meine Brust zu schließen. »Ich möchte dir nichts schuldig sein«, sagte ich. »Dir oder sonst irgend jemandem.«

»Ich schenke dir nichts, Dummkopf. Ich habe dir eine Partnerschaft angeboten. Zufälligerweise bin ich der Meinung, daß du ziemlich klug bist. Du kennst dich gut mit

Märkten aus, innerhalb der Geschäftswelt und mit Finanzen. Ich bin in der zehnten Klasse durch die Algebraprüfung gefallen. Wenn du der Meinung bist, daß deine Fähigkeiten nichts wert sind, ist das dein Problem. Aber du könntest zumindest so klug sein und das für dich behalten.« Angela lachte. »Mich schaudert bei dem Gedanken, dich bei einem Vorstellungsgespräch zu erleben.«

»Dazu ist es nie gekommen. Ein Freund von Mama hat mich von der Schule weg eingestellt.«

»Das glaube ich dir. Weißt du, ich glaube, ich hatte wirklich recht. Dein großes Problem besteht darin, Toni, daß du noch nie richtig auf die Schnauze geflogen bist – du kannst dir gar nicht vorstellen, dich hinterher wieder aufzurappeln.« Sie trank einen Schluck Eistee und grinste. »Bleib bei mir, Mädchen, und ich verspreche dir, du wirst es erleben.«

»Na, das ist eine beruhigende Vorstellung.« Ich verteilte den Schweiß noch ein wenig in meinem Gesicht. Ich fühlte mich, als wäre mein Körper aus Margarine modelliert und würde in der Hitze langsam zerfließen.

»Ich habe noch eine nicht verhandelbare Bedingung.« Sie stellte ihr Glas auf den Tisch.

»Ja?« erwiderte ich und wartete darauf, daß meine wundervolle Zukunft wie ein Glas auf dem Fliesenboden zerschellte.

Angela zupfte an ihrer schweißüberströmten Bluse. »Zumindest in ein Zimmer in diesem ehrwürdigen Gebäude müssen wir eine Klimaanlage einbauen. Ich habe Hitzebläschen bis unter die Brüste. In dieser Stadt ist es so schwül, daß sich mein Ohrenschmalz verflüssigt.«

»Erspar mir die Einzelheiten. Eine Klimaanlage im Schlafzimmer.«

»Abgemacht, Partner.« Sie streckte ihre Hand aus, und ich schlug ein. Vor Erleichterung und Vorfreude wurde mir schwindelig. »Werden wir die Welt der Großkonzerne zum Einsturz bringen?«

»Sofort«, erwiderte ich. »Da werde ich mich gleich dranmachen.«

Und dann, einen Moment später, fragte ich: »Angela, wenn du eine unterdrückte Lesbe wärst, dann wüßtest du das, oder?«

»Ich bin keine Lesbe.«

Ich wurde rot. »Ich habe nicht *dich* gemeint, sondern, du weißt schon, jede.«

»Warum habe ich den Eindruck, daß du mit Candy gesprochen hast?« Angela steckte sich einen Eiswürfel in den Mund und kaute nachdenklich darauf herum. »Mir scheint das zu den Dingen zu gehören, die man eigentlich wissen müßte.«

»Gut. Das habe ich auch gedacht.«

Sie aß den Eiswürfel auf. »Andererseits, vielleicht ist das auch die Bedeutung von ›unterdrückt‹. Du weißt es eben nicht. Wenn du es wüßtest, wäre es nicht mehr unterdrückt, oder?«

»Meinst du?«

»Keine Ahnung.«

»Oh«, sagte ich.

»Toni, können wir uns über etwas anderes unterhalten?«

»Ich denke schon«, erwiderte ich.

ZWÖLF

Nach meiner nächtlichen Fahrt im Muertomobil sah es so aus, als kämen die Reiter und ich besser miteinander aus. Manchmal, nachdem ich lange Stunden mit Angela Termingeschäfte auf der brandneuen Omega Tradestation verfolgt hatte, roch ich Herrn Kupfers Geruch nach Staub und Benzin, aber nur schwach, wie eine Erinnerung oder eine Aussicht auf das, was noch geschehen mochte.

Der große Joe DiMaggio hat einmal gesagt, daß es in Houston drei Jahreszeiten gibt: Sommer, Juli und August. Angela wußte nicht einmal, wer Joe DiMaggio war, aber sie stimmte dieser Einschätzung zu. Den größten Teil des Augusts verbrachte sie direkt neben der Klimaanlage, die sie im dritten Stock hatte einbauen lassen. Nachdem sie nun die gehirnerweichende Hitze des endlosen Sommers in Houston erlebt hatte, erklärte sie, daß sie unsere Familie besser verstehen konnte.

Im August verdienten wir mit Terminkontrakten knapp elfhundert Dollar. Zwei Frauen konnten davon nicht leben, aber es war ein ermutigender Anfang, vor allem weil ich noch andere Dinge im Kopf hatte. Mary Jo hatte mich zu ihrer Testamentsvollstreckerin bestimmt, und das bedeutete, daß ich ihr Haus – mitsamt dem neuen Dach – verkaufen und ihr Hab und Gut verteilen mußte. Das wasserfleckige Exemplar von ›Der kleine schwarze Sambo‹ hatte sie mir hinterlassen. Als ich es bekam, mußte ich weinen, und ich legte es in das Fach der Witwe – warum, wußte ich nicht.

Dann mußte Candys Hochzeit vorbereitet werden, und das bedeutete, daß ich mit Carlos und La Hag Gonzales fertig werden mußte. Und natürlich wurde mir mit jedem Tag heißer, und ich wurde fetter. Ächzend und keuchend schleppte ich mich durch die ersten drei Septemberwochen. In meinem Kopf schwirrten Deutsche Mark und Cocktailhäppchen herum, und ich fragte mich, ob ich jemals einen Ehemann finden oder auch nur wieder einen Gürtel tragen würde.

Am Tag vor Candys Hochzeit rutschte meine Unterhose hinunter.

Unterwäsche ist dazu gemacht, einem Menschen mit normaler Figur zu passen. Wenn du schwanger bist, bist du jedoch nicht nur fett, du bist auf eine merkwürdige Art und Weise fett. In deinem Unterleib sind, sagen wir, acht Pfund Baby wie ein Thunfisch in zehn Pfund Meerwasser zusammengepfercht. Dazu kommt eine fötale Cafeteria, als Plazenta bekannt, und dieser ganze Kram ist in deine Gebärmutter gestopft. Denk allerdings daran, du bist nicht fett. Unterhalb des Unterleibs befindet sich kein überzähliges Gramm Fleisch – zumindest bei mir nicht. Entsprechend stand die Wölbung meines Bauches ausgesprochen spitz vor. Das erwies sich für meine arme, überforderte Unterhose als zu rutschig. Dank meines Leibesumfangs war der Gummibund locker geworden – voller Verzweiflung gab das Höschen den Kampf auf und sank um meine geschwollenen Knöchel zu Boden.

Zu diesem Zeitpunkt stand ich im *Whole Earth Foods* in der Schlange vor der Kasse.

Es ist äußerst peinlich, wenn dir mitten in einem Lebensmittelgeschäft der Slip auf die Knöchel rutscht. Selbst wenn es ein Hippie-Lebensmittelgeschäft ist. Mit einem Seufzer schlurfte ich weiter, stellte meinen Einkaufskorb auf das Laufband und bückte mich. Wenn du im neunten Monat schwanger bist, ist das ein ausgesprochen schwieriges Unterfangen – du mußt dich hinhocken und keuchst und stöhnst aus Leibeskräften. Ich keuchte und stöhnte noch ein wenig mehr, während ich aus meinem Höschen trat, erst mit dem linken, dann mit dem rechten Fuß, es aufhob – was keine leichte Aufgabe war – und in meine Handtasche stopfte.

Als ich mich aufrichtete, bemerkte ich, daß ein Mann mittleren Alters mit einem ergrauenden Pferdeschwanz, der vor mir in der Schlange stand, mich fasziniert anstarrte.

»Was ist los?« fragte ich mit eisiger Würde. »Haben Sie noch nie gesehen, wie einer schwangeren Frau die Unterwäsche runterrutscht?«

Lassen Sie mich von meinem neunten Schwangerschaftsmonat erzählen. Erst einmal ist es unerträglich heiß, vor allem in Houston im September. Ich lebte wie eine Fledermaus: Erst nach Sonnenuntergang kam ich heraus, und die Tage verbrachte ich an die neue Klimaanlage geklammert. Ich habe keine Ahnung, warum wir nicht schon früher eine installiert hatten. Sie war ein Wunder. Sie war göttlich.

Wenn du im neunten Monat schwanger bist, tut dir dein Hintern ununterbrochen weh. Ausgeglichen wird dieser Schmerz von einem dumpfen, unerbittlichen Schmerz im Kreuz – ein Schmerz, der nie aufhört und von dem du jede Nacht unzählige Male erwachst.

Auch wenn während der ganzen Schwangerschaft die ernsthafte Gefahr besteht, daß du dich in eine Kugel verwandelst, hast du vom wahren Ausmaß der Katastrophe kaum eine Ahnung, bevor du den neunten Monat erreicht hast. Nach der Hälfte der Schwangerschaft gleichst du eher einem Kügelchen, das im neunten Monat zu einem Fesselballon wird. Alles schwillt an. Deine Brüste. Dein Hintern. Deine Knöchel. Deine Handgelenke. Dein Kopf schwillt an und schmerzt unablässig. Deine Finger schwellen an, und du wirst unbeholfen. Es scheint unglaublich, daß du anschwillst, wenn man bedenkt, daß Verdauungsbeschwerden und Sodbrennen deinen Appetit zügeln. Andererseits tragen heftige Verstopfungen zu diesem Schwellvorgang bei. Die Verstopfungen hatten mich auch veranlaßt, zu *Whole Earth Foods* hinüberzuwatscheln und meinen Vorrat an Vollkornbrot, Kopfsalat, Sellerie, Weizenkeimen und Weizenkleie aufzustocken. Die Autoren von Schwangerschaftsbüchern lieben Weizenkleie. Sie möchten, daß du damit bäckst, sie überall unterrührst, auf alles streust und sie für alles mögliche als Ersatz verwendest. Unter vier Augen würden sie sicherlich zugeben, daß sie Weizenkleie auch zu Zigaretten drehen und rauchen.

Im neunten Schwangerschaftsmonat juckt dein Bauch unablässig, und dein Bauchnabel wölbt sich nach außen.

Im sechsten und siebten Monat hatte sich M in einen echten Akrobaten verwandelt und taumelte anmutig durch die Höhle meiner Gebärmutter. Es fühlte sich an, als zöge in meinem Körper ein Synchronschwimmer von der Größe einer Ratte seine Bahnen – täglich sechs Vorstellungen und an den Wochenenden eine Matinee. Im achten Monat wurde die Unterkunft langsam eng. M reagierte mit bewunderungswürdiger Lebhaftigkeit und hämmerte gegen alle erreichbaren Wände, Böden und Decken, um mir zu verstehen zu geben, daß sie für diesen Mangel an Lebensraum kein Verständnis hatte. Im neunten Monat reichte der Raum glücklicherweise nicht mehr, um zu einem harten Schwinger auszuholen. Zwei Wochen lang wand sie sich in mir.

Fünf Tage vor dem Geburtstermin richtete M endlich ihren Kopf nach unten und tauchte auf den Grund ihrer kleinen Grotte. Wie es einem braven Baby geziemte, kam sie mit ihrem Kopf an meinen Gebärmutterhals gepreßt zur Ruhe. Der Gebärmutterhals, habe ich erfahren, ist eine kleine dehnbare Tür, die sich wie die Tür am Anfang eines James-Bond-Films öffnet.

Wenn das Baby diesen Stellungswechsel vollführt und sich mit dem Kopf voraus in deinen Gebärmutterhals schmiegt, rufst du in heller Aufregung deinen Arzt an und teilst ihm mit, daß das Baby sich gesenkt hat. Dieses Senken ist eine zweischneidige Angelegenheit. Es bedeutet, daß die Vielfalt falscher Wehen offiziell anfangen: Braxton-Hicks-Kontraktionen, prodromale Wehen – eine ganze Galerie unterschiedlicher Drück- und Dehnbewegungen, die schlicht merkwürdig bis hin zu ausgesprochen unangenehm sein können. Ihnen allen gemeinsam ist die Eigenschaft, daß sie die Wehen kein Stück weiterbringen, so daß du zu deiner amüsierten Geburtshelferin eilst, nur um zu erfahren, daß es noch Tage, Wochen oder sogar Jahre dauern kann, bevor die echten Wehen einsetzen. Schmerzen haben – wie sich herausstellt – für sich genommen noch keine Bedeutung. Die gibt es kostenlos dazu.

Ein weiterer Nachteil des Senkens besteht darin, daß meine arme Blase, die auf die Größe einiger Teelöffel zusammengedrückt worden war, plötzlich nur noch die Größe eines *M & M* hatte. Ich wachte sowieso schon jede Nacht achtmal mit Kreuzschmerzen und Verdauungsbeschwerden auf. Jetzt mußte ich noch weitere viermal aufstehen und pinkeln. Ich war fett und unbeholfen, entsprechend war es keine leichte Aufgabe, mich ächzend aus dem Bett zu rollen und drei Stockwerke hinunter auf die Toilette zu stapfen. Eines Nachts Anfang September rutschte ich aus und fiel über sechs Stufen auf den Flur im zweiten Stock hinunter. Als Papa aus seinem Zimmer verschlafen wissen wollte, ob alles in Ordnung sei, erwiderte ich, daß nichts passiert sei. Tatsächlich hatte ich mir die Knie aufgeschlagen, und mein Herz raste mit einhundert Stundenkilometern, als ich mir vorstellte, was hätte passieren können, wenn ich ein ganzes Stockwerk die Treppe hinuntergefallen wäre. In den Schwangerschaftsbüchern stand, daß dem Fötus bei einem Sturz nur selten etwas passiert, aber ich hatte ›Vom Winde verweht‹ gesehen, mir machte niemand etwas vor.

Am nächsten Abend nahm ich einen großen Stieltopf mit hinauf und benutzte ihn als Nachttopf. Mir war das peinlich, und ich erzählte niemandem davon, doch Angela schlief in Candys altem Bett, und so leise ich auch zu sein versuchte – ich zog meinen Topf unter dem Bett hervor, schlich mich auf den Balkon hinaus und schloß die Türen –, stellte sie zweifellos Vermutungen an. Außerdem habe ich einmal gehört, wie sie kicherte.

Andererseits kannst du wieder atmen, wenn das Baby sich senkt. Auf Grund des Babys hatte ich sechs Wochen lang nicht mehr richtig durchatmen können. Als M sich senkte, rutschte dieser brütende Druck in meinem Körper plötzlich nach unten, und ich holte tief Luft, atmete in tiefen Zügen 35 Grad warmen, mit Feuchtigkeit gesättigten Smog ein. Es war herrlich.

Am Tag vor Candys Hochzeit begann die Luft von Houston jedoch ihren Reiz zu verlieren. Ich hatte den ganzen Morgen Braxton-Hicks-Kontraktionen gehabt. Das sind kleine, krampfartige Bewegungen, die deine Gebärmutter entlangwandern wie Wetterleuchten an einer Wolkenwand. Sie hatten sich gerade beruhigt, als mein Höschen hinunterrutschte.

Als ich nach Hause kam, kochte ich noch immer. Papa half mir, die Einkäufe von *Whole Foods* hineinzutragen. »Findest du, wir sollten Bell verkaufen?« fragte ich. Damit meinte ich den rechten Außenfeldspieler von Houston. Ich hatte im Auto Radio gehört, und die Astros verloren gerade ihr achtes Spiel in Folge. Vor drei Wochen hatten sie in ihrer Liga noch einen Vorsprung von zweieinhalb Spielen, doch jetzt lagen sie 4 zu 14 Spiele zurück, ein Spiel vor dem rechnerischen Ausscheiden.

»Schieß ihn nicht gleich in den Wind. Im Außenfeld hatte er ein paar gute Momente, und in dieser Saison hat er über einhundert Mann nach Hause gebracht. Wenn er auf der sechsten Position geschlagen hätte, würde alle

Welt davon sprechen, was für ein gutes Jahr er gehabt hat.«

»Schon möglich«, sagte ich und watschelte in die Küche. »Aber wenn ich noch einmal höre, daß er ein Doppelaus verursacht, wenn wir punkten könnten ...« Ich keuchte und hievte eine Tüte mit Gemüse auf die Arbeitsplatte.

Angela und Candy arbeiteten an dem Hochzeitskleid. Candy stand mitten im Zimmer auf einem Stuhl, und Angela schloß die Knöpfe auf ihrem Rücken. »Zappel nicht rum«, sagte sie. La Hag Gonzales hatte Mamas Hochzeitskleid umgenäht, so daß es Candy paßte. Sie sah umwerfend aus. Candys Brüste blieben auch ohne BH in perfekter Form. Candy erhob sich wie eine Zimmercalla aus dem weißen Kleid, ihr Hals und ihre Schultern waren seidig glatt, ihr hübsches Gesicht wurde von ihren vollen schwarzen Haaren eingerahmt. Verdammtes Miststück.

Ich suchte nach einem Schmortopf und einer Rührschüssel, um mit einer Lasagne anzufangen. Selbstgemachtes Essen für den Abend davor, natürlich, aber es hatte wirklich keinen Sinn, der La Hag mexikanisches Essen zu servieren. Candy wandte mir unruhig den Kopf zu und versuchte ein Lächeln. »Nun, der Tag vor dem großen Tag, was?«

»Wahrscheinlich nicht. Das durchschnittliche erste Kind kommt vier bis sieben Tage nach dem Termin.«

»Oh. Ich habe nicht das Kind gemeint.«

»Ich weiß«, erwiderte ich.

»Steh gerade!« sagte Angela. Candy wandte den Blick von mir ab.

Papa kam mit der letzten Einkaufstüte in die Küche. Er blieb neben dem Kühlschrank stehen und lauschte dem Radio, das darauf stand. Die Florida Marlins waren im siebten Inning am Schlag und schlugen gegen einen jener glücklosen Pitcher, die Houston seine Aussichten auf den

Meisterschaftswimpel verdorben hatten. Der Schlagmann war – ohne zu schlagen – zur ersten Base vorgerückt. Die Marlins spielten ein gutes Spiel. Der Mann auf der ersten Base rannte los, um eine Base zu stehlen, und als der Verteidiger der zweiten Base deckte, zielte der Schlagmann den Ball genau durch die entstandene Lücke ins rechte Außenfeld. Spieler auf der ersten und dritten Base, kein Mann aus. Ich kippte einen Becher Ricottakäse in die Rührschüssel und hielt inne, als ein weiterer Braxton-Hicks über die Vorderseite meiner Gebärmutter knisterte.

»Ich mache mir Sorgen, weil wir den Gottesdienst drüben in Baytown abhalten«, sagte Candy. »Falls Iris in unsere Nähe kommt, wird dort unten alles mögliche überflutet.« Der Hurrikan Iris kam seit fast einer Woche auf uns zuspaziert. Hurrikanbeobachtung ist in Houston eine beliebte Sportart, obwohl wir nur alle zehn bis fünfzehn Jahre heimgesucht werden. Trotzdem, Iris sah ziemlich vielversprechend aus. Die meisten Hurrikane legen ein paar karibische Ferienorte in Schutt und Asche und ziehen dann nach Florida weiter oder die Ostküste hinauf in die Carolinas. Hin und wieder driftet ein tropischer Sturm wie Iris von der Karibik nach Westen ab und gewinnt über dem Golf von Mexiko an Tempo.

»Ich habe noch nie einen Hurrikan gesehen«, sagte Angela. »Ist das wirklich gefährlich?«

»Nicht hier«, erwiderte Candy. »Wir befinden uns zu weit im Landesinnern.«

»Kommt darauf an, was du unter gefährlich verstehst«, sagte ich. »Wenn du der Meinung bist, daß frei baumelnde Stromkabel, fallende Äste, umherfliegendes Glas und Stromausfälle nicht gefährlich sind – nein, dann besteht wirklich keine Gefahr. Du wirst nicht ertrinken, allerdings werden die Sturmfluten in den Bayous ein paar Kinder verschlingen.«

»Dreimal dürft ihr raten, wer von uns für eine Versicherung gearbeitet hat«, sagte Candy.

»Das Leben auf den kanadischen Prärien hat immerhin den Vorteil, daß dort keinerlei Naturkatastrophen vorkommen. Den Winter nicht mitgerechnet.« Angela schloß den letzten Knopf und half Candy vom Stuhl herunter. »Voilà!«

Candy machte einen Knicks. Sie sah atemberaubend aus. »Glaubst du, daß es Mama gefallen hätte?« fragte sie leise.

»Woher zum Teufel soll ich das wissen?« Mein ganzer Körper fühlte sich heiß und schwer an. Ich schwitzte wie ein Schwein, aus meinen Brüsten tropfte Colostrum, und ich war noch nicht dazu gekommen, mir Brusteinlagen zu besorgen. Ich hatte heftige Kreuzschmerzen, und mein grotesker Bauch stieß gegen die Küchentheke. Wenn ich den Mixer in Gang setzen wollte, mußte ich mich vorbeugen, bis ich mir fast den Rücken verrenkte, nur um an die Steckdose in der Wand heranzukommen. »Wer weiß schon, was Mama gesagt hätte? Vielleicht hätte sie dich einen Engel genannt? Vielleicht hätte sie dich gefragt, wie du dazu kommst, an deinem Hochzeitstag Weiß zu tragen? Vielleicht hätte sie dir geraten, nicht mit einem Weichei zu schlafen? Vielleicht hätte sie dir einen Kuß gegeben und Lippenstift auf die Spitzen geschmiert? Ich weiß es nicht.«

»Du sollst nicht so über deine Mutter sprechen«, sagte Papa.

»Nein, wenn ich darüber nachdenke, weiß ich ganz genau, was sie gesagt hätte. Sie hätte dir gesagt, wie schön du bist. Und dann hätte sie *mir* gesagt, wie schön du bist.«

»Mach dir keine Mühe, Papa«, sagte Candy. »Toni möchte unbedingt unausstehlich sein. Warum nur? Mal sehen: Sie trinkt nicht wie Mama. Sie heult nicht wie Mama. Sie macht keine Szenen wie Mama.« Als Candy den Kopf schüttelte, konnte ich ganz schwach den Zimtduft ihrer feinen schwarzen Haare erahnen. »Vielleicht ist sie deshalb so verbittert, was meint ihr? Weil es eine Sache gibt, zu der Mama wirklich fähig war, Toni. Sie konnte Menschen lieben. Und die Menschen liebten sie. Du dagegen! Wie viele Leute lieben dich, was meinst du?«

»Halt die Klappe.«

»Es tut mir leid, wenn es dich ärgert, daß ich dieses Kleid trage und nicht du. Aber schließlich brauchst du kein Kleid, wenn du einen Schwanzlurch heiratest, oder?«

Mein Herz schien langsamer zu schlagen, und das Blut kämpfte sich schmerzhaft durch die dicke Haut meines Gesichts.

Angela packte Candy am Arm und schob sie zur Treppe. »Mach, daß du hier rauskommst, bevor ihr beide noch etwas Schlimmeres sagt.«

An diesem Tag sprachen Candy und ich kein Wort mehr miteinander, weder während des langen Nachmittags in der Küche noch während des Abendessens. Candy saß mit Carlos' Familie zusammen, lachte, trank zuviel Rotwein und sah mir nicht in die Augen. Als die Party im Garten fortgesetzt wurde, ging sie mit hinaus und widmete sich den Gästen, während ich in der Küche blieb und mich um das Geschirr kümmerte. Papa ging früh hinauf und legte sich in seinem Zimmer hin. Ich konnte seinen Fernseher hören. Wahrscheinlich sah er sich das Spiel der Rangers auf Channel 51 an. Er war den ganzen Tag über still und zurückgezogen gewesen.

Angelas Spiegelbild kam im Fenster über der Spüle auf mich zu. »Soll ich den Abwasch übernehmen?«

»Es geht schon.«

»Erzähl mir keinen Scheiß, Mädchen. Ich war auch schon schwanger, denk dran.« Angela beugte sich vor und zog mir die gelben Handschuhe aus. »Trockne du ab.«

»Na gut.« Ich zog mir einen Stuhl vom Küchentisch herüber und sah ihr bei der Arbeit zu. Kaum hatte ich mich hingesetzt, wurde mir klar, daß ich so schnell nicht wieder aufstehen würde.

Angela planschte wild in der Spüle herum. »Kreuzschmerzen?«

»Ja.«

»Hüftschmerzen?«

»Ja.«

»Kopfschmerzen?«

»Und wie.«

»Hast du Tylenol genommen?«

»Das darf ich nicht. Die Ärztin hat mir gesagt, ohne ihre Erlaubnis dürfte ich nichts nehmen.«

Angela sah mich an. »War diese Ärztin jemals schwanger?«

»Soweit ich weiß, nicht.«

»Nimm ein paar Tylenol. Sie sind in meiner Handtasche.«

Sie schrubbte die Lasagnepfanne, während ich das Schmerzmittel nahm und an den Kerl denken mußte, der Strychnin in Tylenolflaschen getan hatte, als ich in der Unterstufe war. Ich mußte an die Bondagebilder in Candys Magazinen denken. Und an Mary Keith, die mit ihrer Tochter im Arm in Phoenix von einem Hochhaus gesprungen war.

»Hast du Angst?«

»Ja«, erwiderte ich. »Ziemlich.«

Angela nahm ein Handtuch vom Halter und fing an, Teller abzutrocknen.

»Hast du dir jemals Sorgen darüber gemacht, daß du eine schreckliche Mutter werden könntest?« wollte ich wissen.

»Ich? Kein Stück. Ich wußte, daß ich eine großartige Mutter sein würde.« Angela lachte laut. »Was für ein dummes, kleines Miststück ich doch war. Aber nein, darüber habe ich mir tatsächlich nie Sorgen gemacht. Ich hatte immer das Gefühl, daß ich einfach nur bei meinem Kind bleiben mußte, um eine bessere Mutter zu sein als meine Mutter. Ich mußte einfach länger als vier Monate dableiben. Ich war mir ziemlich sicher, daß ich das schaffen würde.« Sie stapelte Teller.

»Was ist, wenn der Hurrikan uns erreicht und der Strom ausfällt, während ich im Kreißsaal bin?«

»Krankenhäuser verfügen über Notstromaggregate, Toni.«

»Und wenn die auch ausfallen?«

»Und wenn deine Wehen nachts anfangen und sie im Krankenhaus keine Taschenlampen haben und niemand eine Kerze finden kann, und sie müssen notfallmäßig einen Kaiserschnitt durchführen?«

»Nur als Beispiel.«

Angela nahm eine Handvoll Silberbesteck und fing an, Gabelzinken zu scheuern. »Dann ist die Wahrscheinlichkeit, daß du mit einem gesunden Kind durchkommst, immer noch hundertmal höher als bei deiner Urgroßmutter.«

»Da hast du wohl recht.« Draußen war eine Brise aufgekommen, und ich hörte die Äste der Eiche knarren. Gesprächsfetzen trieben aus dem Garten in das Haus herein, wo Carlos' zahlreiche Verwandtschaft lachte und sich unterhielt. »Selbst wenn Iris uns nicht frontal erwischt, wird es doch knapp. Candy hat davon geträumt. Jemand muß heute abend los und Klebeband und Mineralwasser besorgen. Und Eis, wir werden Eis brauchen, damit das Essen nicht schlecht wird, wenn der Strom ausfällt.«

»Wo finde ich einen Lappen? Mein Schwamm ist völlig verdreckt.«

»Unter der Spüle«, erwiderte ich. »Weil Houston so flach ist, sind die Straßen in kürzester Zeit überschwemmt. Ich habe schon erlebt, daß die Westheimer bei einem gewöhnlichen Sturm nicht mehr passierbar war. Mein kleines Auto würde es nie bis ins Krankenhaus schaffen.«

»Dann ruf einen Krankenwagen.«

»Manchmal kommen Krankenwagen zu spät.« Wie Mary Jo zu ihrem Leidwesen hatte erfahren müssen. »Weißt du, was meine Schwangerschaftsbücher empfehlen, um die Wehen einzuleiten? Sex. Haufenweise guten Sex.« Angela fielen wahrscheinlich eine Menge komischer Dinge ein, die sie hätte sagen können, aber sie hielt sich zurück, und dafür war ich ihr dankbar. Ich fand es schrecklich, daß ich so voller Selbstmitleid war. »Candy hätte mich zur Geburt begleiten sollen.«

»Aha. Ich verstehe.«

»Natürlich hat sie es nicht geschafft, jedesmal zur Geburtsvorbereitung zu erscheinen. Aber ein paarmal war sie da. Wahrscheinlich werden sie und Carlos statt dessen auf Hochzeitsreise sein. Sie gehen nach San Cristóbal. Das liegt in Mexiko. In den Bergen, da ist es nicht so heiß wie hier. Mama hat immer gesagt, es sei wunderschön dort. Sie wollte uns auch mal dorthin mitnehmen.«

»Candy fährt nicht früher, nur weil ihr euch gestritten habt«, sagte Angela. »Sie wird trotzdem für dich da sein, Toni.«

»Ich will nicht, daß sie für mich da ist. Ich will sie im Kreißsaal sehen.«

Angela lachte. »Toni, ich sag dir das ja nur ungern, aber wenn du in den Wehen liegst, wirst du keinen Gedanken mehr auf diese Streiterei verschwenden. Dir könnte jemand ein Brandeisen an den Hintern halten, und du würdest es nicht bemerken. Aber du wirst eine Hand benötigen, die du halten kannst. Ich kann dir nur raten, dich wieder mit Candy zu vertragen.«

»So etwas fällt mir nicht leicht.«

»Dann laß mich helfen. Du mußt zwei Sätze sagen, Toni. ›Candy! Du siehst wunderschön aus!‹ ist einer davon. Das wird knifflig, weil du es sagen mußt, und du mußt es auch meinen. Und nach heute morgen ist das wirklich schwierig.«

»Ich muß ihr nicht sagen, daß sie in diesem Kleid fabelhaft aussieht. Das könnte ihr ein Blinder sagen.«

»Trotzdem will sie es gesagt bekommen. Und ganz besonders von dir.«

»Warum von mir? Warum nicht von dir?«

»Ich bin nicht ihre große Schwester«, sagte Angela. »Ob es dir gefällt oder nicht, Toni, heute bist du Candys Mutter. Das ist deine Aufgabe. Du hast all die Jahre so hart für sie gearbeitet. Willst du das jetzt kaputtmachen?«

Ich stieß ein Knurren aus. »Wie lautet der zweite Satz?«

»›Zwischen dir und Carlos wird alles großartig, das weiß ich.‹«

»Warum sollte sie mir glauben? Ich kann nicht in die Zukunft blicken. Zweiundfünfzig Prozent aller Ehen scheitern. Warum sollte es bei ihr anders sein?«

»Sag es einfach, Toni.«

»Wie überzeugend klingt das wohl, wenn es von einer Frau kommt, die niemanden lieben kann?«

»Überzeugender als von einer Frau, die sich bereits zweimal hat scheiden lassen«, sagte Angela trocken. Sie wandte sich wieder der Spüle zu und nahm sich eine Handvoll Silberbesteck. In einem schwülstigen britischen Tonfall sagte sie: »Diese Frau, Sir, ist nicht nur in sich gespalten, sie spaltet auch andere.«

»Shakespeare?« riet ich.

»Winston Churchill«, sagte sie. »Mehr oder weniger.«

Um fünf Uhr am nächsten Morgen klingelte das Telefon. Ich war erst kurz vor eins eingeschlafen und hatte eine unruhige Nacht voller schlechter Träume hinter mir. Ich schwang mich aus dem Bett und rannte zum Telefon, erstaunt über mein eigenes Tempo. »Candy?«

»Iris kommt direkt auf uns zu«, sagte meine Schwester. »In zwei Stunden soll sie in Galveston an Land gehen. Ich habe die ganze Nacht hindurch den Wetterbericht im Auge behalten. Wir können nicht in Baytown feiern. Ich werde gleich alle Leute anrufen. Wir verlegen die Zeremonie in unser Haus.«

»Hierher!«

»Um zehn Uhr, Toni. Wir müssen um zehn Uhr bereit sein, der Priester ist den restlichen Tag über ausgebucht. Ich rufe ihn an, und du rufst – nein, vergiß es, ich erledige die Anrufe. Bring du nur das Haus in Ordnung, kümmere dich um das Essen, was auch immer.«

»Wäre es nicht sinnvoller ... «

»Ich werde nicht in der Kirche heiraten, Toni! Das kann ich einfach nicht. Nicht bei allem, was gerade passiert. Das ist ein Zeichen. Ich habe nicht ein einziges Mal von meiner Hochzeit geträumt!« schrie Candy. »Hoffentlich macht dich das glücklich«, sagte sie und knallte den Hörer auf die Gabel.

»Was ist los?« fragte Angela durch dicke Kissenschichten hindurch.

»Sie hat kein einziges Mal von ihrer Hochzeit geträumt.«

»Was?«

»Candy. In Träumen sieht sie die Zukunft. Aber sie sieht nur glückliche Ereignisse.«

»Und?«

»Ihre Hochzeit hat sie nicht gesehen.«

Arme Candy. Wie ich sie kannte, war sie während der letzten acht Monate jeden Abend mit der Hoffnung eingeschlafen, von sich selbst zu träumen, wie sie strahlend am Altar stand. Vergeblich. Das Mädchen, das mit den Streitereien seiner Eltern aufgewachsen war, hatte keine schönen Träume von ihrer Hochzeit; das Mädchen, das sich mit vierzehn davongeschlichen hatte, um mit einem Mann ins Bett zu steigen, weil das das einzige war, das wirklich nur ihr gehörte ... Wenn ich mir Sorgen machte, was für eine Mutter ich sein würde – wie angstvoll mußte Candace Jane sich fragen, was für eine Ehefrau sie abgeben würde?

»Laß uns besser aufstehen«, sagte ich zu Angela, die stöhnte und ihren Kopf unter der Decke verbarg. »Vor uns liegt eine Menge Arbeit.«

Ich weckte Papa, ging nach unten und machte uns ein Riesenfrühstück aus *chorizos* und Eiern. Im Erdgeschoß war es kühl, so kühl wie seit Monaten nicht mehr. Die Wolken der Sturmfront hatten uns erreicht. Draußen war der Himmel pechschwarz, der Mond und die Sterne waren verdeckt. Als ich die Verandatüren zum Garten öffnete, wehte der Nachtwind herein. Er roch nach Blumen und Meer, zog an Pierrots Rautenhosen und ließ die schwarzen Mantelschöße des Predigers flattern. In der Küche schaukelten die getrockneten Chilis an den Schnüren, und der Knoblauch raschelte.

Nach einem hastigen Frühstück machten wir uns an die Arbeit und bereiteten das Haus auf die Hochzeit und den Sturm vor. Angela war gestern abend losgezogen, um Vorräte einzukaufen. Aber bei *Kroger's*, die rund um die Uhr geöffnet hatten, war fast nichts mehr zu bekommen gewesen. Sie war mit einer Rolle Klebeband und mit sechs Litern Tonic Water zurückgekommen. Eis war ausverkauft gewesen, aber Angela hatte schlauerweise einen Zehn-Pfund-Sack Holzkohle gekauft. Sie hatte sich gedacht, daß wir bei einem Stromausfall alles kochen konnten, was nicht mehr kühl zu halten war.

Ich nahm das Paketband und klebte ein großes X auf die Fenster, die nach Süden hinausgingen, damit die Splitter nicht ins Innere des Hauses fielen, falls sie zerbrachen. Auf beiden Fernsehgeräten lief der Wetterbericht, und ich hörte zu, während ich arbeitete. Iris raste mit einer Geschwindigkeit von 200 bis 230 Stundenkilometer in nordnordwestlicher Richtung; inzwischen wurde Windstärke zehn gemeldet. Die Berichterstatter des Wetterdienstes waren bester Laune; für sie war das so gut wie ein Krieg und eine Präsidentschaftswahl auf einmal. Tageslicht- und Infrarot-Satelliten folgten dem Fortschreiten des Sturms, während sich die Kommentatoren mit wissenden Mienen darüber austauschten, daß ein Hurrikan oft zahlreiche ausgewachsene Tornados hervorbrachte, wenn er auf Land traf.

Kurz nach sechs fing es an zu regnen.

Als die ersten Tropfen gegen die Verandatüren klatschten, sah ich Angela an. »Jetzt geht's los«, sagte ich und kramte in den Schubladen nach Taschenlampenbatterien. Obwohl ich während der letzten beiden Wochen die meiste Zeit erschöpft und nutzlos gewesen war, platzte ich heute – nach vier Stunden Schlaf – fast vor Energie.

»Himmel, du rennst rum wie aufgezogen«, sagte Angela und gähnte.

»Reine Panik.«

»Bevor ich Kaffee getrunken habe, kann ich nicht in Panik ausbrechen«, erwiderte sie.

»Du hast auch noch nie einen Hurrikan erlebt.« Ich probierte die große Taschenlampe aus und blendete ihr damit direkt ins Gesicht.

»Kannst du nicht aufpassen!«

»Gut, sie funktioniert noch. Schließt du bitte die Verandatüren?« Sonst hörte ich es gern, wenn der Regen im Garten trommelte, aber der Wind war so stark geworden, daß die Fliesen sich bereits dunkel färbten. Eine ruckartige Bewegung erregte meine Aufmerksamkeit, als eine kleine grüne Eidechse hereinhuschte, um dem Sturm zu entfliehen.

Papa trug seinen Frühstücksteller zur Spüle hinüber. »Ich werde mal die Bergarbeiterlampen aus dem Schuppen holen.«

»Bitte nicht. Bei Petroleumlicht will doch niemand heiraten. Laß uns bei Kerzen bleiben.«

»Für später. Nur für den Fall.«

Er holte seine Windjacke und ging hinaus. Als er fünf Minuten später zurückkam, war er völlig durchnäßt, und der hämmernde Regen war deutlich lauter geworden. »Du hinterläßt Pfützen auf dem Boden!« rief ich, holte eilig den Mop und pfiff ein altes Pogues-Stück. Meine Wischtechnik glich der von Piraten nach ein paar Bechern Grog. Ich war die Wischkönigin!

Als ich mit dem Wischen fertig war, half mir Angela, den Tisch an die Wand zu stellen, damit es so aussah, als wäre er eine Anrichte. Dann holte ich unser bestes Geschirr hervor, Tassen und Untertassen, Silberbesteck und Dessertteller. Ich füllte Mamas antike Zuckerdose und stellte fest, daß wir nicht genug Stoffservietten für alle besaßen. »Wir sollten anfangen zu backen«, sagte ich. »Plätzchen, Brownies oder Puffreisecken?«

»Zuerst die Brownies«, sagte Angela entschlossen. »Sie haben Klasse, und sie dauern am längsten. Meine gelingen allerdings nie so richtig. Ich fang mit den Puffreisecken an. Die sind zwar nichts Besonderes, aber die Leute mögen sie. Wenn ich an gestern abend denke, backt Frau Gonzales sicher schon die ganze Woche. Überlaß ihr die extravaganten Sachen. Die Plätzchen machen wir am Schluß, wenn wir noch Zeit haben.«

»Wie eine professionelle Mutter gesprochen«, sagte ich. »Ich bin beeindruckt.«

Als Candy um acht Uhr eintraf, zerließ ich gerade Butter mit Kakao. Sie öffnete die Tür, und augenblicklich übertönte der Sturm alles. Der Lärm hatte so langsam zugenommen, und wir waren so in Hektik gewesen, daß ich kaum darauf geachtet hatte. Inzwischen hatte er beängstigende Ausmaße angenommen. Ich konnte die Starkstromleitungen im Wind surren hören. Der Regen knatterte wie Geschützfeuer gegen die Fenster.

»Das Miststück will den Kuchen nicht herbringen!« schrie Candy. Sie taumelte herein, mit wildem Blick und vom Wind zerzaust. Draußen hatte sich die Welt in ein brüllendes Inferno verwandelt. Die Sonne hätte schon seit einer Stunde am Himmel stehen müssen, doch die kreischende Finsternis war so von Regen erfüllt, daß es nicht nur stockdunkel war, ich konnte nicht einmal das Glimmen der Straßenlaterne von der anderen Straßenseite erkennen.

»Was?«

»Sie will den Kuchen nicht herbringen! Ich habe ihr eine Menge Geld für einen Kuchen bezahlt, keinen mit dieser künstlichen Pampe drauf, sondern mit einem guten Zitronenzuckerguß – ich habe mir geschworen, daß ich nicht zu den Bräuten gehören werde, denen es beim Empfang vor allen Gästen nicht gelingt, diesen verdammten atombombensicheren Zuckerguß aufzuschneiden, und jetzt bringt dieses verdammte Miststück ihn wegen diesem bißchen Regen nicht!«

»Candy? Wie bist du hierhergekommen?« fragte Papa.

Candy stand vor Wut schnaubend vor uns. Sie war naß wie ein begossener Pudel. »Ich bin gelaufen«, sagte sie. »Und geschwommen.« Mit einem saugenden Geräusch zog sie ihre Cowboystiefel aus. Ihre Finger waren mit Matsch überzogen. Aus jeder Socke lief ein Becher Wasser. Sie trug eine Windjacke und Jeans und sah aus, als wäre sie in der Regenzeit über eine Motocross-Rennstrecke gekrochen – während des Rennens. Große Schlammbrocken und Matsch und Eichenblätter und Papierstücke und Kiefernnadeln klebten an ihren Kleidern. Mit einer Hand hielt sie eine riesige Einkaufstüte umklammert. »Ich habe mich am Telefon mit der Kuchenfrau gestritten, als ich ein lautes Krachen gehört habe. Ich dachte, das Dach wird heruntergerissen, bei Gott. Die Verbindung war unterbrochen, also mußte ich hierherkommen, um euer Telefon zu benutzen. Ich habe das Hochzeitskleid in eine Tasche von der Reinigung getan, und die in einen Beutel von Sears und den wiederum hier hinein«, sagte sie und raschelte bedrohlich mit der Plastiktüte. »Als ich nach draußen gegangen bin, habe ich gesehen, was diesen Lärm verursacht hat: Die Eiche vor meiner Wohnung war umgefallen. Und ratet mal, worauf sie gelandet ist?«

»Auf deinem Auto«, flüsterte ich. »O mein Gott. Ist der Schaden groß?«

»Um Gottes willen, Toni. Es ist ein Civic! Das ist, als würde ein Holzbalken auf einen Marienkäfer fallen.« Candy zitterte vor Wut. Vielleicht war es auch eine verspätete Angstreaktion. »Drei Minuten später wäre ich in dieses Auto eingestiegen! Es sieht aus wie eine Coladose, die unter einen Amboß geraten ist. Ich wäre wie Zahnpasta durch die Windschutzscheibe gedrückt worden.«

»Hach«, sagte Angela. »Ist das nicht aufregend?«

»Ich muß telefonieren«, sagte Candy und stapfte in ihren nassen Socken an mir vorbei.

»Warum?«

»Der verdammte Kuchen muß her.«

»Candy, die Kuchenfrau kommt nicht. Das sollte sie auch nicht. *Du* hättest nicht hierherkommen sollen. Da draußen geht die Welt unter. Niemand wird kommen«, sagte ich.

»Ich habe eine Menge Geld für diesen Kuchen bezahlt«, sagte Candy. Sie blieb neben dem Telefon stehen. Tränen traten ihr in die Augen.

»Du wirst deinen Kuchen bekommen«, sagte Angela. »Red keinen Unsinn, Toni. Natürlich werden die Leute kommen. Vielleicht nicht alle, aber einige schon. Carlos auf jeden Fall, und darauf kommt es schließlich an.«

»Aber ...«

»Nein, für Haarspaltereien haben wir keine Zeit«, sagte Angela ruhig und nahm Candys Arm. »Komm mit nach oben, ich werde mich um dich kümmern. Ich denke, wir fangen mit dem Fön an, bevor der Strom ausfällt.«

Das Zimmer wurde unerträglich hell. Überall um uns herum hallten Donnerschläge. Einen Moment später flog der Transformator hinter unserem Haus in die Luft. Grüne Blitze schossen wie ein außer Kontrolle geratenes Feuerwerk daraus hervor. Das Licht an der Decke zuckte und ging aus, ebenso alle anderen Elektrogeräte. Zunächst hörte ich nur den Donner in den Ohren klingeln, gefolgt vom Zischen und Brutzeln des Transformators. Dann das Seufzen des Windes und das Trommeln des Regens gegen die Fenster. Von unserem Dach löste sich eine Schindel und krachte auf die Veranda herunter. Im nächsten Augenblick löste sich ein drei Meter langes Brett mit einem lauten Knarren aus unserem Zaun und fegte radschlagend durch den Garten.

»Oder«, sagte Angela, »wir rubbeln dich mit dem Handtuch trocken und machen deine Frisur mit Haarspray.«

Danach konnte ich eigentlich nur noch dasitzen und zuhören, wie der Gartenzaun, ein Brett nach dem anderen, auseinandergenommen wurde.

Gegen halb neun hatte der Himmel einen schmierigen, unnatürlichen Kupferfarbton angenommen. Der Wind tobte, allerdings eher böig, und der Regen ließ etwas nach. Fünf Minuten vor neun rissen die Wolken auf, als wären sie an den Nähten aufgeplatzt. Der Wind legte sich fast ganz, und ein blaues Fenster öffnete sich am Himmel wie ein sich erweiternder Gebärmutterhals.

»Das Auge des Sturms«, sagte ich zu Angela, die kurz nach unten gekommen war, während Candy auf der Toilette war.

»Wie lange bleibt das so?«

»Keine Ahnung«, sagte ich. »Ach, übrigens – ich habe Wehen.«

Angela hielt inne. »In welchen Abständen?«

»Sieben Minuten, zwölf Minuten, acht Minuten und dreizehn Minuten bisher. Nicht regelmäßig. Wahrscheinlich sind das noch keine richtigen Wehen. Aber Braxton-Hicks ist es auch nicht.«

»Spürst du sie eher am Bauch oder im Kreuz?«

»Sowohl als auch. Richtige Wehen spürst du nur im Kreuz, ich weiß. Wahrscheinlich sind das nicht die richtigen Wehen.«

Angela hielt meine Hand und sah mich an. »Wahrscheinlich nicht. Hast du trotzdem Angst?«

»Nein«, erwiderte ich. »Na ja, doch. Aber mir geht es gut. Ich will es einfach hinter mich bringen. Möchtest du einen Brownie?«

Die Toilettenspülung ging. Angela drückte meine Hand. »Später. Ich habe oben alle Hände voll zu tun.«

Candy kam barfuß und in ihrem Hochzeitskleid aus dem Badezimmer gestapft. Auf ihrem Rücken standen alle Knöpfe offen. »Mit etwas Glück ersäuft der verdammte Priester«, sagte sie und stapfte nach oben. Angela verdrehte die Augen und folgte ihr.

Ich dachte einen Augenblick nach und watschelte dann zur Chiffonniere hinüber. Mamas Götter blickten zu mir heraus: der Prediger mit strenger Miene, Schätzchen eher träge. Pierrot zeigte sein gemeines Lächeln. »Jetzt hört mir mal zu«, sagte ich leise, hob die Witwe an ihrem Reagenzglaskörper hoch und starrte in ihre schwarzen Knopfaugen. »Das war deine Idee, erinnerst du dich noch? Das sollte der glücklichste Tag im Leben meiner Schwester werden. Und ich schwöre beim Grab meiner Mutter, wenn du ihn ihr ruinierst, werde ich dich zur Greyhound-Haltestelle schleppen und dich zwei Meter tief im Fundbüro-Container vergraben, hast du mich verstanden?« Ich schüttelte die Witwe, bis die getrockneten Spinnen in ihrem Glaskörper hin und her flogen.

Da hörte ich den Hauch eines boshaften Lachens. »Das gilt auch für den Rest von euch. Weißt du, was ich mir dir machen werde, wenn dieser Tag nicht gut läuft?« fragte ich und blickte Pierrot wütend an. »Ich werde dich einer Familie mit zwei Jahre alten Zwillingen zu Weihnachten schenken.«

Das leise Lachen erstarb.

Ich schloß die Türen der Chiffonniere und machte mich daran, Kerzen aufzustellen.

Kurz nach neun trafen zu meiner großen Überraschung die ersten Gäste ein.

Greg war der erste. Er kam mit elegantem Schwung hereingerauscht und stampfte laut auf, in seinem funkelnden Regenmantel und mit einem riesigen grünen Regenschirm. »Komm ich zu früh? Kaum zu glauben! Aber ich habe mir gedacht, ich komme lieber, solange der Himmel noch klar ist.« Er drehte sich auf dem Absatz um, wobei er mich aus Versehen mit einem Tropfenregen von seinem Schirm bespritzte, und lehnte sich schließlich neben der improvisierten Anrichte an die Wand. »Puffreisecken! Mhmm! Aber ich warte wohl besser bis zum eigentlichen Empfang, oder?«

Ich wischte mir das Wasser aus dem Gesicht. »He, Greg, freut mich, daß du gekommen bist.« Und das meinte ich auch so. Falls ich mich in den nächsten dreißig Sekunden mit quälenden Wehen krümmen würde, stünde Greg umgehend für den Posten des ritterlichen Kavaliers zur Verfügung. Er war nicht zum Ehemann geschaffen, nicht für mich – und auch ich taugte für ihn nicht zur Ehefrau –, aber kurzfristig konnte ich mir keinen besseren Freund wünschen.

»He, hab ich dir schon Charisse vorgestellt«, fragte er, als eine Schwarze hinter ihm eintrat. »Charisse, das ist Toni Beauchamp, die Schwester der Braut.«

»Freut mich, Sie kennenzulernen«, sagte sie und sah Greg amüsiert dabei zu, wie er versuchte, den Regenschirm zu schließen. »Greg hat mir erzählt, Freundinnen seien auch eingeladen. Ich hoffe, das stimmt.« Sie reichte mir die Hand, und ich drückte sie.

»Je mehr, desto besser. Ehrlich gesagt, wir rechnen nicht mit vielen Gästen.«

»Ich wohne nur zwei Blocks weit weg.« Charisse trug einen eleganten Rock und goldene Kreolen. Ihre Fingernägel waren lang und rot, ihre Haare kurzgeschnitten. Ich hielt sie für eine Jazzsängerin und fragte mich, ob das ein rassistischer Gedanke war. Dann versuchte ich, sie mir als Anlageberaterin vorzustellen, und kam zu der Feststellung, daß auch das eine Möglichkeit war. Sie gefiel mir. »Kommt bitte herein. Sucht euch einen schönen Platz an der Wand. Und, hat Greg Ihnen irgendwelche Geschichten über meine Mutter erzählt?«

»Nein, ich glaube nicht«, sagte Charisse. Greg wurde blaß.

»Nun, das sollte er aber. Entweder das, oder er muß Ihnen versprechen, Ihnen das Alphabet vorzuführen«, fuhr ich fort.

»Was?«

»Später«, sagte Greg und nahm ihren Arm. »Du solltest dir den Garten anschauen, bevor es wieder anfängt zu regnen.«

La Hag Gonzales kam als nächste, zusammen mit sämtlichen Brüdern und Schwestern von Carlos. Alle trugen sie eine Platte oder ein Tablett mit wunderbaren Delikatessen in der Hand: mittendrin natürlich ein riesiges, kochendes Truthahnragout, das nach Chili und Bitterschokoladensoße duftete. An zweiter Stelle kamen die *viscochos*, kleine runde Zimthochzeitsplätzchen. Und dann wurde der Tisch beladen, bis er ächzte: Salsa- und Tortillachips, süßes Hefebrot, Tacitos, auf Zahnstocher aufgespießte Garnelen und Jakobsmuscheln, in Speck eingerollt und mit Limonenbutter beträufelt; *tamales*, gebratener Käse, gebratene Tomaten, gebratene *jalapeños* in Brotteig; und *menudo*, jene köstliche Kombination aus *ho-*

miny und Kaldaunen, die in den Händen einer Meisterin so berauschend sein können. Auch die Getränke hatte La Hag nicht vergessen: Zwei von ihren Brüdern rollten ein riesiges Faß Dos Equis herein, und sie selbst hielt sechs Flaschen von Jose Cuervos bestem Tequila in den Armen.

»Ach, Señora Gonzales! Das ist großartig! *Es excelente! Gracias*, danke, danke!«

La Hag schüttelte den Kopf. »Ich bin sehr beschämt. Wir haben den Kuchen von Señora Gomez nicht bekommen. Die ganze Welt wird erfahren, wie sehr sie mich beschämt hat.« Ihr Blick ließ für die arme Frau Gomez – die zweifellos zwischen dem Hurrikan Iris und einer zornigen Conchita Gonzales hin und her gerissen war – nichts Gutes ahnen. »Außerdem muß ich leider eingestehen, daß die Mariachi-Spieler nicht kommen können. Es war von einem eingestürzten Haus die Rede.«

»Hoffentlich wurde niemand verletzt.«

»Niemand«, sagte Carlos' Mutter, sichtlich unzufrieden. Offensichtlich war ein weggespültes Haus ihrer Meinung nach kein triftiger Grund, nicht aufzutreten.

Ich warf einen hastigen Blick auf die Chiffonniere und stattete den Göttern tonlos meinen Dank ab. Sie hatten Candy die Mariachi-Band erspart, und das ging zweifelsohne als kleines Wunder durch. »Carlos ist nicht bei Ihnen?«

»Ich habe ihn losgeschickt, damit er den Priester holt.«

»Aus Baytown? An ... an einem Tag wie heute ist das eine ganz schöne Tour.«

Señora Gonzales lächelte. »Mach dir keine Sorgen, Kind. Er ist mein Sohn. Er wird kommen.«

Der nächste Gast, der eintraf, war eine echte Überraschung: Penny Friesen, die Frau von Bill sen. »Frau Friesen«, sagte ich erschrocken. Ich versetzte mir innerlich einen Tritt, weil ich Candy Mamas Affäre mit Bill sen.

verschwiegen hatte. Offensichtlich hatte sie die Friesens eingeladen, ohne es mir zu erzählen.

»Hallo, Toni.« Wir wechselten einen Blick, und ich wußte, daß mein Stammeln mich verraten hatte. O ja, Penny Friesen wußte über Mama und ihren Mann Bescheid, und sie wußte, daß auch ich Bescheid wußte.

Sie reichte mir eine riesige Vase mit Blumen. »Ich habe sie gestern abend geschnitten. Das mache ich immer, wenn ein Hurrikan bevorsteht, andernfalls drückt der Sturm sie zu Boden. Schöne Dinge sollte man nicht vergeuden, findest du nicht auch?«

Über ihre Schulter hinweg sah ich ihren Volvo Kombi, randvoll mit Blüten aus ihrem wundervollen Haus und Garten. »Oh, vielen Dank.«

»Ich kann nicht bis zur Zeremonie bleiben«, sagte Penny. »Ich möchte nicht, daß es mich draußen erwischt, wenn das Auge des Sturms vorbeigezogen ist, verstehst du?«

Ich nickte. »Und Herr Friesen?«

»Herr Friesen ...« Penny sah mich an. Sie lächelte, fast entschuldigend. »Bill wird heute nicht kommen.«

»Es tut mir leid«, sagte ich zu der Frau, die von meiner Mutter verraten worden war. Eine weitere starke Wehe ließ mich das Gesicht verziehen. Penny sah mich scharf an. Ich schüttelte den Kopf. »Ich glaube nicht, daß es schon soweit ist. Noch nicht.«

Sie schüttelte mir die Hand und umarmte mich dann. »Euch Mädchen habe ich schon immer gemocht«, sagte sie und trat einen Schritt zurück. »Ich habe deine Mutter um ihre Töchter beneidet. Das soll nicht heißen, daß mir mein Sohn keine Freude bereitet hat. Aber Töchter sind anders, glaube ich.«

Ich legte die Hand auf meinen Bauch. »Ich glaube auch.«

»Richte Candace meine herzlichen Glückwünsche aus, ja? Auf Wiedersehen.«

»Auf Wiedersehen.«

Das Telefon klingelte, als ich in die Küche zurückging. Angela gab mir ein Zeichen, daß sie die Blumen arrangieren würde, also nahm ich den Hörer ab. »Hallo?«

»Toni? Wir haben eine Panne!« Es war Carlos.

»Wir können warten. Wir haben nicht vor, auszugehen.«

»Du verstehst mich nicht«, brüllte er. »Mein Wagen ist liegengeblieben. Das ist noch nie passiert. Bleibt das Batmobil liegen? Lahmt Zorros Pferd? Nein. Es liegt nicht an einer Zündkerze, die nicht funktioniert. Das ist nicht natürlich.«

»Carlos, du übertreibst ...«

»Antoinette, das ist ein *Zeichen!*«

»Carlos... «

»Ich sitze in meinem Wagen, mit einem Priester, und fahre in einem Hurrikan zu einer Hochzeit. Da bleibt das Auto liegen. Bin ich blind? Nein. Irgend etwas stimmt nicht. Das ist eine Botschaft.«

»Carlos, hör mir zu. Hör mir gut zu, Carlos. Du hast recht, dein Wagen ist nicht zufällig liegengeblieben. Das waren *los duendos*. Sie haben uns den einen oder anderen Streich gespielt, doch ich habe gerade mit ihnen gesprochen, und wir sind zu einer Übereinkunft gekommen.«

Schweigen.

»Carlos? Hörst du mir zu?«

»Du hast mit *los duendos* gesprochen?«

»*Sí*. Ja. Sie werden uns keinen Ärger machen. Deine Mutter ist hier, mit deiner ganzen Familie und dem Essen und dem Bier, Carlos. Wir freuen uns alle darauf, daß du bald eintriffst.«

»*Los duendos*. Na gut. Aber was ist mit deiner Mutter? Sie hat mich noch nie gemocht. Was ist mit ihr? Ich glaube, es ist ihre Schuld, daß der Wagen liegengeblieben ist.«

»Sie würde sich für Candy sehr freuen. Das verspreche ich dir.«

Erneutes Schweigen. »Du sprichst für sie, was?«

In diesem Augenblick spähte Candy die Treppe herunter und sah sich suchend um. »Ja. In dieser Angelegenheit spreche ich für Mama. Ihr habt ihren Segen, Carlos. Das schwöre ich dir. Und jetzt komm so schnell wie möglich. Eine wunderschöne Braut wartet auf dich.«

»Gegen Candy habe ich nichts. Candy ist großartig. La Beauchamp und *los duendos*, die sind etwas anderes.«

»Ich verspreche dir, daß ich mich für dich einsetzen werde. Du solltest Candy sehen, Carlos. Sie ist ein Traum. Du solltest besser herkommen, bevor dein Trauzeuge sie dir wegschnappt, das ist meine Meinung.«

»Gegen Candy habe ich nichts«, sagte Carlos.

Ich keuchte, als erneut die Wehen einsetzten. Wieviel Zeit war vergangen, vier Minuten? Fünf? Lieber Gott, bitte laß mich nicht jetzt das Kind bekommen.

»Gut«, sagte Carlos. »Gut, gut. Wir kommen. Wir werden dasein. *Vámanos, Padre*. Gut, Toni, wir kommen.«

Und sie kamen, zehn Minuten nachdem das Auge des Sturms über uns hinweggezogen war. Die Sturmwand tobte durch das Viertel, riß die flachen Blätter von den Bananenstauden und hämmerte die verbliebenen Myrteblüten in den Boden. Carlos und der Priester kamen hereingetaumelt und blinzelten vom Wind geschüttelt das Wasser aus den Augen. Carlos war es gelungen, seinen Wagen wieder anzulassen. Er hatte einen Kurzschluß in der Elektrik entdeckt und ihn mit einem Stück Draht repariert, das fast die ganze Strecke gehalten hatte. Die letzten beiden Blocks waren sie gelaufen – Carlos und der Padre hatten sich fast waagerecht in den Wind lehnen müssen.

Es wurde eine verrückte, fröhliche Feier, und alle waren trunken angesichts des Sturms, bevor der erste Schluck Tequila eingeschenkt worden war.

Meine Wehen wurden schwächer und legten sich vollständig, als die Zeremonie vorbei war, doch die sonderbare Energie, die mich erfüllte, seit Candy angerufen hatte, hielt mich den ganzen Nachmittag hindurch wach und aufrecht. Ich tanzte sogar einen Walzer, ein paar unbeholfene Schritte, nachdem wir Papas batteriebetriebenes Transistorradio auf *KQQK SuperTejano* eingestellt und das Erdgeschoß in der Mitte zum Tanzen freigeräumt hatten. Angela amüsierte sich großartig. Unglaublicherweise verstand sie sich ausgezeichnet mit La Hag – irgendwann sah ich, wie sie kichernd in einer Ecke saßen, und Señora Gonzales hatte Angela zu einem mexikanischen Trinkwettbewerb herausgefordert, der aus einer mädchenhaften Vergangenheit stammte, in der es offensichtlich viel aufregender zugegangen war, als ich mir vorstellen konnte.

Bill jr. traf ein, als der Hurrikan nachließ, kurz nachdem wir das Büffet eröffnet hatten. Er kam mit großen Schritten herein, eine Flasche Champagner in der Hand, und riß mich von den Füßen – keine kleine Leistung, schließlich hatte ich während meiner Schwangerschaft zwanzig Kilo zugelegt. »Zweitausendsiebenhundertundsechzig Barrel am Tag!« brüllte er mir ins Ohr.

»Was?«

»Wir sind auf eine Ölquelle gestoßen! Zweitausendsiebenhundertundsechzig Barrel am Tag! Wir haben die Bohrlöcher gebohrt, so wie du es vorgeschlagen hast, und das letzte hat uns weggeblasen!« Es war wirklich ein herrlicher Tag ...

... für alle außer Carlos und Candy. Er war nervös, naß und etwas durch den Wind, und er sah die ganze Zeit die Chiffonniere und mich an, seine Braut dagegen kaum. Meine Schwester war natürlich wunderschön, doch sie strahlte nicht unbedingt vor Freude. Ich habe noch nie eine Hochzeit erlebt, auf der die Braut auf die Frage, ob sie diesen Mann zu ihrem Mann nehmen wolle, antwortete: »Yeah. Von mir aus.« Und die so aussah, als würde sie gleich einen Wutanfall bekommen.

DREIZEHN

Als ich Candy am nächsten Tag wiedersah, wirkte sie kaum glücklicher. Ich hatte mich im Baumarkt mit dem Notwendigsten versorgt und arbeitete außen am Haus. Die Energie, die mich während ihres Anrufs durchströmt hatte, war nicht wieder von mir gewichen, doch jetzt hatte ich das Gefühl, die Zeit würde entsetzlich drängen. Vor zwei Tagen hatte ich es noch nicht erwarten können, daß das Kind kam. Jetzt wußte ich, daß ich erst noch etwas zu erledigen hatte.

»Hallo«, sagte Candy und bahnte sich einen Weg durch die Bananenblätter und abgebrochenen Äste, die den Gehsteig bedeckten.

»Hallo.«

Der Himmel war blau, so blau, und der Sturm hatte die sommerliche Hitze und den Smog hinfortgespült. Zurück blieb klare Luft, die auf den Herbst zu warten schien. Sonnenschein schimmerte auf den nassen Blättern und in den Pfützen auf dem Asphalt. Die Straße war mit Zweigen, Kiefernnadeln und Pecannüssen bedeckt. Von meinem Platz vor der Haustür konnte ich die drei abgebrochenen Eichenäste sehen, die über unserer Straße baumelten. Kettensägen heulten überall in der Nachbarschaft. »Ich dachte, du wärst inzwischen auf halbem Weg nach San Cristóbal«, sagte ich.

»Himmel, Toni. Das ist so typisch für dich. Natürlich fahre ich nicht, bevor das Kind da ist.«

»Oh.«

»Hör zu, ich bin immer noch sauer auf dich. Es war

nicht meine Idee, daß ich heute hier auftauche. Carlos hat mich dazu überredet.«

»Carlos?«

»Er hat gesagt, daß er mit mir in kein Auto steigt, bevor ich mich nicht mit dir ausgesprochen habe. Er behauptet, du wärst dick mit Mama und *los duendos* befreundet, und ich sollte lieber nett zu dir sein, sonst würde es in unserem Haus keinen Frieden geben.«

Ich lachte.

»Die Reiter hätten mich unter ihre Fittiche nehmen sollen.« Candy zuckte mit den Achseln. »Mama hätte mich mit ihrem Fluch belegen müssen. Aber das hat sie nicht. Und dafür stehe ich wohl in deiner Schuld, Toni. Ich war eifersüchtig, aber ich war auch froh, daß du dich um mich gekümmert hast. Schon wieder. Wie immer.«

Tränen liefen mir die Wangen hinunter. Seit Mama gestorben ist, kann ich dieses verdammte Rinnsal nicht abstellen.

»Was machst du da eigentlich?« wollte Candy wissen.

»Ich streiche.«

»Das sehe ich. Warum jetzt?« Ich gab ihr keine Antwort. Sie betrachtete die Türeinfassung, mit der ich bereits fertig war, und den Zaun, mit dem ich gerade angefangen hatte. »Gelb um die Tür, der Zaun w... « Sie sah mich an. »Das Haus des Kleinen Verlorenen Mädchens.«

»Möchtest du mir helfen?«

»Gerne«, sagte sie. »Ja.«

»Nimm dir einen Pinsel. Wahrscheinlich ist es verrückt, den Zaun anzumalen. Ich sollte ihn erst erneuern lassen. Aber ich bin heute morgen aufgewacht und wußte, daß ich das erledigen muß, bevor das Kind kommt. Mein ganz persönlicher kleiner Zauberspruch«, sagte ich. »Papa repariert mir die Schaukel. Was meinst du, wo sollen wir sie aufhängen – hinter oder vor dem Zaun?«

»Davor«, erwiderte Candy. »Dann sieht das Kleine Verlorene Mädchen sie leichter.«

Ich nickte und klatschte Farbe an den Zaun. »Wahrscheinlich hältst du mich für verrückt.«

Candy nahm einen Pinsel in die Hand. »Ehrlich gesagt, das ist die erste vernünftige Sache, die du machst, seit Mama tot ist.«

Ich mußte lachen, aber ich weinte auch. »Die ganze Zeit über war *sie* das Kleine Verlorene Mädchen«, sagte ich.

Candy sah mich an. »Das wußtest du nicht?«

Ich schüttelte den Kopf und verzog das Gesicht. Die Wehen kamen bereits den ganzen Morgen über – langsam, aber regelmäßig. Jetzt kamen sie im Abstand von neun Minuten. Ich hielt für einen Augenblick inne und versuchte, trotz der Tränen und der Schmerzen ruhig zu atmen. Da war nicht das krampfartige Gefühl wie bei den Braxton Hicks. Es fühlte sich an, als würde mir jemand ein Messer ins Kreuz rammen. »Es wird ernst.«

»Ich werde dasein«, sagte Candy. »Angie hat mir ein paar Tips gegeben, was ich *nicht* sagen soll.«

»Zum Beispiel?«

»Was auch immer ich sonst mache, ich soll auf keinen Fall sagen: ›Keine Angst, Liebling, dem *Kind* geht es gut.‹«

Ich lachte. »Und sonst noch?«

»›Ich weiß, wie du dich fühlst.‹«

»Ein guter Rat«, sagte ich.

Ich hob den Pinsel auf, doch bevor ich einen weiteren Strich tun konnte, legte Candy ihren Arm um mich. »Halt durch, große Schwester«, sagte sie. Sie roch nach Zimt. »Alles wird gut.«

Kurz vor dem Mittagessen befestigten wir die Schaukel an einem Ast der Eiche. Kurz vor drei Uhr ging ich ins Krankenhaus, und neunzehn Stunden später war meine Tochter Grace Ellen geboren.

Ich wünsche ihr so viele Dinge.

Ich hoffe und bete, daß ich in der Lage sein werde, ihr all das zu geben, was mir in meinem Leben so reichlich geschenkt wurde. Hier möchte ich ihr alles Glück der Welt wünschen. Ich schenke ihr Gregs Gerissenheit und seinen Sinn für das Wunderbare. Ich schenke ihr den Appetit von Bill jr. und hoffe, daß auch sie sich einen Peachy Keen bestellen wird, ohne dabei rot zu werden, wenn sie denn einen möchte. Ich wünsche ihr die Klugheit von Rick Manzetti, seine Umsicht und seine Prinzipien.

Von Mary Jo, der Großtante, die sie nie kennenlernen wird, schenke ich ihr den Blick für die harten Wahrheiten des Lebens und die Stärke, die Einsamkeit zu ertragen, und ein großes Herz für ihre Freunde.

Von Onkel Carlos schenke ich ihr die vorsichtige Weisheit, die Liebe zu schönen Autos und die Fähigkeit, an etwas zu glauben, ohne es aussprechen zu müssen. Zugegebenermaßen hoffe ich, daß sie die Klugkeit ihrer Mutter und das Aussehen ihrer Tante erbt, doch wenn sie nur einen Fingerhut von Candys Lebensfreude erbt, wird sie glücklich sein.

Von Papa schenke ich ihr die Geduld und die Fähigkeit, mit schwierigen Situationen fertig zu werden. Er hat mich den Preis der Liebe gelehrt, und ich habe erfahren, daß er bereit war, ihn zu entrichten.

Ich schenke ihr die Reiter: den Prediger mit seinen starken Überzeugungen und Schätzchen mit der Fülle ihrer Begierden. Möge sie über Herrn Kupfers Kraft verfügen, sich zu nehmen, was sie haben möchte, und über die Wachsamkeit der Witwe. Ich beschenke sie mit Pierrots Glück, wenn auch nicht mit seinem Temperament, und ich hoffe, daß sie lachen können wird, auch in der Dunkelheit.

Und von mir? Ich schenke ihr alles, sogar meine Fehlschläge, denn weniger kann eine Mutter nicht tun. Sie soll über meine Klugheit verfügen, über meinen Argwohn, meine Bitterkeit und meine Liebe – ich kann ihr nichts vorenthalten. Von diesen merkwürdigen, zweischneidigen Geschenken wird sie sich nehmen, was sie braucht, und mit Gottes Hilfe wird sie ihre eigene Verwendung für sie finden.

Früher dachte ich, in jedem Körper würde nur ein einziger Mensch wohnen, eine Wahrheit, die von einem Sack voller Lügen umgeben ist. Jetzt weiß ich, daß ich mich geirrt habe. Wir alle sind vielfältig gespalten, in Mütter und Töchter, geschäftige Arbeiter und träge Hausfrauen, emsige Reformer und Amtsinhaber. Und jede dieser Frauen ist ganz sie selbst. Jede von uns ist eine Spottdrossel.

Seit Grace' Geburt habe ich keine Visionen mehr, und kein Reiter hat mich mehr bestiegen, mit Ausnahme der Spottdrossel, die ich herbeigerufen habe und die an jedem Tag dieses neuen Lebens zu mir gekommen ist. Haben Sie jemals geglaubt, nur meine Stimme würde diese Geschichte erzählen? Ich, mit meinem Diplom in Mathematik und meinem fundierten Wissen über Sterblichkeitsziffern? Ich hätte das nie gekonnt.

Mama dagegen schon.

Ich glaube, daß Elenas Stimme diese Seiten füllt. Oder sagen wir lieber: Elenas Lied, und ich bin die Spottdrossel, die es singt. Ich glaube nicht, daß ich jemals in der Lage sein werde, diese Person meiner Mutter von meiner eigenen zu trennen. Solange ich lebe, lebt auch ein Teil von ihr. Das gleiche wird auch auf meine Tochter zutreffen, und auf ihre Tochter und deren Tochter.

In dieser Familie sind wir alle Sängerinnen – und wir sind auch Gesang.

Danksagungen

Ich stehe tief in der Schuld bei Maureen McHugh, die an dieses Buch geglaubt und diesen Glauben mit einer Menge solider Ratschläge untermauert hat. Hamd und Joanna Alkhayat haben mir geduldig den Börsenhandel für Anfänger erklärt, und – was noch besser ist – aus ihrem Munde klang alles geradezu romantisch. Alle richtigen Äußerungen über die Erkundung und Finanzierung eines Ölfeldes verdanke ich Laurel Holmes; die Fehler sind natürlich mir zuzuschreiben. Sage Walker und Sarah Charlesworth haben mir großzügig ihren Mediziner- und Aktuarinnenrat erteilt. Dawn Bryan und Karin Fuog stehen an der Spitze einer langen Liste großartiger Erstleser. Ihnen allen meinen herzlichen Dank.

Dieses Buch ist den Texanerinnen in meinem Leben gewidmet – einer Vielzahl von Tanten, Kusinen und Freundinnen und ganz besonders meinen Großmüttern Vivian Stewart und Jeanette Thornton. Vor allem danke ich meiner Mutter, die dem *Lone Star State* nie gänzlich entkommen wird; meiner Frau, die ihm nicht ganz aus dem Weg gehen konnte; und meinen Töchtern, die sich so elegant mit ihm arrangiert haben.

* * *

Der Übersetzer möchte sich herzlich bei Sean Stewart bedanken, den er diesmal nicht ganz so oft mit Fragen belästigen mußte und der ihm erneut ein vergnüglicher und intelligenter Briefpartner war; sowie bei Torsten

Gutmann für die Klärung einer juristischen Frage; bei Gerhard Lederer für sprachliche Hilfestellungen im Umgang mit Termingeschäften; Sara Schade für die kulinarische Beratung; bei Sascha Rusgiarto für die streitbare Auseinandersetzung mit Baseball und der deutschen Sprache; bei Georgia Wimhöfer – einmal mehr – für das Überarbeiten des Textes mit sicherer Hand; und bei Friedel Wahren für ihr Engagement und Vertrauen. Die verbliebenen Fehler gehen natürlich auf sein Konto.

Anne Eliot Crompton

Merlins Tochter

Roman. Aus dem Amerikanischen von Joachim Pente. 313 Seiten. Serie Piper

Als Gehilfin des berühmten Zauberers Merlin gelangt die junge Elfe Niviene an den Hof von Camelot und zieht den großen König Artus in ihren Bann. Anfangs schützt sie ihn mit Hilfe ihrer magischen Zauberkräfte vor dem Ansturm feindlicher Sachsen und den nicht minder gefährlichen Intrigen aus den eigenen Reihen. Doch als sie sich ihm in einer Sommernacht hingibt, büßt sie ihre Kraft ein. In seinem schwersten Kampf ist Artus ganz auf sich gestellt …

»Diese Autorin spinnt ein überaus glänzendes Garn.«
Chicago Tribune

05/1390/01/L

Bernhard Hennen

Das Nachtvolk

Roman. 273 Seiten. Serie Piper

In den Sümpfen Aquitaniens, verborgen hinter einer Nebelwand, lebt das Nachtvolk, ein verirrter Keltenstamm mit eigenen Göttern und einer Feenkönigin. Als am Hof von Worms die Kunde eintrifft, König Gunthers Nichte befinde sich in der Gewalt des Nachtvolks, schickt man den Barden Volker von Alzey zu ihrer Rettung aus – und hofft, sich des unliebsamen Schürzenjägers auf diese Weise für immer zu entledigen. Erzählt man sich doch, daß noch nie ein Mensch lebend den schauerlichen Gefilden des Nachtvolks entkam. Doch das Schicksal nimmt einen anderen Verlauf …

05/1391/01/R

Mehr von Sean Stewart!

Drei magische Meisterwerke bei *Social Fantasies* im Argument Verlag

Die Nachtwache

SF - Social Fantasies 2044 · ISBN 3-88619-944-4

2074 ist von der Zivilisation nicht mehr viel übrig. Grund ist die Rückkehr d Magie, durch die überall Götter, Geister und Dämonen erwachen. Die Erde i ins Chaos verfallen, nur wenige Leuchtfeuer der alten Welt blieben erhalten. De technischen Errungenschaften der Menschen steht die Magie gegenüber – un beide geraten außer Kontrolle.

»*Die Nachtwache* packt die Leser auf der ersten Seite, überrascht durch Vie seitigkeit und Differenziertheit der Standpunkte, die weit über fantasy-typisch Gut/Böse-Muster hinausgehen.« *Alien Contact*

Der schwarze Dolch

SF - Social Fantasies 5004 · ISBN 3-88619-990-8

Schützer Mark gelingt, woran Edlere vor ihm scheiterten: Er bezwingt den Ban der roten Festung. Dann aber geht der Ärger erst los. Höfische Politik ist fü Mark ein Buch mit sieben Siegeln, die Frau seiner Träume ebenso, und sei erbeuteter Dolch schenkt ihm eiskalten Schmerz …

»Stewart verpasst der leicht verstaubten Gattung Märchen mühelos ein moder nes Outfit. Er spielt gekonnt mit dem Genre, persifliert es mit augenzwinkern dem Humor, rührt noch ein wenig am Althergebrachten und bringt ein paa zusätzliche, erquickend würzige Zutaten ins Spiel.« *Evolver*

Schwester des Sturms

SF - Social Fantasies 5005 · ISBN 3-88619-995-9

Auf Wolkenriff, einer Insel nahe der Nebelgrenze, lebt ein Fischervolk mit eine Liebe zu verschlungenen Geschichten. Die junge Quell steckt voller rastlose Träume. Eines Tages sieht sie, wie sich eine Gestalt aus dem Nebel löst – und zum Spiegelbild ihrer selbst wird! Diese Frau berichtet, dass ein machthungriges Imperium die Inseln mit Krieg bedroht. So beginnt für Quell und ihre Freunde eine tollkühne Odyssee in fremde Kulturen und tödliche Gefahren …

»Eine abenteuerreiche Geschichte, symbolträchtig, vielschichtig, faszinierend. Der Einfluss von U.K. Le Guin und J.R.R. Tolkien ist spürbar. Sehr empfohlen für anspruchsvolle Leser.« *ekz*